secession

Elvia Wilk

Oval

Roman

OVAL

ELVIA WILK

aus dem Amerikanischen von Julia Wolf

Das vorliegende Werk ist reine Fiktion. Sämtliche Figuren, Organisationen und Handlungen, die in diesem Roman dargestellt werden, sind frei erfunden.

Das Original erschien unter dem Titel *Oval*
bei Soft Skull Press, New York.

Erste Auflage

Übersetzung: Julia Wolf
Lektorat: Christian Ruzicska,
unter Mitarbeit von Stela Knezevic und Jannik Schäfer
Korrektorat: Peter Natter
www.secession-verlag.com

Typografische Gestaltung: Ferdinand Ulrich, Berlin
Satz: Marco Stölk, Berlin
Herstellung: Daniel Klotz, Berlin
Druck und buchbinderische Verarbeitung:
Friedrich Pustet, Regensburg
Papier Innenteil: 100g Fly 05
Papier Vor- und Nachsatz: 115g Fly 05
Papier Überzug: Surbalin Kirschrot
Gesetzt aus *Duplicate Ionic* von Miguel Reyes
& Christian Schwartz, Commercial Type,
und **Ginto Nord** von Seb McLauchlan, Dinamo

Printed in Germany
ISBN 978-3-96639-030-9

Für meine Freunde

ERSTER TEIL

Geraten Menschen, von denen konventioneller Weise angenommen wird, dass sie einander lieben, in Streit, wünschte ich, sie würden zueinander sagen: »Etwas weniger Liebe, bitte, und etwas mehr Anstand.«

Kurt Vonnegut

1

Nach dem Tod übernimmt die Bürokratie. Vorbereitungen für die Beerdigung müssen getroffen, Konten aufgelöst, Versicherungen ausbezahlt werden. Unbezahlte Steuern. Unbeglichene Schuld. Manche Menschen empfinden die Flut an Papierkram als eine zusätzliche, unerträgliche Verantwortung. Anderen hilft der Ansturm, ihre Trauer zu ersticken. Louis, hatte Anja entschieden, gehörte eindeutig zur letzteren Sorte.

Er redete von nichts anderem mehr als Bürokratie. Während er weg war, bestand die einzige Information, die er ihr zukommen ließ, in einer Reihe von Nachrichten, die die logistischen Vorgänge postmortem schilderten: Er war *beim Anwalt*, schon wieder. Er war *beim Kistenpacken*. Dann war er *unterwegs, mehr Sprite und Kräcker für die Rentner kaufen*. Emoji, Emoji. Er gab der Zeitverschiebung die Schuld, dass er keinen Moment fand, um zu telefonieren.

Das letzte Mal hatte sie seine Stimme gehört, als er sie zwei Wochen zuvor aus der Abflughalle des Flughafens Berlin-Brandenburg angerufen hatte, um ihr die Neuigkeiten mitzuteilen. Seine Mutter, tot. Seine Stimme hatte so unbekümmert geklungen, dass sie ihn gefragt hatte, ob er Witze machte. Offenbar hatte er einen Flug in die USA gebucht und war von der Arbeit direkt zum Flughafen gefahren – und all das, ohne seine Freundin vorher anzurufen. Anja war sicher, dass er unter Schock stand. Sie war es, die weinend zusammengebrochen war, als er angerufen hatte.

Er hatte ihr erst mitgeteilt, dass er nach Berlin zurückkommen würde, als er schon am Flughafen von Indianapolis war. Eine SMS mit nichts weiter als seiner Ankunftszeit und Herzchen zwischen den Ziffern.

Anja wartete auf ihn, als sein Flieger am frühen Nachmittag landete. Die Ankunftshalle mit ihrer Glasdecke fühlte sich wie ein beengtes Gewächshaus oder das Innere eines leeren Parfumflakons an, in dem ein fauliger Dunst festhing. Um sie herum fielen sich Familienmitglieder in die Arme, Erasmus-Studenten kehrten von ihren Auslandsaufenthalten zurück, Partytouristen ohne Gepäck suchten nach dem Bus, der sie bis kurz vor die Türen eines Clubs bringen würde.

Anja erschrak, wie schlecht Louis aussah, als er aus der Menschenmasse hervortrat. Sein Äußeres stand im Gegensatz zu der Nonchalance seiner Textnachrichten; er sah elend aus. Er machte keine Witze, um seinen Zustand zu überspielen, umarmte sie nur schwach, nahm ihre Hand und folgte ihr zum Taxistand.

Auf der Rückbank des Taxis lehnte er den Kopf an ihre Schulter und zeigte ihr auf dem iPad, von dem er sagte, er hätte es geerbt, ein Spiel, bei dem Früchte durch die Gegend geschleudert wurden. Das Tablet schien der einzige neue Gegenstand zu sein, mit dem er heimgekehrt war.

Der Fahrer setzte sie am Fuß von The Berg ab und entschuldigte sich: Es war zu schlammig, als dass er hätte weiterfahren können. Die Seilbahn, die sie eigentlich hinaufbefördern sollte, siechte noch immer leblos im Dreck neben dem Pfad, wo sie schon gelegen hatte, als sie eingezogen waren. Anja half Louis, seinen Rollkoffer den gewundenen Pfad hinauf zu schleppen, wuchtete ihn über größere Steine und Pfützen. Als sie schließlich beim Haus ankamen, waren sie beide durchgeschwitzt. Anjas graues Lycra-Shirt hatte Salzränder unter den Achseln.

»Wie das Ufer des Toten Meers«, sagte sie.

Louis, völlig außer Atem, stützte sich auf seine Knie. »Hintern aus Stahl«, sagte er, wie er es immer tat, wenn sie oben angekommen waren. Der vertraute Refrain beruhigte sie nicht. Er bereitete ihr Unbehagen. Ein Echo aus dem Uncanny Valley.

Während Anja nach ihren Schlüsseln wühlte, wischte Louis mit der Hand über die feuchte Holzmaserung der Eingangstür. »Sie schwitzt auch«, sagte er.

Das Haus hatte bereits kurz nach ihrem Einzug das weibliche Pronomen erhalten. Irgendwas aus einem Fernsehfilm, den Louis als Kind gesehen hatte, in dem ein Smart-Home verrückt spielt.

Anja nickte. »Hat sie schon die ganze Woche über.« Im Inneren des Hauses war es so feucht, dass sich auf allen Oberflächen Kondenswasser sammelte. Mittlerweile hatte sich das unbehandelte Holz damit vollgesogen. »Die Fensterrahmen sind zu aufgedunsen«, sagte sie. »Ich kann die Fenster nicht mehr öffnen, um die Feuchtigkeit rauszulassen.«

Er lachte. »Menopause? Aber sie ist noch so jung.«

Anja drehte den Schlüssel im Schloss und drückte die Tür mit der Hüfte auf. »Nein, sie ist nur nachtragend. Sie ist traurig, dass du weg warst.«

Es war zu heiß zum Schlafen, Anja wachte auf, bevor es draußen hell wurde, und als sie sich umdrehte, fand sie Louis ausgestreckt auf dem Bauch liegend vor. Er war nackt, hielt das Tablet in seine Armbeuge gekuschelt und stach auf Zombies ein, die über den Bildschirm trieben. Sie verließ das Bett, wischte sich das Gesicht mit einem Handtuch ab, das zusammengeknüllt auf der Kommode lag, fand ein T-Shirt, und tastete sich durch den Flur, während sie sich das Shirt über den Kopf zog. Der poröse Boden war kühl und rutschig; sie stützte sich mit dem Handballen an der Wand ab.

In der Küche kniete sie sich vor das Waschbecken und zog das Hauptüberwachungssystem hervor. Es sollte in Echtzeit die Temperaturstatistik des Hauses an die unschönen Tech-Uhren, die man ihnen gegeben hatte, übermitteln, aber die Metallverkleidung der Schublade blockierte das Signal. Sie hatten darüber diskutiert, die

Verkleidung der Schublade ganz zu entfernen, um das Signal durchzulassen, doch Anja hatte sich Wirbelstürme im Inneren des Hauses ausgemalt und beschlossen, dass sie nicht selbst daran herumbasteln sollten. Der Vertrag, den sie vor ihrem Einzug unterschrieben hatte, war hinsichtlich eigenmächtiger Veränderungen an der Technik eindeutig. Schließlich hatten sie es aufgegeben, die Uhren zu tragen und auch darüber zu sprechen.

Sie spähte einen Moment lang auf die matte Anzeige und seufzte. Dann knallte sie die Schublade wieder zu, tappte den Flur entlang zurück, beinahe wäre sie ausgerutscht, bevor sie den Durchgang zum Schlafzimmer erreichte.

Sie posierte mit vorgestreckter Hüfte im Türrahmen, ein Carrie-Bradshaw-Move, den sie irgendwann mal aus Spaß vollführt hatte, der aber inzwischen seinen Bezug zum Original verloren hatte und zum Reflex geworden war. »Die Anzeige besagt, dass unter dem Bodenbelag zu viel Abfall liegt und der Kompost sich zu schnell zersetzt. Hier drinnen ist es heiß, aber der Boden fühlt sich kühl an, finde ich. Sollten wir nicht die Hitze aufsteigen spüren?«

Er lachte und tippte immer noch auf dem kleinen Bildschirm herum. »Zu viel Abfall? Du warst zwei Wochen lang ohne mich hier.«

»Ich hatte keine Probleme mit dem internen Abflusssystem. Läuft alles glatt.« Sie fuhr sich mit der Hand über die Seite ihrer Hüfte.

»Knackig.« Er drückte den runden Knopf an seinem Tablet, schob es unters Kissen unter seinem Kopf und verdrehte den Hals in ihre Richtung. »Wir können also nicht deiner Verdauung die Schuld geben?«

Sie nickte. »Ich rufe Howard in ein paar Stunden an.« Sie kletterte neben ihn ins Bett. Das Laken, IKEA blau, war an zwei länglichen Stellen schweißdurchnässt: Hüfte und Schultern. Sie vermied es, sich auf ihren eigenen Abdruck zu legen und rollte sich halb auf ihn.

Er musterte ihr Gesicht. Sie musterte seins. Er sah aus wie der liebe, normale Louis. Sie runzelte die Stirn.

»Ist alles in Ordnung mit dir?«, fragte er.

»Was?« Es wäre an ihr gewesen, diese Frage zu stellen. Sie wich einige Zentimeter mit ihrem Gesicht zurück. »Bist du okay?«

»Mir geht es gut.«

»Gestern hast du nicht gut gewirkt.« Sie hielt inne, um ihre Aussage von der Beobachtung zur Beurteilung gleiten zu lassen. Er nickte. Das war ein gutes Zeichen. Selbsterkenntnis.

»Ich war nur erschöpft«, sagte er, und zuckte unter ihr mit den Schultern. Das war kein gutes Zeichen. »Hey«, protestierte er. »Guck mich nicht so an.«

»Ich gucke dich gar nicht so an.«

»Tust du wohl, 'n bisschen.«

»Das sind bloß der Liebe heiße Strahlen.«

»Okay, verbrenn mich nur nicht.«

Sie suchte in seinem Gesicht nach Spuren der Traurigkeit vom Vortag. Gestern war Sonntag gewesen. Der Tag, an dem seine Mutter normalerweise anrief.

»Ich kann nicht wieder einschlafen«, sagte er. »Ich hab Jetlag.« Er deutete in Richtung Dusche. »Sollen wir den Tag beginnen?«

Sie setzte sich neben ihm auf und zog die Knie hoch, um die Schweißflecken auf dem Laken nicht zu berühren. »Ich verstehe nie, was du damit meinst, wenn du das sagst. Wir beginnen den Tag nicht.«

»Wer denn sonst?«

»Er beginnt einfach. Die Sonne, die kosmische Rotation.«

»Mein Tag beginnt in mir.« Er zeigte auf seinen Bauch. »Interne Rotation, der innere Kosmos.« Er stand auf und ging grinsend Richtung Badezimmer.

»Eklig«, sagte Anja. Sie lachte. »Seitdem wir in diesem Haus leben, reden wir viel zu offen über unsere Scheiße.«

Um acht Uhr morgens ging Howard nicht an sein Telefon, also schrieb sie ihm eine Mail, auf die er umgehend antwortete. Nein, vor elf werde er nicht sprechen können, aber warum komme sie auf dem

Weg ins Labor nicht einfach bei ihm zuhause vorbei? Er wolle ohnehin mit ihr über die Arbeit reden. In der Zwischenzeit werde er jemanden vorbeischicken, der die Ausdünstungssituation des Hauses checken würde. Er unterschrieb seine Mail mit »Cheers« und sie konnte nicht entschlüsseln, wie sarkastisch das gemeint war.

Louis und sie tranken Smoothies am Küchentresen. Auch wenn die Küche etwas zu sehr mit ihren nützlichen Einrichtungen und innovativen Apparaturen prahlte, war sie doch bei weitem der schönste Raum im Haus. Durch die Reihe Fenster an den beiden Wänden, die nach Osten zeigten, drang genügend Helligkeit, sodass sie die meiste Zeit des Tages auf künstliche Beleuchtung verzichten konnten, und die Arbeitsflächen aus recyceltem Plastik-plus-irgendeinem-anderen-Stoff reflektierten erfolgreich die Sonnenstrahlen bei minimaler Grelle und maximaler Erhellung, wie es die Designer vorgesehen hatten.

»Lassen sie dich nicht noch ein paar Tage freinehmen?« Anja schenkte Louis Smoothie nach. Er war nochmals eingeschlafen, nachdem er geduscht hatte, und in einer anderen Zeitzone erwacht, distanziert und unbeteiligt. Jet-Lag – wenn die Seele nicht mitkommt.

»Doch, natürlich. Sie sagen ständig, ich soll noch eine Woche freinehmen, aber was sonst sollte ich mit meiner Zeit anstellen?«

»Ich weiß nicht. Schlafen? Das, was passiert ist, verarbeiten? Eine Auszeit nehmen?«

»Ich brauche Ablenkung. Und da ist gerade viel los. Ein großes Projekt steht an.«

»Bist du sicher?« Sie streckte die Hand aus und drückte seinen Nacken.

»Im Ernst, mir geht's gut.« Er nahm die Hand. »Alles, was ich brauche, ist Small Talk, Organisatorisches, einfache Arbeiten.«

Sie lächelte. »Ein typischer Tag in der Kreativindustrie.«

»Ein einzigartiges Privileg. Die Maloche der Elite.«

Sie stellte den Mixer in die Spüle und drehte das Wasser auf, um ihn auszuspülen. Das Wasser kam in unregelmäßigen Schüben aus dem Hahn.

»Hast du schon mal richtig gearbeitet, mit deinen Händen?«

»Klar.« Er fuhr mit dem Finger über den Rand seines Glases und leckte ihn ab. »Ich habe einen Sommer lang in San Francisco auf einer Baustelle gearbeitet. Während der Uni.«

»Hast du manchmal Lust, das wieder zu machen?«

»Ständig. Ich könnte meinen idealistischen Job kündigen und mich um das Nachhaltigkeitsfiasko kümmern, in dem wir hier leben. Was Praktisches machen. Hausmann und Umweltschützer werden.«

»Und ich müsste die Kohle ranschaffen? Aber ich verdiene nicht genug.«

»Dann müsstest du eben deinen Treuhand-Fun anzapfen.«

Sie schlug auf den Hahn, für den Fall, dass er verstopft war. War er nicht. Der Wasserstrahl verebbte zu einem Tröpfeln. »Von wegen Fun. Merkst du, dass Leute wie du das immer ansprechen?«

Sie sah ihn über die Kücheninsel hinweg an. Das vertraute Geplänkel schien ihn zu beruhigen. Im Laufe der Zeit war sie zu einer Expertin geworden in diesem Spiel aus endlosen Kontern und Gegenkontern und Wortspielen, eine typisch amerikanische, spiralförmige Art der Gesprächsführung, in der das Vergnügen rein semantischer Natur und die Bedeutung einer Aussage stets ihrer Formulierung untergeordnet war.

Louis tat eine regelmäßige Dosis Geplänkel gut, und im Verlauf ihrer Beziehung, während sie das Spiel zu spielen lernte, hatte sie unerwarteter Weise festgestellt, dass es ihr auch guttat. Zunächst hatte sie es noch, typisch europäisch, für oberflächlichen Small Talk gehalten, aber im Laufe der Zeit hatte sie sich überzeugen lassen, dass das Geplänkel nicht nur harmlos war, sondern auch eine wichtige Art von Meta-Inhalt darstellte. Diese Plaudereien machten die emotionale Bindung zwischen ihnen nicht zunichte, sie verstärkten sie noch. Ihr Englisch hatte während dieses Prozesses seinen Feinschliff erhalten.

Er stand auf und legte seine Hand an ihr Gesicht, sodass sie die Wange in ihr ruhen lassen konnte. »Wenigstens weißt du, dass ich dich nicht nur deines Geldes wegen liebe, du gibst es ja nicht einmal aus.«

Sie verdrehte die Augen. Dieser alte Scherz hatte etliche Stadien durchlaufen: Provokation > ein wenig beleidigend, aber lustig > tatsächlich beleidigend, weil übermäßig strapaziert > zulässig > liebenswertes Relikt der gemeinsamen Vergangenheit. War der Rückgriff auf alte Insiderwitze eine gute Sache?

»Howard hat mich gebeten, heute Morgen direkt zu ihm zu kommen, anstatt zur Arbeit zu fahren«, sagte sie.

»Schräg. Glaubst du, ich sollte dich begleiten? Geht es um das Haus?«

»Ich glaube, es ist in Ordnung. Wahrscheinlich will er nur, dass ich *eeeendlich* aufhöre, mich ständig zu beschweren«, sagte sie, einen übertriebenen britischen Akzent anschlagend.

Vergnügt verließ Louis an diesem Morgen das Haus und ließ Anja zurück, die, über ihren halb ausgetrunkenen Smoothie gebeugt, auf den Boden des Glases herabgesunkene Avocadobrocken beäugte, ihr war übel. Sie ermahnte sich, nicht ständig über sein Verhalten nachzudenken. Doch er wirkte so unvorstellbar normal, dass dies nur eine Abnormalität darstellen konnte. An ihm war heute nicht die leiseste Spur von Trauer zu bemerken. Das fahle Gesicht von gestern war verschwunden, stattdessen sah er leicht verquollen aus, rotbackig und frisch. Das war unerhört, fast schon verletzend. All die schlaflosen Nächte, in denen sie sich Sorgen um ihn gemacht hatte, aus Loyalität zu ihm deprimiert gewesen war, sich im Bett gewälzt hatte. Immer wieder hatte sie ihre eigenen Eltern angerufen, um sicherzugehen, dass sie noch am Leben waren. Es war offensichtlich, dass Anja dabei war, sich etwas anzueignen, und das musste aufhören.

Scheiß auf trauermantra.com und beistandsgruppe.de, dachte sie dann – es gab sehr wohl einen falschen Umgang mit Gefühlen. Angenommen, es handelte sich bei Louis' Verhalten nur um Getue, war es dann nicht ein sehr schlechtes Zeichen, dass er so tat, als wäre alles ganz normal? Sollte sie sich auf kranke Scheiße in der nahen Zukunft gefasst machen? Oder konnte er tatsächlich genau so sein wie vorher, wie es den Anschein machte? Was war vorher?

Ein Mal in diesem Vorher hatte Louis bei einer Dinner Party eine Geschichte nacherzählt, die er im *New Yorker* gelesen hatte. Der Artikel war eine Enthüllungsgeschichte über russische Gefängnisse in der sogenannten »Schwarzen Zone«, einem gesetzlosen Bereich der Strafanstalt, in der es wenig Überwachung von oben gab und die Gefangenen sich im Grunde genommen selbst regierten. In der Schwarzen Zone hatten sich strenge Sitten entwickelt, die Neuankömmlinge lernen mussten, wenn sie nicht abgestochen werden wollten. Die meisten Verhaltensregeln waren ursprünglich aus praktischen Gründen geschaffen worden, mittlerweile hatten sie sich aber zu willkürlichen Gesetzen verkehrt, deren einzige Funktion darin bestand, ein Gefühl von sozialem Zusammenhalt durchzusetzen. Zum Beispiel galt eines der größten Tabus dem Wegschmeißen von verschimmelten Brotresten. In den frühen Jahren der Schwarzen Zone, in denen Nahrungsknappheit geherrscht hatte, war es notwendig gewesen, jeden Krümel zu bewahren. Heutzutage versorgte ein florierender Schwarzmarkt die Insassen mit Champagner und Kaviar – und doch blieb das Tabu, Brot zu verschwenden, bestehen. Wer vergammeltes Essen wegschmiss, gab sich als Außenseiter zu erkennen, als jemand, der sich der Geschichte von Mangel und Entbehrung nicht bewusst war, aus der heraus sich die Regeln entwickelt hatten. In Hinsicht auf Brot, erklärte Louis, war die Kultur der Schwarzen Zone eine Kultur der Zugehörigkeit durch Wertschätzung.

So ähnlich verhielt es sich auch in Anjas und Louis' sechs Haushalte umfassender Ökosiedlung, oder Ökokolonie, oder Kolonoskopie, einem Sortiment experimenteller Architektur, angehäuft in etwa tausend Meter Höhe am Hang von The Berg. Das Zero-Waste-Prinzip, nach dem alle Bewohner und Bewohnerinnen selbst für das interne Ökosystem und Mikroklima ihrer Häuser verantwortlich waren, wurde eher durch den internalisierten Druck imaginierter Regeln in Kraft gesetzt als durch tatsächliche Überwachung von Fin-Start Corp. Die winzigen roten Lichter der Kameras, die in jedem Zimmer blinkten, waren eine Art Hinweis auf Fin-Starts Präsenz – und die abstrakte Idee von Überwachung –, aber Anja war sich sicher, dass niemand sie tatsächlich beobachtete. Die Klausel im Vertrag war eindeutig: Hier spionierte einzig und allein ein maschinell sehender Algorithmus, dessen Aufgabe darin bestand, Anomalien und Worst-Case-Szenarios anzuzeigen. Tornados. Feuer.

Dieser Mangel an expliziten Anweisungen hatte bereits für einige Verwirrung gesorgt. Als sie frisch eingezogen waren, war Anja jeden Abend mit einem Rucksack voller Bioabfälle und anderem Müll, den sie tagsüber angesammelt hatte, den Berg hinaufgeklettert, um ihn in die Müllentsorgung zu kippen und somit dem Recyclingsystem ihren Gesamtnettomüll zuzuführen. Es war ihr Müll, egal, wo sie ihn produzierte, und sie wollte damit ehrlich umgehen. Doch der Überschuss an Verpackungen, Schalen und Taschentüchern hatte den Abfluss verstopft und die Toilette zum Überlaufen gebracht; Anja verbrauchte weitaus mehr Materie, als das Haus verschwinden lassen konnte.

»Könntest du das Zeug nicht irgendwo anders wegschmeißen?« fragte Louis sie, während er Klumpen eines übelriechenden Papierbreis aus dem Abfluss in der Küche schöpfte. Er zog einen langen, dicken Streifen blau-braunen Papiers hervor. »Was ist das, eine Einkaufstasche aus der Mall?«

»Ich habe sie nur benutzt, um meinen Müll zu transportieren. Mein Gott, ist ja nicht so, als hätte ich in der Mall eingekauft.«

Er starrte sie an, den nassen Streifen hochhaltend. »Du hast eine Tüte aus einem dieser Fast-Fashion-Läden mit nach Hause gebracht, die du nur gebraucht hast, um deinen anderen Müll darin zu transportieren, und hast sie dann in unseren Abfluss gekippt.«

»Ja, stimmt. Ich habe die Tüte benutzt. Ergo ist sie auch Teil meiner Abfallproduktion.«

Er runzelte die Stirn. »Ich glaube, das mit dem Müll gilt nur, wenn du zuhause auf dem Berg bist.«

»Nein, ich glaube nicht, dass das räumlich begrenzt ist. Es geht um alles, was du, als menschlicher Konsument, in deinem täglichen Leben wegwirfst. Der Punkt besteht doch genau darin, unser Tun vollständig zu kompensieren.« Sie bemerkte, dass sie ihre Hände wie zur Betonung zusammengefaltet hatte. Ohne es zu wollen, blickte sie hoch zur Stelle über den Schränken, wo sich die Kamera befand.

»Richtig, das steht auf der Webseite. Aber alle wissen, dass wir es nur so aussehen lassen sollen, als würde das Haus funktionieren. Wir versuchen zu beweisen, dass es möglich ist, nachhaltig zu leben und nicht so ein Theater darum zu machen. Das bedeutet, dass du gerade nicht deinen Müll mit dir herumtragen sollst!«

Anja löste ihre Hände und faltete sie erneut. »Aber den Müll an einem anderen Ort zu entsorgen, ist Schummelei«, sagte sie. »Wenn das Haus nicht mit all meinem Müll klarkommt, dann haben die Designer ihren Job nicht richtig gemacht und sollten die Sache auch beheben.«

»Die haben ganz offensichtlich ihren Job nicht richtig gemacht, Anja. Nichts funktioniert in diesem verdammten Haus. Ich werde nicht jeden Tag meinen ganzen Müll heimschleppen. Das ist einfach nicht realistisch – willst du, dass ich die Verpackung von meinem Mittagessen aufhebe? Wo hört das auf? Soll ich etwa mit dem Scheißen warten, bis ich nach Hause komme?«

»Warte mal, wieso ist dein Mittagessen verpackt? Ich habe dir eine Lunchbox gekauft!«

Am Ende hatte sich Louis' praktisches Wesen durchgesetzt, wie es das gerne mal tat. Er hatte recht: Anja konnte mit dem Scheißen nicht warten, bis sie zuhause war, und sie konnte auch nicht den Überblick behalten über alles, was sie verbrauchte. Allein der Versuch hatte zu einem ontologischen Zusammenbruch auf der Mikroebene ihres Alltags geführt. Waren Wimpern und Hautzellen gleichzusetzen mit Haargummis und Kaffeebechern? Waren Einweg-Kaffeebecher gleichzusetzen mit einem Becher, der mit Grauwasser aus dem Haus gereinigt werden musste, das hochzupumpen wieder Energie verbrauchte? Sie konnte sich nicht dazu durchringen, die Nachbarn zu fragen, wie sie die Dinge handhabten, überzeugt davon, dass alle automatisch die Regeln verstanden. Ihre Verwirrung offenzulegen, hätte geheißen, alles offenzulegen, einschließlich ihrer Zweifel.

Das war erst wenige Monate her, doch neuerdings, da immer mehr Teile des Systems verstopften oder ins Stocken gerieten, hatten die beiden angefangen, das genaue Gegenteil von dem zu praktizieren, was Anja ursprünglich getan hatte: Sie trugen ihren Müll den Berg hinunter und entsorgten ihn klammheimlich in den orangefarbenen Mülleimern am Straßenrand. Zunächst hatte Anja sich geschämt, den Hang mit einem Rucksack, vollgestopft mit einem vom Laptop plattgedrückten Bündel Müll, herunterzumarschieren, doch Louis versicherte ihr, dass sie nur taten, was von ihnen verlangt wurde: Sie verliehen der Nachhaltigkeit ein gutes, sauberes Gesicht. Irgendwann fühlte es sich genauso verantwortungsbewusst an, den Müll vom Berg hinunterzubringen, wie es sich zuvor angefühlt hatte, ihn hinaufzutragen.

2

Anja schlitterte den Hang hinab, der durch die Überbeanspruchung matschig geworden war. Er war bislang weder gepflastert oder auch nur mit Kies bestreut worden, weil Fin-Start nicht zugeben wollte, dass der Zustand des Pfades vernünftigerweise nicht länger als provisorisch bezeichnet werden konnte. Anstatt das Provisorium zu optimieren, um es während der nicht endenden Zwischenzeit funktionaler zu gestalten, wurde es ignoriert, wie zum Zeichen, dass etwas Besseres, etwas Großartiges – der bestmögliche Pfad – *kommen würde*.

Louis verglich diese Situation mit einem allgemeinen gesellschaftlichen Problem. Die Weigerung, eine Nichtlösung mit einer Behelfslösung zu verbessern, sagte er, sei die Geisteshaltung, die einen Großteil der Welt zu einem schlammigen Hang machte, der der Instandsetzung bedurfte. Genau diese Argumentation hatte ihn tatsächlich während seines ersten Jahres bei Basquiatt viel Zeit gekostet, der NGO, für die er arbeitete und die seiner Meinung nach einem ideologischen Glauben an große Lösungen aufsaß, die niemals erreicht werden konnten, und zwar zum Nachteil von kleinen, praktisch anwendbaren Kompromissen. »Lasst uns realistisch sein!«, parodierte er sich häufig selbst. »Was können wir *heute* tun, um die Lage zu verbessern?«

»Was glaubst du, warum Flüchtlingslager nie mit einer anständigen Infrastruktur ausgestattet werden?«, hatte er Anja nur wenige Tage vor seiner überstürzten Abreise in die USA gefragt. Sie hatten im Regen ihre Einkauftaschen den Hang hochgeschleppt zu ihrer

Wohnung, die Oberkörper stets gegen den Anstieg gestemmt, während ihre Turnschuhe im Matsch wegrutschten; es war jämmerlich.

»Schlammige Szenen der Verwahrlosung«, rief er ihr den Berg hinunter zu, fest entschlossen, die Diskussion aus irgendeinem Grund genau in diesem Moment zu führen. Je schlimmer die Dinge in ihrer Wohnung wurden, desto stärker neigte er zu Tiraden. »Der Schlamm soll ein Zeichen sein, dass die schlimme Situation nicht ewig andauern wird, egal, wie lange sie schon andauert. Sie wollen dich glauben lassen, das Lager gäbe es nur vorübergehend, damit niemand die Verantwortung dafür übernehmen muss.« Seine Stimme wurde lauter, je weiter sie zurückfiel. »Die Lebensqualität im Hier und Jetzt«, brüllte er über die Schulter, »wird dem Ideal geopfert. Verstehst du, was ich meine?«

Natürlich verstand sie, was er meinte. »Aber dir ist schon klar, dass du The Berg mit einem Flüchtlingslager vergleichst, oder?« Damit war die Diskussion beendet.

Heute trug sie nur einige Avocadoschalen in den Taschen ihres Vinyl-Anoraks. Die ganze Wohnung glich einer einzigen heißen, geschwollenen Beule, sie traute sich nicht, irgendwas in den Abguss zu stopfen. Sie winkte einer Gruppe Elektriker in Blaumännern zu, die gelangweilt um einen Pfeiler standen, der eines der Kabel der Seilbahn tragen sollte. Sie hatten die Gondel auf einen Stapel Holzpaletten gehievt. Einer der Arbeiter warf einen Zigarettenstummel auf das bloßliegende Ende eines halb im Matsch vergrabenen Kabels, und es stieß einen kläglichen Funken aus.

Als sie ihr Fahrrad von einem Pfahl am Fuß des Hangs losmachte, sah sie, dass Louis' Rennrad noch immer an einen Baum angeschlossen dastand. Er musste die Bahn genommen haben. Sie steckte ihr Telefon in das Ladegerät auf der Lenkstange, und checkte ihre Nachrichten. Dam hatte bereits die ersten Wetternews des Tages verschickt: *35° trocken/Lavendel/schwülheiße Westböen.*

Zum Vergleich blickte sie auf die Wetter-App ihres Telefons. Höchsttemperatur 24 Grad, windstill, wolkenlos. Die Diskrepanz zwischen der offiziellen Version und der von Dam – der richtigen Version – sollte sie längst nicht mehr stören, tat es aber. Sie steckte sich Ohrstöpsel in die Ohren und begab sich auf die lange Fahrt hoch in den Prenzlauer Berg, zu Howards Wohnung. Normalerweise benötigte sie dafür eine halbe Stunde, die Länge eines Podcasts, aber heute trat sie schwerfälliger als sonst in die Pedale, bei jedem Tritt schwang sie von einer Seite zur anderen. Sie war erschöpft, und wie von Dam vorhergesagt, kam aus Westen heißer Wind. Der Himmel war blass lila, mehrere Wolkenebenen lagen übereinander, jede von ihnen eine identische, verblasste Kopie der anderen. Ebene hinzufügen. Ebene hinzufügen. Diese Ebene duplizieren. Auf Hintergrundebene reduzieren.

Mit einem Teil ihres Hirns hörte sie den Podcast, mit dem anderen dachte sie darüber nach, was jetzt wohl gerade im Labor vonstatten ging. Sie war leicht angespannt, weil sie den Vormittag dort verpassen würde. Wahrscheinlich hätte sie Howard bitten sollen, sich abends nach der Arbeit zu treffen.

In der Woche zuvor hatte die Simulation, die sie und Michel seit Wochen programmierten, endlich die Kultivierung von Zellen autorisiert. Heute war der erste Tag seit zwei Monaten, an dem sie nicht vor ihren Bildschirmen sitzen mussten, sondern winzige Dinge mit ihren wirklichen Händen in wirkliche Polystyrenschalen legen würden. Es war seltsam, sich auf einen Vorgang zu freuen, von dem sie zweifelsfrei wussten, wie er ablaufen würde. Immer und immer wieder hatten sie in Hochauflösung gesehen, wie die Routine sich vollzog; die absolute Vorhersagbarkeit der Ereigniskette war der einzige Grund, warum sie die ganze Sache überhaupt in einer Schale geschehen lassen durften.

Vor ihrem inneren Auge sah sie die Animation. Eine Zellmembran schwoll an, um an ihrer Peripherie einen neuen Fleck unterzubringen – einen verrückten Moment lang ein Ei mit zwei Eigelb – dann drängte der neue Fleck nach außen, bis schließlich der Rand der Zelle aus seiner Begrenzung ausbrach, um ein neuer, eigener

Rand zu werden. Er schlüpfte bemerkenswert weit davon und rülpste sich in seine eigene, geschlossene Form – aus unmöglich wurde möglich. »Plop« sagte Michel jedes Mal, wenn sie die Duplikation auf dem Bildschirm verfolgten. »Plop-plop-plop.«

Sie tröstete sich mit der Tatsache, dass heute nicht der wichtigste Tag war. Erst morgen würde sich aus all diesen langsamen Plops eine Oberfläche bilden, die für das bloße Auge sichtbar war. Die Plops waren so entwickelt worden, dass sie sich sehr langsam vollzogen – so wuchsen sie zu einem Strang greifbarer Materie. Die Oberfläche würde zunächst durchsichtig sein und sich im Verlauf der Stunden zu einer perfekt symmetrischen Doppelwelle formen, wie die Kontur eines Gaumens, aber unfassbar glatt. Und so klein – perfekt angepasst an die Rahmenbedingungen der flachen Schale mit ihren nur 88 Millimetern Durchmesser, an die simulierte Sitemap einer simulierten Unterkunft, an das für das Gebäude vorgesehene Terrain. Gegen Ende des zweiten Tages würden die sich duplizierenden Zellen ein zartes, kleines Heim gebaut haben, indem sie Schicht auf parametrische Schicht legten, bis alles stimmte: ein vollkommen kreisförmiges, doppelbögiges Dach. Dann würde es aufhören. Knorpelgewebe in der ersten offiziellen Anwendung als Architektur. Ein perfektes, wachstumsfähiges, reproduzierbares, haltbares Dach, das Fin-Start in Form eines kleinen Bündels Zellen, die auf Kommando wachsen würden, überall in die Welt verschicken konnte. Zellen, die ursprünglich in ihrem Labor bei RANDI herangezüchtet worden waren.

Sie konnte Michel schon vor sich sehen, wie er seine Aufregung zu unterdrücken versuchte. Sie würde ihn hänseln, ihn Dr. Evil nennen, doch wenn das Ding ausgewachsen war, würden sie sich beide ein paar Minuten lang dem Eigenlob hingeben. Diese Woche würde ein Ventil bieten für all die öden Monate, die sie damit zugebracht hatten, Variablen in riesige Datenblätter zu tippen und dabei so zu tun, als wäre ihnen ihre Arbeit scheißegal. (Andererseits würden sie einander mit einigen verlegenen Blicken eingestehen müssen, dass der Erfolg einen Wendepunkt darstellte, nun waren sie verantwortlich für das, was sie bei RANDI taten. Bisher hatten sie das Unbehagen hinter Sarkasmus und Augenrollen verbergen können, aber bald würden sie sich mehr Mühe geben müssen, Gleichgültigkeit vorzutäuschen und zu behaupten, sie wüssten nicht, wo all dies hinführte. Darüber wollte sie sich nächste Woche Gedanken machen, sobald sie die kleine Formübung durchgeführt hatten, ein Nachweis der Machbarkeit, der sicher nur ein kleiner Schritt in einem Vorgang war, der erst in Jahren zur Anwendung kommen würde.)

Die Ampel an der Jannowitzbrücke unterbrach ihr Strampeln und das imaginäre Zellwachstum. Ein Schwarm Teenager in roten Kappen überquerte die Straße, für einen kurzen Moment war sie von ihnen umgeben. Drei Mädchen, die ihre Kappen verkehrt herum trugen – oh, kläglicher Widerstand! – liefen dicht hintereinander her. Es war einfach, anhand der Geometrie dieser Herde sofort das beliebteste Mädchen an der Spitze des Rudels auszumachen. Was hatte dieses Mädchen an sich, fragte sich Anja, dieses etwas reizlose, mit seinem Telefon beschäftigte Mädchen, dass es den Mittelpunkt der Gruppe bildete, das Eigelb im Zentrum der Aufmerksamkeit? Wie lautete der Faktor des sich selbst erneuernden Algorithmus, jener auffallend konsistenten Geometrie der Beliebtheit? Und wie konnte es sein, dass Anja nach all den Jahren die Antwort immer noch nicht kannte, dass sie selbst als *erwachsene Wissenschaftlerin* die versteckte Logik sozialer Übereinkünfte nicht verstand? Die Ampel schaltete auf Gelb, und die Gruppe eilte an ihr vorbei, angetrieben von einer Aufsichtsperson in einem roten T-Shirt. Zur gleichen Zeit übernahmen laut Podcast, der nun wieder zu ihr durchdrang, Quallen die Ozeane. In dem viel zu warmen Wasser starben andere Arten aus und überließen den Quallen den Raum, sich weiter zu vermehren. Einer dicken Steppdecke gleich breiteten sich die Quallen unterhalb der Wasseroberfläche aus, verstopften die Getriebe von Kraftwerken und blockierten den Fluss von Sauerstoff in die Tiefen des Meeres.

Howard ließ sie zwei Minuten warten, beinahe lang genug, dass sie noch einmal geklingelt hätte, eher er ihr die Haustür öffnete und sie ins Gebäude einließ. Sie wusste, dass er sie durch die kleine Kamera an der Klingelanlage sehen konnte, und fragte sich, ob er sie in aller Ruhe gemustert hatte, bevor er den Knopf drückte. Sie schleppte ihren klebrigen Körper hinauf ins Obergeschoss, auf dem Treppenabsatz hielt sie inne, um die Haut unterhalb ihrer Augen mit einem Taschentuch abzuwischen. Ein großer Teil ihrer angeblich wasserfesten Mascara war verlaufen. Schwitzen verbrennt Kalorien, hätte ihre Schwester gesagt.

Howard öffnete die Wohnungstür und drückte einen Kuss auf ihre erhitzten Wangen. Sie bemerkte einen feuchten Film auf seinem Kopf – der Kopf schwitzte, das war etwas, was sie bisher nicht für möglich gehalten hatte. Aber natürlich schwitzte ein Glatzkopf genau wie jeder andere. Sie ermahnte sich, nicht zu starren – Männer mochten das nicht – doch hier handelte es sich ja um Howard; er war seiner selbst sicher. Er war schon sehr früh kahl geworden und trug seine Glatze ohne all die Ängste jener Männer, denen das erst später im Leben widerfährt, er brachte sie nicht mit schwindender Männlichkeit oder irgendetwas anderem in Zusammenhang.

So handhabte er fast all seine besonderen Merkmale, als wären sie nebensächlich und mitnichten bemerkenswert. Wie etwa die Tatsache, dass er die einzige Schwarze Person in den oberen Rängen von Fin-Start in Deutschland war, was er nie thematisierte. Theoretisch arbeitete er in der PR-Abteilung von Fin-Start, aber Anja hatte im Laufe der Zeit verstanden, dass die Art von sanfter Macht, die er über die Jahre erlangt hatte, viel gewichtiger war, als sein offizieller Titel es erahnen ließ. Er würde nie nach London zurückziehen, so viel war klar. Er saß hier fest im Sattel. Sein tadelloses Deutsch konnte schneidend sein wie Papier.

Howard führte Anja den Flur entlang am Wohnzimmer vorbei, einem 50er-Jahre Wald aus Teakholz und Mahagoni, in die enge Küche, wo sie immer saßen. Möglichst weit weg vom Bett.

»Nur Wasser, danke«, sagte sie, als er ihr einen Becher anbot.

»Detox?«

»Ein bisschen hibbelig. Ich brauche kein Koffein.«

»Viel zu tun im Labor?«

»Ja, tatsächlich. Beziehungsweise kommt das jetzt auf uns zu. Diese Woche ist eine große Nummer.« Dabei umrahmte sie ›große Nummer‹ mit Anführungszeichen.

Ohne zu fragen, kippte er ein Päckchen Elektrolyte in ein Glas mit Wasser und reichte es ihr samt einem Löffel zum Umrühren.

»Dann ist das ja gutes Timing. Ich habe große Neuigkeiten«, wobei nun er ›große Neuigkeiten‹ mit Anführungszeichen umrahmte. »Wahrscheinlich weißt du es schon, aber Fin-Start strukturiert einige Abteilungen von RANDI um.« Sie schwieg, dann kapitulierte sie und gab mit leichtem Kopfschütteln zu, dass sie es noch nicht wusste. »Oh«, sagte er. »Naja, nun weißt du es. Sie streichen nicht den ganzen Bereich oder so, aber sie führen viele Teilabschnitte zusammen. Der Großteil von Legierungen fließt in den Allgemeinen Zukunftsbereich ein, und der Knorpelsektor geht zurück zu Biologisch abbaubare Materialen, wo er wahrscheinlich von Anfang an hätte bleiben sollen.«

Ihr Herz stockte für einen Augenblick. »Zurück zu Bioabbaubar? Da war ich vorher, erinnerst du dich, aber dann haben wir alle beschlossen, dass Knorpelgewebe eine eigene Abteilung werden sollte, weil wir aufbauen und nicht abbauen.«

»Richtig. Deine Spezialmission, du hast uns damit in den Ohren gelegen. Aber nun ist deine Mission erfüllt. *Voilà.*«

Sie kaute auf der Innenseite ihrer Wange herum und fummelte an den Ohrstöpseln in ihrer Tasche. *Ear buds,* dachte sie: *Ohrknospen*. Winzige Klumpen Knorpelgewebe, aus denen Ohren sprießen würden.

»Eigentlich ist es aber noch gar nicht fertig«, sagte sie langsam. »Wir haben das Ding, das wir machen sollen, noch nicht wirklich im Labor wachsen lassen.«

»Von der Wissenschaft dahinter verstehe ich nichts«, sagte er und lachte, »aber nimm es als fettes Lob von ganz oben. Scheinbar denken die, du hättest das, was du dir vorgenommen hast, erfüllt.«

»Wir kehren also dahin zurück, wo wir herkamen. Kompost.«

»Nein. Das ist die Sache. Ich weiß nicht, was mit dem Typen ist, mit dem du zusammengearbeitet hast, aber *dich* entlassen sie in die Freiheit.«

»In die Freiheit? Bin ich gefeuert?«

»Warum erwartest du immer das Schlimmste?« Er machte eine dramatische Pause. »Vielmehr haben sie dich direkt zur Beraterin befördert. Laboratory Knowledge Management Consultant nennen sie das, glaube ich.«

Sie schüttelte den Kopf. Das ergab alles keinen Sinn. »Nein, Howard. Ich bin nur eine Labortechnikerin. Ich habe nichts getan, womit ich sie beraten könnte.« Beraterin war kein Titel, den sie jemals für sich vorgesehen hatte, weder in der Gegenwart noch in der Zukunft. Louis war der Berater, nicht sie.

Er schien ihre Gedanken lesen zu können. »Oh, aber Louis, der hat das? Du weißt schon, dass man keine Erfahrung in der Beratung haben muss, um Berater zu werden.«

Sie biss zurück. »Louis ist für seinen Job tatsächlich höchstqualifiziert.«

Howard hob die Hände in gespielter Verteidigung. »Ich habe ja nicht behauptet, dass er das nicht ist. Ich sage nur, dass die Qualifikation nicht das ist, wofür du sie hältst. Die Qualifikation besteht darin, dass die da oben entscheiden, du kannst das.«

Sie kaute nun heftiger auf ihrer Wange herum. »Was macht ein Knowledge Manager?«

»Was immer du willst. Du erhältst eine Gehaltserhöhung und darfst von nun an allen sagen, was sie machen sollen. Setz sie unter

Druck, wenn sie nicht schnell genug arbeiten. Fordere Überprüfungen an, führe Personalgespräche, schlag Umstrukturierungen vor, wenn du glaubst, dass es nötig ist. Du kennst den Drill.«

»Wie lange?«

»Weiß nicht. Vermutlich erst mal für ein Jahr.«

»Aber warum sollten sie mir meinen Job wegnehmen, nur um mich dann fürs Nichtstun zu bezahlen?«

Er hob die Hände. »So funktionieren Unternehmen. Du bist eine gewisse Zeit dabei, dann steigst du auf, wenn du Glück hast. Warum so viele Fragen?«

Sie schwenkte ihr Glas mit Elektrolyten in der Hand, ohne davon zu trinken. »Eine Frage habe ich noch: Seit wann bist du mein Boss? Das alles sollte mir jemand aus der Personalabteilung mitteilen.«

Er zuckte unschuldig mit den Schultern. »Ich habe heute Morgen mit der Personalabteilung telefoniert, habe erwähnt, dass du vorbeikommen würdest, und da meinten sie, ich soll es dir ruhig schon sagen. Du kannst sie gerne anrufen, wenn du mir nicht glaubst.«

Natürlich war Howard schon seit langem in ihren Job bei RANDI, in ihr Zuhause – in einfach alles – am Rande verwickelt. Fin-Start hatte mit all dem zu tun und ab einem gewissen Zeitpunkt war Howard zu ihrer Hauptschnittstelle zu Fin-Starts Backend geworden. Howard wusste Dinge, Howard war die Cloud, das war seine Daseinsberechtigung. Von diesem Blickwinkel aus betrachtet, konnte es nicht überraschen, dass Howard ihr diese Informationen übermittelte. Nichts änderte sich zwischen ihnen, im Grunde genommen. Aber sie konnte sich des Gefühls nicht erwehren, dass die Neuigkeiten, die er ihr soeben überbracht hatte, übergriffiger waren als einige der anderen Methoden, die er gefunden hatte, um sich in ihr Leben einzumischen.

»Bin ich zu unsensibel in dieser Angelegenheit?«, fragte Howard. »Du wirkst irgendwie so verhalten.«

»Ich muss darüber nachdenken.«

»Sei kein Mädchen.« Er lächelte. »Steh deinen Mann. Nimm, was dir zusteht.«

»Ich liebe es, wenn Männer mir sagen, ich soll meinen Mann stehen.«

»Ich versuche nur, dein Selbstbewusstsein zu stärken. Aber nimm dir ruhig Zeit. Die werden dir einen Vertragsentwurf zur Ansicht per E-Mail schicken. Das ist alles, was ich weiß.«

»Danke.« Sie versuchte, aufrichtig zu klingen. Schuld, Dankbarkeit: Die beiden waren immer Zwillinge. Es war an der Zeit, das Gespräch auf ein anderes Thema zu lenken. Wenn Howard sich dumm stellte, war nicht zu ihm durchzudringen.

»Meinst du, sie ziehen mich auch zur Beratung hinsichtlich meines eigenen Hauses heran?«, fragte sie. »Der Berg könnte eine Wissenschaftlerin gebrauchen.«

Howard lachte. »Das bezweifele ich. Der Berg ist sein ganz eigenes Monster. Wie läuft es zuhause? Ich vermute, darüber wolltest du eigentlich reden.«

Sie stellte fest, dass sie keinen wirklichen Grund hatte, hier zu sein, ebenso wenig wie Howard einen hatte, derjenige zu sein, der sie feuerte und neu anstellte. Weder die technischen Probleme zuhause noch ihr Job hatten offiziell mit ihm zu tun. In Wirklichkeit war sie wegen Howard selbst und seiner besonderen Mischung aus Zuneigung, Anerkennung und Autorität hier. Er würde ihren Beschwerden nachgehen, wie er es immer tat, im Gegenzug dafür erhielt er das Gefühl, dass sie auf ihn angewiesen war. Er mochte es, gebraucht zu werden, und sie bot eine Auswahl an Bedürfnissen.

»Ich wollte nur fragen, ob du irgendeine ... Ahnung hast, was auf dem Berg los ist«, sagte sie. »Die Temperatur und alles andere ist völlig unberechenbar. Sämtliche Türen sind zugeschwollen. Die Leute beschweren sich bestimmt schon.«

»Nicht so häufig wie ihr beide«, sagte er und lächelte. »Hast du mal mit den Nachbarn gesprochen?«

»Mit ein paar.«

Das war eine Lüge. Anja und Louis redeten nie mit den Nachbarn. Am Anfang hatte Anja einige Nachmittage mit einem dänischen Paar mittleren Alters verbracht, beide Berater, aber die zwei waren vor Monaten in Urlaub gefahren und nie zurückgekehrt. Wenn sie es sich recht überlegte, standen mindestens drei der Häuser die meiste Zeit leer. Eines davon war zeitweise als Studio für irgendwelche Fotoshootings genutzt worden.

»Ich weiß, ihr beiden mögt das ganze Gemeinschaftsgetue nicht, aber ihr könntet ein bisschen aufgeschlossener sein.«

Ihr Telefon vibrierte in ihrer Tasche und sie warf unter dem Tisch einen Blick darauf. Louis: *beileidshighlight: blumen auf meinem schreibtisch. rührender bestechungsversuch :)*

Sie steckte das Telefon zwischen ihre Oberschenkel und sah auf. »Es war nie die Rede davon, dass wir in einer Kommune leben wollen.«

»Stimmt. Ich meine ja nur, das Ganze lässt sich leichter handhaben, wenn ihr miteinander redet. Jeder da oben muss mit den gleichen Problemen klarkommen. Erneuerbare Energien sind nicht narrensicher; die funktionieren nicht wie ein Uhrwerk. Das weißt du. Die Risiken stehen in eurem Vertrag.«

»Ich weiß. Tut mir leid, dass ich durchgedreht bin. Es ist nur, dass« – Kippmoment, innerer Schwindel – »wir sind gerade ziemlich gestresst.« Mit dem ›wir‹ hatte sie Louis in die Unterhaltung geholt, und der wahre Grund, warum sie hier war, kam zum Vorschein. Sie reichte Howard ihr Bedürfnis auf einem silbernen Tablett.

Wenigstens hatte sie eine Pointe, eine Bombe, die sie explodieren lassen konnte: den Tod von Louis' Mutter. Wie schlimm das klang, wie unverhandelbar.

Doch Howard nickte bereits wissend. »Ich wollte mich nicht aufdrängen«, sagte er, »aber ich habe von Louis' Mutter gehört, und es tut mir aufrichtig leid. Das ist wirklich schrecklich.«

Das war der schlimmste Schock an diesem Morgen – ein übergriffiger, vielschichtiger Schock. Sie hatte gedacht, es sei an ihr, von dem Todesfall zu erzählen. Erst jetzt, da ihr dieses Recht geraubt worden war, erkannte sie, wie sehr sie sich selbst an die Neuigkeit geklammert hatte. Mehrfach hatte sie sich ausgemalt, wie sie Howard die Neuigkeit feierlich mitteilen würde: Statt ›tot‹ würde sie ›verstorben‹ sagen und ihre Tränen dabei wegblinzeln. Sie erinnerte sich an den finsteren Nervenkitzel, als sie diese Worte ihren Eltern und jenen Freunden gegenüber ausgesprochen hatte, die »ein Recht darauf hatten, es zu erfahren«, an die Gewissheit, diejenige zu sein, der die Verbreitung dieser privilegierten Information anvertraut worden war.

Es vor allen anderen zu wissen, es als Erste erfahren zu haben, hatte irgendetwas bewiesen. Die Zerbrechlichkeit des Beweises, der nun auseinanderfiel, brachte die Kleinlichkeit ihres Bedürfnisses zum Vorschein.

»Wie hast du davon erfahren?«, fragte sie, und noch bevor sie die Frage ausgesprochen hatte, wusste sie, dass sie dumm war. Louis war zwei Wochen fort gewesen. Angelegenheiten wie diese waren nie ein Geheimnis. Der Tod entfaltete privaten Schmerz ins Offene.

»Ich war letzte Woche wegen einer Beratungssache bei Basquiatt drüben«, sagte er. »Es tut mir leid. Ich wollte schon früher mein Beileid aussprechen, aber wie gesagt, ich wollte nicht stören.« Natürlich wollte er stören. »Wie geht es ihm?«

»Ich weiß nicht. Ihm geht's gut.«

»Das muss hart sein.«

»Ich weiß nicht, was er von mir erwartet.«

»Du musst einfach nur für ihn da sein.«

»Das sagen alle. Aber wo soll ich sein? Wo ist *da?*«

»Du weißt doch, was das bedeutet. Es heißt, präsent und aufmerksam zu sein. Er will wahrscheinlich nur zur Normalität zurückkehren.«

»Das kommt mir aber irgendwie so beschissen vor.« Sie schüttelte den Kopf. »Normal erscheint grausam in dieser Situation.«

»Vielleicht muss er verdrängen.«

»Alle wollen verdrängen! Was noch lange nicht heißt, dass das gut ist.«

»Du kannst von niemandem erwarten, dass er die ganze Zeit leidet. Er muss die unterschiedlichen Bereiche seines Lebens getrennt halten, wenn er einen Todesfall überleben will.«

»Einen Todesfall überleben«, wiederholte sie, und erinnerte sich daran, dass Howards Vater vor langer Zeit gestorben war. Sie hatten nie wirklich darüber geredet. Sie überlegte, die Unterhaltung herumzudrehen, und über Howard zu sprechen. Es würde nicht funktionieren.

»Es lässt sich nicht vorhersagen, was passieren wird, oder was er brauchen wird«, sagte Howard mit beruhigender Stimme. »Sei einfach geduldig. Die Wege des Traumas sind unergründlich.«

»Aber gibt es nicht auch universelle Dinge? Es ist ganz einfach kategorisch schlecht, wenn ein Elternteil stirbt. Selbst wenn du ambivalente Gefühle ihnen gegenüber hegst, oder sie hasst, ist es im Großen und Ganzen schlimm, wenn sie sterben.«

»Vielleicht ist es nicht für jeden gleich schlimm.«

»Wenn meine Eltern sterben würden, wollte ich, dass alle um mich herum durchdrehen, Kram verbrennen und alles zerstören.«

»Aber es ist nicht dir passiert. Es ist ihm passiert.«

Sie holte tief Luft und öffnete sich ihm völlig. »Ich weiß, dass ich nicht meine Gefühle auf ihn projizieren sollte, aber ich will nicht ahnungslos abwarten, nur damit er dann plötzlich ausrastet.«

»Vielleicht rastet er gar nicht aus. Manche Leute nehmen das Leben eben leichter.«

»Glaubst du das wirklich? Aus dir spricht das pure Privileg.«

Er zeichnete mit seinem Finger einen Kreis um sein Gesicht. Sieh mich an. Eine Minderheit.

»Ach, komm schon. Du weißt, was es heißt, privilegiert zu sein.« Sie ahmte seine Geste nach, zeichnete einen größeren Kreis in die Luft, der die renovierte Altbauküche mit dem blauen Keramikwaschbecken und der Edelstahlwaschmaschine einschloss.

»Ich will damit nur sagen, dass Louis eine eher unkomplizierte Person ist.« Die nicht gerade subtilen Sticheleien gegen Louis nahmen zu. Sie ignorierte sie. Sie hatte um Rat gebeten; sie musste das, was mit dem Ratschlag einherging, schlucken. »Du neigst dazu, dich zu sehr in das Leben von Menschen einzubringen, die dir etwas bedeuten«, sagte er. »Das ist zwar sehr liebenswert und vorbildlich, aber nicht immer gut für dich. Setzen Sie zuerst Ihre eigene Sauerstoffmaske auf.«

»In Ordnung. Das ist genug väterlicher Rat für heute.«

»Ich klinge nur wegen meines britischen Akzents so herablassend.«

»Das sagst du immer.« Sie lächelten einander an, und dann fragte sie: »Und wie läuft es mit – deinen Sachen? Hast du irgendwelche Sorgen?« Das übliche, unaufrichtige Angebot. Sie kannten beide die Dynamik, die zwischen ihnen herrschte. Sie war unausgeglichen, aber stabil. Alles, was sie über ihn wusste, war, dass er viel über sie wusste.

Er lehnte sich ihr leicht entgegen, eine kaum wahrnehmbare Geste, der kein Außenstehender Bedeutung beimessen würde, die aber eine umso intimere Botschaft übermittelte, weil sie so verkümmert war.

»Wenn du schon fragst, wir stecken momentan in einer kleinen PR-Krise«, sagte er.

»Ach ja?«

»Unter uns.«

»Okay.«

»Nicht einmal Louis geht das etwas an.«

»Ich hab's verstanden.«

»Um ganz ehrlich zu sein«, sagte er und legte seine Fingerspitzen auf den Tisch, so dass die Hände kleine Zelte bildeten, »die Probleme mit The Berg sind nicht bloß technischer Natur.« Sie sah ihn ausdruckslos an, einen Moment besorgt, dass sie über ihre Schummelei mit dem Müll Bescheid wussten. Niemand beobachtet uns, rief sie sich in Erinnerung. Nur die stille, sich drehende Linse der Kameras. »Es ist zu internen Machtkämpfen zwischen den Architekten und den Ingenieuren gekommen, sogar die PR-Abteilung war involviert. Wegen der Unstimmigkeiten steht momentan alles still.«

»Unstimmigkeiten in Bezug auf was?«

»Sie haben sich nie offiziell darüber geeinigt, wie viel Technik es tatsächlich auf dem Berg geben soll. Einige der Architekten sind der Meinung, ihr solltet es nicht ganz so gemütlich haben. Die finden es zum Beispiel nicht sehr authentisch, dass ihr Klimaanlagen habt.«

»Aber das System zur Regulierung des Klimas hängt am zentralen Stromnetz. Das ist eintausend Prozent CO_2-neutral. Das schadet der Umwelt gar nicht.«

»Ganz offensichtlich. Ich bin auf eurer Seite. Es ist immer eine willkürliche Entscheidung, was natürlich genannt wird, und was künstlich. Diese Entscheidungen sind alle symbolisch, und jede von ihnen repräsentiert eine politische Stellungnahme.«

»Aber wenn irgendjemand entscheidet, dass unsere Klimaanlage und unsere Heizung unnatürlich sind, was kommt dann als nächstes? Dann findet irgendjemand, dass sauberes Wasser fake ist, und dann findet jemand, dass auch LEDs fake sind, und dann sagt jemand, wir dürften nichts essen, was wir nicht selbst anbauen. Wer entscheidet diese Angelegenheiten eigentlich?«

»Das ist sozusagen das andere Problem. Eine Gruppe von Architekten hat gekündigt. Sie waren verärgert, dass ihre Pläne wie Vorschläge behandelt wurden und nicht wie verbindliche Vorgaben.«

»Und keiner weiß davon.«

»Daher der PR-Aspekt. Ich habe alle Hände voll zu tun, da 'nen Deckel draufzuhalten. Wir wollen nicht, dass die Leute durchdrehen.«

»Es scheint dir egal zu sein, ob ich durchdrehe.«

»Ich glaube, du kannst damit umgehen.«

»Kann ich auch. Aber was sollen wir tun? Wir können nicht ewig in diesem Haus sitzen und abwarten. Immerhin hast du uns da reingeholt?«

»Nur Geduld. Sobald die da oben ihre Entscheidungen getroffen haben, sind die Lösungen einfach. Um die Heizung zu reparieren, müssen sie, glaube ich, nur ein paar durchgetrennte Kabel wieder mit dem Herzstück verbinden, oder wie sie es auch immer nennen, dieses ZPE-Ding.«

»Du hast wirklich keine Ahnung von der Technik.«

»Nicht die geringste. Ich halte mich an die Politik. Ich meine PR.«

Ihre Schwester hatte sie damals überzeugt, die Geschichte mit Howard zu beenden. »Er projiziert irgendeine Fantasie auf dich«, hatte Eva gesagt. »Wie alt ist er, fünfundvierzig? Er will jemand ewig Junges. Er glaubt, du fändest es okay, das Mädchen für nebenbei zu sein. Er wird sich nie wirklich für dich entscheiden.«

Anja hatte nie erwartet, dass Howard sich für sie entschied – tatsächlich wollte sie ganz genau das nicht –, aber die Vorstellung, von irgendjemandem als das »Mädchen für nebenbei« wahrgenommen zu werden (neben was eigentlich?), war schlimm genug, dass sie sich überzeugen ließ, Schluss zu machen. Da sie sich nicht in der Lage fühlte, aus sich heraus die Verbindung zu kappen, gelang es ihr, sich einzubilden, dass er sie zurückwies, und damit begab sie sich hinab in den Tunnel körperdysmorpher Störungen. Sie machte sich selbst glauben, Howard befände sich auf der Suche nach irgendeinem Idealbild mädchenhafter Perfektion und jede kleine Unebenheit disqualifiziere sie. Es konnte nicht sein, dass sie an ihm romantisch gesehen vielleicht gar nicht so sehr interessiert war; nein, das war keine Option; er war eine einflussreiche Person; die Erklärung konnte nur lauten, dass sie inadäquat war.

Sie gab sich Selbstzweifeln hin, verdeckte in seiner Gegenwart ihre Arme, ihre Waden, ihre Brüste, wurde sprunghaft, und sorgte für immer peinlichere Szenen. Am Tiefpunkt ihrer Beziehung beschuldigte sie ihn, beim Sex immer nach ihren fettesten Körperpartien zu greifen. Er sagte: »Selbstverständlich, die mag ich am liebsten«, und das war dann das Ende.

Louis hingegen wurde von Eva akzeptiert. »Ich hab ein Bild von ihm im Internet gefunden«, sagte sie. »Der ist heiß. Siehst du, es hat nur einen Monat gedauert, bis du einen Besseren gefunden hast. Du solltest eine höhere Meinung von dir selbst haben.«

Anja beschloss, in diesen Angelegenheiten nicht mehr auf Eva zu hören. Sie hatte das schon oft beschlossen und war immer wieder eingeknickt, doch bei Louis gelang es ihr endlich, Eva nicht immer weiter mit Details zu füttern; Louis sollte ein heiliger Raum bleiben, frei von bohrenden Fragen. »Du musst es ernst mit ihm meinen«, hatte Eva gesagt. »Ich höre keinen Mucks von dir. Nutzt er dich aus? Ich habe gerade erst online einen Artikel gelesen, da ging es um dieses *Mansplaining.*«

So konnte sie nicht Evas schlechten Ratschlägen die Schuld geben, als sie und Louis nach nur wenigen Monaten in eine Krise gerieten. Es lag an ihrer Wohnsituation – an der wiederum Anja die Schuld trug. Der Schrebergarten, in dem sie illegal lebten, sollte abgerissen werden und sie hatten keine Ahnung, wohin. Sobald irgendwo tief im Inneren des Ordnungsamtes das betreffende Papier den betreffenden Stempel erhalten hatte, sollte die gesamte jahrhundertalte Schrebergarten-Kolonie zugunsten eines Apartment-Komplexes plattgemacht werden. Man konnte den Verlust des geschichtsträchtigen Erbes beklagen, noch lauter ließ sich jedoch über den Mangel an erschwinglichem Wohnraum klagen, und so war der Bau der Wohnanlage ohne großen Protest beschlossen worden.

Ihr Schrebergarten lag gerade noch innerhalb des S-Bahn-Rings, der die Grenze jenes Teils der Stadt markierte, in dem sich komfortabel leben ließ. Vor langer Zeit waren die Tausenden von Gartenparzellen als urbane Zufluchtsorte geschaffen worden, über die Stadt verteilte Naturstücke, in denen ausgelassene Kinder frei herumtollen konnten. Doch als während des Ersten Weltkriegs Nahrungsmittel plötzlich knapp wurden, verwandelte man die kleinen Gärten rasch in urbane Bauernhöfe, was einer Urbewegung des nachhaltigen Lebens gleichkam. Später, als der Krieg vorbei war, die Embargos gelockert wurden und die vom Elend erschütterte Stadt kurzzeitig sich selbst überlassen war, richteten sich die Ärmsten der Ärmsten in den Gärten ein. Hütten wurden zu Heimen, aus hausen wurde wohnen. Doch bevor es sich irgendjemand zu gemütlich machen konnte, leerte der nächste Krieg die Gärten ein weiteres Mal, überließ sie dem Wildwuchs, und zum ersten Mal in vielleicht tausend Jahren übernahm wieder die Natur.

In der nächsten Nachkriegszeit, der Ära der großen Teilung, wurden einige Gärten in der Mitte durchgeschnitten und entwickelten sich zu Portalen des Schmuggels unter dem wuchernden Grün. Schließlich fiel die Mauer, oder besser gesagt, die Mauer wurde von Tausenden von Händen und Maschinen niedergerissen, und wieder einmal verwandelte sich die Stadt in eine riesige Fläche von leeren Immobilien; die Gärten wurden wieder parzelliert und in Naherholungsgebiete fürs Wochenende umfunktioniert; die Vorfahren von Menschen wie Anja und Louis begannen aufzukreuzen. So wurde jeder winzige Garten mitsamt all seinem historischen Gepäck ein Stückchen Privatbesitz zu Freizeitzwecken. Die ganze Sache, das heißt, die ganze Stadt, bewegte sich im Kreis, die Geschichte drehte und verwickelte sich wie ein Haarknäuel im Abfluss.

Zu dem Zeitpunkt, als Anja in der Stadt ankam, waren die Mieten innerhalb des S-Bahn-Rings höher denn je und alle zentral gelegenen Schrebergärten bereits renoviert und vergeben. Nicht übersaniert wie die meisten Wohnblöcke in der Stadt, vielmehr nutzte man ihren Miniaturcharme, um sie in winzige, überteuerte Mieteinheiten zu verwandeln, die Städtern eine »Ausflugserfahrung« bieten sollten. Nur einige entlegenere Gärten jenseits der Peripherie waren immer noch verwahrlost und nicht reguliert. Anja hatte ihren Garten auf einem langen Wochenendspaziergang Richtung

Süden entdeckt. Fernab von allen Bahnhöfen stieß sie auf die umzäunte Anlage aus zwölf kleinen Häusern, die durch zottelige Hecken voneinander getrennt waren und zusammen nur etwa den Platz von zwei Häuserblöcken einnahm. Die meisten dieser Hütten waren besetzt, doch drei standen leer, und eine davon hatte sogar ein anständiges Dach. Nachdem sie ein paar Mal zurückgekehrt war und herumgeschnüffelt hatte, fand sie die Frau, die die Verwaltung zu improvisieren schien, und zahlte bei ihr in bar für sechs Monate im Voraus.

Nachdem die sechs Monate um waren, mittlerweile war Louis bei ihr eingezogen, konnten sie zu keiner Entscheidung gelangen, was sie nun tun sollten. Sie waren sich einig, dass die Hütte immer unbewohnbarer wurde, der Zustand des Daches verschlechterte sich von Tag zu Tag, doch eine richtige Wohnung zu finden und zu bezahlen schien unmöglich. Strenggenommen noch immer nur als Praktikantin bei RANDI angestellt, verdiente Anja zu dieser Zeit lächerlich wenig Geld, und wollte weder ihren Fonds anzapfen noch zulassen, dass Louis den Großteil der Miete für eine neue Wohnung alleine zahlte. Louis war es egal, ob er dafür zahlen musste (mit seinem aufgeblasenen Gehalt bei Basquiatt hätte er leicht die Miete für eine neue Wohnung stemmen können), er wollte einfach nur raus aus dem feuchten, zerfallenden, dem Untergang geweihten Gartenhaus. Anja bestand jedoch darauf, dass ihn zahlen zu lassen eine ungesunde Abhängigkeit schaffen würde. Sie konnten sich nicht darauf einigen, wie der nächste Schritt aussehen sollte und bewegten sich am Abgrund einer Trennung entlang.

Das sechsseitige Einladungsschreiben, dem neuen sozio-ökologischen Wohnexperiment beizutreten, tauchte wie aus dem Nichts in ihrem Postschließfach auf. Es war in komplexem, bürokratischem Deutsch verfasst, das Louis, bevor Anja nach Hause kam, mittels Google zu übersetzen versucht hatte, was ihn, da er glaubte, es handele sich um einen Räumungsbescheid, in Panik versetzt hatte.

Anja überflog die erste Seite und wusste sofort, wer für dieses Schreiben verantwortlich war.

(Howard war sich des maroden Zustands der Gartenhütte sehr genau bewusst, da er selbst ein paar Mal dort übernachtet hatte, in der Zeit vor Louis. Die Schäbigkeit hatte ihm gefallen, war sie doch ein handfester Beweis dafür, dass er Sex mit einer Sechsundzwanzigjährigen hatte. Mit ihr auf der Matratze am Boden zu liegen, hatte ihm das Gefühl gegeben, sehr weltoffen zu sein.)

Der Brief war eine protzige Demonstration seiner Großmut, deren Ausmaß allein die Geschichte mit Anja unbedeutend erscheinen ließ, und prahlte gleichzeitig mit seinem Einfluss – wie viele soziale und professionelle Hebel musste er in Bewegung gesetzt haben, um dieses Kunststück zu vollbringen? Sie verstand den Subtext nur zu gut. Howard war ein reifer Mann, der keinen Groll hegte. Er hatte ihr nicht nur eine kostenlose Wohnung zuteilwerden lassen, die aufgeladen war mit kulturellem und moralischem Kapital, sondern einen Ort, an dem sie *beide* leben konnten: Anja plus Louis, der Typ, der ihn ersetzt hatte. Hatte Anja etwa kleingeistige Eifersucht und Rachsucht von ihm erwartet?

Sie hatte gezögert, das Angebot anzunehmen, aber Louis hatte sich entschlossen gezeigt. Die Ökosiedlung war zu gut, als dass sie hätten Nein sagen können, ganz egal, wie die Sache zustande gekommen war. Eifersucht war kein Thema für ihn, und alles in allem, hatte Anja entschieden, war sie dankbar dafür.

3

Louis hatte die Kunst des Telefonierens noch nie beherrscht. Er klang distanziert und abgelenkt, als würde er von einem Zimmer aus anrufen, in dem ihm niemand zuhören sollte. Das war typisch männlich und nicht weiter schlimm. Anja störte sich nur noch daran, weil es sie indirekt an die Unfähigkeit ihrer Eltern erinnerte, per Telefon zu kommunizieren. Wochenlang meldeten sie sich gar nicht, waren in einem Wirrwarr aus Zeitzonen nicht erreichbar, und dann schickten sie plötzlich eine Reihe penetranter Sprachnachrichten: *Alles in Ordnung bei dir??? Melde dich bitte???* Nur, um dann wieder genau so plötzlich in der Dunkelheit zu verschwinden.

Nachdem sie Howards Wohnung verlassen hatte, beschloss sie, Louis eine SMS zu schreiben, anstatt ihn anzurufen. Die Unterhaltung wollte sie sich für später aufheben, wenn er körperlich anwesend und ganz er selbst war. Aber nachdem sie ihm eine Nachricht mit einem kurzen Update geschickt hatte, klingelte sofort ihr Handy. Sie war gerade auf ihr Fahrrad gestiegen und musste den Ständer wieder herunterklappen, und als sie seine Stimme plötzlich so nah hörte, erinnerte sie sich auch daran, die Ohrstöpsel herauszunehmen.

»Das ist großartig!« Er klang, als würde er ins Telefon grinsen. »Endlich würdigen sie dich!«

Sie runzelte die Stirn. »Ist ja nicht so, dass ich herumgesessen und auf Anerkennung gewartet habe.«

»Sei nicht so bescheiden.«

»Ich bin nicht bescheiden. Ich habe nur nicht das Gefühl, dass ich schon in der Position bin, um ...«

»Früher oder später wäre das ohnehin passiert. Nun ist es also früher geschehen als erwartet.«

»Aber ich habe nichts erwartet – Beraterin zu werden, war nie mein Ziel.«

»Du musst das annehmen! Das ist dein Schicksal«, sagte er lachend. »Wir werden eine Familie von Beratern sein.«

»Ich wollte eigentlich weiter forschen.«

»Du kannst weiter forschen.«

»Ich weiß nicht. Das ist richtiges Consulting. Du weißt, was ich meine. Ich bin kein Künstler wie du. Ich werde Effizienzstudien machen müssen und Revisionen und all das.«

»In jedem Job gibt es Papierkram. Du weißt doch, dass ich die Hälfte meiner Zeit mit E-Mails verbringe. Aber in der restlichen Zeit kannst du tun, was du willst. Du kannst gucken, was verbesserungswürdig ist und es einfach verbessern. Wie viele Berater hat RANDI momentan? Nur zwanzig, oder so? Das ist doch ein Riesending!«

Als er sie weiterhin ermunterte, schien sein Enthusiasmus immer weniger mit ihr zu tun zu haben. Ihr war das peinlich. Sie wiegelte die Komplimente ab und erkundigte sich, wie sein erster Arbeitstag lief. Er versprach, einen der Blumensträuße, die er geschenkt bekommen hatte, mit nach Hause zu bringen. Sein Postfacheingang war sagenhaft voll, der Rückstau scheinbar unüberwindbar; er hatte einige Praktikanten wie ein Rudel Hunde darauf angesetzt.

»Prinz lässt dich übrigens grüßen.« Prinz war also bei ihm. Oberflächlich betrachtet war das nicht ungewöhnlich; Prinz hing immer in seiner Nähe herum.

»Was macht ihr so?«

»Er hat mir gerade dieses Buch über Psychotropika gekauft, von dem er mir erzählt hatte.«

Es folgte ein Exkurs über psychotrope Substanzen, die die menschliche Erinnerung umstrukturieren konnten, wobei die Struktur des Gehirns modifiziert wurde, um durch negative Ereignisse entstandene Schäden zu heilen. Anja hätte das vielleicht interessant finden können, war aber zu beschäftigt damit, Louis gedanklich mit dieser Person in Einklang zu bringen, die ihr da freiwillig so viel am Telefon erzählte. »Prinz sagt, in dem Buch steht, dass die Leute mitunter zwanzig Jahre jünger aussehen, nachdem ihre Erinnerungen neu verdrahtet wurden. Die Geschichten sind total abgefahren.«

»Bleibt er den ganzen Tag, oder was?«

»Er wollte nur mal nach mir schauen.«

»Das ist nett von ihm.«

»Jep.«

Sie zögerte. »Arbeitest du heute länger?«

»Ich weiß nicht. Kommt darauf an, wie viel ich für dieses Projekt erledigen kann, das jetzt endlich in Gang kommt.«

»Cool.« Die Frage hing in der Luft; Anja atmete ins Handy, und übergab sie damit dem Gerät. Sie würde nicht fragen. Sie ging auf Nummer sicher. »Dann sprechen wir wohl später.«

»Prinz und ich wollten vielleicht abends was essen gehen.«

»Na klar. Viel Spaß.« Sie achtete darauf, ihren Worten keinen bitteren Unterton zu verleihen.

»Komm doch mit! Warum kommst du nicht einfach mit?«

»Mach dir um mich keine Sorgen. Ihr zwei solltet Zeit miteinander verbringen.«

Sie dachte so angestrengt über jede ihrer Antworten nach, dass sie nicht sicher war, ob sie in Echtzeit antwortete, oder ob eine wahrnehmbare Verzögerung entstand. Die Dynamik zwischen ihnen während dieser Unterhaltung war aus dem Ruder gelaufen und doch so festgefahren. Sie wusste einfach nicht, wie sie sie umleiten sollte. Ihre schlimmsten Unsicherheiten, die sich seit Ewigkeiten nicht gemeldet hatten – sein Mangel an Abhängigkeit von ihr, das Gefühl, dass er Erfüllung im gesellschaftlichen Leben suchte und nicht bei ihr, seine glatte Unverletzlichkeit –, gingen nun mit ihr durch. Warum waren sie zurück? War sie diejenige, die diese Dynamik verursachte, oder er? Oder keiner von beiden?

»Ich hatte ohnehin schon mit Dam und Laura besprochen, dass wir vielleicht zusammen essen«, log sie.

»Oh, okay. Dann vergiss es.« Es gelang ihm, leicht beleidigt zu klingen.

Sie ruderte zurück. »Ich wusste ja nicht, ob du Pläne hast ...«

»Ist schon in Ordnung. Wir sehen uns heute Abend.«

Nein, entschied sie, wenn einer den Verlauf dieses Gesprächs bestimmte, dann er. Er wusste immer genau, was er tat.

Anja wusste, dass sie jammerte, und sie wusste auch, dass Laura und Dam sie nicht dafür bestrafen würden. Sie hatte nur drei Garnelen gegessen, die sie mit spitzen Fingern aus den kleinen Mais-Torvilla-Schalen zog, hatte aber den Mangel an Kalorien mit Wodka kompensiert.

»Seit er wieder da ist, scheinen all unsere Gespräche einen Subtext zu haben«, sagte sie in Lauras Richtung. »Unter Wasser lauern merkwürdige Schatten.«

»Fische«, sagte Laura. »Die gibt´s in jeder Beziehung. Die Frage ist, warum du überhaupt unter Deck guckst.«

»Wie weise! Spätabends glänzt meine Schwester mit Weisheit«, warf Dam ein.

»»Schon klar«, sagte Anja. »Ich halte absichtlich nach ihnen Ausschau, als wollte ich sie unbedingt finden. Aber ich weiß, da ist ein großer Fisch im Anmarsch. Ich kann ihn spüren.«

»Wie lange ist Louis überhaupt schon wieder zurück? Vierundzwanzig Stunden? Dreh nicht durch«, sagte Laura. »Du machst alles nur schlimmer, wenn du jetzt durchdrehst.«

»Ich mache immer alles schlimmer, weil ich durchdrehe.«

Sie hatte zum Abendessen bei Laura und Dam Schutz gesucht, ohne auch nur vorher angerufen und sich angekündigt zu haben. Vielleicht war es ja ein Überbleibsel spanischen Familienlebens, dass die beiden unter der Woche fast jeden Abend zusammen aßen, Dam danach immer abspülte, Drogen nahm und irgendeinen dunklen Ort aufsuchte, den er zu erreichen hoffte, bevor die Wirkung einsetzte. Er hatte sich schon umgezogen, um auszugehen, ein schwarzer Dreiecks-BH war unter dem lose gewebten gelben Tanktop zu sehen, die kniehohen Stiefel lehnten neben der Tür, der Vinyl Trenchcoat hing über seiner Stuhllehne. Von seinem Kopf baumelten zwei lange Dreadlocks, die in der Woche zuvor noch nicht dagewesen waren.

»Weißt du«, sagte Laura, »der große Beziehungsfisch kommt irgendwann immer. Wenn es jetzt nicht der Trennungsfisch ist, wird es eines Tages der Todesfisch sein. Du kannst nur hoffen, dass der Fisch langsam schwimmt.«

»Wenigstens hast du einen Fisch«, sagte Dam. Anja registrierte, dass er gekrümmt über seinem Teller saß, mit rotem Gesicht und matten Augen.

»Trinkst du nur aus Solidarität zu mir?« fragte sie.

»Solidarität, Baby. Außerdem mache ich gerade diesen fundamental menschlichen Konflikt zwischen Vernunft und Gefühl durch.« Er warf einen Blick auf sein Handy, was er auch schon während des Abendessens ununterbrochen getan hatte. Dann schloss er die Augen und drückte das Handy dramatisch an sein Herz.

»Oh-oh. Wer ist es?«

»Federico.«

»Frederico?«

»*Federico*. Er ist ein fürchterlicher alter Troll. Er ist ein Frauenhasser und ich bin mir ziemlich sicher, dass er auch Rassist ist. Er ist wirklich ganz schlimm.«

»Warum willst du dann unbedingt, dass er anruft?«

Dam formte mit seinen Händen ein großes O. »Es geht um die Wurst«, sagte er grinsend. »Aber er arbeitet immer nur. Er ist auch bei Fin-Start, managt da irgendwas.«

»Wer arbeitet nicht bei Fin-Start«, sagte Laura.

»Meinst du, er könnte mir erklären, was bei denen los ist?«, fragte Anja.

»Nicht, wenn er mir nicht zurückschreibt. Sechs Stunden ist zu lang!«, rief Dam und schleuderte sein Handy durch den Raum. Es prallte an der Wand ab und landete in der Nähe des Bücherregals. Dam hechtete von seinem Stuhl darauf zu. Nachdem er ein letztes Mal seine Nachricht gecheckt hatte, schlug er es gegen die Fensterscheibe. Ein lautes Knacken war zu hören.

»Keine Sorge«, sagte er und drehte das Handy um. »Die Schutzhülle funktioniert zumindest.« Er blickte zum Fenster hinauf. »Aber das Fenster hat einen Sprung.«

Sie sprachen einen Toast auf Federico, und Dam sah ein, dass es Zeit war, ihn ziehen zu lassen. Laura stand auf, leicht schwankend, um ihr Handy in den quaderförmigen Lautsprecher beim Fenster zu stecken.

Auch wenn der Lautsprecher, magnetisiert wie in der Werbung versprochen, knapp einen Meter über dem Boden schwebte, funktionierte die Bluetooth-Verbindung doch nie, so dass sie die Endgeräte mit langen, schwarzen USB-Kabeln verbinden mussten, was den ästhetischen Effekt untergrub. Die Leinen wanden sich vom Boden nach oben zum schwebenden Dock und fütterten das Mutterschiff mit Inhalten.

»Nur ein weiterer Beweis, dass alle Vergangenheit Prolog ist«, sagte Laura, und fummelte an dem Kabel herum, bis ein stotternder Laut zu hören war. »Kennt ihr diesen Mix von Koolhaas schon?«

Anja schüttelte demütig den Kopf. Die Art und Weise, wie Laura gefragt hatte, ob sie den Mix kannte, nicht den Produzenten, machte eindeutig klar, dass sie etwas verpasst hatte, einen Fetzen kultureller Materie, der für sich allein unbedeutend war, aber in Kombination mit einer ganzen Menge anderer Dinge, die sie nicht wusste, zum Problem werden konnte – und sie damit zu einer Person, die sich nicht auskannte.

Anja gab nicht vor, von etwas Ahnung zu haben, wenn dem nicht so war. Zwar war ihr irgendwie bewusst, dass ihr andere Optionen offenstanden, als ihr Unwissen preiszugeben, aber sie machte selten von ihnen Gebrauch. Sie gab automatisch nach, wenn ihr Wissen zu einem Thema in Frage gestellt wurde, nicht gewillt, abzulenken oder zu lügen. Sie hoffte, dass dies mitunter den Effekt hatte, die Frage irrelevant werden zu lassen, aber ihr war klar, dass es sie meistens eher naiv wirken ließ.

»Wirklich? Noch nie gehört?« Laura gab ihr eine weitere Chance.

»Wirklich.«

»Ich kenne Koolhaas auch nicht«, sagte Dam. Er zwirbelte seine Dreads zwischen den Fingern und machte einen Schmollmund. Anja bemerkte ein glänzendes Drachentattoo, das sich an der Seite seines Halses hinaufschlängelte. Es war letzte Woche auch noch nicht dagewesen.

»Du bist doch derjenige, der jeden Abend feiern geht«, sagte Laura. »Du solltest dich eigentlich mit Musik auskennen.«

Dam öffnete seinen Mund und streckte Laura die Zunge heraus, dabei präsentierte er eine halb gegessene Garnele.

»Ja, wir sehen dein Essen«, sagte Anja. Sie erhob sich, um auf Lauras Handy nachzusehen, wie der Mix hieß, damit sie ihn später suchen konnte, doch das Kabel von Dams MacBook legte sich wie eine Schlinge um ihren Knöchel, und der Schwanz des Kabels verfing sich an dem winzigen Haken, der das Aufwickeln, Packen und Reisen erleichtern sollte: Serras Verbliste für das digitale Zeitalter. Sie stolperte und fiel, Hände ausgestreckt, das Handgelenk nach unten gedrückt, um den Sturz abzufedern, die Knie und Knöchel verdreht, und riss den Lautsprecher aus seiner kalibrierten Position in der Luft. Der Lautsprecher ging mit ihr zu Boden, knallte dumpf auf und hüpfte sofort wieder nach oben an seinen Platz.

»Scheiße«, sagte Dam und stürzte auf sie zu. »Das tut mir so leid, Babe.«

»Ich sage dir ständig, dass du dein Kabel nicht so rumliegen lassen sollst«, schimpfte Laura.

Anja lachte. Ein Bluterguss kringelte sich um den Knöchel ihres linken Handgelenks. Sie sah ihn zärtlich an. Der Sturz hatte sie mit seiner unfreiwilligen Komik aus ihrer schlechten Stimmung gerissen, und sie war froh, dass sie das lilafarbene Komma daran erinnern würde, nicht alles so verdammt ernst zu nehmen. Einen einzigen Ausrutscher, mehr brauchte es nicht. Sie sollte besser darin werden, sich treiben zu lassen, sich den Gezeiten anzupassen.

»Wisst ihr was? Eins habe ich euch noch gar nicht erzählt«, sagte sie, stand auf und humpelte zum Sofa. Die Geschwister sahen sie an, Dam kniff die Augen zusammen. Sie waren alle viel betrunkener, als sie gedacht hatte. Sie fühlte, wie sich Dankbarkeit in ihr breitmachte, die beiden zu haben – die einzigen Leute, die sie in Berlin kannte, die genetisch aneinander gebunden waren. Von all ihren Beziehungen in Berlin kam jene zu den Geschwistern einer Familie am nächsten, weil die beiden miteinander familiär verbunden waren. Sie waren ein Fiasko, aber sie waren ihr Fiasko. Wer konnte schon sagen, warum die beiden Anja überhaupt in ihre Herde aufgenommen hatten, aber einmal drinnen, hatte sie dort ihren festen Platz.

»Ich bin heute gefeuert worden«, verkündete sie und ließ sich auf das Sofa fallen. »Aber dann wurde ich umgehend wieder eingestellt. Ich bin jetzt Beraterin. Ta-da ...«

»Ist das gut?«, fragte Dam. Er setzte sich zu ihr aufs Sofa. »Ich kapier's nicht.«

»Ich war mir erst unsicher, aber ja, vielleicht ist das gar nicht so schlecht.«

Er küsste sie auf die Wange und flüsterte, »du bist ganz schön krass, weißt du das?«, dann ließ er seinen Kopf in ihren Schoß gleiten und schloss die Augen.

»Bei was sollst du sie denn beraten? Was ist dein Fachgebiet?«, fragte Laura.

»Das ist nicht ganz klar. Howard sagte ...«

»Howard?«

Eva war nicht die einzige, die vehement gegen Howard war. Anja hatte in Lauras Hass ihm gegenüber eine Art Schutzinstinkt ausgemacht, und versuchte, das Gefühl dahinter wertzuschätzen, auch wenn Laura ihre Sorge um Anja meist als Anklage formulierte.

»Frag nicht. Es war ein sehr schräger Morgen. Ich habe jedenfalls vom Labor aus die Personalabteilung angerufen, und die sagen, sie wüssten auch nicht, was da los ist, dass es aber stimmt.« Die Frau aus dem Personalbüro hatte ebenso verärgert wie verwirrt geklungen, so dass Anja sich gefragt hatte, ob überhaupt irgendjemand die Gründe für diese Veränderungen kannte. »Klingt jedoch so, als wäre mein neuer Job Bullshit. Hier, ich zeig's euch, schmeiß mir mal mein Handy rüber.« Laura warf Anja ihr Handy zu und Anja fing es auf. Sie öffnete ihre Mails, scrollte hinab zur Nachricht der Personalleiterin und lud den Anhang herunter.

»Hört euch das an, das ist mein Vertrag. ›Die Beraterin wird ihre bestmögliche Expertise auf dem entsprechenden Gebiet zur Verfügung stellen. Die Beraterin wird niemals Wissen zurückhalten, das als anwendbar erachtet werden könnte.‹ Punkt. Wissen, das als anwendbar erachtet werden könnte. Das ist ein eigener Abschnitt! Anwendbar auf was? Und hier, weiter unten. ›Die Beraterin wird sich bezüglich der Entwicklungen im Feld der *Biowissenschaft* auf dem neuesten Stand halten‹. Die haben die Bezeichnung des Feldes in einem anderen Schriftsatz ausgefüllt. Das ist ein Standardvertrag. Der wurde wahrscheinlich automatisch generiert.«

»Darfst du überhaupt daraus vorlesen?«, fragte Laura.

»Gute Frage. Am Ende kommt ein langer Abschnitt zu Vertraulichkeit, aber so weit bin ich noch nicht.«

»Es kommt mir total fahrlässig vor, dass sie dir das gemailt haben.«

»Stimmt.«

»Ist das Beschiss?«

»Keine Ahnung.«

»Würden die versuchen, dich um den Job zu prellen?« Wieder ihr Schutzinstinkt, verpackt in eine Anklage, als müsste Anja besser auf sich achtgeben. »Was ist mit dem Typ, mit dem du arbeitest, wurde der auch befördert?«

»Michel? Keine Ahnung.« Michel hatte ihr seit dem Morgen Textnachrichten geschickt. Sie hatte noch nicht geantwortet, unsicher, was sie sagen sollte. Es erschien ihr besser, ihn zu meiden, bis sie die Sache selbst durchdacht hatte. »Keine Sorge, ich habe den Vertrag schon an die Anwältin meiner Familie weitergeleitet. Sie wird mir sagen, ob da irgendwas faul ist.«

Laura nickte, beschwichtigt, weil Anja sicherstellte, dass sie nicht über den Tisch gezogen wurde. Anja lebte nicht wie Laura in der Wahnvorstellung, alle würden sie immer nur ausnutzen wollen, fürchtete aber immer, Laura könne schlecht von ihr denken.

»Das erinnert mich an eine Folge von *Celebrity Court,* die ich vor Kurzem gesehen habe«, sagte Laura. »Wollen wir sie uns anschauen?«

»Nicht heute Abend. Ich sollte wahrscheinlich nach Hause fahren, falls Louis von seinem Treffen mit Prinz zurückkommt.«

»Ich schick dir den Link.«

»Findest du das armselig?«

»Was bitte soll an *Celebrity Court* armselig sein?«

»Nein, das mit Louis. Sollte ich ihn nicht einfach anrufen und fragen, ob er okay ist, anstatt mir solche Sorgen zu machen?«

»Verstehe ich nicht. Wenn du dir solche Sorgen machst, warum rufst du ihn nicht an?«

»Ich will mich nicht komisch verhalten. Er verhält sich so normal. Er tut so, als wäre alles wie immer, und ich glaube, er erwartet von mir, dass ich das auch tue. Ich will nicht die Illusion zerstören.«

»Dann tu doch einfach eine Zeitlang so als ob und warte ab, wie das läuft. Hetz ihn nicht.«

»Projiziere ich meine Unsicherheiten auf ihn?«

»Definitiv. Lass ihn sein Ding machen. Trauer ist nicht ansteckend. Du hast keinen Grund, Angst zu haben.«

Anja dachte einen Moment lang darüber nach. Wie schräg. Angst, das war es.

»Was auch immer sonst da gerade los ist, er liebt dich«, sagte Laura. »Er ist eine wahnsinnige Nervensäge, aber offensichtlich liebt er dich.«

»Oh«, Anja lächelte, ohne es zu wollen. »Ja, nehme ich mal an. Danke.«

Sie schüttelte Dams Arm, und seine Augen öffneten sich einen Spaltbreit. Aus ihrem Schoß sah er sie an. »Dam, gehst du heute noch aus, oder was?«

Er runzelte die Stirn. »Zum Teufel, nein. Ich verlasse das Haus nicht. Hast du nicht bemerkt, wie neblig es heute war? Ein seltsamer Geruch liegt in der Luft. Ich traue der Sache nicht.« Er fand sein Handy in der Tasche seiner Cargo-Hose. »Ich sollte wahrscheinlich jetzt ein Update verschicken.« Ohne auf den Bildschirm zu blicken, begann er zu tippen.

»Wie kannst du eine Wettermeldung verschicken, wenn du nicht mal draußen warst?«

Er verdrehte die Augen. »Intuition. Gerüchte. Den ganzen Tag lang schicken mir Leute aus der ganzen Stadt Neuigkeiten. Ich konsolidiere das nur. Wie dem auch sei«, sagte er und lächelte, »ich habe keine Lust, heute auszugehen und ich will nicht, dass irgendjemand ohne mich feiert. Da kann ich sie ebenso gut mit meiner Vorhersage ein bisschen erschrecken.« Er warf Laura einen Blick zu, die ihren Stuhl zurückgekippt hatte und nun an der Wand lehnte. Den obersten Knopf ihrer Hose hatte sie geöffnet und rieb sich den vollen Bauch. »Laurita, sieh dich nur an. Du benimmst dich genau wie Mama, wenn sie zu viel gegessen hat. Mach die verdammte Hose zu.«

hitzewelle trocken / modergeruch / tipp: behaltet eure paranoia besser für euch

Keine Spur von Louis, als sie gegen Mitternacht die Tür aufwuchtete. Dafür Spuren anderer Leute, nahe dem Waschbecken waren einige matschige Fußabdrücke auf dem Küchenboden zu sehen. Offensichtlich hatte Howard jemanden überzeugen können, den Berg hinaufzustapfen und so zu tun, als würde etwas repariert. Aus der Schublade mit dem Kontrollset ragten die nackten Enden einiger Kabel. Sie hatten nur Chaos angerichtet: die Illusion von Fortschritt. Sie huschte aus der Küche, entschied zu schlafen, oder so zu tun, bis Louis nach Hause kam.

Sie war daran gewöhnt, dass er spät aus seinem Atelier bei Basquiatt zurückkam. Niemand zwang ihn, Überstunden zu machen, aber wenn er nicht leidenschaftlich genug war, um länger zu bleiben, warum hatte er den Job dann überhaupt? Sie fragte sich, ob sie nun im selben Boot saß, eine Beraterin ohne feste Arbeitszeiten. Aber sie war nicht er. Er war immer schon so gewesen.

Basquiatt war keine große NGO, und sie stellten immer nur einen Künstler-Berater ein – neben so vielen Freischaffenden, oder kurzfristig Angestellten wie für ein bestimmtes Projekt benötigt –, also musste der Auserwählte ein echter »Querdenker« sein. Genau das war Louis.

Sein Job bestand aus zwei Aufgaben: Pressewirksame Experimente am Rande der eher traditionellen Grenzen des Unternehmens zu generieren, und im Verlauf dieses Prozesses die Unternehmenskultur zu verbessern und die Unternehmenswerte von innen heraus zu stärken. Er sollte nicht an einem konkreten Projekt in einer konkreten Region herumspielen – etwa Städteforschung in Lagos oder Impfkampagnen auf den Philippinen –, er sollte nicht an diesem oder jenem Ort die Welt verbessern, sondern Basquiatt verbessern und somit Basquiatt helfen, die Welt zu verbessern. Er zeigte der Institution neue Wege des Denkens auf, und brachte ihr bei, ihre eigene Institutionalität kritisch zu hinterfragen. Durch seine bloße Anwesenheit sorgte er dafür, dass die Institution hip und frisch blieb. Seine Kreativität war Mittel und Zweck zugleich.

Seinen elitären Status erhielt Basquiatt durch einen strengen Auswahlprozess für Investoren aufrecht. Aktien wurden nicht öffentlich verkauft, sie wurden gezielt Investoren angeboten, die für ihr ethisches Handeln bekannt waren und sich bereit erklärten, mehrere Prüfungen zu durchlaufen, bevor es ihnen gestattet wurde, Anteile zu kaufen. Alle paar Jahre kam es zu einem Skandal, wenn ein Basquiatt-Aktionär sich als geheimer Waffenlieferant oder Geldwäscher entpuppte, aber das Aussortieren fauler Äpfel war nur Teil der Routine, die nötig war, um den generellen Eindruck von Unverdorbenheit aufrechtzuerhalten. Jeder Apfel hatte einen Wurm oder zwei, am besten entlarvte und verbannte man sie mit so viel Pomp wie möglich.

Anja fand das neue Tablet unter Louis' Kissen und fuhr mit dem Finger über den Bildschirm, um es zu entsperren. Sie wischte durch die geöffneten Seiten, Spiele und noch mehr Spiele, und wertete es als gesundes Zeichen, dass Louis es hier liegen gelassen hatte, um sich anderen Aktivitäten zuzuwenden. Dann erinnerte sie sich daran, dass er mit Prinz unterwegs war. Wahrscheinlich hatten sie noch andere Leute getroffen und waren in eine Bar gegangen. Sie hätte mitgehen sollen, aber sie fühlte sich körperlich zu schwach. Louis' Lungen hielten dem gesellschaftlichen Passivrauchen besser stand als ihre. Wenn sie länger als ein paar Stunden in einer verrauchten Bar saß, bekam sie immer gleich eine Nebenhöhlenentzündung. Berlin, der letzte Ort auf diesem Planeten, an dem noch geraucht werden durfte.

Automatisch öffnete ihr Finger das E-Mailprogramm auf dem Tablet. Als sie sah, wie Louis' gesamtes Leben sich vor ihr entfaltete, setzte sie sich auf. Ihr Finger schwebte in der Luft, unentschlossen. Sie horchte in sich hinein, suchte nach einem wirklichen Verdacht, dem Verlangen, zu wühlen. Er hatte das Ding zuhause gelassen – ohne es durch ein Passwort zu sichern –, weil er nichts zu verbergen hatte. Und was sollte sich denn schon in dieser Maschine verstecken?

Der kleine goldene Schlüssel zu seinem Seelenzustand? Das Passwort, damit sie sich völlig sicher fühlte in ihrer Beziehung?

Wenn es kein Geheimnis gab, gab es auch keinen Grund, nicht durch die Nachrichten zu scrollen. Sie sahen sich ständig die Nachrichten des anderen an. Das war echte Intimität.

Sie beschränkte sich auf ein beiläufiges Stöbern in den Betreffzeilen. Jede Menge interner Basquiatt-Mails. Er hatte sich alle unsensiblen E-Mails an seine private Adresse weitergeleitet. Es war sinnlos, Arbeit und Leben künstlich voneinander getrennt zu halten.

Re: treffen mittwoch

PRESSEMITTEILUNG eilt :)

Mein Beileid

Davon gab es einige, von Basquiatt-Mailadressen und anderen. *Fühl dich umarmt. Komm zu Kräften.*

Da waren viele Nachrichten von Prinz, meist ohne Betreff, wahrscheinlich Memes. Eine hätte sie beinahe geöffnet, sie stammte von einer Adresse, die aussah wie die einer Anwaltskanzlei. *Nächste Schritte: Erbschaftssteuer.* Über das Erbe hatten sie kaum gesprochen. Sie wusste nur, dass die Vermögenswerte unbedeutend waren.

Eine ungeöffnete E-Mail von diesem Nachmittag ließ sie mit dem Finger in der Luft erstarren: 16:00 howard@fin-start-pr.de. In ihrem Postfach war diese Adresse ein gewöhnlicher Anblick, hier aber wirkte sie fremd. Sie hockte dort zwischen den anderen ungelesenen Nachrichten wie in einer Reihe reifer Kirschen im Spielautomat.

Die Betreffzeile verriet nicht viel: Feedback.

Ihr Handy bimmelte und ihr Herz machte einen Sprung. Louis, er war auf dem Weg nach Hause. Sie atmete tief aus, schloss alle Apps und schob das Tablet wieder unter das Kissen zurück.

Sein Kissen, der Abdruck seines beeindruckenden Kopfes darauf. Sein Kopf auf seinem Kissen in ihrem Bett. Das extrabreite Bett, das einem zustand, wenn man zusammenlebte. Anja wusste, dass sie nur ein Paar von vielen waren, das sich in das Nest seiner Intimität kuschelte, überzeugt davon, dass es einzigartig war, wo es doch auf der ganzen Welt Leute gab, die sich wie sie selbstgefällig aneinander klammerten, völlig identisch in ihrer Einzigartigkeit. Als Paar zusammenzufinden und zu leben war die normativste Angelegenheit der Welt. Man konnte unmöglich sagen, ob man diese Lebensform annahm, weil sie einfach zur Verfügung stand, oder weil man es wirklich wollte. So oder so war es eine fundamental gewöhnliche Art zu leben.

Und doch hatte sie immer vermutet, dass sie beide wirklich etwas Besonderes waren, weil Louis etwas Besonderes war. Louis' Verlangen, Gutes für die Welt zu tun, rang stets mit seinem Wunsch nach Erfolg um jeden Preis – ständig drohten diese beiden Begehren sich zu vermischen, aber ihr gegenüber konnte er Letzteres nicht mit Ersterem verschleiern; sie ließ ihn seinen Ehrgeiz nicht mit moralischer Tugendhaftigkeit kaschieren. Ihre Aufgabe war es, ihn daran sanft zu erinnern, ihm den Selbstbetrug zu verwehren. Es war ihre Liebe, die ihn zur Verantwortung zog, und das war wichtig.

Was er für sie tat? Ganz einfach: Er nahm den Druck von ihr, irgendetwas darstellen zu müssen. Sie war aus der Verantwortung genommen. Sie musste ihren Reichtum nicht zur Schau tragen, nicht aufgeschlossen tun, nicht vorgeben, eine große Vision für die Welt zu haben. Das konnte sie alles an ihn auslagern. Sie konnte ihre Zeit unter dem grellen Licht des Labors im Keller verbringen, tief unter der Erde, in Gesellschaft von gerinnendem und sich abspaltendem Zellmaterial, und sichergehen, dass er an ihrer statt eine hervorragende Performance lieferte, oben, an Land. Und wenn dieses Arrangement nun zufälliger Weise im Einklang mit traditionellen Geschlechterrollen stand, so war ihr das egal. Mitunter entsprach das Stereotyp der Wahrheit. (Aber ist er Feminist?, hatte Laura einmal gefragt, mit hochgezogener Braue. Anja hatte gelacht. Was bedeutete das überhaupt?)

Sie betete ihn nicht an, und sie hielt ihn auch nicht für perfekt – ihm mangelte es an wesentlichen Fähigkeiten, das konnte jeder sehen. Wie zum Beispiel Zeitmanagement. Oder auch die Fähigkeit, nach seinen eigenen Urteilen zu handeln, etwa indem er Leuten offen widersprach, mit denen er nicht übereinstimmte. Aber niemand war vollkommen. Wo er unterentwickelt war, war sie überentwickelt, und anders herum, ergo passten sie zusammen.

Die kleinen Momente ihres gemeinsamen Lebens – das Rauschen des Badezimmerradios, die Art, wie Louis sich schüttelte, nachdem er geduscht hatte, das Kondenswasser auf der Innenseite der Schlafzimmerfenster am Morgen, verursacht durch die Hitze ihrer schlafenden Körper, Anja, die einen orangefarbenen Aufkleber von einer unreifen Birne knibbelte, die präzise Art von Chaos, das Louis hinterließ (in dem alles seinen Platz hatte, auch wenn es so wirkte, als flögen die Dinge nur so durch die Gegend), das Glas Wasser, das sie immer neben das Bett stellte, die grünen Sitzkissen auf der Veranda, auf die das Sonnenlicht in Streifen fiel, Louis, der die Kletterpflanze goss, die an der Rückseite des Hauses hinaufrankte. Louis, der sich ein Video mit einer Anleitung ansah, wie man ein Spannbetttuch faltete – diese Momente waren heilig und bedeuteten mehr als nur die Summe ihrer Teile. Als eine Untermauerung der grandiosen Möglichkeiten ihrer Leben – seines Lebens – in der Öffentlichkeit, was konnte heiliger sein als die Alltäglichkeit ihrer Liebe?

4

Morgens wachte sie meist mit Nackenschmerzen auf. Die symmetrische Verspannung war stets präsent, verkrampfte auf beiden Seiten der Wirbelsäule die Muskulatur am Übergang vom Hals zur Schulter. Sie konnte spüren, wie das Stützgewebe gegen die Knochen aufbegehrte. Dieser morgendliche Schmerz war schon immer dagewesen, schon vor Louis, vor Howard, lange bevor sie mit irgendwem das Bett geteilt hatte. Sie hatte sich nicht richtig entwickelt, etwas fehlte in der Versorgungskette ihrer Wirbelsäule, die den Schädel stützte. Ihrer Konstruktion mangelte es an Sorgfalt. Das war eine Tatsache.

Für gewöhnlich machte sie nach dem Aufwachen, während Louis noch schlief, einige Dehnübungen auf der Yogamatte, die stets ausgerollt am Fußende des Bettes lag.

Als sie an diesem Morgen wach wurde, erblickte sie ihn jedoch schon selbst auf der Matte, wo er irgendwelche abgewandelten yogaähnlichen Bewegungen ausführte. Sie ließ ihren Kopf über die Bettkante hängen, drehte ihn so, dass sie zusehen konnte, wie er sich nach vorne lehnte und versuchte, seine Ellbogen in das Dreieck seiner Leistengegend zu manövrieren.

»Als ich klein war, hat meine Schwester immer gesagt, wenn ich meinen eigenen Ellbogen lecken könnte, würde ich mich in einen Jungen verwandeln«, sagte sie. Er zuckte zusammen und blickte auf, aus irgendeinem Grund überrascht, sie zu sehen.

»Und, hast du es geschafft?«

»Nö.«

»Vielleicht sind all diese Versuche von damals schuld an deinen ewigen Nackenschmerzen.«

Manchmal massierte er ihr den Nacken, was eher emotional als körperlich half. Sie überlegte, ihn darum zu bitten, da sie sich heute besonders gerädert fühlte, aber er war auf der Matte damit beschäftigt, seine Unterarme tiefer in seinen Schritt zu zwingen.

Im Badezimmer stellte sie das Radio über der Toilette an, bevor sie den Duschkopf aufdrehte, um der Schwerkraft, dem morgendlichen Feind, zu erlauben, die Blase des gesammelten Regenwassers langsam in einem schauerartigen Nieseln zu entleeren. Aus dem Radio erklang eine heitere Stimme. Beruhigende Wetterworte. Tagsüber meist sonnig, windstill, Sonnenschauer am Nachmittag. Völlig unglaubwürdig und fern jeder Realität. Sie konnte sich nicht mehr erinnern, wann sich die Diskrepanz von akzeptablem Fehler zu eklatantem Widerspruch ausgeweitet hatte. Dam war der Meinung, die Ungenauigkeit aller offiziellen Wettervorhersagen war kein Zufall, sondern eine handfeste Verschwörung riesigen Ausmaßes. Er konnte sich nur nicht entscheiden, wessen Verschwörung. Mitunter waren es die Nachrichtensender, manchmal die Internetprovider, dann wieder die Stadtverwaltung. Anja tat sich schwer damit, genügend Paranoia aufzubringen, um sich hinter eine seiner wechselnden Hypothesen zu stellen, aber es fiel ihr auch nicht leicht, eine andere, weniger unheimliche Erklärung zu finden. Dam war nicht der einzige, der darüber spekulierte; es gab viele andere, die bis tief in die Nacht auf Reddit Theorien austauschten. Es hatte etwas Bemitleidenswertes, die Bedeutung des Lebens an das geliehene Gerüst einer Verschwörungstheorie zu hängen, aber Dam verlieh der Sache eine gewisse Poesie. Sie erinnerte sich an sein Update vom Abend zuvor: *Wohlwollende Wolken, stille Gewässer / Ungeheure Dankbarkeit / 30°*

Sie wechselte den Sender zu NPR. Das war nach den Dehnübungen der zweite Teil ihres Morgenrituals. Louis sagte, die Englisch sprechenden Stimmen erinnerten ihn an morgendliche

Autofahrten zur Schule und erfüllten ihn mit Nostalgie für ein gewisses neoliberales amerikanisches Lebensgefühl, das im Verschwinden begriffen war. Der Klang von NPR war wie eine Flaschenpost aus der Heimat, verfasst von jemandem, der nur auf den Inhalt der Botschaft hätte achten müssen, um zu wissen, dass das Medium ihrer Übermittlung schon längst seine Berechtigung verloren hatte. Und dennoch plauderten die Stimmen weiter in zweiminütigen Nachrichtenbeiträgen, selbst hier in Europa, und versicherten ganzen Generationen von Expats, dass die Vormachtstellung der englischen Sprache andauern würde und dass im Namen der Sendung *All Things Considered* alle Ansichten zumindest in Betracht gezogen werden würden, ganz gleich ob diese Ansichten nun wahr waren oder nicht. Nostalgie an sich ist nicht unmoralisch, hatte Louis zur Verteidigung seines Senders gesagt.

Das Wasser war lauwarm und roch irgendwie seltsam. Anja duschte nur kurz und widmete sich Teil drei der morgendlichen Routine: Mit dem Finger malte sie einen Smiley auf den beschlagenen Spiegel. Sie zeichnete ein Gesicht mit einem Fragezeichen anstatt eines Mundes :-? Wenn Louis duschte und sich das Glas mit neuem Dunst überzog, würde das Gesicht wieder auftauchen und dann würde er wissen, wie sie sich fühlte, selbst wenn sie das Haus bereits verlassen haben sollte. Sie trocknete sich gründlich ab und ließ das Radio für Louis laufen, wobei ihr auffiel, dass der schlechte Empfang im Badezimmer die amerikanischen Stimmen noch ferner klingen ließ.

Donnerstag. Er war erst seit vier Tagen wieder zuhause, und gemeinsam hatten sie schon zu ihrem üblichen Morgenablauf zurückgefunden. Howard und Laura hatten ihr zwar versichert – und Laura mehr als nur einmal –, dass Normalität im Strudel einer Tragödie die beste Strategie sei, doch Anja quälte sich noch immer mit der Sorge, Louis' Gefühle zu unterdrücken, indem sie nicht *darüber* sprach. Nicht, dass er das behauptet hätte – aber zweifellos hatte er sich verändert, ob er es zugeben wollte oder nicht. Sein

Körper war ein anderer Körper: ein Körper ohne Eltern. Das musste physische Spuren an ihm hinterlassen haben, irgendwo musste ein Stück von ihm fehlen, aber sie konnte nicht ausmachen, wo.

Versehrt oder nicht, der Louis, den sie kannte, wusste sich in jeder Situation angemessen zu verhalten, und so wie er verhielt sich nun mal kein trauernder Mann, der sich seiner Gefühle bewusst war und in der Lage sein sollte, über diese Gefühle auch zu sprechen. Besser als jeder andere, den sie kannte, begriff Louis jene Verhaltensmuster, die die allgemeine gesellschaftliche Realität bequem am Laufen hielten – er kannte die Regeln so gut, dass er nach Belieben mit ihnen spielen konnte, versehentlich aber brach er sie nie. Er wusste, was er tat. Er musste wissen, dass nach dem Tod eines Elternteils das einzig richtig Verhalten darin bestand, traurig zu sein. Er musste wissen, dass vorzugeben, es ginge ihm gut, nicht normal war, und dass er, selbst wenn er sich gut fühlte, ein Bewusstsein dafür zeigen sollte, dass er nicht den Erwartungen entsprach; er sollte so tun, als wäre er wenigstens ein bisschen traurig. Er war derjenige, der in dieser Sache den Ton angeben musste, ohne seine Anleitung hatte sie keine Ahnung, wie sie sich verhalten sollte, wie sie das Bild vervollständigen sollte, das er hätte vorzeichnen müssen. Eine Möglichkeit bestand darin, dass Anja hinsichtlich der gesellschaftlichen Erwartung völlig falsch lag, und dass es tatsächlich richtig und normal war, so zu tun, als ginge es einem gut. In diesem Fall mimte Louis einfach den Mann, der sich nicht seiner Trauer stellen will. Und falls das tatsächlich seine Art war, den Ton vorzugeben, sollte sie es ihm gleichtun. An dieser Möglichkeit störte sie, dass der Mann, der nur so tat, als verleugne er seinen Schmerz, nicht zu unterscheiden war von dem Mann, der seinen Schmerz tatsächlich verleugnete. Selbst wenn er die Verleugnung bloß vortäuschte, steckte er doch mittendrin.

Die andere Möglichkeit, die viel beunruhigender war, bestand darin, dass Louis gar keinem Skript mehr folgte und die Trauer ihn derart umgehauen hatte, dass ihm die Fähigkeit oder das Bedürfnis, sich an die Regeln zu halten, abhanden gekommen war. Nun, da sie sich einmal im Kreis gedreht hatte, dachte sie, lieferte diese Möglichkeit den stärksten Beweis dafür, dass Louis unvorstellbar litt.

Sie ging in die Küche hinüber, um Smoothies zuzubereiten – der letzte Teil der morgendlichen Routine – und während sie den Mixer hervorholte, fiel ihr auf, dass das etwas Neues war: Sie sagte sich die Schritte der Morgenroutine in Gedanken vor. Sie hatte ihre Morgen nie wirklich als Routine verstanden; sie tat es jetzt nur, weil die Routine symbolisches Gewicht erhalten hatte. Sie war sich der Norm bewusst geworden, weil sie nach jeder noch so geringen Abweichung Ausschau hielt. So erpicht war sie darauf, dass das Nachher dem Vorher ähnelte, dass sie nach einem Barometer suchte, um es zu messen.

Das bedeutete, dass sie die Abweichungen sicher größer machte, als sie wirklich waren. Dass Louis an diesem Morgen vor ihr aufgewacht war, hatte bestimmt nichts zu bedeuten. Es musste zig Morgen gegeben haben, die auch nicht nach Plan verlaufen waren. Er musste unzählige Male vor ihr aufgewacht sein. Aber in diesem Moment, da der Mixer Stücke von Fruchtfleisch zermalmte, erinnerte sie sich an keinen einzigen.

Sie trank gerade ihren Smoothie aus, als Louis die Küche betrat. Er verzog den Mund zu einer Art Kringel, die dem Smiley in der Dusche ähneln sollte. Er wollte den Rest der grünen Materie, die sich im Mixer befand, nicht, sagte er, lieber aß er einen Muffin. Die Spirulina wird schlecht, wenn du das nicht trinkst, wollte sie gerade sagen, doch sie verkniff es sich und öffnete den Toaster. Auf keinen Fall würde sie ihren zwanghaften Gedanken freien Lauf lassen; sie würde ihn nicht drängen, einen schlecht schmeckenden Smoothie zu trinken. Er durfte nicht bemerken, dass sie ihn genau beobachtete. Sie durfte seine Coolness nicht als Herausforderung sehen, denn sie hatte keinen empirischen Beweis dafür, dass er sie überhaupt herausfordern wollte – schließlich hatte sie keinen empirischen Beweis dafür, dass er litt und es vor ihr verbarg. Von außen war es unmöglich, zu unterscheiden, ob er vorgab, es ginge ihm gut, oder ob es ihm wirklich gut ging, und das Außen war alles, was sie hatte. Sie durfte nicht zugeben, dass sie sich wünschte, ihn leiden zu sehen, denn das hätte geheißen, dass sie sich wünschte, er leide. Beide Wünsche waren abartig. Sie musste sich darauf konzentrieren, ihn ganz normal zu lieben.

Weiter unten am Berg blitzte etwas Pinkfarbenes auf, als sie eine der vielen Biegungen des Pfades nahm. Sie konnte sich keinen Grund vorstellen, warum der Pfad, je nach Gelände, so kurvenreich verlaufen musste, wo doch jeder Zentimeter des Berges angelegt worden war, und also auch ein gerader Weg von oben nach unten hätte angelegt werden können. Keinen Grund, außer dem Wunsch, irgendeiner albernen Vorstellung von Natürlichkeit zu entsprechen. Als der Weg wieder geradeaus führte, sah sie Matilda, eine ihrer Nachbarinnen, die eine knallpinke Strickjacke trug. Matilda zu treffen, war eine Überraschung. Es war mindestens zwei Wochen her, dass ihr jemand begegnet war, der den Berg hinauf- oder hinablief.

»Hey«, rief Mathilda, und stieg Anja leicht keuchend entgegen. Im Arm hielt sie einen kleinen, dicken Hund mit gelbem Fell. Die Zunge hing ihm aus dem Maul, das von einem leichten Sabberrand gesäumt war. »Auf dem Weg nach oben wird er immer müde«, sagte Mathilda, als sie näherkam, und tätschelte den Hund. »Ich muss ihn immer ein Stück tragen.«

»Das kenne ich«, sagte Anja. »Ich wünschte, mich würde auch jemand tragen.«

Mathilda blieb im Abstand von einem halben Meter stehen und hob den Hund zu sich, so dass seine Schnauze nahe an ihrem Ohr war. »Wie geht's? Wir haben euch seit Ewigkeiten nicht gesehen.«

Mit ›wir‹ meinte Matilda sich selbst und ihren Ehemann, an dessen Namen Anja sich nicht erinnern konnte. Sie waren Dänen, Mitte 40 wahrscheinlich, und beide auf stattliche Art gutaussehend.

»Ach, alles gut so weit. Bis auf, naja. Ein paar Sachen im Haus.« Sie machte eine Handbewegung den Berg hinauf.

Mathilda verdrehte die Augen und sie lachten beide. »Nun, wir wussten, worauf wir uns einlassen, nicht wahr?«

»Ja.«

Sie würden nicht über die Details sprechen, so viel war klar. Die Nachbarn gingen alle sehr diskret mit ihren Problemen um; es gab kein Gemeinschaftsgefühl unter ihnen. Vielleicht hatten Louis und sie sich auch zu sehr abgesondert, aber das glaubte sie eigentlich nicht. Alle waren zu unterschiedlichen Zeiten eingezogen und getrennt voneinander instruiert worden. »Ich bin froh, dass alle versuchen, die Illusion von Exklusivität aufrechtzuerhalten«, hatte Louis gesagt. »Lagerfeuer und Grillabende würden das Spiel ruinieren.«

»Wir dürfen hier ohnehin keine offenen Feuer machen«, hatte Anja angemerkt.

Matilda und ihr Mann lebten in dem Haus, das dem von Anja und Louis am nächsten lag, ein paar hundert Meter den Berg hinab. Sie konnten die Häuser der anderen Parteien aufgrund des Laubs von ihren eigenen Grundstücken aus nicht sehen, und es fiel Anja leicht, zu vergessen, dass sich jederzeit jemand in Hörweite befinden könnte. Zurückgezogenheit per Design.

»Es liegt auch an uns, dass wir euch nicht gesehen haben«, sagte Matilda. »Wir waren viel in Kopenhagen.«

»Wegen der Arbeit?«

»Ja, und auch aus familiären Gründen. Unsere Tochter. Wir haben immer noch unsere Wohnung dort.« Sie räusperte sich.

Hauptwohnsitz sollte The Berg ein, aber natürlich zwang sie niemand, dort Zeit zu verbringen. Viele der anderen Nachbarn hatten wahrscheinlich noch Wohnungen an anderen Orten, Wohnungen, in die sie sich zurückziehen konnten, wenn sie die lauwarmen Duschen leid waren.

»Und du?« Matilda lächelte. »Arbeitest du noch im Labor?«

Anja nickte und sagte, ja, es laufe alles sehr gut. Sie war nicht gerade dankbar für die Erinnerung. Voller Schuld dachte sie an Michel, der ihr in regelmäßigen Abständen Nachrichten schrieb. Noch nie hatte sie ihn so lange nicht gesehen wie jetzt. Sie hatte es als gegeben hingenommen, ihn von montags bis freitags in ihrem Leben zu haben. Es wäre sinnvoll gewesen, mit ihm über das zu reden, was mit ihnen geschah, gerade mit ihm, doch sie konnte sich noch nicht dazu durchringen, ihn anzurufen. Sie war sich nicht sicher, warum. Es wäre auch sinnvoll gewesen, Matilda zu fragen, ob ihr Abfallentsorgungssystem jemals funktioniert hatte, aber auch das würde sie nicht tun.

Matilda erkundigte sich nach Louis, und Anja musste sich sehr zusammenreißen, eine gelassene Miene zu wahren. Sie kannte Matilda nicht gut. Sie konnte es nicht einfach jedem erzählen.

»Dem geht es bestens«, sagte sie. »Schwer beschäftigt, wie immer.«

Die Unterhaltung war langweilig und wie zum Signal, dass es Zeit war, weiterzugehen, sahen sie aneinander vorbei.

»Ihr solltet bald mal vorbeikommen und uns besuchen«, sagte Matilda. »Wir würden gern für euch kochen.«

»Ich rede mal mit Louis darüber, welcher Tag am besten wäre.« Sie wussten beide, dass sie das nicht tun würde.

Matilda tat einen Schritt den Weg hinauf, und Anja einen Schritt den Berg hinab, dann sagten sie, wie schön es war, dass sie einander gesehen hatten. Als sie in umgekehrter Position standen, so dass Anja zu Matilda aufblickte, und Matilda zu ihr herunter, sagte Matilda. »Und wenn es dir nichts ausmacht, erzähl bitte niemandem von Cheeto.« Sie hob den Hund wieder an und ließ ihn mit seiner feuchten Schnauze an ihrer Wange entlangfahren. »Normalerweise wohnt er gar nicht bei uns. Es ist nur, du weißt schon.«

»Natürlich nicht.«

Abends hatte sie wenig zu berichten. Sie hatte den Tag damit zugebracht, mit Laura ihren Vertrag noch einmal zu lesen und *Der Bachelor* zu gucken.

»Laura schaut zu viel fern«, war alles, was ihr dazu einfiel. »Sie braucht einen Job.«

»Was hast du gegen Fernsehen?«, fragte Louis. »Braucht sie wirklich einen Job?«

Es war gegen Mitternacht und wie vorhergesehen war es im Haus sehr heiß. Er war spät heimgekommen, sie hatten Sex gehabt, er hatte geduscht. Sie hatte ihm zugesehen, wie er das Wasser von seinem Körper abschüttelte und an der Luft trocknete. Seine Silhouette war perfekt.

»Ja, sie braucht einen Job. Aber sie tut, als wäre fernzusehen ihr Job. Sie hängt ständig in all diesen Foren rum. Als würde sie für irgendeine Prüfung büffeln. Sie hat mich heute die ganze Zeit mit Trivia vollgequatscht, und war eindeutig zu empört, als ihre Spielerin rausgeflogen ist.«

»Ich wusste gar nicht, dass es beim Bachelor Spieler gibt. Ich dachte, das wäre eine Dating Show und keine Game Show.«

»Streng genommen heißen die auch nicht Spielerinnen.«

»Gewinnen die Geld?«

»Nee, nur einen Ehemann. Aber dann kriegen sie lauter Werbeverträge und Talk-Show-Auftritte, also gewinnen sie doch irgendwie Geld.«

»Es kam mir schon immer seltsam vor, dass Laura sich diesen Schrott anschaut. War sie nicht mal so eine Art Anarchistin?«

»Ja, früher war sie richtig schwarzer Block.«

»Was für ein Klischee: Die desillusionierte Revoluzzerin.«

»Nicht ganz. Sie geht da sehr anthropologisch dran. Sie nennt das kritisches visuelles Engagement.«

»Vielleicht sieht sie auch einfach nur gern fern. Ich könnte das besser akzeptieren, wenn sie es nicht als etwas Intellektuelles verkaufen würde.«

»Du solltest dankbar sein, dass ich wegen Laura so viel fernsehe, sonst würde ich all deine kulturellen Referenzen gar nicht verstehen.«

»Aber ich schaue nie fern.«

»Musst du auch nicht, du bist ja in den USA aufgewachsen. Du hast doch sicher ferngesehen, als du ein Kind warst.«

»Nie. Pat hat mich nicht gelassen.«

Interessant. Das war eine neue Information für ihre Sammlung.

Louis nannte seine Mutter beim Vornamen, das war ihr bekannt. Anja hatte solche Fakten über Louis nebenbei erlangt, wie durch Osmose. Anders als die meisten Paare, hatten sie keinen Background-Check betrieben, als sie zusammengekommen waren. Diese langgezogene Phase der Erzählungen über das eigene Ich und der Mitteilung biografischer Informationen, die Schlussfolgerungen über die Beschaffenheit der Psyche des Anderen zuließen, hatte zwischen ihnen nie stattgefunden. Aus früheren Beziehungen, selbst aus ihrer Zeit mit Howard, hatte sie diesen Prozess erwartet, sich sogar darauf gefreut, und war verwirrt gewesen, als Louis wenig Interesse daran zeigte, etwas über ihr früheres Leben zu erfahren, was sie als einen generellen Mangel an Interesse an ihrer Person missinterpretierte.

Doch es war offensichtlich, dass ihre Gespräche unendlich unterhaltsamer und aufschlussreicher waren als die vorgezeichneten Unterhaltungen aus dem Beziehungshandbuch; sie lernten voneinander und schrieben die abgestandenen Narrative darüber, wer sie waren, neu, anstatt sie zu verfestigen. Sie schafften neue Inhalte. War es wichtig, was Louis wirklich »passiert« war, vor ihr? Das Netz aus Referenzen, Witzen und Ideen, das sich in der Gegenwart entfaltete, war realer als diese Art von Küchenpsychologisierung des eigenen Selbst. Sie hatten interessantere Dinge zu besprechen. Sie lachten viel.

Zwei Jahre lang waren sie seitwärts nebeneinanderher getänzelt und hatten die Schritte hin zur Monogamie (Exklusivität, als Paar auf Partys zu gehen, ihre Freunde einander vorzustellen, zusammenzuziehen) ohne großes Trara geschehen lassen. Dies waren Krebsschritte in eine logische Richtung, und nicht die Art von Stufen in einer Aufwärtsbewegung, von denen Anja andere Frauen oft hatte als Errungenschaft sprechen hören. Und über diese Schritte wurde nie so diskutiert, als wären sie folgenschwere Entscheidungen. Louis war in der Lage, Pläne zu schmieden, aber er machte keine Versprechungen. Das musste er auch nicht.

Und dennoch widerstand sie nicht dem Verlangen, ein grundlegendes biografisches Gerüst für ihren Freund zusammenzubasteln. Sorgfältig sammelte sie die Fakten, die er nebenbei abwarf, Überreste anderer Geschichten. Diese Fakten fügte sie behutsam zusammen. Es war wichtig, dass sie ihn besser kannte als alle anderen.

Louis' Vater war Maschinenbauingenieur gewesen, der in einem blau-grauen Bürogebäude auf der gegenüberliegenden Seite der Schnellstraße einer Fabrik für Dieselmotoren in Columbus, Indiana, gearbeitet und sonntags in einer frühchristlichen Kirche die Orgel gespielt hatte. Als Louis noch klein war (ca. 10 J.), hatte er sich eine Herzkrankheit zugezogen, und während einer Chorprobe eine Lungenembolie erlitten, an der er noch auf seinem Stuhl in der Kirche verstorben war.

»Lungenembolie« lautete die einzige Beschreibung, die sie jemals vom Vater erhalten hatte, nicht einmal ein Name, nur »Lungenembolie« – das Gesicht ein runder Klecks geronnenen Fettes und Bluts, Arme, die leblos an ihm herabbaumelten, oder vielleicht waren seine leblosen Handgelenke auch mit einem lauten Klappern auf die Tasten gefallen. Alles sehr morbid.

Die Mutter, die bis vor Kurzem noch am Leben gewesen war, hatte natürlich einen Namen. Pats Geschichte begann, wo die des anderen Elternteils aufhörte. Nach drei Monaten im Feld und acht Monaten in der Reha, kehrte Pat erst kurz vor der Lungenembolie von ihrem Einsatz im Irak zurück. Sie war noch im Begriff, sich an ihre neuen Beine zu gewöhnen, als sie sich plötzlich allein mit Louis wiederfand – und zur alleinerziehenden Mutter auf Lebenszeit wurde. Aber sie hatte auch übermenschliche Kräfte gewonnen: Die mechanischen Gliedmaßen, die Louis sich als hölzerne Würste vorgestellt hatte, bevor er sie zum ersten Mal sah, beeindruckten ihn zutiefst. Pat verkraftete den Verlust ihrer Beine ebenso spielend wie den ihres Ehemanns (was darauf schließen ließ, dass eine gewisse Härte oder Apathie in der Familie lag, wie Anja zur Kenntnis nahm).

In seiner Jugendzeit verehrte Louis Pat und versuchte verzweifelt, sie zu beeindrucken. Er folgte ihr zu all ihren Ehrenämtern. Sie arbeitete für die Interessenvertretung der Veteranen, den Gestaltungsbeirat der Stadt, die öffentliche Bibliothek, das Reinigungsteam der Kirche. Irgendwann wurden aus flüchtigen Sonntagsbesuchen der Episkopalkirche vier Wochentage, an denen sie sich die volle Dröhnung Religion gab.

So landete Louis in der Samstags- und Sonntagsschule, im Nachmittagschor, beim Benefiz Lunch, bei der Kirchenfreizeit und bei mehr als einer Übernachtungsparty. Er musste nicht lange überredet werden; die Kirche war ein sanktionierter Ort, an dem er Basketball spielen und Mädchen kennenlernen durfte. Er hatte nie an Gott geglaubt, aber er glaubte an diese beiden Dinge. Und er glaubte an Pat. Soweit Louis das beurteilen konnte, hatte Pat keinerlei Interesse daran, wieder zu heiraten, und bis er fortzog, um zum College zu gehen, fuhr sie ihn in ihrem vollautomatischen, von der Armee finanzierten Van zur Schule, zum Basketballtraining und zum Kino. (Dass Louis es hasste, selbst zu fahren, wurde während dieser fürchterlichen Fahrt nach Hamburg klar, als Louis mit dem Wagen von der Autobahn abkam.)

Als Louis es zum Studium nach New York geschafft hatte (Bundesstaat, nicht Stadt), lernte er als Erstes, dass eine Veteranin zur Mutter zu haben, hier nicht das gleiche moralische Gewicht hatte wie im Mittleren Westen. Er lernte seine kleinbürgerliche Erziehung herunterzuspielen, und als wollte er sie wettmachen, büffelte er wie verrückt – nicht für die Uni, die er im Schlaf hätte bewältigen können, sondern um sich die intellektuellen Referenzen anzueignen, die ihm aufgrund seiner provinziellen Herkunft so grausam verwehrt worden waren (ähnlich wie Anja sie von ihm erlangte, aus zweiter oder dritter Hand). Zum ersten Mal in seinem Leben schämte Louis sich für Pat, wenn sie ihn besuchte, und in ihrem braunen Van mit den vielen Veteranen-Aufklebern am College vorfuhr. Sie glaubte, dass er sich für ihre Behinderung schämte – auch wenn das ganz und gar nicht der Fall war – und es folgte eine Phase der Entfremdung zwischen ihnen. Sie vergrub sich tiefer in die Kirche.

Während der zwei Jahre, in denen er seinen Master of Fine Arts in Kalifornien machte, schwand die Scham über seine Herkunft. Viele der Freunde, die er an der Universität kennenlernte, stammten aus ähnlichen kulturellen Wüsten, hatten die Dünen der freien Künste erklommen und waren mit der Genugtuung, die unfairen Voraussetzungen überwunden zu haben, oben angekommen. Dieser gemeinsame Aufstieg aus der Mittelmäßigkeit war es, der ihnen das Recht verlieh, Kunst zu machen – im Gegensatz zu all diesen aufgeblasenen Söhnen und Töchtern von Sammlern und Kuratoren mit ihren eigenen Treuhandfonds. Er hieß Pat wieder in seinem Leben willkommen, sie war der Beweis, wie weit er es gebracht hatte.

In Kalifornien begann er, ernsthaft Kunst zu produzieren. Die meiste Zeit des zweiten Studienjahrs beschäftigte er sich mit einem einzigen Projekt und stellte eine Reihe winziger Drohnenhelikopter her. Die Drohnen waren mit Weitwinkelkameras ausgestattet, mit denen sie große Flächen absuchen und sich an verdächtige Zeichen von Armut heranzoomen konnten; baufällige Dächer, Müll, Entfernung zur Wasserversorgung, Nähe zu gefährlichen Abfällen. Diese Faktoren wurden in ihre Wiedererkennungssysteme für Bildmaterial aufgenommen. Anhand dessen, was die Drohne fand, war es theoretisch möglich, sagte Louis, die Gegenden zu bestimmen, in denen Entwicklungshilfe am dringendsten benötigt wurde. Bei der Ausstellung, die seine Abschlussarbeit begleitete, zeigte er wandgroße und erstaunlich hoch aufgelöste Drucke einer Gegend, die die Drohne aus der Luft aufgenommen und als Gefahrenzone markiert hatte: den Campus der Universität. Zerfallende Gebäude, Müllhaufen, und die gefährliche Nähe zu einer Chemiefabrik hatten den Campus als geeignetes Ziel für Hilfsleistungen identifiziert.

Sein Fünf-Jahres-Vertrag mit Basquiatt war nun schon zur Hälfte abgelaufen. Sie hatten ihn noch vor Ende seines Studiums eingestellt, das Ticket nach Berlin für die Woche nach seinem Abschluss gebucht. Er war der Einzige aus seinem Jahrgang, der direkt zum Berater aufstieg. Viele seiner Klassenkameraden sollten später auch diese Laufbahn einschlagen, mussten aber erst wenigstens den Anschein erwecken, etwas geleistet zu haben, das sie für einen Job im Consulting qualifizierte.

(Seine Zeit in Berlin war ziemlich klar; Anja hatte viele Daten über ihn aus den letzten drei Jahren. Jede Menge gemeinsame Freunde, denen sie Details aus den Rippen leiern konnte. Es hatte vor ihr ein paar Frauen gegeben, aber nur ein paar.)

Dies waren die Fakten, anhand derer sie sich ausmalte, wie Louis' Rückkehr nach Indiana zur Beerdigung verlaufen war, die Geschichte, die sie sich selbst erzählte. Einige Informationen gab er von sich aus preis – Nierenversagen, zum Beispiel. Bei Frauen über 60 sei dies eine häufige Todesursache, hatte er gesagt. Sie war über 60 gewesen? 59.

Pat hatte ihn also nicht fernsehen lassen. Die Tatsache an sich war die erste Information. Aber dieses Detail hatte darüber hinaus eine weitere Bedeutung: Louis brachte das Gespräch nun von sich aus auf Pat. Er hatte ihren Namen seit seiner Rückkehr bislang nicht ausgesprochen.

»Du hast Pat noch kein einziges Mal erwähnt, seit du wieder da bist«, sagte Anja.

Er nickte. »Ich weiß, das ist schräg. Ich habe kaum über sie nachgedacht. Und ich habe auch seit der Beerdigung nicht geweint.«

Er war nach dem Duschen nun völlig trocken und stieg in seine Shorts. Sie starrte ihn an.

»Du hast auf der Beerdigung geweint?«

»Ja, es ist so krass, was die mit der Kirche gemacht haben.«

»Mit der Kirche?«

»Die First Christian Church, in der mein Vater früher gespielt hat.«

Kirche, Vater, Orgel: Check.

»Was haben sie gemacht?«

»Die Kanzel abgerissen, das war so ein schöner Thron aus Holz. Scheinbar ist es für die Prediger nicht mehr angesagt, stillzustehen, sie sollen rumlaufen, als wollten sie Jesus verkaufen. Sie haben eine riesige Leinwand angebracht, um Filme zu zeigen und eine Stereoanlage für Christrock. Ich nehme mal an, die Aufmerksamkeitsspanne der meisten Leute ist nicht mehr lang genug, um für die Dauer einer ganzen Predigt stillzuhalten, wenn es keine Multimedia Show gibt. Die verstehen nur nicht, dass dieses Gebäude nicht dafür gemacht ist, es taugt nicht zur Megakirche.«

»Das ist die Kirche von Eero Saarinen, oder?« Zusatzinformationen, danke, Google. Anja wusste, dass Columbus eine Brutstätte der modernen Architektur war. Ein Leuchtfeuer der Kultur im Mittleren Westen, die großen Namen tummelten sich hier. Louis war auf dieses Thema immer wieder zu sprechen gekommen und hatte seine Bedeutung jedes Mal aufs Neue betont.

»Nein, Eliel, sein Vater. Die Kirche war die erste große Architektur in Columbus.«

»Gibt es da keinen Denkmalschutz?«

Er saß auf dem Bettrand und zog seine Socken an, die er normalerweise beim Schlafen trug. »Columbus hat so eine schräge Mischung aus anspruchsvoll und ordinär, die echt schwer zu erklären ist. Architektonische Meisterwerke zwischen Einkaufszentren, heruntergekommenen Garagen und Wohnwagensiedlungen. Die Leute merken gar nicht, dass die öffentliche Bibliothek von I.M.

Pei ist, die Teenager wissen nur, dass es in ihr viele dunkle Ecken zum Rumknutschen gibt. Dann ist da noch dieser riesige Ring an Industriebauten um die Stadt, weil die Motorenfirma zwar für all die schicke Architektur gezahlt, ihre eigenen Fabriken aber nie auf Vordermann gebracht hat. Also leben und arbeiten die meisten Leute tatsächlich in diesen echt beschissenen Anlagen, aber die Stadt sieht immer noch schön aus für die Touristen.

»Die Motorenfirma hat für die Architektur bezahlt?« Sie tastete sich vor. Kein Glück.

»Das Unternehmen wollte was für die Gesellschaft tun. Philanthropie. Damals war es noch neu, dass Unternehmen so was machen.«

Sie wusste, in welche Richtung sich das Gespräch bewegte. Es bewegte sich sehr weit weg von Pat, weg vom emotionalen Inhalt, hin zum intellektuellen. Und er hatte Laura noch beschuldigt, ihr Interesse fürs Fernsehen hinter einem akademischen Anspruch zu verstecken. Er wusste, wovon er sprach.

Doch sie zog mit, spielte ihre Rolle. »Was hatten die Leute von der Motorenfirma davon, dass sie für die Architektur bezahlt haben?«

»Das ist die Sache mit dem wohltätigen Engagement von Unternehmen, es ist nicht klar, was die davon haben. Die machen das aus vielerlei Gründen, fürs öffentliche Ansehen, die Arbeitsmoral. Aber wenn man das ein bisschen allgemeiner betrachtet, ist das auch eine Art, wie sie die Leute überzeugen, dass wir die Regierungen für öffentliche Dienstleistungen gar nicht brauchen. Wenn Unternehmen wohltätig sind und Bäume pflanzen und schöne Gebäude bauen, werden die Leute nicht die Regierung unter Druck setzen, dass die ihren Job macht und mitmischt. Wie heißt es so schön, Philanthropie ist ein Grundpfeiler des Neoliberalismus.«

Er ging ins Badezimmer und kehrte mit seiner Zahnbürste in der Hand zurück. »Warte mal, wie lange läuft *Der Bachelor* eigentlich schon? Ist das nicht schon vor zwanzig Jahren rausgekommen?«

»Noch länger her. Das ist die älteste noch laufende Reality-TV-Sendung aller Zeiten. Außer *Big Brother* vielleicht.«

»Kaum zu glauben«, sagte Louis, der wieder ins Badezimmer zurückgegangen war und sich die Zähne putzte.

Sie rief ihm zu: »Aber warum interessiert sich eine Motorenfirma für moderne Architektur? Scheint mir ein bisschen ein Nischenthema zu sein.«

»Da war ein Superhirn am Werk«, gurgelte er zurück. Sie wartete, bis er ausgespuckt hatte, und sie das Wasser in den Abfluss laufen hörte.

»Ein Superhirn also.« Er kam aus dem Badezimmer und hockte sich auf die Bettkante.

»Ja, ein Vordenker!« Er lehnte sich zurück, um sie anzusehen. »J. Irwin Miller, Prototyp des ethischen Firmenbosses der Zukunft.«

Sie lachte. »Willst du mir die Geschichte erzählen?«

»Eine Gutenachtgeschichte. Lass mich kurz nachdenken.« Er fuhr sich gespielt übers Kinn, offensichtlich gab es nichts, worüber er nachdenken musste. Er war bestens vorbereitet auf die Welt gekommen. »Gehen wir zurück in die 1940er Jahre.« Sie lachte erneut.

»Wir befinden uns mitten im Zweiten Weltkrieg.«

»Okay.«

»J. Irwin Miller, in Columbus geboren und aufgewachsen, übernimmt nach dem Tod seines Onkels die Cummins Motoren Company.

»Gut. Und dann?«

»Der Company geht es nicht wirklich gut. Aber auch, wenn er keinen Schimmer davon hat, wie man so ein Unternehmen führt, bringt er sie doch schnell wieder auf Trab. Er ist von Natur aus ein großartiger Manager und alle lieben ihn. Er ist Humanist und Christ und während er bei der Navy ist und Seite an Seite mit dem gemeinen Volk schuftet, entwickelt er einen gewissen Fetisch für die Arbeiterklasse. Er setzt sich für die Arbeiterrechte ein. Er hilft sogar seinen eigenen Arbeitern, eine Gewerkschaft zu gründen.«

»Wo ist der Haken?«

»Es gibt keinen Haken.« Louis lächelte, halb ernst, wie immer. »Er ist ein guter Christ. Und schließlich ist die Firma so gewachsen, dass sich die ganze Stadt verdoppelt hat. Die Schulen und öffentlichen Gebäude sind alle nicht mehr groß genug, und die Regierung baut ganz schnell all diese beschissenen Anlagen, um die Leute unterzubringen. Also beschließt unser Held, J. Irwin, die Gewinne der Firma zu nutzen, um richtige Architekten dafür zu bezahlen, diese Gebäude zu entwerfen.«

»Und er bezahlt für alles?«

»Er stockt den Regierungshaushalt auf, um gute Architekten zu bekommen, und nicht irgendwelche Plattenbauten.«

»Also baut er zuerst eure Kirche.«

»Die Kirche ist seine ganz besondere Herzensangelegenheit. Das war so eine Art Testlauf, um die Stadt davon zu überzeugen, dass moderne Architektur schon okay ist. Die Provinzeier im Mittleren Westen ›kapieren‹ die Moderne eben nicht, wenn du ihnen das Ganze nicht mit Religion versüßt. Er überzeugt die Gemeinde, indem er den Leuten das Gefühl gibt, sie wären am Gestaltungsprozess beteiligt. Er fragt sie, was sie eigentlich von einer Kirche wollen.«

»Bürgerbeteiligung – partizipatorische Raumpraxis, bottom-up!«

»Genau.« Louis lachte. »Seiner Zeit um Lichtjahre voraus.«

»Warum weißt du so viel darüber?«

»Ich habe während des Studiums eine Arbeit dazu geschrieben.«

»Was war das für eine Arbeit?«

Er räusperte sich und tat so, als würde er eine Brille seine Nase hochschieben.

»Nun, meine These lautete, dass Irwin der Urvater der kreativen Stadtplanung ist, weil er eine Architektur bauen ließ, die kluge, junge Leute in die Einöde locken würde, um für seine Motorenfirma zu arbeiten. So begründete er das kulturelle Kapital der Stadt und konnte berühmte Architekten kennenlernen. Und gleichzeitig entwickelte er auch noch diesen aufwendigen Steuertrick. Er erfand die Unternehmensphilanthropie als Werbemaßnahme und als einen

Weg, Steuern zu sparen. Er brachte öffentliche, private und persönliche Interessen in Einklang. Der perfekte Dreier.«

»Was macht Cummins heute?«

»Nichts mehr, so richtig. Die Zeit des Diesels ist vorbei. Und nach Irwins Tod haben sie ihre Innovationsbereitschaft verloren. Es war kein Geld mehr da, um neue Architektur zu bauen oder meine Kirche instandzuhalten.«

Meine Kirche. Ein sonderbarer Besitzanspruch. Ein Besitzanspruch, der einem Mangel entwuchs.

»Vielleicht brauchen die einen neuen Irwin«, sagte sie.

»Die Welt braucht einen neuen Irwin.«

»Vielleicht bist du der neue Irwin.«

»Eher nicht.« Er sah weg, in Richtung Fenster und der absoluten Dunkelheit dahinter. »Weißt du, was mir klar geworden ist, als ich zuhause war?«

»Was?«

»Ich habe keinen Grund mehr, nach Columbus zurückzukehren.«

Wie sie vermutet hatte, waren sie wieder dort angelangt, wo ihr Gespräch begonnen hatte. Sie konnte ihn mit den Händen in der Luft herumwirbeln, sich um Konzepte und seine eigenen Gedanken drehen lassen, während sie im Stillen neue Kreise zog. Irgendwann kehrte er immer zum Ausgangspunkt zurück und sie konnte entschlüsseln, warum er welchen Weg eingeschlagen hatte. Der Weg war immer ein anderer – darum ging sie überhaupt mit – aber die Methode, fortzugehen, um zurückkehren zu können, war so vorhersehbar, so ineffizient.

Zum ersten Mal verspürte sie Ärger darüber, dass Louis sich selbst immer erst hinter sich lassen musste, um dann wieder zurückkehren zu können. Wenn er die ganze Welt in Worte fassen konnte, sollte es ihm doch auch möglich sein, die eigene Existenz direkt in Worte zu fassen. Wenn er das nicht konnte, worin lag dann der Sinn all der Runden, die sie gemeinsam drehten?

5

Am Freitag wollte Louis unbedingt ausgehen. Prinz war in einer Tiki Bar im Westen und sie sollten ihn dort treffen. Das schien normal und völlig in Ordnung, und es war auch *völlig in Ordnung* für Anja. Auf der anderen Seite fühlte sie sich schwammig und unfähig zu Small Talk. All ihre Kleider rochen, als hätten sie zu lange in der Waschmaschine gelegen. Sie wählte ein klammes, gelbes Stricktop aus, weiße Leinenhosen und Plateausandalen mit kleinen Plastikblumen zwischen den Zehen, dann sprühte sie ihren ganzen Körper mit Febreze ein.

»Strandklamotte!« rief Louis anerkennend vom Bett herüber, während er eine Textnachricht schrieb. Er trug das Haar zu einem langen Fischgrätenzopf geflochten, eine Lederjacke hing über seinen Schultern. Er zog Jacken nie wirklich an, warf sie sich nur über, ohne die Arme einzufädeln, so dass die Ärmel leer herabbaumelten, als wäre er ein Kleiderständer.

Louis konnte alles tragen. Es war unglaublich. Er konnte Quastenslipper tragen, er konnte Surfshorts tragen, er konnte Nadelstreifenblazer tragen. Traf man ihn das erste Mal, wirkte das befremdlich – die Beliebigkeit der Kleidung, und dass er nicht das superironische Auftreten jener Personen hatte, die üblicherweise solche Klamotten trugen. Er hatte Ironie nicht nötig. Ästhetischer Trumpf war immer der Körper und die unglaubliche Feinheit der Haut auf seiner Stirn, die lange, schmale Nase, das exquisite Grübchen über der Oberlippe, der trapezförmige Torso, diese sehnigen Beine – man vergaß die Klamotten einfach; sie hoben seine Erscheinung nur noch hervor. Tweedjacke, weiße Tennissocken, mit einem

Stück Kordel zurückgebundenes Haar. Es war grässlich und angeberisch, und doch wirkten sorgfältig gekleidete Männer neben ihm unbedeutend und prätentiös.

Anja bemühte sich sehr um ein stimmiges Erscheinungsbild. Mit jedem Outfit versuchte sie eine wohlkalkulierte Kombination verschiedener Referenzpunkte zu präsentieren. Gewöhnlich bestimmte ein Thema, das sie von Kopf bis Fuß einhielt, ihre Kleiderwahl. Quietschende Materialien, Grunge, Business Uncasual, Gelb, Markenklamotten, No-Name-Klamotten, Denim mit Seide. Ihr war bewusst, dass sie kleine, scharfe Gesichtszüge hatte, die den extrem akkuraten Koordinaten einer Reliefkarte zu folgen schienen, und ihr Ziel war es, diese Präzision in ihren Outfits zu spiegeln. Louis hatte einmal zu ihr gesagt, dass ihr Gesicht im Profil gesehen merklich inkongruent mit seiner Frontalansicht war, was ihn faszinierte. Es war, als existierte sie in zwei verschiedenen Dimensionen.

Ihre Strandklamotten entsprachen zwar der Wetterlage im Haus, waren jedoch die falsche Wahl für das Wetter in der Welt. Draußen war es plötzlich kühl geworden, die Feuchtigkeit gefror in der Luft und klebte an allem wie ein Hauch Frost. Es wurde spürbar kühler, als sie hinabstiegen, ganz so, als brächte der Berg sein eigenes Mikroklima hervor. In gewisser Hinsicht stimmte das auch; bei dem Versuch, die Temperatur in ihrem Inneren zu regulieren, gaben ihre Häuser wahrscheinlich Hitze ab. Sie waren schon die Hälfte des Berges hinabgestiegen, als Anja wieder zum Haus hochlaufen musste, um sich eine Jacke zu holen. »Mein kleines Modeopfer«, sagte Louis liebevoll zu ihr, als sie am Fuß des Berges wieder zu ihm stieß. Sie bemerkte, dass er die Arme durch die Ärmel seiner Jacke gesteckt hatte.

Vor der Tiki Bar hing Prinz auf einem Barhocker. Sara und Sascha hockten links und rechts von ihm. Anja sah Louis an. Die beiden Event-Tussen hatte sie hier nicht erwartet. Er zuckte mit den Schultern. Sara und Sascha konnten ziemlich nerven – da war Louis ihrer Meinung, doch gerade deswegen konnte Anja nicht verstehen, warum er Prinz so sehr liebte, wo doch in ihren Augen Prinz, Sara und Sascha vom gleichen Schlag waren. Ihr war schon mehrfach der Gedankte gekommen, dass Charaktereigenschaften wie kleinlich, manipulativ und tratschsüchtig Männern vielleicht eher nachgesehen wurden.

Der Boden im Inneren der Tiki Bar war, wie auch der Gehweg vor der Bar, mit einer dünnen Schicht Sand bedeckt. Ace of Base ertönte aus einem Lautsprecher über ihren Köpfen, verzerrte Bässe ließen den Sand leicht erzittern. Anja erklomm einen Hocker und Louis ging nach drinnen, um eine Runde Mai Thais zu bestellen.

In seiner Abwesenheit klickte die Unterhaltung ins Deutsche.

»Das Wetter!«, sagte Sara. »Oder?«

»Sorry«, sagte Sascha zu Anja. »Wir wussten nicht, dass es so kalt werden würde. Der falsche Abend für Tiki.«

»Keine Sorge«, sagte Anja. »In unserem Haus ist es so heiß, dass es draußen fast schon angenehm ist.«

»Kommst du nachher auch mit?«, fragte Sara, wie auf Stichwort.

»Das letzte Mal hatten wir so viel Spaß. Dieses Mal musst du mitkommen«, sagte Sascha, als hätte jemand einen Knopf auf ihrer Stirn betätigt. »Prinz hat Gästelistenplätze.« Man konnte sich darauf verlassen, dass Sara und Sascha ständig über Events redeten, die gerade stattgefunden hatten oder bald stattfinden würden, ohne je Substanzielles darüber zu sagen. Die einfache Tatsache, dass Events stattfanden und dass Sara und/oder Sascha davon wussten, war der Grund, warum sie überhaupt miteinander redeten. Ein weiteres Ziel bestand darin, dich (und möglicherweise einander) in einen konstanten Zustand leichter Panik zu versetzen, denn es könnte ja etwas passieren, in das du nicht eingeweiht warst. Wenn niemand sie aufhielt, trieben sie diese Art von vor- oder nachbereitenden Planungsgesprächen stundenlang, insbesondere, wenn du zu er-kennen gabst, dass es dir unangenehm war.

»Klar«, sagte Anja. »Louis hat gesagt, er will vielleicht noch ins Baron.« Prinz nickte und bestätigte, dass er sie dank der von ihm ergatterten Gästelistenplätze alle reinkriegen könnte.

S und S klatschten anerkennend in die Hände. Sie trugen das gleiche Netzoberteil in unterschiedlichen Farben. Als sie bemerkten, wie Anja von einer zur anderen blickte, sagte Sara: »Ich weiß, so peinlich. Wir haben die heute beide auf der Arbeit bekommen, und haben unsere Outfits nicht abgestimmt, bevor wir aus dem Haus sind.« Die beiden arbeiteten in einem Modeladen in Mitte und machten ihre Master in irgendetwas. Kunstgeschichte. Soziologie. Feminismus? Sara stand das Oberteil besser.

Louis kehrte mit den Drinks zurück und sie war erleichtert. Nun würde er für sie das Gespräch übernehmen. Sie konnte den Stab kreisen lassen, ohne sich verpflichtet zu fühlen, ihn selbst für mindestens eine halbe Stunde zu halten; er konnte an ihrer Stelle lustige Sachen sagen.

Alle erhoben ihre Gläser. Der künstliche Geschmack des Mai Tais erinnerte sie an eine Szene an einer Poolbar, vor langer Zeit. Eva, im Badeanzug mit Zebramuster, ausgestreckt auf einer Liege, ihre Haut gleichmäßig gebräunt und glitzernd, langsam hob und senkte sich ihr Bauch in der Sonne wie das unbehaarte Bäuchlein eines Chihuahuas. Anja fragte sich, wie Eva diese Tiki Bar wohl finden würde. Widerlich, ohne Zweifel.

»Als Teenager«, sagte Prinz gerade, »war ich ständig in dieser Bar.« Er war in Berlin aufgewachsen und erzählte gerne Geschichten, die seine besondere Beziehung zur Stadt hervorhoben. »Ich habe meine ersten Biere hier getrunken«, er sprach weiter, setzte zu einer Geschichte an. Anja hörte nur mit halbem Ohr zu, bekam aber mit, worum es ging.

Eines Tages hatte ein älterer Freund dem jungen Prinz erzählt, dass der Kellner in der Tiki Bar Gras verkaufte, und dass *Fanta* das Codewort war. Natürlich probierte Prinz es gleich aus. Er schwänzte die Schule, um sicherzugehen, dass er den richtigen Kellner antreffen würde, setzte sich hin und als er nach seiner Bestellung gefragt wurde, sagte er verschwörerisch das Code-Wort. Der Kellner musterte ihn von oben bis unten und schüttelte den Kopf. Haben wir nicht mehr, sagte er. Die Ablehnung machte Prinz so wütend, dass er beschloss, sich auf simple Art zu rächen. Er verbrachte den Rest des Tages damit, an der Bar Cola zu trinken, und als die Bar schloss, ging er in ein Restaurant um die Ecke, um noch mehr Flüssigkeit aufzunehmen. Sieben Stunden lang ging er nicht auf die Toilette. In den frühen Morgenstunden kehrte er an den Ort seiner Erniedrigung zurück und pinkelte in den Sand vor der Bar.

»Ach, deshalb willst du nie hierherkommen?«, fragte Sara, die den Sand zu ihren Füßen beäugte.

»Ich hab die Bar nicht mit Absicht gemieden. Hat sich danach nur immer komisch angefühlt.«

»Dein Stolz wurde verletzt«, sagte Louis. »Bei Teenagern kann Erniedrigung sehr traumatisierend wirken. Das verstehe ich gut.«

»Hey«, sagte Sara. »Wie wär's, wenn wir jetzt Fanta bestellen? Meinst du, das funktioniert noch?«

»Definitiv nicht«, sagte Prinz. »Berlin hat sich verändert.«

»Amen«, sagte Louis. Alle schüttelten in Andacht ihre Köpfe.

»Aber was kommt als nächstes?«, fragte Sascha.

»Ich habe gehört Dublin«, sagte Sara. »Oder Vilnius?«

»Auf keinen Fall«, sagte Louis. Er legte den Arm um Anja und küsste sie auf die Wange. »Das hier ist die Endstation. Von hier geht's nirgendwo mehr hin.«

finstere sonne, endgültige nacht/schauder (-1°)

Sie wollten ein Taxi nehmen, doch sie waren zu fünft und es war Freitagabend, bei den auf Angebot und Nachfrage abgestimmten Preisen würde sie ein Großraumtaxi so viel kosten wie drei Runden Drinks, also ließen sie davon ab und gingen zur Bushaltestelle, wo sie sich in zwei Grüppchen gedrängt in den Wind stellten: Jungs und Mädchen.

Sara trat näher und streichelte Anja über den Arm. »Ist mit Louis alles in Ordnung?« Sie triefte vor Anteilnahme. Sara warf bedeutungsvolle Blicke zu Louis und Prinz hinüber, die gerade in ein blökendes Gelächter ausbrachen.

»Es geht ihm gut«, sagte Anja. »Er kommt wirklich klar. Danke, dass du fragst.« Sie war sich nicht sicher, ob sie für die Unterbrechung des Partytalks dankbar sein oder sich angegriffen fühlen sollte.

»Er muss sooooo traurig sein«, sagte Sara. »Gibt es irgendetwas, das wir tun können?« Beide hatten eine Hand auf ihren Arm gelegt. Ihre Gesichter wirkten begierig, nicht zu helfen, sondern Informationen zu sammeln, selbst wenn es nur Informationen in Form einer emotionalen Reaktion waren. Anja wich zurück. Sie spürte, wie sie immer unwichtiger wurde, nichts weiter als ein Anhängsel. Tod als Tratsch, Tod als Währung.

»Macht euch keine Sorgen, er will einfach nur zu seinem normalen Leben zurückkehren«, sagte sie. »Ihr seid so lieb. Wirklich, macht euch keine Sorgen.«

Vorm Baron gingen sie an der Schlange vorbei, ließen die stundenlange Warterei aus, zahlten aber trotzdem Eintritt. Der Türsteher war besonders unfreundlich, auf fast schon absurde Art und Weise. Er betrachtete die E-Mail auf dem Bildschirm von Prinz' Telefon, glich sie mit der Liste auf dem leuchtenden Tablet vor ihm ab, bevor er sie hereinwinkte. Anja konzentrierte sich auf das vertraute Stacheldraht-Tattoo, das die Fingergelenke der linken Hand des Türstehers umrankte. Eine Spinne kroch das Handgelenk der anderen Hand hoch.

Das Baron war vor einigen Jahren umgebaut worden, und sah nun im Inneren wie eine Höhle aus, samt Tropfsteinen, die von der Decke hingen, in einigen Ecken roch es nach Schwefel, und womöglich nicht nach künstlichem. Als sie drinnen waren, teilten sich Louis und Anja an die Bar gelehnt genüsslich eine Zigarette. Auf dem Berg war das Rauchen verboten. Leute zogen an ihnen vorbei, lächelten, manche hielten an, um ein paar Worte zu wechseln. Louis legte seine Hand auf Anjas Rücken, und sie besprachen flüsternd, wen sie sahen und was die Leute trugen.

»Ich fühle mich wie ein Schwamm«, sagte Anja, »Völlig durchweicht.«

»Der Körper ist eine poröse Schnittstelle«, sagte Louis und sie musste lachen, auch wenn sie sich nicht erinnerte, woher dieses Zitat stammte.

Es schien, als kämen alle, mit denen sie sprachen, gerade von einer Eröffnung, von der Anja nichts wusste, ein Verlag, der zur Fin-Start Gruppe gehörte, hatte eine neue Ebook-Reihe gelauncht.

Prozessbasierter Roman, hörte sie jemanden sagen. Vermögenswerte sind um 0,07 Prozent gestiegen. Prüfung im dritten Quartal.

Anja schrieb Dam mehrere Textnachrichten, sie wünschte sich, er wäre hier, aber er antwortete, dass er heute Abend mit den Schwulen unterwegs war, sorry. Sie war auf sich allein gestellt.

Prinz schlich sich von hinten an sie heran und flüsterte etwas in Louis' Ohr, der wiederum den Arm um Anja legte und in Richtung Toiletten zeigte.

Die Drogen kamen in Zäpfchenform – nicht gerade geeignet für die gesellige Einnahme, aber die drei drängten sich trotzdem zusammen in eine Kabine, kichernd griffen Louis und Anja einander in die Unterwäsche.

Prinz verdrehte die Augen. »Nichts wie raus hier, Schneewittchen tritt auf.«

Die drei stolperten aus der Toilette und drängten sich durch die Menschenmenge, die sich um Schneewittchen gebildet hatte, der auf einem weißen Sockel hockte. Er trug einen Wikingerhelm, an dessen Rückseite drei blonde Plastikzöpfe geheftet waren, und über seiner Schulter hing eine E-Gitarre wie ein nutzloser, verkümmerter Arm. Er heulte eine Country Ballade in ein Handmikrofon.

Schneewittchen war Louis' Freund Andy. Dieses Jahr lief sein Vertrag mit O'Reilly aus, und wahrscheinlich würde er sofort bei einer anderen Firma sehr weit oben einstiegen. Laut neuester Gerüchte bei Fin-Start. Bei O'Reilly hatte Andys Gegenwart vor allem verdeutlicht, wie hoffnungslos realitätsfremd die Firma geworden war. Mit seiner wohlkalkulierten Verachtung gegenüber Regeln stach er wie eine Glitzerpaillette aus dem Kader von an Eliteuniversitäten ausgebildeten Beratern mit ihren gläsernen Blicken hervor, Kids, die nie gelernt hatten, dass nur ihre Verträge zu erfüllen sie nicht weiterbringen würde – du musstest subversiv sein oder die Dinge etwas durcheinanderbringen. Einfluss nehmen eben.

Nebenbei kultivierte Andy als Teil seiner Influencer Marke eine Identität als Late-Night-Performer. Er verschaffte dem Publikum eine wohlverdiente Pause zwischen den DJ-Sets, ähnlich der Truppe glitzernder Turnerinnen, die zwischen den beiden Hälften eines Footballspiels herumspringen. Er gab Disney-Musicals zum Besten, oder Kabarett, konkrete Poesie, was auch immer zum Abend passte. Wahrscheinlich hatte Andy aufgrund seiner ständigen Präsenz auf Partys die obersten Sprossen der Erfolgsleiter für lokale Berühmtheiten erklommen – er hatte sich erstaunlicherweise einen gewissen Ruf auch außerhalb Berlins zugelegt. Darin bestand das ultimative Ziel von allen, die einen Vertrag mit Sitz in Berlin angenommen hatten. Um als erfolgreich *based in Berlin* zu gelten, musstest du an anderen Orten berühmt sein.

Die Menschenmenge wurde immer größer und die Leute riefen Andy Lieder zu, die er spielen sollte. »‚This Kiss'!« Anja realisierte, dass Louis es war, der das rief. War das der Titel eines Country Liedes? Aber Andy schien keine Wünsche entgegenzunehmen. Er hielt sich an sein Repertoire. Sie versuchte, den Text zu verstehen, aber es fiel ihr schwer, sich auf die Worte zu konzentrieren. Sie konnte ihr Hören kaum noch von ihrem Sehen trennen. Die beiden Sinne kamen einander in die Quere. Erst wurde Andys Gesicht scharf, dann seine Stimme. Sie bemerkte einen O'Reilly-Aufkleber an seinem Arm. Der Arm winkte im Rhythmus der Musik, doch die Bewegung schien die Klänge voranzutreiben, anstatt ihnen zu folgen. Sie spürte, dass sie wie eine Fledermaus echolotete.

Louis murmelte ihr ins Ohr: »Wusstest du, dass diese Bar früher Kit n'Caboodle's Mix-Up Joint hieß? Als das hier noch Ostberlin war.«

Sie schüttelte den Kopf. Das ergab keinen Sinn. Optionale Optionen, variable Variablen. Ohne Stimme fragte sie ihn Worte, seine sanften Augen ihren ganz nahe. Bedeutsame Angebote klebten auf ihrer Zunge. Sollen wir? Aber wie? Sie griff nach ihm, um sicherzugehen, dass er noch da war. Er zappelte und starrte hingerissen zu Andy hinauf. Ihre Knie waren wie Eigengewichte. Sie wiegten sich weiterhin im Einklang, als bildeten ihre Gelenke die Kugeln zweier Pendel. Ihr Arschloch brannte, und sie fragte sich, ob das irgendwie auffällig war, ob andere Menschen bemerkten, dass sie darüber nachdachte. Sie sah Louis an und fragte sich, ob er so herumzappelte, weil er über seinen eigenen Arsch nachdachte.

Als sie erneut zu ihm hinübersah, war er verschwunden, also schlenderte sie zurück zur Bar, legte einen Unterarm auf das klebrige Glas und ihre Stirn auf den klebrigen Unterarm. Sie spürte einen Stupser in die Seite, bewegte sich aber nicht, dachte nur vage daran, dass sie sich morgen für diesen Moment der Selbsterkenntnis schämen würde, den Moment, in dem sie realisierte, wie high sie wirklich war. Der Gedanke zog vorüber. Das war der Grund, warum sie diese lila Päckchen mit Detox Tee gekauft hatte, für Morgen wie den morgigen. »Is' cool«, sagte sie, zu niemandem außer sich selbst, und hob dabei kaum den Kopf.

Sara stand nur wenige Schritte entfernt. »Ich glaube fest dran!«, rief sie Anja zu. Sara kam näher und ließ sich auf sie fallen, passte sich ihrer zusammengesunkenen Form an wie ein Strom aus Lava. Gerade als Anja sich fragte, ob Sara eingeschlafen war, flüsterte sie: »Er macht das mit Absicht, ich weiß es.«

»Wer?«

»Er taucht auf, wenn ich high bin, spät nachts, wenn ich völlig, wenn ich, du weißt schon, so wie jetzt.«

»Wer, Howard?«

Sara hob den Kopf, um Anja anzusehen, und gab ihr einen Klaps.

»Mahatma, natürlich.« Sie richtete sich auf und warf einen verzweifelten Blick zum anderen Ende der Bar. Dort stand Mahatma, ein rotes Bandana um den Kopf, und unterhielt sich mit irgendeinem Mädchen.

»Oh, fesch«, sagte Anja.

»Ich weiß. Der Sex war einfach so ...«

Mahatma blickte in ihre Richtung und wandte sich dann ab, um sich auf das Mädchen zu konzentrieren, mit dem er gerade sprach.

»Der taucht hier einfach auf und kommt nicht mal rüber, um mir Hallo zu sagen, als würde er mich gar nicht kennen. Aber er *schaut* mich immer so an.«

Sara war nach Berlin gezogen, um bei ihrem Freund zu sein, der dann aber innerhalb eines Jahres berühmt geworden war und sie für eine andere sitzen gelassen hatte, oder für viele andere. Sara hatte ihren Traum vom eheähnlichen Zusammenleben jedoch keineswegs aufgegeben, sie war auf der Suche nach dem Klischee der heterosexuellen Liebe und suchte sich dafür immer die denkbar schlimmsten Typen aus. Von ihren Klamotten einmal abgesehen, war ihre Einstellung zum Leben zutiefst konservativ.

»Scheiß auf ihn«, sagte Anja. »Such dir einen anderen.«

»Es gibt ja niemanden«, sagte Sara. »Die guten sind alle schon vergeben.« Sie kniff Anja mit beiden Händen wie mit Krebsscheren in die Seiten. »Das weißt *du* ja wohl am besten.« Jetzt starrte sie Mahatmas Rücken wütend an. Er folgte einem Mädchen in Richtung der Toiletten.

»Wer ist Harold?«, rief Sara aus, vergaß dann aber, die Antwort abzuwarten, und driftete davon, in Richtung des dahinschwindenden roten Halstuchs.

Die Tanzfläche füllte sich und die Leute, die an der Bar anstanden, drängten sie brutal zur Seite. Es musste eine Art Rückzugsort für Momente wie diesen geben, ein Versteck. Ja, sie erinnerte sich an den Hohlraum am Ende der Bar. Die Öffnung war nicht nur ein Loch im Boden, Stufen führten hinunter in unterirdische Tiefen. Eine Höhle unter einer Höhle. Sie schälte sich aus ihrem Hochsitz und glitt die Stufen hinab, in den niedrigen Raum unterhalb der Tanzfläche. Er war von einer gelben Glühbirne beleuchtet, die auf sie wirkte, als würde sie jeden Moment in Flammen aufgehen, zwischen verschiedenen Kartons und Kisten lagen sechs oder acht Leute versteckt. Es war extrem heiß.

»Anja!«, sagte jemand, sie blickte sich nach der Stimme um, und entdeckte eine Badewanne mit Zinkfüßen am anderen Ende des Raums, aus der Didis Kopf ragte. »Komm rein!«, rief Didi.

Woher kannte sie Didi? War ihr Name Didi?

Außer Didi waren noch zwei Mädchen in der Wanne, die Anja definitiv nicht kannte, sie waren ineinander verschlungen. Anja ließ sich nah an Didi in die Wanne gleiten, die Köpfe der anderen Mädchen befanden sich am gegenüberliegenden Ende, ihre schmutzigen Pfennigabsätze kreuz und quer um Anjas Schultern.

»Sardinen!«, sagte Didi.

»Schlangen!«, rief eines der Mädchen.

»Würstchen!«, rief das andere.

Anja versuchte, sich den beiden Köpfen, die ihre Füße streiften, vorzustellen, Namen wurden ausgetauscht, überflüssigerweise. »Die beiden sind gerade erst nach Berlin gekommen«, sagte Didi. »Praktikum über den Sommer.«

»Wo macht ihr Praktikum?«, rief Anja, und eine von ihnen sagte: »PornPals!«

»PornPals hat Praktikantinnen?«, fragte Anja Didi.

»Ja, warum nicht? Social Media, Marketing.«

Didi zog ihr Shirt hoch.

»Hübsche Titten«, sagte Anja.

»Danke. Wie geht's dir so? Ich hab von Louis' Mutter gehört.«

»Ja.«

»Tut mir voll leid. Sag ihm, dass mir das echt leid tut.«

»Danke, Didi. Ich mag dich.« Sie mochte Didi wirklich.

Unten an ihren Füßen: »Habt ihr Erfahrung mit Porno?«

»Nicht Porno. LIFESTYLE«, sagte eine Stimme. Die mit den Zöpfen.

»So was wie Veganer Porno?« sagte Didi zu Anja und lachte.

»Wir recherchieren über Porno als Lifestyle für unsere Abschlussarbeit«, sagte Zöpfe.

»Das ist echt interessant«, sagte Anja.

»Ich mache Netzstatistik, mein Hauptfach ist MATHEMATIK.« Eine der beiden trat sie nun gegen die Schulter.

»VERSTEHE«, rief Anja. »ECHT COOL.«

Aus der Wanne herauszukommen war unendlich viel schwerer als in sie hineinzusteigen; die Seitenwände waren mindestens einen halben Meter in die Höhe gewachsen. Anja benutzte beide Arme, um sich heraus zu kämpfen, keuchte, ihr Fuß steckte unter jemandem fest, es war, als versuchte sie sich aus einem Schwimmbecken zu stemmen, wobei sich ihr Knöchel jedoch in eines der Trennseile zwischen den Bahnen verhedderte.

»Du hast schräge Knie«, sagte eine der Pornofreundinnen.

Wie konnten die ihre Knie sehen? Sie trug weite Hosen mit Schlag. Sie drehte sich um und bemerkte, dass ihr Bein seltsam verdreht war. Es begann wehzutun.

Sie humpelte die Treppe hoch und bahnte sich einen Weg zwischen all den Körpern hindurch zu den Toiletten. Lehnte sich an den Spiegel, starrte ihre Hautporen und die ungezupften Augenbrauen an. Konnte sich nicht entscheiden, ob sie alt oder jung aussah. Aufsteigende Unsicherheit über ihr Aussehen. Warum gab es hier drin überhaupt Spiegel? Früher war Feiern anders gewesen, da hattest du dir nicht deine Poren im Spiegel ansehen oder so viel reden müssen.

Du wirst alt werden, sagte sie sich, vielleicht sprach sie es sogar aus. Dieses Gesicht wird nicht immer dein Gesicht sein. Irgendwann wirst du deine Gewohnheiten ändern müssen. Feiern, Drogen. Dann wiederum hatte Eva ihre Gewohnheiten nicht geändert. Sie war nie erwachsen geworden. Aber sie hatte Botox.

Eine Gruppe Mädchen drängte sich in die Toilette. Anja hatte mindestens zwei von ihnen schon einige Male getroffen, aber sie hatten immer nur Leerstellen ausgetauscht, leere Phrasen, die nichts bedeuteten, außer dass sie einander kannten. Anja schüttelte den Kopf. Was sollte das alles? Hast du Spaß. Was habt ihr vorher gemacht. Wo geht ihr nachher noch hin. Leerstelle, Leerstelle, Leerstelle.

»Anja! Wir machen Gesichtspeelings!«, sagte eines der Mädchen, und streckte ihr eine weiße Flasche von O'Reilly entgegen. Ein Peeling würde nicht ausreichen, um wiedergutzumachen, was dieser Ort ihren Poren antat. Aber peelen würden sie. Mädchen eben.

Je länger sie nach Louis suchte, durch Ablagerungen von Zigarettenkippen stapfte und über organische Schleimspuren, desto unsicherer wurde sie, ob die Nacht gut verlief. Sie unterbrach ihre Suche kurz und bestellte ein Bier, gedankenverloren pulte sie das Etikett ab, und fühlte sich ausgesprochen allein. Ein großer Typ, der neben ihr stand, fragte sie nach ihrem Sternzeichen. Sie ließ ihn raten, und er riet falsch, dann sprachen sie über die Ikonographie der Zeichen und darüber, wie seltsam es war, dass alle Zeichen Lebewesen waren, außer Waage, der leblosen Skala. »Ich bin Skorpion«, sagte er und sie machte sich aus dem Staub.

Nachdem eine unbekannte Menge an Zeit in sich selbst zusammengefallen war – sie erinnerte sich vage daran, getanzt zu haben – fand Louis sie neben dem Ausgang. Sie drängte ihm ihre abgepulte Becks-Flasche auf.

»Nein, danke.«

»Wo warst du?«

»Draußen mit Prinz und den Mädchen.«

»Ich hab dich gesucht.«

»Nein, ich will nichts mehr trinken. Lass sie einfach hier stehen.«

»Ich hab dich ewig nicht gefunden.«

»Ich hab dich auch nicht gesehen.«

»Ich hasse Bier.«

»Sollen wir mal los?«

Er nahm sie bei der Hand, die zu einer Kugel zusammengeballt war, und sie traten hinaus in den kalten Morgen. Prinz, Sara und Sascha hockten im Rinnstein, wo die vier wahrscheinlich schon seit Ewigkeiten warteten, während Anja drinnen umher gewandelt war. Ein Pulk Obdachloser lag in Schlafsäcken einige Meter entfernt auf dem Gehweg.

Sara steckte mitten in einem Nervenzusammenbruch wegen Mahatma; es war Saschas Aufgabe, sie zu trösten. Anja umarmte alle und sagte Sara, sie würde sich später bei ihr melden, was nicht stimmte. Louis winkte ein Taxi heran und rief den drei am Straßenrand über die Schulter zu: »Der Morgen bricht über unseren Sorgen herein!« Sascha lachte zu laut. Sara winkte betrübt und wischte sich die Nase ab.

Der Taxifahrer setzte sie am Fuß des Bergs ab. Er entschuldigte sich, dass er sie nicht weiter bringen konnte, aber seine Reifen waren für die extreme Steigung nicht gemacht. Anja hörte sich selbst, wie sie den Taxifahrer anschrie, andere Taxis hätten es doch auch nach oben geschafft – so aggressiv, warum? – doch Louis sagte, es wäre schon in Ordnung, sie könnten laufen. Dann zahlte er und gab dem Fahrer Trinkgeld. So amerikanisch, dachte Anja, als sie aus dem Auto stieg. Beinahe wäre sie mit einem Mann zusammengestoßen, dessen Arm tief in einem Mülleimer steckte, demselben Mülleimer, in welchem sie an diesem Morgen einige Plastikverpackungen versenkt hatte. Louis griff in seine Hosentasche und gab auch dem Müllsammler Trinkgeld.

Während sie den Berg hinaufstiegen, zeigte Louis nach oben in den Himmel, wo der Mond dem Tageslicht wich, ein Flugzeug schlängelte sich gerade durch eine Wolke aus Wolken, die ihn umgab. Louis griff wieder nach ihrer Hand, drückte sie, und einen Moment lang stand sie mit dem Kopf im Nacken da, den Mund weit offen. Plötzlich wechselte ihre Perspektive und es war, als blicke sie von der Seite auf die Wolke, auf der gleichen Ebene, in Augenhöhe. Sie kniff die Augen zusammen. War die Wolke auf der linken Seite dichter? War sie links zu schwer? Eine dreibeinige Wolke? Sie sollte sich von nun an mehr Zeit nehmen, die Wolken näher zu betrachten, dachte sie, und erkannte dann, dass das nur ein sentimentaler Gedanke unter Drogeneinfluss war, der ihr am Morgen schon dumm vorkommen würde. Immerhin kehrte ihre Fähigkeit zur Selbstreflexion langsam zurück.

Die Tür zum Haus ließ sich einfach öffnen, und es war überraschend kühl, fast ein wenig frisch im Inneren. »Ich hab dir gesagt, dass die das mit der Temperatur bald hinkriegen«, sagte Louis, »du musst dir nicht so viele Gedanken machen.« Und fasste sie bei der Hüfte, biss sie in den Hals.

Sie wachte am Fuß des Bettes auf, noch halb bekleidet und völlig ausgetrocknet. Louis sah sie von der Yogamatte aus an, und legte das Tablet mit dem Bildschirm nach unten auf den Boden.

»Noch am Leben? Wie wär's mit Tee?«

6

»Die Anwältin sagt, der Vertrag sieht gut aus«, sagte Anja.

»Die berühmten letzten Worte«, sagte Laura. »Das solltest du dir auf deinen Grabstein schreiben lassen.«

»Ha.«

»Dann nimmst du den Job?«, fragte Dam.

»Die Anwältin hat gesagt, der Vertrag ist sauber, von der rechtlichen Seite her. Aber was der Job beinhaltet, bleibt doch recht vage.«

»Okay, was beinhaltet er denn, so vage?« sagte Laura und trommelte mit den Fingern auf den Tisch.

»Das darf ich euch nicht sagen, nicht mal vage andeuten. Du hattest recht, am Ende haben sie noch eine Vertraulichkeitserklärung drangehängt. Noch so ein Vordruck, automatisch generiert, mit elektronischen Unterschriften von ein paar Leuten, von denen ich noch nie gehört habe.«

Ein Stöhnen ertönte. Es kam von Eric, einem zweiundzwanzigjährigen blonden Typ, den Dam in irgendeinem Winkel des Internets gefunden hatte. »Wie kannst du nur deine Seele an Big Pharma verkaufen?«

Dam lächelte ihn an und tätschelte seinen Kopf. »Schätzchen, es können nicht alle so ein reines Herz haben wie du.«

Die vier saßen in der dunkelsten Ecke einer Möchtegern-Kneipe unweit von Lauras und Dams Wohnung. Anja erinnerte sich noch an die Zeit, in der die Möchtegern-Kneipe eine echte Spelunke gewesen war, betrieben von einem traurigen alten Paar, dessen Zeitrechnung zu DDR-Zeiten stehengeblieben war. Einer ihrer Stammgäste, ein Rentner, der oft an der Straßenecke gestanden und herumgejault hatte, war eines Nachts in einer Schneewehe vor dem Eingang zur Kneipe umgekippt und gestorben, erfroren oder an einer Alkoholvergiftung zugrunde gegangen, oder beides. Eine Woche später hatte die Kneipe für immer geschlossen und das Lokal war sofort von ein paar energetischen jungen Franzosen gekauft worden. Freitags wurden Experimentalfilme gezeigt, es gab importiertes India Pale Ale. Die Nikotinablagerungen aus 50 Jahren wurden von den Wänden gekratzt, die dann sogleich mit einer grauen Schicht Farbe künstlich auf alt gemacht wurden. Anjas Rücken scheuerte gegen eine dürre Palme, die in der Ecke nach ein paar Sonnenstrahlen lechzte.

»Will noch jemand ein Bier?«, sagte Eric und stand unvermittelt auf.

»Ja, bitte«, sagte Anja. »Ich brauche eins, um die Scham zu ertränken, dass ich fürs Establishment arbeite.«

»Hol bitte vier, Süßer«, sagte Dam.

Als Eric an der Bar stand, lehnte sich Laura zu Dam herüber und fauchte im Flüsterton:

»Du musst ihn abschießen, Dam. Das ist bisher der Allerschlimmste.«

»Mach dich mal locker. Der ist harmlos.«

Dam gab sich mehr Mühe als sonst. Glitzer auf den Lippen, außerdem hatte er sich einen schmalen Streifen Bart am Kinn stehen lassen. Auf seinem engen T-Shirt stand in wolkiger Schrift CHOLO.

»Egal.« Laura wandte sich wieder an Anja: »Kannst du uns wenigstens sagen, wie viel du verdienen wirst? Oder wie lange der Vertrag läuft?«

»Ich weiß gar nicht mehr genau, was ich euch erzählen darf. Aber im Grunde genommen verdiene ich ein Jahr lang sauviel Geld und dann können die mich feuern, wenn ich nicht irgendwelche Kriterien erfülle, die ich aber gar nicht durchschaue.«

Dam klatschte in die Hände. »Schön für dich, Baby. Besser als alle Jobs, die ich je hatte.«

»Ehrlich gesagt«, sagte Laura, »habe ich nie wirklich verstanden, was RANDI überhaupt macht. Sind die wirklich Big Pharma?«

»Nein, gar nicht. Wir machen nichts mit Gebrauchswert. Also, ich meine, Fin-Start schon, aber nicht RANDI.«

»Ich verstehe die Unterscheidung nicht.«

»Research About Nature Department, Indefinite. Wir betreiben unbegrenzte Forschung über die Natur.« Anja lächelte hilflos, »was gibt's daran nicht zu verstehen?«

»Warum hängen die am Ende noch ein ›Indefinite‹ dran?«, fragte Dam, und strich sich über sein Ziegenbärtchen. »Das macht die ganze Sache komisch. Warum muss man das noch irgendwie spezifizieren? Warum sollte es überhaupt ›begrenzt‹ sein?«

»Weil sie noch ein ›I‹ am Ende brauchten, deshalb«, blaffte Laura. »Sie können sich nicht einfach RAND nennen.«

»Warum nicht?«

»Ernsthaft, Bruder?«

»Okay, okay«, sagte Anja. »Offiziell steht das ‚I' dafür, dass es in unserer Forschung kein konkretes Ziel geben soll. Forschung um der Entdeckung willen, Wissenschaft als Selbstzweck, und damit als Mittel zu einem besseren Zweck für die Menschheit.«

»Ein besserer Zweck für die Menschheit?« Dam legte den Kopf schief.

»Zweck im Sinne von einem besseren Ziel. Habt ihr das nie gegoogelt?«

Pflichtbewusst zog Laura ihr Telefon aus der Tasche und begann zu tippen.

»Du hast also nie wirklich verstanden, worin der Sinn deiner Arbeit dort besteht«, sagte Dam.

»Es gibt keinen Sinn, per se.« Sie blickte zum Nachbartisch hinüber, an dem zwei Frauen angefangen hatten, sich anzuschreien. Sie wirkten wie ein Paar, das sich streitet. »Wir erforschen nur neue

Konzepte ohne finale Anwendung. Wie ein Think Tank, der aber von keiner Uni oder dem Markt beeinflusst wird.«

Sie konnte es sich nicht verkneifen, nochmals zu dem Tisch hinüberzusehen. Das Geschrei hatte aufgehört. Die eine Frau weinte, die andere trank in großen Schlucken ihr Bier.

»Aber in der Praxis«, sagte Laura, »hast du wahrscheinlich schon eine Vorstellung von der kommerziellen Anwendung deiner Forschung. Oder der militäääärischen?« Sie hob die Augenbrauen.

»Du klingst genauso argwöhnisch wie Dam, wenn er übers Wetter spricht«, sagte Anja. »Es gibt keine Verschwörung. Mich umgibt eine Mauer von Vertraulichkeitsvereinbarungen, das ist der einzige Grund, warum ich euch nicht von meinem aktuellen Projekt erzählen kann.«

Eine der Frauen am Nachbartisch schob mit einem Quietschen ihren Stuhl zurück. Anja beobachtete aus dem Augenwinkel, wie sie nach ihrem Mantel griff und hinauseilte.

»Was die ganze Sache einfach äußerst suspekt macht«, sagte Dam, angestachelt von der Aussicht auf eine neue Verschwörung.

Laura hatte die Webseite gefunden und überflog sie, scrollte nach unten. »Ähm«, sagte sie. Sie schlug einen offiziellen Ton an: »RANDI ist nicht mehr und nicht weniger als ein Ort, an dem wir die größten Herausforderungen der heutigen Welt angehen, indem wir sie ganz entschieden nicht angehen. Quer durch alle wissenschaftlichen Disziplinen haben wir die besten und innovativsten Köpfe ausgesucht, um endlich die wichtigsten Fragen der Menschheit zur Natur zu lösen, und zwar nicht durch Produkte und Lösungen, sondern durch spekulative Spekulationen über die Zukunft. Nach einem halben Jahrzehnt der Zusammenarbeit mit externen Beratern auf dem Feld des Wissensmanagements haben wir bei Fin-Start entdeckt, dass der Schlüssel zum Fortschritt wissenschaftlicher Forschung im Laborkontext nicht darin besteht, die Wissenschaft voranzutreiben, sondern Kreativität zu fördern.«

Laura hielt inne, um Luft zu holen.

»Siehst du, das Internet hat Antworten auf all deine Fragen«, sagte Anja.

»Da stehst du schon die ganze Zeit an der Speerspitze der Innovation, und wir wussten nichts davon!«, sagte Dam.

Laura räusperte sich, und fuhr mit energischer TED-Talk Stimme fort: »Sie werden sich fragen: Was meinen wir mit ›indefinite‹?« Sie blickte zu Anja auf, die ihr zunickte. »Für uns bedeutet ›indefinite‹ die Art von Forschung, die keinen Zweck verfolgt, außer Wissen an sich. ›Indefinite‹ bezeichnet eine neue Art, unbegrenzt Forschung zu betreiben, um in einer beispiellosen Geschwindigkeit zu maximalen, wissensbasierten Nichtresultaten zu gelangen.«

Laura lachte schrill auf, wehrte Anjas Protest mit einer Handbewegung ab, und wandte sich wieder ihrem Telefon zu. »Selbstverständlich haben wir einige Ideen, wo wir ansetzen sollten, angefangen bei der Erhaltung von Biomen über die Wiedergewinnung fossiler Brennstoffe bis hin zu medizinischen Fortschritten, aber die Richtung der Forschung bei RANDI entsteht völlig organisch aus Kollab ... ollop ... peration?« Sie kniff die Augen zusammen. »Ist das ein Tippfehler? Kollaborop ...«

»Nein«, sagte Anja. »Das ist eine Wortschöpfung, die sich ein paar Berater ausgedacht haben. Niemand weiß, wie man das ausspricht.«

»Oh mein Gott.« Laura las weiter, immer schneller, dem Ende zu. »RANDI reißt überkommene und gefährliche Grenzen zwischen Alt und Neu nieder, zwischen Forschung und Praxis, zwischen der Wissenschaft als Mittel zum Zweck und der Wissenschaft als Selbstzweck, der uns letztlich allen dienen soll. Zu diesem entscheidenden Zeitpunkt in der Geschichte ist die Natur unsere wertvollste Ressource, und wir wollen, dass unsere Beziehung zur Natur langlebig ist – wir dürfen wohl sagen ... unbegrenzt.«

»Ich pack's nicht!«, sagte Dam lachend. »Der Jargon! Genau so hat mein Ex auch geredet. Der Berater.«

»Deine Umschreibung vorhin war bemerkenswert akkurat«, sagte Laura zu Anja.

»Ich bin ernsthaft schockiert, dass ihr euch noch nie die Mühe gemacht habt, das zu googeln. Ich arbeite seit Jahren dort.«

»Du bist blind für die Fehler der Menschen, die du liebst«, sagte Dam.

Eric näherte sich mit drei Bieren, die er wacklig im Dreieck zwischen seinen Händen hielt. »Ich hatte nur genug Cash für drei. Die nehmen hier immer noch keine Kreditkarten.«

»Sie versuchen, authentisch zu bleiben«, sagte Laura.

»Das ist peinlich«, sagte Eric, und verschüttete Bier über seine Khakihose, als er die Gläser auf den Tisch schob.

»Du gehörst einer anderen Generation an, du verstehst das nicht.« Laura griff nach einem der Biere.

»Bist du nicht grade mal ... 28?«, rotzte Eric zurück.

»Die Generationen wechseln schnell heutzutage. Ihr jungen Leute und all eure neuen Technologien.«

»Das stimmt«, sagte Dam. »Die sind uns total voraus. Eric hat mir gerade von dieser neuen App erzählt, von der ich noch nie was gehört habe.« Er strahlte Eric an.

»Und?«, sagte Laura.

»Ich habe eine Verschwiegenheitsklausel unterschrieben«, sagte Eric. Er warf Dam einen bösen Blick zu, aber ohne echte Schärfe.

Laura knallte ihr Glas auf den Tisch und verschüttete noch mehr Bier. »Über was dürfen wir heute Abend denn bitteschön reden?«

»Komm schon, ihnen kannst du es erzählen«, sagte Dam.

Es war offensichtlich, dass Eric es erzählen würde, er ließ sich nur bitten. Den erforderlichen Moment lang zog er eine Schnute, dann sagte er: »Es ist nur eine kleine Micro-Trading-App für immaterielles Kapital.«

Laura seufzte laut. »Red mit uns, als wären wir deine Großeltern!«

»Woher soll ich wissen, wie viel ihr wisst?« Er seufzte ebenfalls laut. »Ihr wisst, was Trading ist, oder? An der Börse und so?« Anja sah den Ausdruck in Lauras Gesicht und musste lachen. »Na schön, unsere App ist also ein Trading-System für Dinge, die nicht zu Geld zu machen sind, wie zum Beispiel dein persönliches soziales Netzwerk. Im Grunde soziales Kapital im Gegensatz zu finanziellem Kapital. Folgt ihr mir?«

Sie schwiegen. »Vielleicht kannst du uns ein Beispiel geben?«, sagte Anja schließlich.

»Okay. Nehmen wir mal an, du hast eine Verbindung zu einer günstigen Wohnung, weil du jemanden kennst, ein Freund wohnt in dem Haus, oder so. Du hast nichts dafür bezahlt, es fließt noch kein Geld, du hast nur den Kontakt. Das ist also dein Kapital. Nicht die Wohnung, sondern die Verbindung.«

Dam mischte sich begeistert ein: »Du kannst also deine soziale Verbindung für etwas anderes eintauschen, richtig, Babe?«

Eric winkte ab: »Dazu komme ich gleich. Du hast also die connection zur Wohnung, aber dann willst du die Wohnung gar nicht. Vielleicht ziehst du aus der Stadt weg, was weiß ich. Aber es gibt etwas anderes, das du wirklich willst. Etwas, wofür du nicht wirklich bezahlen kannst.«

»Wie ein Platz auf einer Gästeliste«, sagte Dam. »Richtig?«

»Darauf komme ich gleich. Gästelistenplätze stehen hoch im Kurs. Genau wie Empfehlungsschreiben. Oder, nehmen wir mal an, du brauchst einen Arbeitsnachweis, um ein Visum zu erhalten. Jemand muss dir den Nachweis geben, und darauf vertrauen, dass du die Anstellung dann nicht auch einforderst, nachdem du dein Visum bekommen hast. Also kannst du dir den Nachweis jetzt kaufen, mit deinem sozialen Kapital.«

»Warte«, sagte Laura. »Wer entscheidet, wie viel diese Dinge wert sind? Gibt es ein Punktesystem, oder so was?«

»Hier kommt unsere eigens entwickelte Technologie ins Spiel. Der Algorithmus.« Offensichtlich genoss es Eric, diese Worte zu benutzen. »Die App hat ein spezielles Rating-System, basierend auf Social Media und Nachrichten-Aggregatoren. Dinge ändern sich ständig in ihrem Verhältnis zueinander. Eines Tages könnte ein Gästelistenplatz genauso viel wert sein wie die Tatsache, an zweiter Stelle auf einer Warteliste für eine Wohnung in einer beschissenen Gegend zu stehen, aber am nächsten Tag könnte der Gästelistenplatz schon völlig wertlos sein, wenn der Club plötzlich out ist, oder die Nachbarschaft plötzlich cool wird, oder irgendwas anderes geschieht.«

Laura streckte einen Finger in die Luft. »Spekulieren die Leute dann nicht mit dem Wert? So ’ne Art Zweitmarkt?«

Eric runzelte die Stirn. »Dem versuchen sie entgegenzuwirken.«

Anja machte eine schnelle Inventur der immateriellen Werte ihres Lebens. Gästelistenplätze – check, durch Prinz, über Louis. Wissen über Events und den neuesten Tratsch – check, durch Sara/Sascha, über Louis. Immobilien – check, durch Howard. Arbeit – check, durch Louis, Howard. Sie war auf der sicheren Seite, solange sie nicht darüber nachdachte, wie drastisch sich ihre Verbindungspunkte reduzieren würden, wenn Louis und Howard nicht Teil der Kette wären.

»Es wirkt ein bisschen so, als würde die App einfach Beziehungen zu Waren machen«, sagte Anja, dabei betrachtete sie ihre Hände, sie hatte das Gefühl, nur etwas nachzuplappern, was sie irgendwo anders gehört hatte.

»Und nochmal!« sagte Eric. «Ich sage es noch einmal! Es fließt kein Geld!«

»Nein, sie hat recht«, sagte Laura. »Ob da jetzt Geld fließt oder nicht, das System verwandelt Beziehungen in reines Kalkül. Vielleicht wird das Ganze ›Trading‹ genannt, damit es mehr nach Tauschbörse oder Flohmarkt klingt, aber eigentlich geht es doch darum, zu kaufen und zu verkaufen, nur eben ohne Geld.«

»Aber ...«, Anja öffnete den Mund und schloss ihn gleich wieder.

»Sag’s ruhig«, sagte Laura.

»Ich weiß nicht, vielleicht liege ich ja falsch, aber die App gibt außerdem reichen Leuten eine Möglichkeit, sich soziales Kapital zu erkaufen. Wenn du zum Beispiel keine Freunde in Berlin hast, aber viel Geld, um dir durch Bestechung eine Wohnung zu verschaffen. Jetzt kannst du die Sache, für die du bezahlt hast, nutzen, um etwas zu bekommen, was du nicht kaufen kannst.«

Eric schwieg für einen langen Moment, sammelte sich, grub nach Argumentationsfetzen, die er auf irgendeiner Party aufgeschnappt hatte. »Und was ist so schlimm daran, wenn ein paar reiche Leute Gästelistenplätze bekommen?« Er zuckte mit den Schultern. »Der Punkt ist doch, dass tolle Leute ihr kulturelles Kapital einsetzen können, um zu überleben.« Dann schien ihm schlagartig wieder einzufallen, was er an dieser Stelle sagen sollte: »Denk doch mal drüber nach. Wie wäre es, wenn alles, was du zum Überleben brauchst, Gemeinschaft wäre?«

Dam sah, dass Laura heiß lief, und schaltete sich ein. »Kannst du uns zu der App einladen?«

Eric sah die drei von oben herab an. »Du kannst nicht darum bitten, eingeladen zu werden. Du musst ausgewählt werden. Wo würde sonst das Vertrauen herkommen?«

Dam sah zwischen Eric und Laura hin und her, die beiden wurden sekündlich weniger kompatibel. Er wog seine Optionen ab und fällte dann die Entscheidung zugunsten seines Schwanzes.

»Oh, Laura«, sagte er. »Du bist doch nur verbittert, weil du all dein Geld verprasst hast und weißt, dass dir dein kulturelles Kapital jetzt auch nicht weiterhilft.« Erwartungsvoll blickte er zu Anja hinüber, wie sie reagieren würde.

Anja reagierte pflichtbewusst. Sie war dankbar für den Themenwechsel. Die App war es nicht wert, sich darüber zu streiten. Sie wünschte, sie könnte sich so für Dinge ereifern wie Laura es tat – Laura stritt sich um der Argumente willen: Das hatte etwas Bewundernswertes.

»Was ist passiert?«, fragte sie. Laura zuckte mit den Schultern und trank.

»Sie hat in der letzten Zeit eine kleine Spielsucht entwickelt«, sagte Dam. »Viertausend Euro auf einmal am Arsch.«

»Das ist kein Glücksspiel«, sagte Laura kühl. »Das ist mehr wie Fantasy Sport. Völlig harmlos.«

Anja erinnerte sich, wie aufgeregt Laura letzte Woche nach *Der Bachelor* gewesen war. »Scheiße. Auf welche Sendungen wettest du?«

»Bloß auf *Der Bachelor*. Ist nur ein Experiment.«

»Klar, wir experimentieren damit, wie wir die Miete zahlen sollen«, sagte Dam und warf Eric einen verstohlenen Blick zu, der gedankenverloren in die Ferne starrte.

»Bis letzte Woche lief es echt gut«, sagte Laura. »Ich hab vorher noch nie verloren.«

»Genau das sagen Leute, die spielsüchtig sind«, sagte Dam.

»Du bist also Teil eines Reality-TV-Wettrings«, sagte Anja und legte den Arm um Laura. »Es gibt Schlimmeres.« Laura warf ihr einen bösen Blick zu. »Ich meine das nicht sarkastisch«, sagte Anja. »Ich glaube, du hast den Finger am Puls der Zeit. Ich habe mir schon Sorgen gemacht, du könntest all dein Talent verschwenden.«

»Ermutige sie nicht noch«, sagte Dam.

Laura sammelte sich. »Nächste Woche ist das Finale und ich habe sichere Informationen, wer die letzte Rose bekommt. Ich war nur nicht sicher, in welcher Reihenfolge die anderen rausfliegen würden. Aber jetzt habe ich alles unter Kontrolle.«

Eric klopfte aufgeregt auf den Tisch, offensichtlich hatte er sich wieder in die Unterhaltung eingeklinkt. »Wisst ihr was, das wäre eine echt gute Ergänzung zur App. Insider-Fernsehwissen. Das werde ich den Gründern vorschlagen, mal sehen, was die dazu sagen.«

Laura schlug die Hand vors Gesicht. Danach erholte sich die Unterhaltung nicht wieder. Eric trank sein Bier in einem heldenhaften Zug aus, erwähnte irgendeine wichtige Tech-Party, zu der er unbedingt musste, und machte sich davon. Dam sah ihm hinterher, niedergeschlagen angesichts der Vorstellung, dass er einen weiteren

Abend mit Eric in Gesellschaft verbringen würde müssen, um ihn ins Bett zu kriegen. Laura ging nach Hause, um »ein paar Statistiken zu checken«. Dam bot an, Anja zum Fuß des Berges zu begleiten.

Als sie die Tür aufstießen, um die Kneipe zu verlassen, trafen sie auf den Mann, der in der Nachbarschaft Rosen verkaufte. Er war im Begriff, das Bündel unreifer Knospen neu zu ordnen, und hob die Blumen zum Gruß. Mittlerweile erkannten sie einander wieder, oder zumindest erkannten Anja und Dam ihn. Er sah wahrscheinlich jeden Abend zu viele Gesichter. Es war leicht, mit ihm ins Gespräch zu kommen, immer hielt er flüchtig die Blumen hoch, setzte aber niemanden unter Druck, eine zu kaufen. Anja war sich sicher, mal eine gekauft zu haben, irgendwann, aber das war lang her. Nun schien es völlig unerheblich, ob sie eine Rose kaufte oder nicht; sie begegneten einander als Bekannte, was viel angenehmer war als eine Transaktion, nicht wahr? Oder wäre es ihm eigentlich lieber, Anja und Dam würden mit dem Unsinn aufhören und einfach eine Blume kaufen?

Sie begrüßten ihn und erkundigten sich nach seiner Familie. »Alles bestens«, sagte er. »Die Kleine zahnt gerade, deswegen bin ich nicht traurig darüber, aus dem Haus zu kommen.« Er trat über die Türschwelle in die Bar. »Aber es ist so kalt heute.«

Sie stimmten ihm zu und zogen die Reißverschlüsse ihrer Jacken hoch, um sich gegen den eisigen Wind zu schützen. Die kalte Luft biss sich in ihre Gesichter, wie sie es nur in Berlin tat. Anja wickelte sich den Schal ums Gesicht und bemerkte, wie sich ihre Muskeln verkrampften, als wollten sie sich für den kalten Spaziergang wappnen, der vor ihr lag. Sie hätte lange Unterwäsche anziehen sollen – aber wie konnte sie wissen, was sie anziehen sollte, wenn sich das Wetter immer so schnell änderte?

»Er hat recht, spürst du das?«, sagte Dam zu Anja, als sie Richtung Süden losgingen. »Ich meine, spürst du es wirklich?«

»Bringst du mich nur nach Hause, um eine neue Wettertheorie an mir zu testen?«

»Nein, aber hör mir mal eine Sekunde zu. Sieht das deiner Meinung nach wie Regen aus?« Eisiger Schneematsch rann über das Kopfsteinpflaster.

»Naja, Schnee ist es aber auch keiner«, sagte Anja.

»Genau. Es ist eine seltsame Substanz, kein flüssiges Wasser, aber auch keine gefrorenen Schneekristalle. Es ist undefinierbar, es passt in keine normale App-Kategorie, es gibt kein Emoji für Haferschleim, der vom Himmel fällt. Ist das nicht praktisch?«

»Praktisch für wen? Komm schon. Erzähl mir die neueste Theorie.«

Er vergrub die Hände tiefer in den Taschen seiner Jacke und sah sie mit zusammengekniffenen Augen an. »Hast du schon mal von Operation Popeye gehört?«

Sie lachte, dann presste sie die Lippen aufeinander. Ihre Zähne klapperten. »Nein. Ich bin ganz Ohr.«

»Während des Vietnam-Kriegs hatte die US-Regierung ein geheimes Programm unter dem Namen Operation Popeye. Deren Job bestand darin, das Wetter über Südostasien völlig durcheinander zu bringen, um die Vietnamesen zu schlagen und den Krieg zu gewinnen. Hauptsächlich haben die versucht, den Monsun auszudehnen, so dass Überschwemmungen und Erdrutsche das Kämpfen unmöglich machen würden.«

Sie rieb sich den Kiefer, damit ihre Zähne zu klappern aufhörten. »Gab's das wirklich?«

»Was meinst du?«

»Ich meine, ist das wirklich geschehen, oder ist das eine Internet-Geschichte?«

»Das ist definitiv geschehen. Sie haben die geheimen Unterlagen vor langer Zeit freigegeben.«

»Wie lässt man es mit Absicht regnen?«

»Im Grunde genommen schießt man einfach Chemikalien wie Silberjodid in eine Wolke, bis sie explodiert und in viele kleine Wassertropfen zerfällt. Nennt sich Wolkenimpfung.«

Sie blieben stehen und ließen einen Bus vorbeifahren, bevor sie die Straße überquerten. Die Straßen waren sonst beinahe leer, kein Verkehr, nur einige wenige Leute eilten aus den Bars nach Hause, die Gesichter im Wind. »Du glaubst also, jemand beschießt die Wolken über Berlin und lässt es regnen«, sagte Anja.

»Es sind nicht nur die Wolken. Das ist nur die bekannteste Art von ökologischer Kriegsführung, die einzige, die publik gemacht wurde. Es gibt aber jede Menge anderer. Erdbebenkrieg, Windkrieg.«

»Oder es ist einfach nur der Klimawandel.«

Der Wind wurde stärker, wie zur Unterstreichung. In der Ferne ertönte ein Martinshorn.

»Der Klimawandel würde Jahreszeiten mit extremer Hitze oder Kälte erklären. Oder sogar ein paar sehr heiße oder sehr kalte Jahrzehnte, längere Jahreszeiten als gewöhnlich. In Europa gab es um 1600 eine kleine Eiszeit, sie dauerte etwa fünfzig Jahre – selbst das würde Sinn ergeben. Aber das ist nicht das, was jetzt geschieht. Wir haben überhaupt keine beständigen Jahreszeiten mehr. Das Wetter ändert sich jeden Tag.«

Sie nickte. Es stimmte. Die vier unterscheidbaren Abschnitte eines Jahres waren irgendwann völlig zerbrochen, zunächst zu Monaten, dann zu Wochen, dann zu Tagen und nun vielleicht zu Minuten. Es gab keine beständige Zeitspanne, in der man erwarten konnte, das gleiche Outfit tragen zu können. Keine Kontinuität. Nicht mal den Anschein eines Kreislaufs. Der letzte richtige Sommer war ein paar Jahre her, auch wenn sie sich nicht genau erinnern konnte, wie viele Jahre genau – vielleicht, so wurde ihr klar, weil es so etwas wie ein Jahr gar nicht mehr gab. Wenn die Uhrzeiger sich nicht im Uhrzeigersinn drehen, kannst du die Uhr auch nicht lesen.

»Ich kenne nicht alle Antworten«, sagte Dam. »Ich weiß nur, dass das hier nicht echt ist.«

Anja hakte sich bei ihm unter, um sich an ihm zu wärmen, aber auch um ihm das Gefühl von Nähe zu geben. »Hast du bemerkt, dass du anfälliger für Verschwörungstheorien bist, wenn du Geldsorgen hast?«, fragte sie.

Dam dachte einen Moment lang nach, saugte kalte, trockene Luft ein. »Klingt plausibel.«

»Wie werdet ihr Lauras Hälfte der Miete bezahlen?«

»Ich weiß es nicht. Vielleicht kann Laura mal aufhören, sich so anzustellen, und sich einen richtigen Job suchen. Ich hab die Schnauze voll von ihrer Abneigung gegen steuerpflichtige Arbeit. Sie ist einfach nur faul.«

Anja machte ihn nicht darauf aufmerksam, dass sein Wetter-Blog auch nicht die lukrativste Beschäftigung war. Stattdessen fragte sie: »Willst du ein Geschenk?«

Dam gehörte zum engen Kreis, deswegen durfte sie ihm hin und wieder Geld anbieten, ohne dass er sich dadurch angegriffen fühlte, auch wenn er das Geld meistens ablehnte. In Zeiten wie diesen wünschte sie sich, er und Laura würden einfach Bargeld von ihr annehmen; es wäre viel einfacher und weniger heikel, als sie ständig zum Essen einzuladen und für die gemeinsamen Taxifahrten zu bezahlen. Mit Bargeld könnte sie die Sache auf einen Schlag erledigen, statt ihnen zu später Stunde unüberschaubare Summen zufließen zu lassen. Die ständige, unausgesprochene Erwartung, dass sie auf die eine oder andere Art für die beiden zahlen würde, wäre sie dann auch los.

»Thanks, aber no, thanks. Du kannst uns ja mal zum Essen einladen«, sagte er.

Eine Obdachlose erhob sich plötzlich von ihrem Schlafplatz in einem Hauseingang wenige Meter vor ihnen. Sie kam auf sie zugeschlurft. Kleine Dampfwolken erhoben sich vom Boden um ihre Füße.

»Nein«, sagte Dam. »Damit kann ich jetzt gerade nicht umgehen.« Er nahm Anja beim Ellbogen und lenkte sie über die Straße auf den gegenüberliegenden Gehweg.

»Ich wusste nicht, dass wir jetzt vor Obdachlosen davonlaufen«, sagte sie, als sie auf der anderen Seite angekommen waren.

»Was sollen wir denn sonst tun? Ich kann ihnen nichts geben und mit dem Schuldgefühl, sie abzuweisen, komme ich auch nicht klar. Es ist, als erwarte man in dieser Stadt von den Prekären, die Geknechteten zu unterstützen. Ist dir mal aufgefallen, wie viele Penner einem neuerdings begegnen?«

»Ich glaube nicht, dass du sie Penner nennen solltest.«

»Wie soll ich sie denn sonst nennen? Die sind überall.«

»Obdachlose?«

»Aber wenn mich nur das Dach über meinem Kopf von denen trennt – ich weiß nicht. Die Kluft ist nicht groß genug.«

»Offensichtlich trennt euch noch mehr.«

»Zum Beispiel?«

Sie blieb stehen und streckte ihm verzweifelt die Arme entgegen. »Ernsthaft. Ich bin hier. Ich weiß, wir haben ein unausgesprochenes Tabu gegen Almosen, aber ich wüsste nicht, wofür ich lieber mein Geld ausgeben würde als für euch. Außerdem, wenn ich den Consultingvertrag unterschreibe —«

»Abend«, hinter ihnen erklang eine brüchige Stimme. Sie drehten sich um und sahen, dass die Obdachlose ihnen gefolgt war. Sie hustete jämmerlich. »Bitte«, murmelte sie auf Deutsch. »Etwas Warmes zu essen.« Anja griff in ihre Handtasche und zog zehn Euro hervor. Ohne Anja anzusehen schnappte sich die Frau den Schein und eilte zurück auf die andere Straßenseite.

»Für heute Abend haben wir uns freigekauft«, sagte Anja. »Aber vielleicht solltest du nachher eine andere Strecke nehmen, sonst erwischt sie dich auf dem Heimweg noch mal.«

Beim orangefarbenen Mülleimer am Fuß des Bergs verließ Dam sie. Für den Fall, dass an diesem Abend der Empfang im Haus schlecht sein sollte, hielt sie einen Moment inne, bevor sie hinaufstieg, und schrieb Louis eine Nachricht. Sie spürte, wie sich ihr der Magen umdrehte, als sie die Nachricht abschickte, sie wusste, dass er sobald nicht nach Hause kommen würde. Er war ausgegangen, um mit Prinz irgendwo Fleisch zu essen, Schnitzel mit Ketchup, Hamburger, koreanischen Hot Pot. Seit einer Woche war er nicht vor Mitternacht nach Hause gekommen. Und er hatte aufgehört, sich dafür zu entschuldigen, dass er so selten da war; woran auch immer er gerade arbeitete, was auch immer er gerade tat, schien seine Abwesenheit zu rechtfertigen, war in seinen Augen wichtig genug. Oder vielleicht hatte er es auch nur vergessen, hatte ihre privaten Momente am Morgen und am Abend einfach vergessen. Sie wartete auf seine Antwort, versuchte, nicht auf den Bildschirm zu starren, vor sich selbst nicht zu verzweifelt zu erscheinen.

Sie blickte den Berg hinauf. Der ganze Hügel schien zu verschwinden, wie er da in den dämmrigen Nebel ragte, der Pfad verlor sich schon nach wenigen Metern im Gebüsch. Dieser fette Haufen Dreck war hier abgeladen worden, lange bevor sie Louis kennengelernt hatte. Ihre ganze Beziehung hatte in einer Welt existiert, in der The Berg bereits Wirklichkeit war. Tatsächlich kannte Louis Berlin nur mit Berg. Er hatte das Tempelhofer Feld nie betreten; er kannte diesen Teil der Stadt nur als steilen Anstieg, nur vertikal, nicht horizontal.

Vor Jahren war das eine ihrer Lieblingsbeschäftigungen um diese Uhrzeit gewesen: ein langsamer, horizontaler Spaziergang um die Landebahn herum, dem festgelegten Oval folgend, unter dem tiefhängenden Himmel. Die Stadt immer eine zurückweichende Küste auf der anderen Seite der Freifläche. Der Geruch von Gras, vor sich hin glühenden Grills, Marihuana, Hundescheiße. Flache, flache Erde: ein perfekt unbepflanztes Stück Land. Die Sentimentalität drängte sich wie das Gebüsch am Wegesrand in ihr Blickfeld. Louis würde es nie sehen. Ein Berg ließ sich nicht rückgängig machen.

7

Louis war während einer Party in Erscheinung getreten. Eine Party – der Ort, an dem neue Menschen in Erscheinung traten. Nachdem du sie kennengelernt hattest, wurde dir immer klar, dass du sie schon einmal irgendwo im Internet gesehen hattest. Aber du musstest immer noch auf Partys gehen, um sie zu finden: neue Freunde, neue Menschen, mit denen du Sex haben konntest. Anja hatte gehört, dass Leute sich kennenlernten, während sie auf die U-Bahn warteten oder für Kaffee anstanden, ihr war das aber noch nie passiert. Es erschien ihr auch zu unwahrscheinlich.

Die Party, die Louis hervorgebracht hatte, war eine After-Party im Haus eines Investors. Es war die After-Party für die letzte Show einer berühmten Beraterin, die ihre Laufzeit bei einem Konglomerat für Unterhaltungselektronik beendete. Die Beraterin befand sich nun definitiv auf dem absteigenden Ast ihrer Karriere. Sie war die längste Zeit als »Nachwuchs« gehandelt worden, bis weit in ihre Vierziger, aber anstatt den Übergang zur »etablierten« Beraterin zu schaffen, was längst hätte geschehen müssen, war sie vom Kurs abgekommen. Sie war nicht wieder von ihrer Firma eingestellt worden, und auch von sonst niemandem.

Sowohl der Event als auch die After-Party hatten einen melancholischen Beigeschmack. Die Beraterin durfte sich offensichtlich nicht so verhalten, als wäre sie auf der Feier ihres eigenen Versagens gelandet, alle anderen aber durften das.

Anja hatte sich geärgert, während sie die letzte Performance ansah, zum einen war diese kaum zu ertragen, zum anderen war Dam nicht wie vereinbart aufgetaucht (sie hatte sich nur bereit erklärt, zu kommen, weil er sie angefleht hatte). So sah sie alleine zu, auf unangenehme Art und Weise solo in der dicht gedrängten Menge, ein Glas Weißwein ihr einziger Schutz vor neugierigen Blicken.

Die Beraterin arbeitete hauptsächlich mit ihrem eigenen Körper als Material. Ihre Consulting Strategie hatte schon von Anbeginn ihrer Laufbahn darin bestanden, die Produktivität in den Büros zu steigern, indem sie sich, wann immer diese nachzulassen drohte, nackt den Blicken der Mitarbeiter stellte. In den ersten Jahren war es seltsam effektiv, dass eine junge, unbekleidete Frau zu den unmöglichsten Uhrzeiten im Büro auftauchte, die Mitarbeiter todernst anstarrte und sich dabei auf die Brust schlug. Kontraintuitiv hatte sie einen Nerv getroffen: Männer (die den Großteil der Belegschaft ausmachten), fühlten sich durch ihr Eindringen weniger erregt als gestört (oder bloßgestellt?), und ihr Wunsch, eine Wiederholung des Spektakels zu vermeiden, trieb sie an, ihre kontinuierlich steigenden Quoten zu erfüllen.

Aber in dem Maße, in dem ihr Körper alterte, war auch sie zu alt geworden für die ursprüngliche Prämisse ihres Projekts. Nun war sie mittleren Alters und als Frau nicht mehr dieselbe Protagonistin. Niemand sah sie mehr an, wenn sie in den Büros auftauchte, sie konnte niemanden mehr einschüchtern, und die Firma sah sich inzwischen gezwungen, eine ganz neue Art von Quote zu erfüllen, nämlich die Hälfte der unteren Positionen mit weiblichen Angestellten zu besetzen. Und diese reagierten auf unberechenbare Weise, unter anderem mit einer Anti-Ausbeutungs-Kampagne. Anja vermutete, dass irgendwo in dieser Geschichte das Potenzial schlummerte, den gesamten Ansatz auf den Kopf zu stellen, doch die Beraterin wiederholte nur die immer gleiche, abgenutzte Provokation, dabei verließ sie sich auf die Annahme, dass sie per se das sehende Subjekt war, anstatt einen Weg zu finden, selbst gesehen zu werden.

Auch die Abschlussperformance der Beraterin vor gelangweiltem Publikum stellte lediglich eine weitere Wiederholung ihrer stets gleichen Performance dar, die zu wiederholen sie bis in alle Ewigkeiten verdammt zu sein schien – Anja zog die Idee in Betracht, dass die Wiederholung vielmehr eine pointierte Weigerung, ihre Methode zu ändern, darstellte, als eine Unfähigkeit, sich weiterzuentwickeln, doch dann verwarf sie diese Hypothese wieder – und danach drängten sich kleinere Häufchen ausgewählter Gäste in Taxen, um zur After-Party ins Haus des Investors zu fahren. Anja fand sich mit jemandem aus einem der Häufchen im Gespräch wieder und wurde schnell von der Gruppe absorbiert.

In einem Taxi voller Leute, die sie nicht kannte, gegen das Fenster gequetscht, sah Anja die dunkle Stadt vorbeiziehen. Sie fuhren über eine halbe Stunde zu einem Vorort, in dem sie noch nie zuvor gewesen war – sie fand nicht einmal heraus, in welche Richtung sie die Stadt verließen. Dam schrieb nicht zurück und sie wurde immer angespannter bei der Vorstellung, dass er sich nicht blicken lassen würde. Sie war sich nicht sicher, ob sie auf einer Party in einem Vorort, wo es kein Entkommen gab, allein klarkommen würde. Die Person neben ihr hörte nicht auf, sie vollzuquatschen, offensichtlich verwechselte sie Anja mit jemandem. Als sie ankamen, war Anja die erste, die aus dem Wagen sprang, unfähig, auch nur eine Sekunde länger bei dieser Farce mitzuspielen.

Die soziale Choreografie des Abends war orchestriert genug, als dass sie während der ersten Stunde hätte improvisieren müssen. Ein Buffet unter einem riesigen Baldachin im Garten, wie bei einem Abschlussball oder einer kleinen Hochzeitsfeier. Winzige Burger aus Hirschfleisch, hohe Champagnerkelche mit roten Beeren, die in der Flüssigkeit trieben, Drogen, die auf Silbertabletts in der Menschenmenge herumgereicht wurden, ein Eisverkäufer, der mit einem Affen auf der Schulter vor dem Zelt stand. Ein Lama und ein kleiner Ziegenbock, die zum Streicheln in einem Gehege gehalten wurden. Es war absurd und die Leute wirkten leicht hysterisch, völlig eingeschüchtert, aber entschlossen, lässig mit dem Exzess umzugehen. Anja fand eine Gruppe von Leuten, deren Namen sie kannte, und gesellte sich zu ihnen, in jeder Hand einen Drink, lehnte sie sich gegen einen hohen, instabilen Tisch in Form einer Sanduhr. Dann bemerkte sie, dass sie exakt die Pose der Frau neben ihr nachahmte, bis hin zum Winkel ihres Ellbogens. So wie sie häufig die Tanzbewegungen von jemandem kopierte und es erst bemerkte, wenn sie völlig synchron tanzten. Ganz bewusst versuchte sie, ihre Haltung zu verändern und schüttete sich dabei Wein über das Handgelenk.

Aus dem Nichts senkte sich der Schatten über ihr Gesicht. Der Schatten war selten und heilig und sie konnte sein Erscheinen nicht kontrollieren. Er bot sozialen Schutz. Wenn er sich über ihr ausbreitete, konnten ihr brutale Blicke und ablehnende Bemerkungen nichts mehr anhaben. Es war keine Maske, nur ein Schatten, der sie abkühlte und beruhigte. Die Ruhe verlieh ihr die Freiheit, ohne Angst zu handeln und Risiken einzugehen. Der einzige Beweis, dass der Schattenzustand nicht nur innerlich spürbar war, sondern sich auch äußerlich zeigte, erwies sich in der Art, wie Männer auf sie reagierten, während sie sich in ihm aufhielt.

Sie steckte ihr Telefon in ihre Tasche und hörte auf, ständig nachzusehen, ob Dam geantwortet hatte. Sie ließ sich von der Gruppe, bei der sie stand, ins Haus treiben, dachte sogar daran, vorher ihre Drinks abzustellen. Das einzige Risiko des Schattenzustands bestand darin, dass sie sich besinnungslos betrank, wenn sie sich ihrer Unbesiegbarkeit zu gewiss war.

Das Haus breitete sich obszön vor ihr aus: Marmorwände, eine Wendeltreppe mit goldenem Geländer, raumhohe Fenster. Ein Potpourri aus Statussymbolen, nicht weniger effektiv als altes Geld es gewesen wäre. Geld war Geld war Geld. Anja und die Leute um sie herum nickten einander bei jeder einzelnen Extravaganz zu – ja, ja, wir fühlen uns hier wie zu Hause, nichts Besonderes.

Die Kinder des Investors jagten einander schreiend durchs Foyer, stießen dabei immer wieder gegen Objekte und Möbel. Anja stand neben einem Sockel, gegen den das Mädchen knallte, was die

Gegenstände in der darauf befindlichen Vitrine aneinander klirren ließ. Anja wollte diese gerade sichern, als sie eine Hand auf ihrem Arm spürte. Es war die Mutter der Kinder, die herbeigesprungen war, um sicherzugehen, dass der Inhalt der Vitrine unbeschädigt geblieben war.

»Verdammt, die gehören schon längst ins Bett«, sagte die Mutter zu Anja. »Normalerweise dürfen die gar nicht hier unten sein.« Sie legte ihre Arme um die Vitrine und inspizierte besorgt deren Inhalt. Anja blickte ebenfalls in den Glaskasten.

In drei glänzende lila Kissen versunken lagen drei winzige, verschrumpelte Köpfe. Durch die Erschütterung war feiner Puder von dem ganz links liegenden abgefallen. Anja war verunsichert, womit sie es da zu tun hatte. Objets d'art? Artefakte?

»Sieh nur, wie er durchgeschüttelt wurde«, sagte die Mutter und stieß mit dem Finger gegen das Plexiglas. »Gerald. Mein Liebling! Seine Haut bröselt ab!« Die Hände der Frau zitterten, sie wirkte, als stünde sie am Rand eines Nervenzusammenbruchs.

Eines der Kinder flog wieder vorbei, sie packte es gekonnt am Handgelenk und zerrte es zur Treppe. »Bleib da!«, schrie sie Anja zu. »Sieh zu, dass niemand das Glas berührt!« Sie gab ihrem Kind einen Klaps auf den Kopf, krächzte auf Deutsch »Wir haben Respekt vor Schrumpfköpfen!«, und verschwand die Wendeltreppe hinauf.

Andere Gäste hatten die Szene beobachtet und waren zurückgewichen. Anja stand allein am Tatort, unsicher, ob sie wirklich gehorchen sollte, oder ob der Sinn dieser Aufgabe darin bestand, sie zu erniedrigen und so von dieser verkorksten Familie abzulenken. Doch ehe sie die Flucht antreten konnte, gesellte sich jemand zu ihr, jemand, dessen Namen sie schon einmal gehört hatte, sich aber nicht an ihn erinnern konnte. Sie hatte ihn zuvor gesehen, wie er im Garten umherstolzierte, so selbstbewusst, dass sie es kaum ertragen konnte.

»Freunde gefunden?«, fragte er. Sie war sich nicht sicher, ob er die Investoren meinte oder die Köpfe in der Vitrine.

Sie klopfte mit dem Finger gegen das Glas. »Wem gehören die?«

Er hob die Augenbrauen, sah sie abschätzend an. »Die gehören den Investoren, den Leuten, in deren Haus wir uns gerade befinden.«

»Nein, ich meine, wessen Köpfe waren das einmal.«

Er lachte. »Das weißt du nicht?«

Sie zuckte mit den Schultern. »Ich gehöre nicht zum Business.«

»Zwei Mal Überdosis, ein Selbstmord«, sagte er und pochte laut mit den Knöcheln gegen das Glas. »Niemand will mehr von diesen Leuten unterstützt werden. Offensichtlich bringen sie Pech.« Er trat einen Schritt von der Vitrine zurück, beinahe als bereute er, das Glas berührt zu haben.

»Pech?«

»Drei Tode in den letzten zehn Jahren. Warum das Risiko eingehen?« Er zuckte mit den Schultern. »Entweder ist es Pech oder etwas viel Schlimmeres.«

Irgendwo hatte sie schon mal davon gehört. Die Köpfe, vermutete sie, waren Berater, die vor dem Ende ihrer Vertragslaufzeit gestorben waren, und deren Köpfe das Einzige waren, was die Investoren noch sammeln konnten. Es war widerlich, aber nicht undenkbar. Es folgte der Logik eines Systems, in dem das ganze Leben einer Person Teil des Anlageportfolios einer anderen Person war. Bei dem Gedanken daran zog sie die Nase kraus. »Und wie schrumpfen sie sie?«

»Sie schicken sie zu Jay. Er ist hier auch irgendwo. Ihn solltest du das fragen. Willst du ihn kennenlernen?« Jeder Satz, den er von sich gab, war eine glatte Kugel sozialen Kapitals.

»Nicht wirklich. Ich hab schon ’nen Shrink.« Er lachte wieder, aber sie verzog keine Miene. Es war kein guter Witz gewesen. »Sammeln die noch was anderes als das hier?« Sie sah sich im Foyer um. Abgesehen von der Vitrine auf dem Sockel war der Raum völlig leer.

»Natürlich. Sie haben immer noch fünf oder zehn lebende Investitionen. Und im Keller gibt es einen Tresorraum voller Kunstwerke, aber die holen sie nie raus. Ist echt gruselig da unten.«

Sobald sie konnte, stahl sie sich aus der Unterhaltung, ließ ihn und die hilflosen, kleinen Köpfe im Foyer zurück und trat durch den Seitenausgang zum Pool. Im Esszimmer, das sie durchquerte, standen vier oder fünf weitere Sockel, aber sie sah keine Köpfe mehr. Nur kleine Überbleibsel von den Performances irgendwelcher Berater. Jämmerliche Andenken. Die Investoren waren noch relativ jung – und lagen voll im Trend mit ihrem Hang zum Immateriellen. Die älteren Investoren, die klügeren, die schon mehr als einen Konjunkturzyklus überstanden hatten, umgaben sich immer noch mit schönen Objekten, nicht nur mit zerbröselnden Schädeln in Einweckgläsern.

Sie setzte sich an den Rand des Pools, zog ihre Schuhe aus, und hielt die Füße ins Wasser. Sie winkte drei Frauen zu, die oben ohne vorbeischwammen, fing aber keine Unterhaltung mit ihnen an. Ihr Telefon vibrierte. Dam war etwas dazwischengekommen, *sorry,* er würde es jetzt doch nicht mehr schaffen. Natürlich nicht.

»Willst du nicht schwimmen?« Sie sah nicht auf. Der schon wieder, er war ihr gefolgt.

»Bin nicht der Typ.«

»Welcher Typ bist du dann?«

»Ich bleibe an Land.«

»Ich auch«, sagte er. Ohne zu ihm aufzublicken, wartete sie ab, ob er sich setzen würde. Was er tat. Er zog seine Tevas aus, rollte seine Seersucker-Hosen hoch und hielt einen Fuß ins Wasser. Er sah sie nicht an. Die Frauen auf der anderen Seite des Pools riefen ihm zu und er ließ sich zu einer Handbewegung in ihre Richtung herab. Dann sah er Anja an, als wollte er demonstrieren, dass er nicht die halbnackten Frauen anstarrte. Das war ein eindeutiges Signal. Sie erwiderte seinen Blick.

»Fertig mit Köpfesitten?«, fragte sie.

»Ich will sie nie wieder sehen. Das ist die schlimmste aller möglichen Versionen meiner Zukunft. Muss ich mir echt nicht ausgestellt in einem Glassarg anschauen.«

Er war unter dreißig, vermutete sie. Noch nicht auf dem Weg in die Gruft. »Aber du hast schon Investoren?«

»Ja, aber ich müsste schon ziemlich verzweifelt sein, um meinen Kopf zu verkaufen.«

»Wurde es dir angeboten?«

»Was?«

»Deinen Kopf zu verkaufen.«

»Klar, das ist immer eine Option. Aber es lässt dich verzweifelt wirken, wenn du es zu früh machst.«

Sie schwang die Beine im Wasser umher, ihre Zehen wurden schrumpelig vom vielen Chlor. »Was ist mit der Künstlerin, die ihre Knochen an ein Museum verkauft hat, damit die nach ihrem Tod einen Diamanten aus ihr machen können? Sie war jung, als sie das gemacht hatte. Und sie wurde berühmt.«

»Stimmt, aber das ist Jahrzehnte her. Wenn so etwas zum ersten Mal passiert, ist das immer eine große Sache. Doch die nächsten hundert Mal ist es nur Imitation, nicht Innovation. Du musst schneller Innovationen liefern als die Imitatoren.«

»Aber du brauchst die Imitatoren, um berühmt zu werden. Die Imitation beweist die Innovation.«

»Darüber habe ich viel nachgedacht«, sagte er, sich offensichtlich immer mehr für ihr Gespräch erwärmend. Sie bemerkte, dass sich ein leichtes Lispeln in seine Sprache eingeschlichen hatte, die Ecken seiner Wörter wurden weicher. Sie dankte dem Schatten. »Wie heißt es so schön, die Kopie unterstreicht die Bedeutung des Originals.«

»Das klingt, als hättest du es schon mal gesagt.«

»Vielleicht auf ein oder zwei Podiumsdiskussionen«, sagte er und lachte, um anzudeuten, dass das ein Witz war, aber auch stimmte.

»Ich nehme an, mit jeder Wiederholung unterstreichst du die Bedeutung deiner ursprünglichen Aussage.«

Sie hatten genug Gesprächsstoff, um so weiterzumachen, er sah sie von der Seite an, während sie zur anderen Seite des Pools hinüberblickte, dann sah sie ihn von der Seite an, während er hinüberblickte, so tauschten sie Blicklinien und ließen sie gelegentlich kreuzen. Sie schrak auf, als sie von einer Gruppe Leute unterbrochen wurden, die aus dem Nichts kamen und sich um ihn drängten. Einer aus der Gruppe drückte ihm sein Knie in die Schultern, um seine Aufmerksamkeit zu erlangen. »Bin gleich wieder da«, sagte er und erhob sich, um mit den Leuten zu reden.

An einem anderen Abend hätte sie sich zurückgezogen, es wäre ihr peinlich gewesen, zu lange so allein auf dem Präsentierteller zu sitzen, doch sie wartete ruhig mit ihren Füßen im Wasser, noch immer in der Sicherheit des Schattens. Es war fürchterlich selbstbewusst, einfach dort zu sitzen und davon auszugehen, dass er zu ihr zurückkehren würde. Aber sie tat es, denn er würde zurückkommen. Die Gruppe zog weiter und er nahm wieder seinen Platz neben ihr ein, nicht näher als zuvor, nur bequem in ihre Richtung geneigt. Monate später sollte er ihr sagen, dass dies exakt der Moment war, in dem die Liebe ihn wie ein Hammerschlag getroffen hatte.

Er entschuldigte sich und deutete vage in die Richtung der Gruppe hinter ihm. »Networken. Ich muss meinen Verpflichtungen nachkommen.«

Das war als Kompliment gemeint – es bedeutete, mit ihr zu reden war kein Networking, es war das Gegenteil, eine Wahl, die er traf – aber gleichzeitig machte er auch klar, dass Networking sich bei ihr nicht lohnte.

»Ist in Ordnung. Im Gegensatz zu dir bin ich nicht beruflich hier. Ich bin sehr froh, nutzlos zu sein.«

»Ich bezweifle, dass du nutzlos bist.«

»Wirklich. Ich habe nichts zu gewinnen und nichts zu geben. Das hier ist für mich nur eine Party.«

»Willst du damit etwa sagen – bist du etwa Teil der breiten Öffentlichkeit?« Er tat so, als müsste er nach Luft schnappen.

»Ich bin waschechter Outsider.«

Sie erzählte ihm nicht, dass sie fast ein Jahr lang zur Kunsthochschule gegangen war, bevor sie ihr Studium hingeschmissen hatte. Es war zu lange her, um von Bedeutung zu sein. Alles, was es ihr beschert hatte, war Angst, viel Angst – und es hatte ihr beigebracht, dass sie zur Zuschauerin bestimmt war, nicht zur Akteurin.

»Wie in aller Welt bist du nur hier gelandet?«

Sie breitete die Hände aus und zuckte mit den Schultern. »Mein Kumpel wollte mich unbedingt dabeihaben, ist dann aber selbst nicht aufgetaucht.«

Er fragte sie, was sie beruflich machte und war erstaunt zu hören, dass sie Wissenschaftlerin war. »Du verfügst über praktische Fähigkeiten«, sagte er. »Ich bin der Nutzlose von uns beiden.«

Diese Bemerkung, wie auch all die anderen, mit denen er sich selbst kleinredete, hätte sie normalerweise als ermüdend empfunden – noch vor einer Stunde sogar. Doch in diesem Moment, aus seinem Mund, klangen sie aufrichtig, nicht nach Koketterie, sondern eher so, als würde er ganz gut mit der Bürde zurechtkommen, eine ziemlich eindrucksvolle Person zu sein. Bereitwillig redete er auch die Party klein, als wäre seine Anwesenheit hier ein notwendiges Übel. Er kam eben seinen Verpflichtungen nach.

Er stammte aus dem Mittleren Westen der USA. Er sprach über die dortige Architektur. Scheinbar gab es in der Gegend eine Menge modernistischer Gebäude. Sein Name, erklärte er zögerlich, war eine verfälschte Form von Loos, dem österreichischen Modernisten.

»Das erzähle ich Leuten für gewöhnlich nicht«, sagte er. »Ist mir ziemlich peinlich.«

Seine Mutter habe immer Sehnsucht nach Hochkultur gehabt, erklärte er, es aber nie nach Europa geschafft. »Sie behauptet immer, sie wird mich mal besuchen, tut es aber nie. Ich glaube, in ihrer Vorstellung hat sie Europa total überhöht.«

Danach war Anja überrascht, dass er begann, ihr Fragen zu stellen. Das war keine Eigenschaft, die sie von Männern erwartete, schon gar nicht von Männern wie ihm. Sie sprach offen über ihre

Arbeit, erzählte ihm von Knorpelgewebe und seinen Anwendungen: Korallenriff-Bälle, Unterbauten im Städtebau, ganze sich selbst generierende Satelliten, die ins All geschickt werden konnten. Er hörte zu und machte hin und wieder eine Bemerkung, die zeigte, dass er verstand. Er hatte von allem ein wenig Ahnung. Und dennoch trat sein Wissen immer in Form einer weiteren Frage zutage. Er wirkte, das konnte sie nicht leugnen, interessiert.

Ohne große Diskussion verließen sie gemeinsam die Party. Sie bahnten sich keinen Weg durch die Menschenmenge, um sich von allen zu verabschieden, sondern traten einfach durch die dichte Hecke, die das Anwesen von der Straße abschirmte. Er sagte, dass es etwa fünfzehn Gehminuten entfernt eine S-Bahn-Station gebe, und sie liefen langsam los, ohne einander zu berühren. Der Schattenschleier erzitterte, hob sich aber nicht.

Als sie aufwachte, war der Schatten verschwunden, in ihren Augen brannte das grelle Tageslicht und Louis' rohe Silhouette.

Sie war in einer anderen Dimension wach geworden: einer Dimension mit Louis, einer Dimension mit einem Bett, in dem Louis lag. Das Licht bog sich anders in dieser Dimension, Worte bogen sich anders. Sie hatte Schwierigkeiten, die Augen weit genug zu öffnen, um diese menschliche Besonderheit neben ihr zu erfassen, und sie sah, wie sich die Luft um ihn herum krümmte. Ein Dunst, schimmernd wie Öl, ein verrutschtes Bild. Sie spürte, wie seine Hand ihren Knöchel umfasste. Die Hand war neugierig, aber sie war auch selbstsicher. Sie stellte eine Frage und kannte die Antwort bereits.

sanfte wolken mit chance auf geheimnisse/raue winde/19°

Das Publikum saß auf zusammenklappbaren, hockerartigen Objekten aus recycelbarer Pappe, die nur existierten, um eines zu sein: keine Stühle. Um den »Stuhl« zu unterwandern. Die Institution war Institutionen gegenüber kritisch eingestellt, so lautete die Botschaft, die ihnen die wackligen Sitzgelegenheiten vermitteln sollten.

Der Podiumsdiskussion war eine Performance von zwei Feministinnen Mitte siebzig vorausgegangen, die, wenn man sich für diese Sachen interessierte, legendär waren. Eine von ihnen trug ein Matrosenoutfit. Während der Performance sagte sie immer wieder »Fotze« in einer Weise, die schockierend sein sollte. Sie sagte »schleimige Fotze, voller Moder und Eiter«. Sie sagte »Patri-kapitalismus« und »Fick mich, Daddy.« Und für jene, die es immer noch nicht verstanden hatten, sagte sie: »Wir sind die einzigen, die noch Regeln brechen.«

Anja legte ihre Stirn in die Hände. »Das macht mich ganz traurig«, flüsterte sie. Louis fragte flüsternd zurück, ob sie in dieser Institution jemals etwas Gutes gesehen hätte. Anja verneinte. Sie sagte, sie seien ganz schöne Trottel, dass sie trotzdem immer wieder herkamen. Louis schlug vor, sich auf den Weg zur Bar zu machen.

Im Untergeschoss des Gebäudes, das ehemals eine Kirche gewesen war, dann ein Militär- und später ein Zivilkrankenhaus, heute aber eine Lagerhalle für überflüssig gewordene Kunstwerke sowie einen Veranstaltungsort für Künstler abgab, die sich nicht daran gewöhnen wollten, ihr Leben an Unternehmen zu verleihen, und all ihre Energie lieber darauf verwendeten, die letzten noch verbliebenen staatlichen Unterstützungen abzusaugen, saßen Anja und Louis an einem kleinen, runden Tisch auf einer Art Bühne, einem erhöhten Podest, das einst für Priester gedacht war und später für Chirurgen.

»Dieser Laden ist echt das Letzte«, sagte Anja.

»Warum kommen wir nur immer wieder her?«, sagte Louis. Er lachte.

Sie dachte einen Moment lang nach. »Ich sehne mich nach institutioneller Kunst und du suchst nach einem sinnvollen politischen Engagement.«

»Vielleicht. Ich glaube, es ist eher so, dass ich nach Spuren von Grenzüberschreitungen suche. Oder wissen will, ob Grenzüberschreitungen überhaupt noch möglich sind.«

»Wahrscheinlich nicht. Die ganze Idee ist überholt.«

»Ich weiß! Aber ich denke immer, wenn ich ein wirklich kreativer, guter Mensch wäre, würde ich einen Weg finden.«

Sie lachte. »Jeder hat seine Gründe, gewisse Grenzen nicht zu überschreiten. Ich bin zum Beispiel zu schüchtern.«

»Vielleicht ist deine Schüchternheit grenzüberschreitend.«

Sie runzelte die Stirn. »Nein, sie hemmt mich nur.«

Die Leute dachten immer, Schüchternheit sei eher eine Wahl oder bloß Getue, und keine wirkliche Charaktereigenschaft. Darum dachten die Leute auch, vor allem Frauen, dass es okay sei, so zu tun, als wären sie schüchtern. Sie hielten es für niedlich. Anja kannte die Wahrheit: Schüchternheit war eine schreckliche Krankheit.

»Manchmal, wenn du in der Öffentlichkeit bist, legt sich bei dir ein Schalter um«, sagte er. »Einfach so, dann entscheidest du, eine Zeitlang nicht schüchtern zu sein. Oder dich überkommt irgendetwas und die Schüchternheit verschwindet.« Sie wusste, dass er an den Schatten dachte. Sie hatte ihm nie erklärt, wie das war.

»Ich entscheide nicht, ob ich schüchtern bin oder nicht. Ich kann nichts dafür.« Sie winkte einem Kellner zu, der hinter der Bar hervorgetreten war und sich Mühe gab, nicht in ihre Richtung zu blicken.

»Ich war auch schüchtern, als ich noch jung war«, sagte Louis und winkte ebenfalls dem Kellner zu. »Als ich in der High School war, hat Pat mir beigebracht, etwas extrovertierter zu sein. Sie hat mich gezwungen, Sport zu machen und zum Kirchenzeltlager zu gehen. Ich habe mich selbst dazu gebracht, mich wie ein extrovertierter Mensch zu verhalten, nur um sie zu beeindrucken.«

Anja blieb hängen, ließ ihren Gedankengang fallen. Sie hatten sich entlang eines bequemen Musters bewegt und nun tauchte plötzlich Pat im Raum zwischen ihnen auf, erhob sich ungebeten wie eine dieser aufblasbaren, wogenden Ballonfiguren. Kein einziger Fehltritt war Louis unterlaufen, seitdem er nach Hause gekommen war; mit jedem Wort und jeder Handlung hatte er darauf bestanden, dass er nicht an Pat dachte. Wochen waren vergangen, ohne dass er erwähnt oder auch nur angedeutet hätte, dass ihm seine Mutter fehlte, Wochen ohne Hinweis auf irgendeine Form der Trauer, als hätte er all diese Gefühle erfolgreich unterdrückt und einfach weitergemacht. Und nun erwähnte er sie in Form einer beiläufigen Erinnerung, ohne Gefühl, ohne Kontext. Als wäre Pat gar nicht tot. Als würde er nicht ihren Tod heraufbeschwören, indem er über sie sprach, als würde er damit nicht eingestehen, dass ihr Tod ihn beschäftigte. War dies ein Zeichen, dass er darüber sprechen wollte, oder dass er nicht darüber sprechen wollte? War es eine Einladung oder ein Köder? Oder einfach nur eine falsche Fährte?

Verunsichert, wie sie reagieren sollte, beschloss Anja, die Unterhaltung einfach fortzusetzen, bis sich ein weiteres Zeichen zeigen würde. »Also«, sagte sie langsam, »konntest du für dich einfach so entscheiden, nicht mehr schüchtern sein.«

»Ich schätze schon.« Er war völlig unbeeindruckt. Gut, dann war es auch richtig, einfach fortzufahren. »Ich habe das mit Absicht gemacht. Ich dachte, ich müsste es tun, um zu überleben. Aber dann tauchst du auf, zwar schüchtern, machst aber trotzdem dein Ding und wirst geliebt – und da wird mir klar, ich hätte auch einfach bleiben können, wie ich war. Du bist der Beweis, dass schüchtern sein funktionieren kann.«

Das ist schön, dachte sie. Anscheinend werde ich geliebt. »Vielleicht ist kontaktfreudig zu sein so ähnlich wie eine Sprache zu lernen«, sagte sie. »Du musst damit anfangen, wenn du noch jung bist.«

Endlich trat eine Kellnerin hinter dem Tresen hervor, kam zu ihnen, nahm ihre Bestellung für zwei Aperol Spritz entgegen und reichte ihnen die Speisekarten.

»Ich wusste nicht, dass man hier auch essen kann«, sagte Anja. »Sollen wir was essen?« Louis nickte. Sie war zwar nicht im Geringsten hungrig, ihr Magen benahm sich seltsam in letzter Zeit, erwiderte aber sein Nicken.

Er deutete auf die Speisekarte, und als die Kellnerin zurückkam, bestellte Anja auf Deutsch für sie beide. Forelle für sie, Gulasch für ihn.

»Groß oder klein?«, fragte die Kellnerin Anja und nickte dabei in Louis' Richtung als wäre er ein Kind.

»Große oder kleine Portion?«, fragte sie Louis auf Englisch.

»Groß« sagte er auf Deutsch zur Kellnerin, sein ß ein sanftes Lispeln, das O ein flacher Vokal, den das Deutsche nicht kannte.

»Brot dazu?«, fragte die Kellnerin. Louis sah Anja an.

»Bread?«, flüsterte sie.

»Gerrrrn«, sagte er auf Deutsch zur Kellnerin.

»What?«, entgegnete die Kellnerin.

»Ja«, sagte Anja, »er will Brot.« Louis schenkte der Kellnerin ein einnehmendes Lächeln.

Auch wenn Amerikaner der Form nach eine Fremdsprache erlernten, war es den meisten von ihnen doch nicht möglich, jene Mundbewegungen auszuführen, die notwendig waren, um verstanden zu werden. Sie konnten sich die Wörter merken, aber sie kamen in Form amerikanischer Klänge aus ihrem Mund. Anja sah darin eine kulturell bedingte Unfähigkeit, Phoneme anders zu verstehen als buchstäblich; wie Neusprech, aber eben für die Aussprache. Amerikaner glaubten, Buchstaben sollten sich so verhalten, wie sie dem amerikanischen Auge erschienen, nicht mehr und nicht weniger, Signifikanten schluckten einfach die Signifikate ihren breiten Schlund hinunter, die vertikale Beziehung zwischen Zeichen und Designat wurde dabei völlig irrelevant, da Lippen und Zunge einfach nicht glauben wollten, dass die richtige Verschmelzung der Vokallaute von Bedeutung war. In Prag hatte Anja mal ein Schild vor einer Bäckerei gesehen, auf dem Kwassah stand. Sie hatte Louis ein Foto davon geschickt.

Louis zeigte gerade so viel Reue, wie gesellschaftlich erforderlich war – »so amerikanisch, ich weiß« – aber niemand erwartete wirklich von ihm, dass er Deutsch lernte, er hatte interessantere Dinge zu tun. Er ließ Anja für ihn bestellen. Meistens gefiel ihr das. Es war eine nette Form von Liebesdienst. Sie durfte seine Schnittstelle zur deutschsprachigen Welt sein. Für ihn zu übersetzen war eine Art, unentbehrlich zu bleiben, und ihn von der deutschen Sprache fernzuhalten, schützte den englischsprachigen Bereich ihres Privatlebens. Genau so, wie sie die Karte navigierte, wenn sie zusammen auf Reisen gingen. In der Abhängigkeit lag Intimität. Sie hatte aber auch etwas Infantilisierendes.

Anja sprach Englisch, seit sie reden konnte; es nicht zu lernen, war nie eine Option gewesen. Ihr Vater war eigentlich Österreicher, ihre Mutter aber Amerikanerin, und das »internationale« der internationalen Schulen, die Anja besucht hatte, bedeutete auch nichts anderes als »amerikanisch«. Die englischen Worte kamen ihr meist völlig mühelos, ohne dass sie groß über Satzkonstruktionen nachdenken musste – die Welt des Englischen präsentierte sich ihr eher in ganzen Sequenzen denn in einzelnen Sätzen. In der Zeit vor Louis hatte es manchmal Hänger in ihrer Umgangssprache gegeben, mittlerweile war aber Englisch zu ihrem gemeinsamen Territorium geworden, ihr Mund dem seinen völlig ebenbürtig.

Louis starrte konzentriert den Rücken der Kellnerin an, die am Tresen ihre Bestellung ins Computersystem tippte. »Das ist so schräg«, sagte er. »Pat hatte immer diese Frisur.«

Anja erstarrte. Sie sah zur Kellnerin hinüber und wartete darauf, dass sie sich ihnen zuwandte. Die Kellnerin trug ihr blondes Haar als Bob. So gesehen hatte sie keinerlei Ähnlichkeit mit Pat. Nicht, dass Anja Pat jemals kennengelernt hätte, aber gemessen an dem, was sie auf verschiedenen Bildschirmen gesehen hatte, traf der Vergleich nicht zu.

»Ich dachte, Pat hatte dunkles Haar«, sagte sie vorsichtig.

»Es ist irgendwas an dem Schnitt«, sagte er. »Ich weiß auch nicht.« Er nippte mit leerem Blick an seinem Spritz und lieferte ihr keine weiteren Anhaltspunkte.

War das Provokation oder merkte er selbst nicht, was er da tat? Wenn er Pat wirklich in x-beliebigen Kellnerinnen wiedererkannte, verfolgte sie ihn offensichtlich ständig, doch er machte einfach weiter, als wäre alles beim Alten. Das war seine Gelegenheit zu sagen: Ich vermisse sie. Oder: Hier ist der Punkt auf meinem Körper, wo die Nadel des Todes in meine Knochen eingedrungen ist. Stattdessen, ein Klischee: Diese Person sieht aus wie die tote Person, die ich vermisse.

Auch wenn er sonst so resistent war gegen kulturell geprägte Verhaltensweisen, schien Louis immer noch nicht zu verstehen, dass seine Schweigsamkeit hinsichtlich seiner Gefühle dem Klischee männlichen Verhaltens entsprach. Es war nicht so, als hätte er je besonders viel über seine Gefühle gesprochen, aber er hatte sich doch immer ohne Scham zu ihnen bekannt und sie zum Gegenstand von Analysen gemacht. Seine Faszination für das menschliche Verhalten umfasste auch sein eigenes, was immer schon eine gewisse Form der Introspektion vorausgesetzt hatte. Vielleicht spielte er nun einfach die männliche Rolle, weil er glaubte, es würde ihm helfen, weiterzumachen. Vielleicht steckte er so tief im Schmerz fest, dass er keine andere Art zu handeln mehr sah. Aber es war ebenso gut möglich, dass ihn die Trauer in eine eindimensionale Männerperson verwandelt hatte, blind den eigenen Motiven gegenüber, unfähig, Gefühle zu artikulieren, ein Mann, der mit etwas schwachen Kommunikationsmitteln à la *sie sieht aus wie meine Mutter* herumhantierte.

Anja versuchte, all das auf irgendeine Art zu formulieren – ihn zu fragen, wie er sich fühlte, ob alles in Ordnung war mit ihm, ob er Pat vermisste, irgendetwas –, aber sie hatte die Pause in ihrer Unterhaltung zu groß werden lassen, und Louis schloss die Lücke. Entweder war ihre Chance, etwas zu sagen, vorübergegangen, oder sie hatte erst gar keine Chance gehabt. Er begann, wieder über die Feministinnen zu reden, diese alternden Loser, die nicht mal in der Lage waren, ihr Windows zu aktualisieren. Sie nickte, ohne wirklich dem Inhalt seiner Worte zu folgen. Der Ton, in dem er sprach, signalisierte, dass er Dinge sagte, von denen er wusste, dass sie clever waren. Er war so klug, dachte sie wieder, und dennoch nicht in der Lage, sich zu reflektieren, seine Einsichten auf sich selbst anzuwenden.

Als das Essen kam, wusste sie, dass sie die falsche Wahl getroffen hatte. Der Fisch war riesig und furchteinflößend, er beäugte sie mit seinem flachen Glubschauge und roch nach dem, was er war: ein totes Etwas.

Louis hatte sein Gulasch bereits zur Hälfte aufgegessen, hatte ohne Pause Signifikat in Signifikant geschaufelt, als er bemerkte, dass sie lediglich in ihrem Beilagensalat herumgestochert hatte.

Er hielt inne, den Löffel auf halbem Weg zum Mund. »Schmeckt dir der Fisch nicht?«

»Ich weiß nur nicht, wie ... ich das anstellen soll. Er ist voller Gräten.«

»Keine Panik. Das haben wir gleich.« Er langte über den Tisch, seine Ärmel streiften flüchtig das Gulasch, liebevoll lächelte er sie an, während er fachmännisch den Fisch der Länge nach aufschnitt und aufklappte. Das fettige, durchsichtige Skelett wurde aus dem Fleisch gezogen und elegant auf dem kleinen Extrateller platziert. Tier gnädiger Weise von seinem Rückgrat befreit. Sie sah den Fisch an, dann sah sie Louis an und machte keine Anstalten, mit dem einen oder dem anderen zu interagieren. Ihre Augen wabbelten, füllten sich mit Glubsch, ihre Sicht verschwamm, Louis wurde unscharf, verschwand für einen Moment.

Beunruhigt griff er nach ihrer Hand. »Das war aber plötzlich«, sagte er. »Was ist los?«

»Ich mag diesen Fisch einfach nicht«, sagte sie. Sie wischte sich die Augen mit dem Ärmel ab. Sie hörte sich ein versöhnliches Lachen ausstoßen. Hatte sie gewusst, dass sie lachen würde? Hatte sie gewusst, dass sie weinen würde?

Mit der Hand, die Louis nicht hielt, pflückte sie eine dünne Scheibe Zitrone aus der Garnierung von ihrem Teller und lutschte daran. »Sorry«, sagte sie, »ich weiß auch nicht, was gerade passiert ist«, dann legte sie die Zitronenscheibe zurück auf den Teller, ein perfekter Halbmond aus rosa Lippenstift umschloss die Schale. Für gewöhnlich trug sie keinen Lippenstift, weil er sie vom Küssen abhielt, aber an diesem Nachmittag hatte sie instinktiv welchen aufgetragen. Ein Zeichen des Selbstschutzes. Wenn es das gewesen war, so hatte es nicht funktioniert. Jetzt tröstete er sie, statt andersherum.

Sie hatte gewusst, dass sie weinen würde und hatte nicht gewusst, dass sie es wusste. Sie war kein Stück besser als er. Sie waren beide völlig blind sich selbst gegenüber.

Das Restaurant hatte sich gefüllt. An all den anderen Tischen auf der kleinen Bühne saßen nun Paare. Anja fragte sich, ob irgendjemand ihren kurzen Tränenausbruch bemerkt hatte. Aus dem Augenwinkel sah sie zum Nachbartisch hinüber, erblickte zwei Menschen, die sich über den Tisch hinweg einander entgegenlehnten und ihre eigene, geheime Sprache sprachen.

Nehmt doch mal ein scheiß bisschen Rücksicht auf mich, dachte Anja, an das Paar am Nachbartisch gerichtet. Ich gebe hier wirklich mein Bestes.

Louis hatte seine Hand zurückgezogen und sich wieder seinem Gulasch gewidmet.

8

Management Discussion and Analysis (MD&A):

Ein MD&A-Bericht ist eine klare narrative Erklärung aus Sicht des Managements, wie sich Ihr Unternehmen in dem vom strategischen Innovationsplan abgedeckten Zeitraum entwickelt hat, sowie über den Zustand Ihres Unternehmens und die Zukunftsaussichten in Bezug auf die Innovationsgeschwindigkeit. Die MD&A ergänzt und komplementiert Ihren Innovationsstatusbericht, ist aber nicht Teil desselben.

Ihr Ziel bei der Vorbereitung der MD&A sollte es sein, die allgemeine Transparenz der Innovation in Ihrem Sektor zu verbessern, indem Sie eine ausgewogene, aber ehrliche Diskussion über die Ergebnisse der innovativen Operationen und den Innovationszustand des Sektors führen, einschließlich, aber nicht beschränkt auf Überlegungen wie Liquidität und Illiquidität, Personal und krankes Personal, wobei die Unterperformer ebenso offen benannt werden sollten wie die Leistungsträger. Ihre MD&A sollte:

- Aktuellen und potenziellen Investoren verständlich machen, was Innovationsberichte zeigen, und was sie nicht zeigen
- Wesentliche Informationen übermitteln, die nicht im Innovationsbericht widergespiegelt werden, wie etwa Verbindlichkeitsrückstellungen, Mitarbeiterschulden, bilanz-

externe Investitionen in Wissensbildung oder andere unerfüllte vertragliche Verpflichtungen

- Wichtige Trends und Risiken darlegen, die den Innovationsbericht beeinflusst haben, sowie jene Trends und Risiken aufzeigen, von denen zu erwarten ist, dass sie die Berichte künftig beeinflussen werden
- Informationen hinsichtlich der Qualität und Variabilität des aktuellen Wissenskapitals und Informationsflusses in ihrer Branche bereitstellen, um Investoren darin zu bestätigen, dass bereits vollbrachte Innovationsleistung ein Indikator für zukünftige Leistung ist.

Anja schob Howard den offenen Hefter über den Tisch hinweg zu. Er trank Kaffee. Sie waren wieder in der Küche, saßen einander an dem Teakholz-Tisch gegenüber.

»Ich habe Biologie studiert«, sagte sie, »nicht Buchhaltung.«

»Wer sagt, dass du Buchhalterin bist?« Er nahm das Informationspaket, das sie nach Unterzeichnung ihres neuen Vertrags von der Personalleitung erhalten hatte und schlug die Seite auf, von der sie vorgelesen hatte.

»Was du da liest«, sagte sie, »ist eine geringfügig abgeänderte Version eines Handbuchs zur steuerlichen Buchprüfung, das 2002 verfasst wurde. Ich habe das PDF online gefunden. Fin-Start hat einzelne Worte ersetzt, *Finanz* durch *Innovation,* aber dadurch klingt das Ganze nur noch blödsinniger als ohnehin schon.«

Howard kicherte. »Das ergibt wirklich keinen Sinn, nicht wahr«, sagte er und blätterte durch die Seiten.

»Nein, Howard, tut es nicht.«

Er sah auf, hob die Augenbrauen, und schloss den Hefter langsam. Er schob ihn ihr über den Tisch zu. Der Tisch war klebrig, und so ruckelte der Ordner etwas auf seiner Zielgraden.

»Den Boten trifft keine Schuld!«, sagte er und hob die Hände wie zur Beteuerung.

»Du bist nicht bloß der Bote! Du bist die PR-Abteilung. Du weißt über alles, was bei Fin-Start abläuft, Bescheid. Wie kannst du nur so tun, als würdest du ebenso im Dunklen tappen wie ich?«

»Ich wusste, ich hätte dich nicht über den neuen Job unterrichten sollen. Das hätte direkt von der Personalabteilung kommen müssen. Seitdem bist du sauer auf mich. Gib's zu.«

»Natürlich ärgere ich mich über den Job. Das ist kein echter Job. Das ist ein Bullshit-Job. Weißt du, was ein Bullshit-Job ist?«

»Ich kann's mir vorstellen.«

»Ein Bullshit-Job ist ein Job, den die technische Entwicklung längst hätte überflüssig machen sollen, der aber geschaffen wurde, um die menschliche Arbeitskraft in einen bürokratischen Funktionär zu verwandeln. So dass die Angestellten keine Zeit haben, sich irgendwelche interessanten Gedanken zu machen, die womöglich die Ordnung der Dinge in Frage stellen könnten. Ein Bullshit-Job ist ein Ablenkungsmanöver, das geschaffen wurde, um die Lebenszeit einer Person mit Sachen wie« – sie öffnete erneut den Ordner – »*Management Discussion and Analysis* zu verschwenden.«

Howard strich sich die Stirn mit den Fingern glatt, als hätte er sich gerade an seine Sorgenfalten erinnert. »Wenn du meine Hilfe willst, Liebes, ist das die falsche Herangehensweise.«

»Ah, verstehe. Du kannst mir helfen, aber ich muss dir erst Honig ums Maul schmieren.«

Sie wusste, dass sie ihre Wut am Falschen ausließ, aber indem er sie nun so zappeln ließ, gab er ihr nur recht. Als sie die Küche betreten hatte, mochte er noch nicht schuldig gewesen sein, jetzt war er es.

»Du weißt einfach nicht, wie man PR im Kleinen betreibt, das ist dein Problem«, sagte sie. »Du kannst eine Kampagne führen, aber du hast keine Ahnung, wie man eine Beziehung führt. Du versuchst einfach nur, dieselben Strategien, die du auf der Firmenebene anwendest, auf die zwischenmenschliche Ebene zu übertragen.«

Er war verblüfft: »Hey, es tut mir leid.« Sie senkte den Blick, sah zur Spüle hinüber, kein Geschirr. »Ich weiß, die letzten Wochen waren ganz schön hektisch für dich. Du machst gerade eine nicht ganz einfache Zeit durch.«

Wider besseres Wissen fühlte sie sich etwas besänftigt. Dann suchte sie in ihrem Inneren nach Hinweisen dafür, dass sie vorhatte zu weinen, ohne es selbst zu wissen. Nein. Alles stabil. Sie konnte sich etwas verhätscheln lassen.

»Wie läuft's mit Louis?«

Sie seufzte, die Augen immer noch auf die Spüle gerichtet, dann auf die Anrichte. Dann auf ihre Hände. »Nicht so toll.«

»Ist es so schlimm?«

»Er ist einfach – anders, aber er sieht das nicht, oder will es nicht zugeben.«

»Inwieweit anders?«

Sie erzählte ihm, wie Pat in der Unterhaltung beim Essen neulich aufgetaucht war, wie sie am folgenden Tag wiederauftauchte, und am darauffolgenden Tag auch. »Das passiert jetzt ständig. Er sagt ihren Namen und dann wechselt er schnell das Thema. Er will darüber sprechen, weiß aber nicht, wie.«

»Und du fragst ihn nicht?«

»Ich möchte ihn fragen, aber ich glaube nicht, dass er darüber reden will. *Alles ist in Ordnung*. Ich will nicht diejenige sein, die es ruiniert.«

Howard überlegte einen Moment lang. »Vielleicht sollte er sich mal mit jemandem darüber unterhalten.«

»Mit einem Therapeuten?« Sie lachte. »Das macht er nie im Leben.«

»Warum nicht? Es gibt viele Leute, die für den Umgang mit Trauer ausgebildet sind. Du bist es nicht.«

»Du meinst, ich bin nicht gut genug.«

»Komm schon. Das habe ich nicht gesagt. Ich meine nur, dass du nicht alles tun kannst, und vielleicht braucht er jemanden, der nicht so – involviert ist.«

Sie dachte darüber nach. Sie war sich sicher, dass es ein Fehler wäre, Louis gegenüber einen Therapeuten zu erwähnen. Aber was für eine Erleichterung wäre es doch, eine Autorität zu Rate zu ziehen. Eine Autorität, die auf ihrer Seite stünde.

»Ich bin überrascht, dass er sich noch keine Hilfe gesucht hat«, sagte Howard. »Für viele Leute wäre es das Erste, was sie tun würden.«

»Louis macht nicht einfach das, was alle anderen tun«, sagte sie und verdrehte die Augen dabei. Sarkasmus auf Louis anzuwenden, fühlte sich geil und ekelig an wie Junkfood zu essen, das bereute sie auch immer sofort.

Beschwichtigt versprach Howard schließlich, sich für sie bei RANDI umzuhören. »Ich glaube wirklich nicht, dass ich an der Jobsituation irgendetwas ändern kann, aber ich werde sehen, was sich in Erfahrung bringen lässt.«

»Gibt's Neuigkeiten über den Berg-Coup?« fragte sie. »Die abtrünnigen Architekten?«

»Noch nicht. Momentan verschanzen sich alle hinter ihren Anwälten. Das wird dauern.«

»Langsam wirkt das Ganze, als wäre es von Anfang an nur Show gewesen.«

»Unsinn.« Er lächelte. »Es ist der ehrliche Versuch, herausfinden, ob Leute nachhaltig miteinander leben können.«

Es gab nicht mehr viel zu sagen. Innerhalb von Minuten hatte er ihre Wut zerstreut, ein Vorgang, an dem sie wieder einmal beteiligt gewesen war. Sie glaubte ihm kein einziges Wort, aber dennoch. Aber dennoch.

Auf dem Weg die Treppe hinunter schrieb sie endlich Michel, ihrem längst verlorenen Laborpartner. Seit seiner letzten Nachricht, in der er gefragt hatte, ob sie sich treffen wollten, waren Tage vergangen, und sie hatte immer noch nicht geantwortet. Es war ihr unangenehm, wie verärgert sie war, und im Übrigen hatte sie das Gefühl, eine Arbeitsbeziehung außerhalb des vertraglich festgelegten Bereichs fortzuführen, käme dem Eingeständnis gleich, dass ihre Arbeit, und somit auch ihre Freundschaft, mehr gewesen waren als nur ein Job.

sorry dass ich abgetaucht bin. hast du die rezession überlebt? tippte sie.

Er antwortete sofort. *treffen @botanischer?*

Sie fuhr die gesamte Strecke zum Botanischen Garten mit dem Fahrrad. Dass Michel sich unbedingt dort treffen wollte, im tiefsten Dahlem, konnte sie sich nur damit erklären, dass es fernab von allem anderen war. Sie war erst ein Mal in den Gärten gewesen, mit Louis, um in der Nordamerikaabteilung der weitläufigen Außenlandschaft herumzulaufen, die in Simulacra verschiedener Territorien der nördlichen Hemisphäre unterteilt war. Damals war tiefster Herbst gewesen, die Ahorn- und Hickorynüsse waren mit dumpfen Schlägen zu Boden gefallen und hatten den trockenen Mulch zerstoben, das rote Laub hatte unter ihren Schritten geknistert. *Hier riecht's nach Herbst in Indiana!* Vor dem Ahornbaum posierend, die Arme vor der Brust verschränkt. *Das ist wie das Foto aus meinem Abijahrbuch!* Der Inbegriff des All-American-Boy: aufrichtig, arglos, rein.

Im nordöstlichen Teil der Gärten befand sich das Gewächshaus, ein gewaltiges Gebäude aus Glas, von dessen Seiten zwei Ketten aus länglichen Glaspavillons ausgingen und sich wie Arme um einen Innenhof legten. Das zentrale Gebäude, das Große Tropenhaus, war groß genug, um alte Bäume zu beherbergen, deren Äste für immer leicht gestutzt waren, um kurz unter der Decke des Gebäudes zu enden. Von draußen gesehen glänzten die Stahlrahmen der Kuppel und Pavillons je nach Lichteinfall weiß oder silbrig – von innen gesehen spiegelten sie die Farben der Pflanzen wider und muteten grün an. Anja stellte sich das Gewächshaus als Zeppelin vor, ein technisches Artefakt vergangener Zeiten, aufgebläht von deplatzierten Hoffnungen und kolonialen Fantasien. Die meisten Arten im Gewächshaus waren ursprünglich von europäischen Pflanzenliebhabern des 19. Jahrhunderts importiert worden, die sich ein Wettrennen durch Afrika geliefert hatten, um verschiedene Exemplare abzuschaben und auszureißen, sie mit nach Hause zu nehmen und in ihren Hauptstädten zu präsentieren. Der elegante Jugendstil des Gewächshauses war eigens dafür ausgewählt worden, die materiellen Belohnungen der Besatzung herauszustreichen, dieser aufklärerischen Taxonomien, die sich wie Stahlbögen über die Biome der Welt erstreckten.

Michel war im Kakteenraum, er kniete auf dem Pfad und streichelte sanft eine kleine, pelzige Pflanze. Als sie zu ihm trat, stand er auf und küsste sie auf beide Wangen. Sein vertrauter Geruch erinnerte sie ans Labor. Sie sahen sich zusammen die Kakteen an, redeten über die einzelnen Arten in pseudo-wissenschaftlichen Begriffen, dachten sich falsche lateinische Bezeichnungen aus.

»Expecto cactonus«, sagte Michel, und zeigte mit dem Finger auf einen Riesenkaktus. Beinahe hätte er sich an ihm gestochen.

Sie erklommen eine kleine Brücke, die über einen Karpfenteich führte, und betraten den nächsten Raum, Südafrika, wo die Luft schlagartig feuchter war. Eine neue simulierte Topografie. An der Innenseite des Glases rannen Kondenströpfchen herab. Der Geruch von Erde hing in der Luft, eine süßliche Feuchtigkeit.

Sie einigten sich darauf, ihre Verschwiegenheitsklauseln zu ignorieren, solange sie sich im Gewächshaus befanden.

»Keine Sorge, die Pflanzen werden uns verschlüsseln«, sagte Michel. »Sie reinigen die Luft.« Er zeigte in Richtung des nächsten Raums. »Da drüben sind die Fleischfresser.«

Sie erfuhr, dass er die gleiche abrupte Abfindung erhalten hatte wie sie, das gleiche Jobangebot und den gleichen Vertrag, das gleiche nutzlose Informationspaket hinsichtlich seiner neuen Aufgaben.

Er zögerte, ihr sein Gehalt zu nennen, nervös, dass es höher sein könnte als ihres. Was es auch war, aber nur geringfügig.

»Ist ja nicht deine Schuld, dass du ein Mann bist«, sagte sie und fügte in Gedanken den Gehaltsunterschied ihrer Beschwerdeliste für Howard hinzu.

Michel steckte normalerweise voller Energie, zu viel Energie, aber hier wirkte er ruhig und beständig. Vielleicht war das außerhalb des Labors, fernab von RANDI, einfach seine Art. Wann hatte sie ihn das letzte Mal an einem anderen Ort gesehen? Er kam nie mit zu Performances oder Produkt-Launches oder in Clubs. Er schien kategorisch immun zu sein gegen die Verlockungen dieser Welt und ihren ewigen Tratsch. Manchmal berichtete sie ihm davon, dann verdrehte er die Augen, amüsiert, dass ihr diese Dinge so viel bedeuteten, aber nicht im Geringsten dazu verleitet, selbst daran teilzuhaben. Er war der lebende Beweis, dass es möglich war, sich aus der ganzen Sache auszuklinken. Mitunter erwähnte er Freunde, Leute, die er kannte, von denen sie noch nie gehört hatte, und suggerierte so, dass es mehr von seiner Sorte gab, Menschen, denen einfach nicht daran gelegen war, Teil der Szene zu sein. Es war schwer zu glauben, aber so war es wohl.

»Eins will mir nicht in den Kopf«, sagte er und hielt neben einem verrottenden Stumpf an, »die Unverfrorenheit der ganzen Angelegenheit. Offensichtlich ist irgendwas schiefgelaufen mit unserem Sektor. Oder unserem Experiment. Und zwar so offensichtlich, dass sie ruckzuck diese Verträge für uns zusammengekratzt haben, um uns aus dem Labor zu drängen.«

»Ich weiß, diese Jobs sind ganz offensichtlich Bullshit.«

»Die sind definitiv Bullshit. Ha!« Er schnaubte. »Aber hey, wenigstens darf ich jetzt offene Schuhe tragen.« Er zeigte hinab auf seine Birkenstocks. Der Zehennagel, den er letztes Jahr verloren hatte, nachdem ihm eine Kiste mit Festplatten auf den Fuß gefallen war, wuchs langsam in Form eines gelben kleinen Stummels nach. In Folge des Vorfalls war das Tragen offener Schuhe in den Laboren ausdrücklich verboten worden, eine Maßnahme, die zuvor niemand für nötig gehalten hätte. Die Geschichte war Gegenstand vieler Scherze – wer zum Teufel trägt Sandalen bei der Laborarbeit? (Michel: Warum nicht? Ich kann am besten arbeiten, wenn ich es bequem habe.)

Sie beugte sich hinab, um sich den winzigen Zehennagel anzusehen. »Du hast also schon unterschrieben.«

»Ja.«

»Ich auch.«

»Ich habe überlegt, zu verhandeln, aber Claudette im Personalbüro hat mir gesagt, ich soll einfach annehmen.«

»Was hat Claudette sonst noch so gesagt?«

»Naja, sie meinte, ich soll dankbar sein für das Gehalt, das wäre so eine Art in die Länge gezogenes Abfindungspaket, und mir dann so schnell wie möglich einen neuen Job suchen, wenn unser Vertrag in einem Jahr ausläuft. Ha!« Wieder dieses Schnauben. Er trat leicht mit seinem Birkenstock gegen den Stumpf. »Claudette haben sie auch eine Beraterposition angeboten, weißt du. Gleiche Laufzeit wie unser Vertrag, aber viel mehr Geld.«

Das wusste Anja noch nicht. Sie hatte mit niemandem von der Arbeit Kontakt gehabt. Aber es war naheliegend, dass Claudette befördert worden war – sie war auf jeden Fall besser qualifiziert, hatte jahrelang die Personalleitung für die Labore betreut, was bedeutete, dass sie im Grunde genommen bereits eine Bürokratin war. Sie hatte lange keine Geräte mehr angefasst, sondern verbrachte ihre Tage in Meetings, bei Power-Point-Präsentationen, sah sich Statistiken an, stritt sich über die Verteilung von Geldern und schrieb Leistungsbewertungen. Claudette war irgendwann einmal ein akademisches Wunderkind gewesen, erinnerte sich Anja gehört zu haben, aber ihr war jegliche intellektuelle Neugier schon lange abhanden gekommen.

»Für sie ergibt das Sinn«, sagte Anja. »Aber nicht für uns. Ich habe überhaupt keine Ahnung von dem Kram im Handbuch. Du?«

»Nein, natürlich nicht. Sie hätten uns einfach als Forschungsberater, nicht als Managementberater anstellen sollen. Dann hätten wir im Wesentlichen mit der Forschung weitermachen können, die wir eh schon gemacht haben, nur als Selbstständige, und sie hätten uns weniger zahlen müssen.«

»Das hier hat aber nichts mit dem Budget zu tun. Wie du schon meintest, offensichtlich wollen sie nicht, dass wir unser Projekt zu Ende bringen. Die Jobs sind eine Art – eine Art Bestechung, um uns aus dem Labor raus zu kriegen.«

Sie gingen weiter und gelangten ins Hauptgebäude. Über ihnen, hinter dem Glas, zog eine zerrupfte Stratocumulus über den Himmel, ihr grauer Schatten unvereinbar mit der Hitze im Inneren. Riesige Palmen reckten sich der Glaskuppel entgegen, auf ewig über ihre Grenzen hinausstrebend.

Sie fanden zwei gusseiserne Stühle, auf die sich setzten. »Was ist mit den Praktikanten passiert?«, fragte Anja.

»Gefeuert.«

»Hast du irgendwas gehört, ob es in anderen Abteilungen Veränderungen gab?«

»Zwei weitere Abteilungen werden zusammengelegt, glaube ich.«

Sie betastete ein trockenes Farmblatt, das sich ihr über die Schulter gelegt hatte. Im Pflanzendach über ihnen pfiff ein Vogel. Sie hatte nicht gewusst, dass es hier drinnen außer den Fischen noch andere Tiere gab. Sie kratzte sich instinktiv den Unterarm und dachte an Moskitos. Sie bemerkte, wie ihre Gedanken vom Englischen ins Deutsche glitten. Mit Michel konnte sie die Sprachen wechseln, wenn sie wollte – auch er war ein polyglotter Hybrid, war in einer dieser Gegenden in der Schweiz aufgewachsen, wo man vier Sprachen beherrschen musste, um überhaupt zur Schule gehen zu können – Englisch aber war schon immer ihr Standard, weil sie es im Labor sprechen mussten. Einmal hatte sie ihn auf Schweizerdeutsch fluchen hören, und die Kamera an der Decke des Labors hatte gepiept. Michel hatte der Kamera einen wütenden Blick zugeworfen und seinen Fluch auf Englisch wiederholt.

»Wir können nur eins tun«, sagte sie unvermittelt.

Sie hörte sich selbst zu, als hätte sie sich von ihrer eigenen Stimme entfernt. Es geschah wieder. Irgendein Teil von ihr, den sie nicht kannte, bestimmte, was sie sagte. Woher kamen die Worte? Sie prüfte ihre Reflexe und verspürte das gleiche existenzielle Schwindelgefühl wie wenn sie versuchte, sich die Hormone und Chemikalien vorzustellen, die die Schaltkreise in ihrem Gehirn steuerten, oder die Ausmaße des Universums in der Tiefe der Zeit. Ihre Gedanken stotterten.

Michel wartete auf eine Antwort. »Warum sollten wir überhaupt etwas tun?«, wiederholte er.

»Denk doch mal kurz darüber nach«, sagte sie und verschaffte sich etwas Zeit, während sie darauf wartete, dass ihr Gehirn artikulierte, was es dachte. Sie überlegten beide einige Sekunden lang.

»Nö, keine Ahnung«, sagte er.

»Die schmeißen uns ausgerechnet an dem Tag raus, an dem wir den Testlauf machen wollen. Das kann kein Zufall sein.« Sie wusste, dass sie richtig lag. Dieser Tag war die Schnittstelle zwischen Vorher und Nachher, der Abgrund zwischen Simulation und Realität. Das erkannte sie jetzt. »Also müssen wir genau das tun, was sie nicht wollen.« Sie nickte. »Wir müssen das Experiment zu Ende führen.«

»Zellen kultivieren? Warum? Wir haben das schon tausend Mal gesehen.«

»Nein, haben wir nicht. Wir haben eine Simulation davon gesehen. Wir wissen mit 99,99999 prozentiger Wahrscheinlichkeit, dass es wie geplant ablaufen wird, aber wir haben keine Gewissheit.«

»Die Chancen stehen ziemlich gut.«

»Aber wir müssen herausfinden, wie es im echten Leben vonstatten geht. Wir müssen das zu Ende führen.«

Michel lächelte. »Schau an, schau an, du ziehst also eine Grenze zwischen dem Virtuellen und dem Realen. Hast du etwa deine Hausaufgaben in objektorientierter Philosophie nicht gemacht?«

»Sicher, sicher, alle Objekte sind real.« Sie winkte ab. »Aber du weißt schon, wenn es jemals wirklich einen Beweis dafür gab, dass die Realität anders sein könnte als die Simulation, dann die Tatsache, dass wir am Übergang von einem zum anderen gefeuert wurden.«

Darüber dachte er nach, legte erst seine Stirn leicht in Falten, ließ sie dann wieder locker, saß einfach dort und war Michel, ein kluges, ähnlich wie sie denkendes Individuum, ein männlicher Kollege. Sie hatte ihm unzählige Male dabei zugesehen, wie er so dasaß und über einen Vorschlag nachdachte: Sie unterbreitete ihm eine Idee, er arbeitete sich durch die verschiedenen Optionen, indem er seine Hirnmuskeln anstrengte, und am Ende kam er entweder dort an, wo sie stand, oder an einem ganz anderen Punkt. Manchmal hatte sie sich einen Spaß daraus gemacht, ihm lächerliche Vorschläge zu unterbreiten, nur um zuzusehen, wie ernst er sie nahm.

»Korrekt«, sagte er mit Roboterstimme, nachdem sie eine ganze Weile gewartet hatte. »Der Zeitpunkt unserer Kündigung ist in der Tat äußerst verdächtig.« Er schüttelte den Kopf. »Wie auch immer. Wir haben die Simulation nicht nur beobachtet, wir haben diese Simulation *programmiert,* und dann sind wir sie tausendmal durchgegangen. Es wäre Zauberei, wenn sie nicht – ich meine, die Wahrscheinlichkeit ist zu gering, es ist zu viel – da gibt es – das ist sinnlos. Ich weiß, dass wir die Simulation richtig gemacht haben.«

Zauberei. Ja, das müsste Zauberei sein. Oder der Beweis, dass sie beschissene Wissenschaftler waren. Dazwischen gab es nichts.

»Na gut«, sagte sie und lächelte. »Du hast recht.«

Es war in Ordnung, den Gedanken an ihm ausprobiert zu haben. Er war ein sicherer Ort, er urteilte nicht über sie. Sie konnte mit ihm kommunizieren, ohne allzu berechnend zu sein; ihr innerer Monolog wurde weicher in seiner Gegenwart. Natürlich stieß Michels Weichheit sie auch ab. Sie musste wachsam bleiben.

Michel erhob sich und trat über den Pfad, dabei deutete er auf eine Plakette am Fuß einer ruppigen, kleinen Kiefer. *Lebendes Fossil,* las er laut vor. »Da steht, diese Spezies ist zweihundert Millionen Jahre alt.«

Nachdem sie sich kurz die Orchideen in einem Pavillon auf der anderen Seite des Hauptgebäudes angesehen hatten, gingen sie durch den Haupteingang hinaus. Er begleitete sie zu ihrem Fahrrad, das sie am westlichen Ausgang hatte stehen lassen, aber bevor sie zum Rand des Parks gelangten, sagte er: »Warte. Willst du meinen Lieblingsort sehen?«

Sie folgte ihm zurück über den Rasen, hin zu einem kleinen, eingezäunten Garten. Der Arzneipflanzengarten, erklärte er ihr, als sie zwischen den Reihen knieten, war in Form eines menschlichen Körpers angelegt, wobei die Bereiche, in denen die medizinischen Pflanzen angepflanzt waren, mit den Körperteilen korrespondierten, die sie heilen sollten.

Das hatte etwas Morbides, dachte sie. Eine Leiche, in den Boden gepflanzt, mit Wurzeln, die sich im feuchten Boden verhedderten.

»In welchem Körperteil befinden wir uns gerade?«, fragte sie.

Er beugte sich nach vorne. »Sieht aus wie Milchdistel.« Er fasste ein gezacktes Blatt an. »Wahrscheinlich Leber. Oder Milz.«

»Kräuter sind ein Hobby von dir? Ich hatte keine Ahnung, dass du solch ein Experte bist.«

Er zog an dem Blatt bis es abriss, dann stand er auf. »Ach, weißt du.« Er lächelte selbstironisch. »Ich versuche nur, den medizinisch-industriellen Komplex zu vermeiden.«

»Bist du eine Hexe?«

»Wenn ich eine wäre, würde ich es dir nicht sagen.«

Sie stand ebenfalls auf und sie liefen schweigend zum Ausgangstor der Gärten. Mit dem Verlassen des Parks traten die Verschwiegenheitsklauseln wieder in Kraft. An der Straßenecke schüttelten sie einander die Hände, lächelten geschäftsmäßig, die Lippen versiegelt.

Eva war in Dubai. Das erfuhr Anja, als sie auf ihrem Telefon scrollte. Eva posierte in Sarong und Tausend-Euro-Sonnenbrille vor dem Palm Jumiera Hotel; Eva stieß mit einem aufgedunsenen Mann mit Ziegenbärtchen an. Eva war schön, wirklich schön. In Berlin hätte sie nicht funktioniert, sie war zu perfekt. Ihre Schönheit war von der Sorte, die gut zu Geld passte, die von Geld poliert und in Szene gesetzt, die durch Geld zum Blühen gebracht wurde. In der grauen Schwermut Berlins würde sie nicht funktionieren, und noch weniger in einer Höhle wie dem Baron, in dem Schmutz, den es mit sich brachte, eine »Kreative« zu sein. Anja war hübsch, ja, aber weniger direkt; sie war genauso groß wie Eva, hatte auch mehr oder weniger ihre Statur, doch komprimierter. Anjas Gesichtszüge waren schärfer und ihre Gliedmaßen mehr Knochen als Fleisch. Sie bewegte sich ohne Anmut. Sie sah am besten in abgeschnittener und zerrissener Kleidung aus, Stoff, den sie auf unorthodoxe Art und Weise um ihren Körper wickelte. Anja vermutete, der Grund, warum sie und Eva in so unterschiedlichen sozialen Welten lebten, ließe sich auf diesen fundamentalen körperlichen Unterschied zurückführen. Ihre Körper machten sie für gewisse Menschengruppen kompatibel.

Anja überlegte, Eva zu schreiben, doch wozu? Was sollte sie fragen – Was machst du in Dubai? Hast du dich eingecremt? Weißt du denn nicht, dass es in den Emiraten als anstößig gilt, so viel Haut zu zeigen? Wie steht's um die Ölkrise? Hast du die Sklavenarbeiter zu sehen gekriegt, die dein Hotel gebaut haben? Eva lebte so unglaublich losgelöst von den düsteren Realitäten dieses Planeten. Aber vielleicht hatte Eva recht, vielleicht war der Kampf ohnehin schon verloren – dann konnte man ebenso gut das wachsende Ozonloch nutzen, um einen noch dunkleren Teint zu erhalten. Vielleicht war die Auseinandersetzung mit dem fortwährenden Desaster des Planeten sinnlos, ungesund. Dort unten, im Labor mit ihren Zellen, hatte Anja auf ihre Weise ja auch immer vermieden, sich damit auseinanderzusetzen, und sich nie gefragt, wo eigentlich all die Zahlen, die sie generierte, landeten.

Womöglich hatten sie beide diese leichte Distanz zur Welt von ihren Eltern geerbt, deren Vorstellung von politischem Engagement sich in einer Reihe von Routineabläufen erschöpfte: Treffen, Empfänge, Reden für andere Menschen, die genau wie sie selbst waren. Sie waren sehr beschäftigte Menschen, was ihnen als Ausrede diente, ihren Töchtern die meiste Zeit fern zu sein. Lange Abwesenheiten, unterbrochen von kurzen Übergriffen, wenn sie zu Besuch kamen und in Anjas Leben herumstocherten. Du brauchst anständige Möbel, du brauchst ein bisschen Kunst an den Wänden, würdest du nicht gerne eine Zeitlang in der Londoner Wohnung leben? Vielleicht in die Wissenschaftspolitik einsteigen? Deine Schwester ist so abenteuerlustig, hast du nicht das Gefühl, in Berlin zu versauern? Anja kannte nur ihre eigene Seite, aber wahrscheinlich trieben sie dasselbe Spiel bei Eva: Du kannst nicht für den Rest deines Lebens in Hotelzimmern wohnen, warum machst du nicht einen richtigen Abschluss wie deine Schwester?

Ohne Zweifel war Anja die Verantwortungsbewusste. Das bedeutete vor allem, dass sie eines Tages diejenige sein würde, die sich um das Erbe kümmerte. Ihre Mutter schien zu glauben, es sei fürsorglich von ihr, die Frage nach dem Erbe regelmäßig anzusprechen – wer würde was bekommen und wann – aber Anja erkannte darin nur ihr Verlangen, mittels der Heraufbeschwörung ihres eigenen Todes Nähe herzustellen. Dem Wunsch nach einer Verbindung wurde immer der Anschein des Praktischen verliehen, zu einem anderen Vokabular hatte ihre Mutter keinen Zugang. Anja wusste, dass die Strategie bei ihr funktionierte. Ihre Mutter hatte Schwierigkeiten gehabt, mitfühlend zu klingen, als Anja angerufen hatte, um ihr von Pats Tod zu berichten; Anja war sich sicher, dass ihre Mutter an nichts anderes als an ihren eigenen Tod hatte denken können. Aber dann wiederum ging es Anja nicht anders.

Louis hatte schon öfter mitbekommen, wie ihre Eltern nach Berlin kamen und wieder abreisten. Abendessen im Steak House, Brunch im Hotel. Er war ein treuer Begleiter und half ihr anschließend, die Ereignisse zu analysieren. Narzissa und Narzissmus, hatte er die beiden einmal genannt, nachdem sie ihnen zum Abschied nachgewinkt hatten.

Aber andersherum war es nicht das gleiche. Pat war nie zu Besuch gekommen. Seine sonntäglichen Anrufe in Indiana waren nicht bemerkenswert, bestanden aus gewissenhaftem Small Talk, der aber angenehm und natürlich klang. Wie wichtig ihm die Anrufe waren, erkannte sie einzig daran, dass er den Telefontermin immer einhielt, Woche um Woche, egal wie verkatert er war. In all der Zeit hatte Anja nur einmal mit Pat gesprochen. Louis war im Garten gewesen und ohne nachzudenken war sie an sein Telefon gegangen.

»Und ich dachte, du hättest einen Akzent!« Pat lachte. »Aber du klingst ja total amerikanisch!«

Pat war im Krieg gewesen; sie hatte ihre Beine verloren. Eine Bombe hatte sie ihr weggerissen. Das war alles, woran Anja denken konnte, als sie ihre Stimme hörte.

9

Das Fitnessstudio war überfüllt, derart überfüllt, dass sich vor den Duschen eine Schlange gebildet hatte. So viele weiße Körper so dicht beieinander, so kurz davor, sich zu berühren. Die Ansammlung von all diesen Körpern in dem gefliesten Raum hatte etwas ebenso Unheimliches wie Schwesterliches: Körper mit den gleichen Attributen in verschiedenen Variationen, zwei davon, zwei davon, eines hiervon. Ins Fitnessstudio kamen ohnehin nur die Gesunden und Fähigen, und so waren die Variationen gering, unauffällig, bis die Körper entkleidet wurden und alle in einem feuchten Raum herumstolzierten. Dunklere Brustwarzen, hellere Brustwarzen. Fleischige Brustwarzen, flache Brustwarzen. Aber alles Brustwarzen.

In der Sauna, wo Anja darauf wartete, dass die Schlange vor den Duschen sich auflöste, war sie noch immer von Körpern umgeben, doch diese Körper hielten still, Ellbogen, die gegen verschwitzte Rümpfe eingeklappt waren, Brüste, die harmlos flachgedrückt auf zurückgelehnten Brustkörben lagen. Sie wusste, dass sie eine Außerirdische war. Da waren die anderen, die in ihren Körpern lebten, und hier war sie, die in ihrem herumschaukelte. Die anderen wussten, wie ihre Körper aussahen, und sie kannten auch ihre Einstellung zu ihrem Körper – sanktionierte Variationen von Selbstvertrauen und Unsicherheit: Die da mag ihre Beine, macht sich aber Sorgen um ihre schiefe Schulter, die hier macht einen Buckel, weil sie zu groß ist; die dort wiederum lässt sich von niemandem sagen, ihre Oberschenkel seien zu dick, und trägt deshalb sehr enge Hosen; die da ist warm und rund und mäkelt nicht an sich herum, aber dienstags macht sie immer ein paar Extraübungen für den Oberkörper.

Anja wusste nicht, wie sie ihren Körper klassifizieren sollte, sie wusste nur, was auch immer er sein mochte, es war nicht ihre Schuld. Sie war von Natur aus dünn, und angeblich war das gut. Doch in den letzten Wochen war sie noch dünner geworden als sonst, und das wiederum war angeblich nicht gut. Sie hatte auf ihrem Unterarm ein paar seltsame Flecken bemerkt, und das war definitiv nicht gut. Es ließ sich eindeutig festhalten, dass Krankheiten schlecht waren. Aber die Tatsache, dass dünn zu sein gut sein sollte, erschien irrelevant, war es doch in vergangenen Zeiten besser gewesen, füllig zu sein. Es war schwer, sich zur Bestätigung auf einen einzelnen Aspekt zu verlassen, wusste sie doch, dass sie es nur dem Zufall zu verdanken hatte, in ein Jahrhundert geboren worden zu sein, dessen Schönheitsideale zu ihren Genen passten. Konnte die Qualität eines Körpers die Zeit überwinden? Die Frage war nichtig. Ihr Körper war nie ein und derselbe Körper. Er sah nie gleich aus. An einem Punkt war er geschwollen, schlaff an einem anderen. Teile von ihm wirkten älter als andere. Das ganze Ding würde bald alt sein. Es wurde benutzt und reagierte auf die verschiedenen Nutzungen, seufzte bei guter Behandlung, kribbelte bei schlechter. Aber dann wiederum reagierte es mitunter auch gut, wenn es sehr schlecht behandelt wurde.

Die Saunafrauen kannten den einzigartigen Wert ihrer Körper. Sie waren Kinder gewesen, dann Teenager, und hatten so die Paranoia kennengelernt, die mit körperlichen Veränderungen einhergeht. Nun waren sie Erwachsene, was heißen sollte, dass sie fixe Wesen waren – im Gegensatz zu Anja, die zwar eigentlich erwachsen war, aber immer noch darauf wartete, eine feste Form anzunehmen. Die anderen Frauen hatten eine Art Kontinuität erlangt, die ihr nicht eigen war. Viele von ihnen hatten wahrscheinlich Kinder zur Welt gebracht. Viele von ihnen hatten wahrscheinlich zu irgendeinem Zeitpunkt extreme Diäten gemacht. Vielleicht hatten einige von ihnen sich selbst schwer verletzt oder lange Krankheiten durchstanden. Aber nun wirkten sie alle stabil, als hätten sie ein Gleichgewicht erreicht, Stillstand.

Im rötlichen Licht, das von dem heißen Saunaofen ausging, konnte sie in den anderen Körpern nur ihre eigene Form erkennen, wie ins Relief geworfen. Sehen meine Fußgelenke aus wie die von ihr, oder von der da? In Gedanken setzte sie ihre eigene Form aus Teilen der anderen Körper zusammen. Dann versuchte sie die fremden Körperteile als geliebte Formen für die kreisende Hand oder den gespitzten Mund der Menschen zu sehen, die sie liebten. Sie sah die Frauen und stellte sich vor, wie ihre Lover sie sahen. Sie sah sie und sah, reflexartig, wie sie selbst gesehen werden könnte, als Empfängerin einer Hand oder eines Munds, wie Louis sie gesehen haben musste – als zu weich hier und zu mager dort, hier zu bleich an den Rändern, aber dennoch die ideale Anordnung von positiven und negativen Räumen, um die sich seine eigenen positiven und negativen Räume perfekt fügen konnten. Er hatte nie gesagt, dass sie perfekt war, aber es war klar, dass er sie als für sich perfekt geformt ansah. Sein Gegenstück, das ihn ergänzte. Dinge, die sie nie für lobenswert gehalten hätte, wie die Weichheit ihrer Haut am Rücken, ihr hohes Fußgewölbe, bemerkte und behandelte er mit Ehrfurcht. Er hatte ihre Fußgewölbe aristokratisch genannt.

Die Schlange vor den Duschen schwand, sie verließ die Sauna, fand ihre Flip-Flops, und suchte sich eine Kabine im hinteren Teil, wo sie sich abduschen konnte, ohne mit anderen Körpern konfrontiert zu sein. Vielleicht ist Deutschland kein guter Ort für Gemeinschaftsduschen, dachte sie, und drehte das Wasser ab.

Als sie in dem unpraktisch konstruierten Schrank nach ihrer Unterwäsche wühlte, fiel ihr auf, dass sie ihr geliehenes Handtuch zu fest umklammerte und ein lässigeres Verhältnis zum Handtuch und zu ihrer Nacktheit entwickeln sollte. Sie sollte zeigen, dass sie keine Angst hatte vor all der dummen Vitalität um sie herum, Frauen, Handtücher über die Schultern geworfen, Handtüchern zwischen den Füßen hinter sich herziehend. Der Tamponfaden einer Frau baumelte zwischen ihren Beinen, als sie sich mit gestrecktem Rücken nach vorne beugte, um etwas in ihrer Tasche zu suchen. Anja zog das dünne Handtuch zusammen und verknotete es vor ihrer Brust. Der untere Rand streifte die untere Kante ihres Hinterns. Weiter würde sie heute nicht gehen in ihrem Versuch, einen Platz als heimische Kreatur an diesem Ort zu beanspruchen. Dieser Ort, an den sie alle kamen, Frauen und Männer, um ihre Körper in Maschinen zu stecken, um sich im Takt der Musik zu bewegen, die aus anderen Maschinen in ihre Ohren drang, um Wasser zu trinken, das sie den ganzen Weg hierher getragen hatten, in kleinen Wasserflaschen, die von Maschinen hergestellt und aus anderen Ländern hierher transportiert worden waren. Sie waren hier, um ihre Muskelgruppen zu schmerzhaften Knoten zu quetschen und sich dann in einen dunklen, heißen Raum zurückzuziehen, wo sie ihren Schweiß vermischen und ihre nackten Körper so nah wie möglich aneinanderlegen konnten, ohne sich je ganz zu berühren: Nein, dieser Ort war kein natürlicher Ort.

Ihr waren die Maschinen und Umkleiden gezeigt worden, als sie sich angemeldet hatte, aber niemand hatte ihr je eine Führung gegeben und gesagt: Das hier ist das kleine Fach, in das du deine Toilettenartikel stellst, während du duschst, aber du wirst Seife in die Augen kriegen, wenn du sie öffnest, um nach dem Shampoo zu greifen, es sei denn, du willst mit deinem Handrücken die Frau streifen, die neben dir duscht; das ist die Reihe von Schließfächern, die du nie benutzen solltest, denn wenn du einen dieser Schränke öffnen willst, musst du dich unter den feuchten Schritt von irgendeiner Frau knien; dies ist der Spiegel, vor dem du stehen wirst, um dir die Haare zu föhnen und die Frauen anzustarren, die in einer Reihe neben dir stehen, sie alle benutzen mit erhobenen Ellbogen einen Apparat, der Wind macht und dafür erfunden wurde, Wasser aus ihrem Haar zu entfernen – eine Aktivität, mit der sie alle wahrscheinlich zehn bis zwanzig Minuten am Tag verbringen: Mit einer Maschine herumzufuchteln, die ihre Haare anbläst und den Verdunstungsprozess beschleunigt – Frauen, die alle das Gleiche tun und dir dabei zusehen, wie du es tust, die aber irgendwie weniger neugierig auf dich sind als du auf sie. Dies ist der Ort, an dem du lernen wirst, nicht zu starren.

ice ice baby 0°0°0° mützen auf, leute

Ein neues Ritual nahm Gestalt an. Louis kam nicht früher nach Hause, aber Anja wartete jeden Abend auf ihn und sobald er auftauchte, stieg sie in ihre Stiefel, zusammen verließen sie umgehend das Haus.

Ein Zweck des Spaziergangs den Berg hinauf bestand darin, nicht im Haus zu sein, wo sich die Frage nach Sex zwangsläufig stellen würde. Im Haus war es zu heiß, im Badezimmer roch irgendwas widerlich, und keiner von beiden hatte Lust, ihre verschwitzten Körper aneinander zu reiben, doch sie wollten sich die Entfremdung nicht eingestehen. Laura hatte Anja gesagt, dass ihr Cousin nach dem Tod seines Vaters »ein paar echt schräge sexuelle Phasen« durchlaufen hatte – scheinbar war das ein üblicher Bestandteil des Trauerprozesses – aber mit Louis' Libido war nichts Seltsames geschehen, was sich nicht auf die Situation im Haus oder auf ihre Terminkalender hätte schieben lassen können. Er schien ihr weiterhin körperlich zugeneigt und potent zu sein.

Ein weiterer Zweck des Spaziergangs bestand darin, Louis die Gelegenheit zu geben, seine Gefühle in langen wütenden Tiraden zu umkreisen. Mitunter kam er ihnen dabei näher, mitunter entfernte er sich aber auch von ihnen. Nach ihrem kleinen Tränenausbruch im Restaurant hatte sie beschlossen, sich wegen seines Verhaltens keine Sorgen mehr zu machen und einfach abzuwarten. Irgendwann würde es alles aus ihm herausbrechen. Sie konnte ihm nicht verübeln, wie er sich verhielt. Er war nicht er selbst.

In letzter Zeit hatte Louis vermehrt Gefallen daran gefunden, sich über die Oberflächlichkeit ihres gesellschaftlichen Umfelds, seines Jobs und ihres Lebens im Allgemeinen aufzuregen. Die Berater, die falschen Freunde, die Widerlinge, die Assistenten, die Praktikanten, die langen Schlangen vor den Clubs. Alle außer Anja, auch wenn er nie wirklich gesagt hatte, dass sie eine Ausnahme darstellte.

»Der einzige Unterschied zwischen Leuten, die in der Kreativbranche arbeiten und denen, die am Airline Schalter sitzen, ist, dass die Kreativen unhöflich sind«, sagte er. »Alle, die wir kennen, glauben, dass sie den normalen Menschen intellektuell und moralisch überlegen sind, aber unsere Freunde sind genauso normal, genauso konservativ und langweilig wie alle anderen. Der Hauptunterschied ist, dass sie immer unhöflich sind. Und dann verkaufen sie ihre Unhöflichkeit als Authentizität.«

Sie hielten in Handschuhen Händchen und stiegen mit ausgreifenden Schritten durch den gefrorenen Matsch. Anja schwieg und ließ ihn reden. Er schimpfte inbrünstiger als gewöhnlich.

»Und die bei Basquiatt sind die Schlimmsten – die halten sich wirklich für moralisch überlegen. Für die meisten Praktikanten wäre es besser, sie würden bei EasyJet arbeiten, statt so zu tun, als würde ihnen das Wohl der Welt am Herzen liegen. Dann müssten sie wenigstens ehrlich mit ihrer Mitschuld umgehen – die könnten genauso gut nach verlorengegangenem Gepäck suchen, anstatt die Verschickung antiretroviraler Mittel zu überwachen – dazu braucht's die gleichen Kompetenzen, nichts Glamouröseres als einen Computer bedienen zu können. Und wenn sie einfach zugeben würden, dass sie im Kundenservice arbeiten, wären sie auch nicht so gottverdammt unhöflich!«

»Die Leute bei EasyJet haben auch nicht gerade die besten Manieren ...«

»Normale Menschen sind vielleicht langweilig, aber wenigstens versuchen sie nicht, gesellschaftliche Normen zu untergraben, indem sie sich wie Arschlöcher benehmen. Sie versuchen nicht, ihre

Überlegenheit zu beweisen, indem sie die Benimmregeln ›unterwandern‹.«

»Ähm. Wer denkt, sie würden die Benimmregeln unterwandern?«

»Alle! Die denken, sie wären subversiv, dabei sind sie einfach nur verdammt unhöflich. Wir brauchen neue Freunde – die Wirtschaft hat unsere ganze Szene korrumpiert, wie ein kranker Turm, der von innen zerbröckelt, wie ein moralisches Schneeballsystem ...«

Sie unterbrach ihn. »Ist heute auf der Arbeit irgendwas passiert?«

»Nein. Nein. Es ist nur die allgemeine Unhöflichkeit. Die müssen alle mal lernen, empathisch zu sein. Niemand denkt an die Gefühle der anderen. Niemand weiß mehr, wie sie mich behandeln sollen. Nachdem all das passiert ist« – sie vermutete, mit »all das« meinte er den plötzlichen Tod seines einzigen noch verbliebenen Elternteils – »nach all dem, habe ich endlich herausgefunden, wer ein guter Mensch ist, und nicht bloß ein Opportunist. Leute, die ich zuvor für Idioten gehalten habe, stellen sich jetzt als wirklich nett heraus. Denen ist egal, wie bedeutungslos Höflichkeit ist, sie sind einfach höflich. Und das hilft.«

»Du regst dich auf, weil du willst, dass Leute netter zu dir sind, auch wenn du findest, dass Nettigkeiten bedeutungslos sind?«

»Inhaltlich mögen sie bedeutungslos sein, aber die Form ist wichtig. Es geht um die Form, den Akt, die Nettigkeit auszusprechen.«

Louis neigte zu schnellen Urteilen – oh, er urteilte gern – und er hatte eine Art, diese nach seinen eigenen Bedürfnissen auszurichten. Doch gewöhnlich waren seine Urteile immer leichtherziger gewesen als jetzt, eher eine Art, zu der Person, mit der er sprach, eine Verbindung aufzubauen, als wirkliches Lästern. Es hielt ihn nie davon ab, sich mit dem Objekt seiner Kritik anzufreunden. Bis eben noch hatte sie das als Großzügigkeit gedeutet, nicht als Heuchelei.

Doch in diesem Moment spürte Anja, wie er sich jener Art von Vehemenz näherte, die es einem unmöglich machte, das Gesagte zurückzunehmen. Wenn er über alle derart herzog, würde es umfangreicher Rechtfertigungen bedürfen, später einen anderen Kurs einzuschlagen.

»Babe«, sagte sie, »du hast dich so normal verhalten, dass niemand auch nur ahnen kann, dass du gerade irgendeine … Sonderbehandlung brauchst. Normalerweise hasst du Small Talk. Die Leute denken wahrscheinlich, es wäre dir peinlich, wenn sie dir ihr Beileid aussprechen, oder was auch immer diese vermeintlich höflichen Leute zu dir sagen.«

»Nein, in dem Fall würde ich es nicht hassen. Warum versteht eigentlich niemand den Unterschied zwischen Höflichkeit und Banalität?«

Sie blieb stehen. Sie waren fast beim Gipfel angelangt, und der Wind wurde stärker. »In Ordnung. Was ist deiner Meinung nach der Unterschied zwischen Höflichkeit und Banalität? Denn meiner Meinung nach ist der einzige Unterschied deine Meinung. Es klingt wirklich so, als würdest du um die Tatsache herumtheoretisieren, dass deine Gefühle verletzt sind. Über irgendjemanden musst du dich geärgert haben.«

Es gab in ihrem sozialen Umfeld einfach keine Rubrik für die Verarbeitung von Trauer. Leben und Tod: Dafür war weder im Club Platz noch im Atelier oder sonst irgendwo.

»Ich rede nicht von einer bestimmten Person«, sagte er.

»Bin ich es?«

»Was?«

»Bin ich es? Habe ich mein Beileid nicht genug zum Ausdruck gebracht?«

»Du bist es nicht …«

»Denn ich hätte wirklich gerne mein Beileid zum Ausdruck gebracht. Aber du wolltest mir nicht mal eure Adresse in Indiana geben, damit ich Blumen zur Beerdigung schicken konnte …«

»Ich hab dir doch gesagt, dass wir nicht noch mehr Blumen brauchen.«

Sie warf die Hände in die Luft. »Es ging nicht darum, ob du sie gebraucht hast. Bei Höflichkeit geht es nicht um Bedürfnisse. Es geht um die Form. Das hast du doch gerade selbst gesagt.« Natürlich war es irgendwie auch um Bedürfnisse gegangen – um ihr Bedürfnis, etwas tun zu können. Sie schüttelte den Kopf. »Ich glaube«, sagte sie, »das Problem ist nicht der Mangel an Beileidsbekundungen, sondern dass Beileidsbekundungen dir nicht helfen werden, ganz gleich wie viele.«

Sie drehte sich um und stieg, ohne eine Antwort abzuwarten, den Pfad hinauf, schlängelte sich zwischen den Bäumen hoch zu der kleinen Aussichtsplattform auf dem kahlen Gipfel des Berges. Sie setzte sich auf die Holzbank mit Blick auf die Stadt. Hier hatte noch nie ein Tourist gesessen. Der matschige Anstieg wurde für Besucher noch immer als zu gefährlich erachtet, und im Umkreis des Berges flogen Drohnen ihre Runden, was neugierige Entdecker, die vielleicht sonst hier hochgeschlichen wären, tendenziell abschreckte. Anja hatte die Drohnen erst ein paar Mal gesehen, war sich aber sicher, dass sie da waren und ihre völlige Einsamkeit auf dem Berg hermetisch versiegelten. Sie und Louis hätten genauso gut unter einer riesigen Glaskuppel leben können.

Louis nahm neben ihr auf der Bank Platz. Sie schauten sich beide die Aussicht an. Der Fernsehturm blinkte links in ihrem Blickfeld. Direkt vor ihr beleuchteten blau-weiße Straßenlaternen die westliche Hälfte der Stadt, während gelb-weiße Laternen die recht Hälfte beleuchteten, ein Überbleibsel aus der Zeit, in der die Stadt geteilt gewesen und die eine Hälfte elektrisch und die andere mit Gas beleuchtet war. Vom Berg ausgehend gab es nun einen Streifen schwächerer grüner Lampen, hier hatte man begonnen, die alten Laternen durch Solarlampen zu ersetzen. Ein Geschmackstest für die Stadt, eine Kostprobe der nachhaltigen Farbe, die bald ganz Berlin überziehen würde. Mit den grünen Lichtern wurde der ehemals zweigeteilte urbane Raum in ein neues Verhältnis mit einer dritten Variablen gesetzt, einer neuen Möglichkeit, die sich vom

Kern her ausbreitete. Die alte Zweiteilung wurde von der grünen Zukunft, die von The Berg ausging, aufgefressen. Die Stadt erstreckte sich weiter als Anja blicken konnte, Ring um Ring neuen Wachstums.

»Tut mir leid«, sagte Louis leise. »Ich bin verwirrt. Ich träume so schlecht in letzter Zeit.«

»Ich weiß. Ich höre die Geräusche, die du im Schlaf machst.«

»Tut mir leid«, wiederholte er.

Sie wandte ihren Blick von der Stadt ab und sah ihn an, langer Fokus zu kurzem Fokus – zoomen, schwenken, neigen, drehen. Plötzlich fühlte sie sich fürchterlich schuldig, weil sie die Beherrschung verloren hatte. Mit ihm zu schimpfen, war nicht ihre Absicht gewesen.

»Ich würde ja fragen, worum es in deinen Albträumen geht, aber ich weiß nicht, inwieweit Träume in deine momentane Auffassung von Höflichkeit und Banalität passen.« Das klang immer noch schärfer, als sie es gewollt hatte, aber sie wusste nicht so recht, wie sie der Situation die Dramatik nehmen sollte.

Er blickte wieder auf die Stadt. »Ich träume von meiner Mutter«, sagte er. »Ich habe diesen Traum, da ist sie mit mir im Haus.« Er hielt inne, kniff die Augen zusammen, als versuchte er irgendeinen Orientierungspunkt in der Ferne zu erkennen. »Ich träume, dass ich in unserem Bett schlafe, und sie weckt mich, indem sie mich an der Stirn berührt.« Er hob die Hand und fuhr sich leicht über die Stirn, die Geste an sich unfassbar kindlich. Anja legte die Arme um ihn. »Sie weckt mich und wenn ich die Augen aufschlage, sehe ich, dass sie ganz zerrissen ist.«

»Was meinst du damit?«

»Sie ist blutverschmiert. Aus ihren Beinen ragen die Knochen.« Anja holte tief Luft. »Dann bemerke ich, dass der ganze Raum ausgebombt ist. Wir befinden uns in einem riesigen Krater.«

»Was für ein Krater?«

»Ein riesiges Loch, wie auf einem Schlachtfeld.«

»Oh.«

»Dann blicke ich an mir herab und sehe, dass meine Beine auch weg sind, und ich fühle mich besser.«

»Warum solltest du dich da besser fühlen?«

»Ich weiß es nicht. Vielleicht weil wir so zusammenpassen.«

»Was passiert dann?«

»Ich liege einfach nur da. Manchmal bleibt sie, bis ich ganz aufwache. Manchmal geht sie.

»Scheiße, das tut mir echt leid.«

Er tätschelte ihren Arm. »Ist schon okay. Es ist wirklich nicht so schlimm.«

»Das klingt extrem schlimm.« Der ganze Traum ließ sich auf einen einzigen Punkt bringen: Dass er schlimm war. Er war der wahre Grund, warum Louis abends nicht im Haus sein wollte. Das Haus war zum Schauplatz eines Verbrechens geworden.

»Nein, du verstehst das falsch. Im Traum ist sie bei mir. Dann wache ich auf und sie ist verschwunden.« Er berührte noch einmal seine Stirn. »Das ist das Schlimme daran.«

Anja stellte sich vor, wie sie morgens aufwachten, wie sie selbst auf ihrem Telefon scrollte, Nachrichten las, darauf wartete, dass er wach wurde. Louis, der sich auf seinem Kissen bewegte, erschöpft, sich von einer Seite zur anderen wälzte, dann die Augen aufschlug und sie neben sich erblickte. Sie sah nun, was er sah, wenn er aufwachte. Er sah überhaupt nicht sie: Er sah nur jemanden, der nicht Pat war.

»Das verstehe ich«, war alles, was sie sagen konnte.

»Kann ich dich was fragen und du versprichst, nicht sauer zu werden?«

»Natürlich«, sagte sie und wusste, dass sie keine Wahl hatte, ganz gleich, was jetzt kam. In ihrem Bauch blühte ein unerwarteter Schmerz auf, dann zog sich ihr Magen zusammen, als sie den Schmerz unterdrückte. Sie hatte nicht zu Abend gegessen.

»Würdest du mich hassen, wenn ich ein paar Nächte im Atelier schlafe? Da gibt es eine ausziehbare Couch, und ich könnte eine

Mütze Schlaf gebrauchen. Ich glaube, es könnte an der Feuchtigkeit und der Temperatur im Haus liegen, dass ich so schlecht träume. Und ich habe gerade dieses große Projekt am Start. Es wäre großartig, einfach aufzuwachen und loszulegen.«

Kein Raum für Diskussionen. Er würde sie alleine im Krater zurücklassen.

»Natürlich. Alles, was du brauchst.«

»Du solltest aber mal vorbeikommen und mich besuchen. Ich will dir das Projekt zeigen.« Ständig machte er Andeutungen über diese neue Sache, an der er arbeitete, ging aber nie ins Detail.

Dann wiederum fehlten mittlerweile schon so viele Details. So viele Dinge, die sie ihn fragen sollte, es aber nicht konnte. Der Geist von Pat. Die langen Abende im Atelier. Die E-Mail von Howard in seinem Posteingang. Sie hatte Angst, dass er ihr eine Erklärung verweigern würde, wenn sie nachfragte – aber noch mehr Angst hatte sie vor der Erklärung selbst.

»Natürlich komme ich dich besuchen«, sagte sie.

Danach schien es unerträglich, nach Hause zu gehen, aber sie gingen dennoch. Sie legten sich ins Bett. Anja war der große Löffel. Trotz allem schlief Louis gleich ein und Anja lag da, an ihn geschmiegt, seine Form nachahmend, und wartete darauf, dass er anfangen würde, zu träumen. Sie wartete mit weit aufgerissenen Augen in der Dunkelheit und starrte ein winziges rotes Licht an der Deckenkamera an, das wie ein langsamer, gleichmäßiger Herzschlag immer wieder aufblinkte. Sie wartete darauf, dass Pat auftauchte.

10

Seitdem er einen Sommer in New York gelebt hatte, litt Dam unter einer akuten Bettwanzenphobie.

»Du kannst hier wohnen so lange du willst«, hatte er Anja am Telefon wissen lassen, »aber du musst dich erst desinfizieren.«

Als sie bei der Hausnummer 128 klingelte, ertönte seine Stimme durch die Gegensprechanlage: »Zieh deine Klamotten im Flur aus.«

»Im Ernst?«

Keine Antwort aus dem Metallgitter.

Auf dem Treppenabsatz im zweiten Stock wartete er mit einem schwarzen Müllsack und einem Handtuch auf sie. »Gib mir alles«, sagte er.

»Was soll ich anziehen, wenn du all meine Sachen nimmst?«, sagte sie und hielt ihre riesige Umhängetasche, die mit Klamotten, Make-up und Laptop vollgestopft war, in die Höhe.

»Gib her.« Er streckte seine in einem blauen Plastikhandschuh steckende Hand aus, griff nach ihrer Tasche und hielt sie weit weg von seinem Körper. Er reichte ihr den Müllsack. Er trug eine blaukarierte Schürze und ein passendes Tuch um den Kopf. »Na los, zieh dich aus!«

Brav zog sie ihren Jogginganzug aus. »Gut so«, sagte er, »alles.« Sie legte jedes Teil in den Müllsack. »Deine Haut ist nicht so schlimm wie du behauptet hast, aber du bist dünn wie der Tod. Lass dich ein wenig von Mama aufpäppeln.« Er streckte ihr seinen nicht kontaminierten Arm entgegen und sie nahm das Handtuch, wickelte es sich um und folgte ihm nach drinnen. »Das hier kommt in die Verbrennungsanlage«, sagte er und hielt die Tüten hoch, »und du, ab unter die Dusche!«

Sie war erleichtert, wieder unter Menschen zu sein. Louis war vor Tagen mit einer Reisetasche voller T-Shirts und Unterwäsche abgehauen, genug für einen Typen, um einen Monat zu bestreiten, und angesichts seiner endlosen Abwesenheit hatte sie sich ins Bett gelegt. Ihr neuer Job begann erst in einer Woche und sie musste eine Menge Serien nachholen, die zu sehen Laura ihr aufgetragen hatte.

Ihr Schlafzimmer war klebrig wie eh und je, und irgendwann zwischen der zehnten und zwölften Folge einer Serie hatte sie realisiert, dass ihr Körper nicht nur verschwitzt war, sondern auch verdammt heftig juckte. Die Spur rosafarbener Flecken, die sich von ihren Vorderarmen hoch bis zum Hals erstreckte und die sie zunächst für eine Sonnenallergie hielt, hatte sich in einen erhabenen Ausschlag verwandelt, der unfassbar juckte und eklig aussah.

Es folgte eine hastige Google Bildsuche nach Bettwanzenbissen und Flohstichen und Krätze, aber es war klar, dass die Erhebungen keine Bisse waren, es waren keine Einstiche zu sehen, und sie folgten auch keinem Muster. Es war ein Ausschlag. Ein zellulärer Protest, der die kritische Menge an Teilnehmern erreicht hatte und nun eine Masse war. Ihr Körper protestierte dagegen, alleingelassen zu werden. Oder vielleicht reagierte er nur auf den Schimmel, der sich im Badezimmer ausgebreitet hatte.

Dam wühlte in dem Schrank voller verkrusteter Schnapsflaschen herum, als sie aus der Dusche kam. »Du kannst meinen Kimono anziehen«, sagte er und zeigte auf das blaue Seidenteil, das auf dem Sofa lag. »Ich habe deine Kleider in die Waschmaschine gesteckt und deinen Laptop desinfiziert. Er trocknet gerade auf dem Balkon.«

»Trocknet?«

»Entspann dich. Ich hab ihn nicht mit einem Schwamm abgewaschen.« Er stieß eine Flasche um, Arm tief im Schrank. »Was für ein Tag ist heute? Martini? Pernod?«

»Lass uns Gin Tonics machen.«

»Wir haben kein Tonic.«

»Lass uns Gin machen.«

»Gute Idee.« Er fand zwei Flaschen mit je ein bis zwei Finger breit Flüssigkeit in ihnen und leerte sie in zwei Sektkelche. »Nun erzähl schon, was los ist. Wird dein Haus ausgeräuchert? Ich konnte das Insektenspray quasi durchs Telefon riechen, als du angerufen hast.«

»Ich hab dir doch gesagt, das sind keine Wanzen. Keine Ahnung, was das ist.«

»Woher weißt du das?«

»Das Internet.«

»Richtig. Das Internet.« Er schwenkte seinen Sektkelch in der Hand. »Und was ist mit Louis?«

»Dem geht's gut.«

»Er ist allein zuhause?«

»Nein, er ist vor ein paar Tagen abgehauen. Er ist im Atelier.«

»Du bist also allein. Mit dieser Hautsache.« Er musterte sie skeptisch, während er zwei herzförmige Eiswürfel aus einer roten Gummiform in die Gläser plumpsen ließ.

»Wag nicht mir zu sagen, das sei psychosomatisch.« Sie wendete den Kopf, um ihm die fleckigste Stelle an ihrem Hals zu zeigen. »Sieht das etwa aus, als würde ich es mir einbilden?«

»Psychosomatische Krankheiten sind echter als echt, Süße. Das hat nichts mit Einbildung zu tun.« Er reichte ihr ein Glas und sie stießen an. Dam kannte sich mit nicht diagnostizierten Krankheiten aus. Weder war die Ursache für seine berühmten Allergien bisher gefunden worden noch eine Abhilfe. Immer wieder ein neuer Akupunkteur, ein neues Fläschchen mit homöopathischen Tropfen.

»Was ist dann los im Casa de Malos Sueños? Hat sich mal jemand von Fin-Start blicken lassen und versucht, die Sachen zu reparieren?«

»Gestern habe ich einen Haufen E-Mails von Howard bekommen, aber ich hatte keine Lust, sie mir anzusehen.«

»Gut. Das ist ein eifersüchtiges Arschloch. Halt ihn da besser raus.«

»Genau genommen versucht er zu helfen, aber ich weiß nicht, wie viel er tun kann. Es gibt irgendein Problem mit den Architekten.«

»The Berg hat von Anfang an nur Ärger bedeutet.«

Sie wechselte das Thema und erkundigte sich nach Eric. Sie war nicht in der Stimmung, die Schleusen zu öffnen. Und Dam war sowieso glücklich, über Eric zu reden, oder besser gesagt, sich über ihn zu beschweren. Eric, erzählte er ihr, war *so* schamlos darin, Leute für seine Zwecke zu instrumentalisieren, in seinen eigennützigen Motiven so durchschaubar, dass ihm alle einfach zu Füßen lagen. Seine Vorgehensweise hatte etwas Ehrliches, er sparte sich das Networking-Getue und seltsamerweise liebten die Leute das. Sie liebten die Transparenz. Dam war voller Ehrfurcht. Am Abend zuvor hatte er ihn zu einer Party begleitet, auf der Eric sich besinnungslos betrunken hatte, und selbst in seiner blinden Streitlust hatte er drei Berater zu irgendeiner Art von kreativer Zusammenarbeit bei einer Werbekampagne überzeugen können. Am nächsten Morgen schrieb er ihnen bereits E-Mails.

»Womit verdient Eric eigentlich seinen Lebensunterhalt?« fragte Anja. Sie trank ihren Gin und stellte sich vor, er wirke desinfizierend.

»Mit nichts. Er klettert nur immer weiter die Leiter hinauf. Er nennt sich selbst Promoter, aber ich weiß nicht, was das heißen soll.«

»Ich schätze mal, er hat diese App, von der er uns erzählt hat. Wahrscheinlich kriegt er alles durch die App.«

Dam erzählte ihr eine langatmige Geschichte über einen Mehrfachhandel, den Eric vor nicht allzu langer Zeit abgeschlossen hatte, dabei war es um die Erlaubnis gegangen, mit einem Hund zu reisen –

sowas war offensichtlich schwer zu kriegen, wenn man keine Verbindung zu einem Tierarzt hatte – um eine Baugenehmigung, einen Verlagsvertrag und einen Job als Berater. Was Eric von der ganzen Sache hatte, war nicht mehr als eine Einladung zu einem exklusiven Dinner. *Dem* Dinner, insistierte Dam.

Es war unmöglich, über die App nachzudenken, ohne dabei das eigene Leben nach unbefriedigten Bedürfnissen oder potenziellen Angeboten abzuscannen. Die App konnte keine Beziehung kitten, konnte aber vielleicht mit all den anderen Sachvermögen dienen, die eine Beziehung aufrechterhielten. Eine anständige, nicht nachhaltige Wohnung. Ein Hund.

Sie blickte an ihrem Körper herab und sah, dass sie beim Zuhören derart heftig an ihren Ellbogen gekratzt hatte, dass die Haut aufgeplatzt war. Sie unterbrach Dam. »Glaubst du, die App könnte mir einen Termin bei einem schicken Arzt besorgen?«

»Natürlich«, sagte er. »Wenn Eric das Schreiben eines Tierarztes besorgen kann, kann ein Humanmediziner nicht so schwer sein.«

»Frag ihn mal für mich.«

»Er hilft dir auf keinen Fall. Er spielt sich wegen solcher Sachen ständig auf. Wenn er keinen direkten Vorteil daraus zieht, tut er mir auch keinen Gefallen. Ich sage dir, der ist absolut schamlos.«

Es hatte keinen Sinn, Dam darauf hinzuweisen, dass die Sache mit Eric keine gute Idee war. Anja hatte Dam immer wieder dabei zugesehen, wie er Männer umwarb, die er eigentlich verachtete, nur um dann von ihnen schlecht behandelt zu werden und somit sein Weltbild bestätigt zu finden. Er war davon nicht abzubringen. Darin ähnelte er Sara und Sasha: so sentimental und so liebesbedürftig, und doch so unfähig, Liebe bei einer Person zu suchen, die diese auch geben konnte. Anders als Sara und Sascha war Dam sich jedoch seiner Heuchelei völlig bewusst. Indem er Mitgefühl an den falschen Orten suchte, versuchte er seine Bedürfnisse zu betäuben und sich weiszumachen, dass sie unmöglich zu erfüllen waren. Zurückweisung schien die einzige Form von Genugtuung zu sein, die er empfinden konnte.

»Sag nichts«, sagte Dam defensiv. »Ich weiß, bei der Geschichte mit Eric gehen einige Alarmlichter an.«

Anja kam der Gedanke, dass ihre eigene Beziehung Außenstehenden vielleicht auch ungesund erschien. Nein, dachte sie, niemand sollte über eine Beziehung urteilen außer den Menschen, die sie führten. Nur die Beteiligten konnten verstehen, was zwischen ihnen existierte. Und nachdem sie eine Beziehung eingegangen waren, wurde diese zu einem völlig autonomen, unkontrollierbaren Wesen. Die Leute glaubten gern, sie führten eine Beziehung miteinander, in Wirklichkeit aber führten sie eine Beziehung mit der Beziehung selbst.

ruhig wolkenlos sailor moon/?°

Gegen Mittag schreckte sie mit üblen Kopfschmerzen und einem rasenden Juckreiz am Oberschenkel aus dem Schlaf. Laura war von ihrem zweitägigen Trip nach Barcelona zurück und kochte in der Küche Kaffee.

»Du hast lang geschlafen«, sagte Laura, mit dem Rücken zu ihr.

»Ich weiß. Viel Gin gestern. Warte – klingelt da mein Telefon?« Anja schlug mit den Armen um sich, schmiss Zeitschriften vom Tisch. »Hörst du das?«

»Phantom«, sagte Laura trocken. Sie hatte recht, das Telefon war aus; das eingebildete Klingeln war nur das Echo ihrer Verzweiflung. Anja hatte die ganze Nacht von Louis geträumt. Sie ging ihr Ladegerät holen und als sie zurückkehrte, fragte Laura: »Hat Dam es dir gesagt?«

»Hat er mir was gesagt?« Sie steckte das Kabel in die Steckdose am Boden und drückte den An/Aus-Knopf.

Laura seufzte. »Fauler Arsch. Er hat solche Angst vor Konflikten, dass er am Ende immer welche verursacht. Jedes verdammte Mal.«

Anja wartete. »Er will nicht, dass du dich aufregst«, sagte Laura und warf ihr einen Blick über die Schulter zu.

»So zerbrechlich bin ich nicht.«

»Das habe ich ihm auch gesagt.« Laura löffelte Zucker in ihre Tasse. Zucker, Salz, frittierte Dinge. Je mehr sie fernsah, desto schlechter wurde Lauras Ernährung.

»Also?«

»Na gut. Dann mache ich eben die Drecksarbeit.« Sie leckte den Zuckerlöffel ab, bevor sie ihn zurück in die Schale legte. »Die große Neuigkeit lautet, dass unser kleines Zuhause hier ein Upgrade verpasst bekommt. Ab kommendem Monat können wir die Miete nicht mehr zahlen.«

Anja realisierte, dass sie irgendein fürchterliches Gerücht über Louis erwartete hatte, was absurd war. Sie nahm Haltung an.

»Ernsthaft?«

»Ernsthaft.«

Anja ging sorgfältig die nötigen Fragen durch. Anhand von Lauras kurzen, störrischen Jeps und Nös setzte sie sich die Geschichte zusammen.

Was hatte sich geändert? Das Gebäude war verkauft worden. Wer hatte das Gebäude gekauft? Fin-Start natürlich, die jetzt jedes Gebäude in dieser Straße besaßen. Wie lautete die Begründung? Es verfehlte die empfohlenen Standards für ökologische Nachhaltigkeit bei Weitem und benötigte, so Fin-Start, neue biologische Dämmung, effizientere Beleuchtung, Solarmodule, Wasserfilter. Eine lange Liste an Effizienzsteigerungen, die alles in allem einige Millionen Euro kosten würden, und natürlich würden sich in Folge die Mieten verdreifachen. Alle wussten, dass diese Verbesserungen Beschiss waren – die Häuser verfügten bereits über ziemlich gute Dämmung.

»Wie kann es sein, dass niemand protestiert?«, wollte Anja wissen.

»Es bringt nichts. Die Leute sind von diesen Geschichten mittlerweile gelangweilt. Selbst ich bin es leid. Es passiert überall. Gegen Nachhaltigkeit kannst du nichts sagen.«

Früher hatte Laura an jeder Demo teilgenommen. Sie hatte Anja immer ihren Mangel an Engagement vorgeworfen, bis Anja sie eines Tages zu einer Refugees-Welcome-Kundgebung begleitet und entsetzt gesehen hatte, wie zwei Kerle, neben denen sie hergelaufen waren, einen Mann mit einer palästinensischen Flagge angriffen, »Antisemit!« hatten sie geschrien, als sie ihn zu Boden warfen. Anja hatte angefangen zu weinen, und von da an hatte Laura sie nie wieder bedrängt, mitzukommen. Lauras eigenes Engagement hatte auch immer stärker nachgelassen, bis es schließlich nur noch theoretischer Natur war.

»Zeig mir den Brief«, sagte Anja und meinte den Brief von Fin-Start. Es gab immer einen Brief.

Laura beugte sich über den Schreibtisch in der Ecke und wühlte darauf herum. Anja sah nicht hin, die Unordnung ihrer Freundin bereitete ihr körperliche Schmerzen. Es war erbärmlich. Jedes Mal, wenn sie einen angsteinflößenden Brief auf Deutsch erhielten, vergruben sie ihn, statt sich damit auseinanderzusetzen, so dass die angsteinflößenden Briefe sich vervielfachten, aufeinander Bezug nahmen, ein undurchdringliches Netz bildeten, und sich zu einem zerknitterten Haufen auf dem Schreibtisch türmten.

Wenn ihr einfach die Strafe bezahlt hättet, als ihr den ersten Brief erhalten habt, beschwor Anja sie immer, dann hättet ihr auch nicht dieses Problem bekommen! Hättet ihr doch nur schon den ersten Brief zu mir gebracht! Hättet ihr doch nur die Telefonnummer auf dem Brief angerufen und um Erklärung gebeten! Und immer bestand Laura trotzig darauf, den ursprünglichen Brief nie erhalten zu haben, doch wenn Anja sich eine halbe Stunde lang durch den Haufen kaffeebefleckter Schreiben auf dem Tisch gewühlt hatte, fand sie ihn ganz sicher, acht Monate alt, mit dem Vermerk *MAH-*

NUNG. Dies ist die letzte Aufforderung! Die verklagen euch! Warum könnt ihr euch nicht einfach mal einen verdammten Ordner zulegen!

Anja ärgerte sich gar nicht so sehr über Lauras und Dams Abhängigkeit von ihr in diesen Angelegenheiten, sondern über eben diesen Haufen Papierkram auf dem Schreibtisch, das blinde Chaos des Ganzen. Ihr müsst akzeptieren, dass ihr in Deutschland lebt, sagte sie immer wieder zu ihnen, es ist mir egal, ob das für euch keinen Sinn ergibt! Das gehört einfach dazu!

Der Brief, den Laura nun ohne lange wühlen zu müssen zum Vorschein brachte, war ein kurzer. Er erläuterte die neuen Bestimmungen der Stadtverordnung, wonach Instandsetzungen zum Zwecke des Umweltschutzes den Mietendeckel außer Kraft setzten, so dass es anscheinend auch keine Möglichkeit gab, Berufung einzulegen. Im Briefkopf stand eine Telefonnummer.

»Ich rufe die mal an«, sagte Anja.

»Lass mal.«

»Einen Versuch ist es wert.«

»Ist es wirklich nicht.«

Sie machte ein Foto von dem Brief und nahm sich vor, später anzurufen. »Habt ihr einen Plan?«

Laura kippt den Kaffeesatz in die Spüle. Anja fragte sich, ob das nicht den Abfluss verstopfen würde und dachte kurz an ihre eigene Spüle und das widerspenstige Entsorgungssystem.

»Das ist die Sache, die Dam dir nicht erzählen will«, sagte Laura.

Anja sah sie verständnislos an, dann erinnerte sie sich, wo Laura gerade gewesen war. »Nein! Laura, du *hasst* Spanien!«

»Die niedrigen Lebenshaltungskosten dort hasse ich nicht.«

»Du hasst es!«

Laura starrte einen Moment lang zum Fenster hinaus. »Berlin hat sich verändert, seit wir hergezogen sind«, sagte sie schließlich. »Keiner der Gründe, warum wir hergekommen sind, trifft mehr zu. Die Stadt hat mal Freiheit bedeutet – jetzt ist sie nur noch eine Falle.«

»Glaubst du wirklich, woanders wäre es besser?«

»Versteh mich nicht falsch. Ich bin traurig darüber. Wir haben nur wirklich keine Wahl mehr. Wir müssten nach Spandau ziehen, wenn wir eine neue Wohnung in Berlin finden wollten.«

Anja konnte es nicht glauben. Berlin ohne Laura und Dam war unvorstellbar. Die ganze Stadt würde ihr unter den Füßen wegbrechen. Dam hatte sie zuerst kennengelernt und ihren besten Freund genannt, aber im Verlauf der letzten fünf Jahre hatte sie mehr Zeit mit Laura verbracht. Laura, ohne die sie keine Entscheidungen mehr treffen, ohne die sie nicht ihre Gedanken sortieren konnte. Laura, brillant und bitchy. Laura, die unwahrscheinlichste Kandidatin für eine beste Freundin. Gegen alle Widrigkeiten hatte Anja es geschafft, Lauras Freundschaft zu erlangen – obwohl sie unpolitisch war, obwohl sie reich war, obwohl sie schüchtern war. Sie hatte Laura für sich gewonnen und würde sie nun verlieren.

Anja kniff die Augen zusammen. »Sag die Wahrheit. Geht es um diese *Bachelor*-Geschichte?«

»Was? Nein. Vergiss es. Ich habe das Geld schon zurückgewonnen. Ich hab dir doch gesagt, dass ich die Finale Rose in der Tasche hatte. Aber selbst, wenn ich weiterhin gewinne, ist das hier nicht tragbar für uns. Wir können nicht ewig bleiben.«

Anja stand auf und lehnte sich gegen ihren Stuhl. »Ich kann nicht glauben, wie cool du damit umgehst.«

»Alle sind cool damit.« Laura zuckte mit den Schultern. »Das ganze letzte Jahrzehnt haben in Berlin Leute herumgesessen und einander gefragt, wie kannst du nur so cool bleiben?, nur um weiterhin cool zu bleiben. Alle sind cool, weil alle anderen cool sind, und so geht es immer weiter.«

»Aber das ist doch gerade die Sache an Berlin. Es ist der letzte coole Ort, den es noch gibt.«

»Ja, aber das ist vorbei. Siehst du das wirklich nicht? Das waren unsere Weimarer Jahre und wir haben sie damit verbracht, gar nichts zu tun.«

»Wir tun doch was.«

»Nein. Wir ballern uns die Birne weg, wir verbringen unsere Zeit in Darkrooms, wir machen gar nichts. Demos sind einfach nur Straßenfeste. Wenn wir die Nachrichten sehen, schauen wir sie wie durch einen Filter, weil nichts davon real für uns ist – wir weinen manchmal deswegen, aber es berührt uns nicht wirklich, es ist nicht echt, wir fühlen uns sicher. Wir saufen es uns schön, und dann gibt uns der Kater am nächsten Tag einen guten Grund, wieder nichts zu tun. Und die ganze Zeit über wird alles immer teurer, Leute ziehen weg, und jedes Mal denken wir, wie traurig, eine weitere Person ist gegangen, aber genau genommen ist es mittlerweile ein Exodus. Es gibt keinen Grund mehr zu bleiben, jetzt wo es hier wie überall sonst auf der Welt aussieht. Hast du überhaupt mitbekommen, was da draußen vor sich geht?«

Anja spürte, wie sie errötete; sie hatte eine Weile schon keine Nachrichten mehr gelesen. Sie war völlig mit sich selbst beschäftigt gewesen.

Laura wischte sich über die Oberlippe, die von einer hellbraunen Kaffeespur umrandet war. »Wir waren so unserer Zeit voraus, und haben so hinterhergehinkt. Aber es geht zu Ende. Wir können es nicht länger vermeiden.«

Anja stellte sich die grünen Lichter vor, die sich vom Fuß des Bergs her ausbreiteten. Das wechselhafte Wetter, Schneeflocken, Sonnenbrände. Der Hauch von Krankheit, Versagen. Die Feuchtigkeit in ihrem Schlafzimmer, das Entsorgungssystem, das Plastikstücke ausspuckte.

»Das ist nicht mehr das Nachkriegs-Berlin, oder das Nachwende-Berlin, die Stadt steht am Anfang von etwas ganz Neuem«, sagte Laura. »Du hast recht, es gibt keinen anderen Ort mehr. Aber diesen Ort hier gibt es auch nicht mehr.«

Anja raufte sich die Haare. »Wenn jeder andere Ort ruiniert ist, warum sitzt ihr es nicht einfach hier aus? Spanien wird noch schlimmer sein.«

»Lieber irgendwo sein, wo die Apokalypse bereits stattgefunden hat, als noch eine durchmachen müssen«, Laura trank ihren Kaffee in kleinen Schlucken. »Die Dystopie braucht eine Zeit, ehe sie sich zeigt.«

Anja antwortete, indem sie Laura ihre Unterarme entgegenstreckte. Laura verstand. Sie lehnte sich nach vorne und inspizierte Anjas Ausschlag, strich mit den Fingerspitzen darüber. Sie sagte, sie würde etwas dafür im Reformhaus holen. Dann erkundigte sie sich nach dem Haus, nach Louis. Aber Anja hatte jetzt noch weniger Lust, sich zu öffnen als zuvor bei Dam. Nach dem Aufwachen hatte sie noch vorgehabt, Laura jedes Ereignis und jede Unterhaltung zu erzählen, damit sie es analysierte und aus einem anderen Blickwinkel betrachtete, aber jetzt hielt sie sich zurück. Sie wollte keine vernünftige Einschätzung. Sie wollte unvernünftige Dinge denken und sagen, die sie später bereuen würde.

11

Louis saß auf dem Rand der Badewanne. Er tauchte seinen kleinen Finger in das trübe, grüne Wasser und leckte daran.

Sie öffnete die Augen: Louis war verschwunden. Sie war allein in der Wanne, in Dam und Lauras beige gefliestem Bad. Sie schloss die Augen wieder, löschte seine Abwesenheit, und konzentrierte sich auf die kleinen Eukaryoten der Algen, die sich an ihrer Haut festsaugten und wieder lösten.

Anstelle von Medikamenten hatte Laura eine Packung grünes Pulver und einen Krug schmutziges Wasser aus dem Kanal mitgebracht. »Ich habe online davon gelesen«, sagte sie. »Das Pulver sorgt dafür, dass die Algen aus dem Kanalwasser sich vermehren und eine Hautschicht entfernen. Das ist gut bei Ekzemen und Ausschlägen und so.«

Wie kannst du sicher sein, dass es ungefährlich ist, in Kanalwasser zu baden?, wäre die richtige Antwort gewesen. Oder, wie viel Haut trägt das genau ab? Aber Anja hatte sich nur bedankt und sich ins Badezimmer zurückgezogen. Sie ließ eine halbe Wanne mit kochend heißem Wasser einlaufen, und schüttete den Inhalt der Kanne und das Pulver hinein, bevor sie daran dachte, die Anweisungen auf der Rückseite der Packung zu lesen.

Eine halbe Packung ausreichend für ein Vollbad, stand da. Mit sechs Esslöffeln frischem Teichwasser vermischen. Testen Sie den pH-Wert mit beiliegendem Löschpapier, bevor die Haut mit der Mischung in Berührung kommt.

Anja entkorkte die halbleere Flasche Bordeaux, die Laura ihr zusammen mit den Badezusätzen gegeben hatte, und nahm einen ordentlichen Schluck. Dann senkte sie ihren Fuß in das schäumende Wasser. Es war viel zu heiß, aber ansonsten fühlte es sich gut an. Sie fragte sich, was Michel zu dieser speziellen Heilpflanze sagen würde. Vielleicht würde sie ihn fragen. Algen hatte es in jenem Teil des Gartens nicht gegeben, der in Form eines menschlichen Körpers angelegt war. Es war eher die Form eines Lebkuchenmannes. Oder einer aufgedunsenen Leiche. Ihr hatte das Konzept des Ganzen nicht so gut gefallen wie Michel.

Zwanzig Minuten lang lag sie brusttief in der Pampe, ehe ihre Ellenbeugen und Kniekehlen zu brennen anfingen – dort, wo die Haut am dünnsten war und am schnellsten von den Algen abgetragen wurde. Sie hob einen Fuß aus dem Wasser, um zu sehen, ob der Ausschlag besser wurde, was sich aber schwer sagen ließ, weil der Fuß vor lauter Hitze so gerötet war. Sie atmete tief durch und konzentrierte sich auf den brennenden Schmerz, um nicht an Louis zu denken, und mit jedem Atemzug sah sie ihre Brustwarzen durch die grüne Oberfläche stechen, was winzige Wellen verursachte. Sie betrachtete noch einmal ihren Fuß. Die beiden Sommersprossen auf ihrem knöchrigen Fußrücken – war etwas anders an ihnen? Sie war sich sicher, dass sie näher beieinander waren als zuvor.

»Warum sollten sich deine Sommersprossen bewegen?« Louis lächelte von seinem Aussichtspunkt am Rand der Wanne.

»Ich weiß nicht, vielleicht entwickle ich mich weiter.«

»Vielleicht entwickelst du dich auch zurück und wirst zur Sumpfgestalt.«

Sie hörte wieder sein freundliches Lachen, ein Lachen, das alles verschleiern konnte, jeden noch so schneidenden Kommentar – oft merktest du nicht einmal, dass er dich geschnitten hatte, bis du das Gespräch spät nachts in deinem Kopf noch einmal durchgingst. Wie viele Male hatte sie ihm dabei zugehört, wie er seine Aussagen mit diesem Lachen kaschierte?

Sie zog den Fuß mit den Sommersprossen näher zu sich heran, und quetschte die Haut mit den Daumen, um zu sehen, ob er sich anfühlte, als ließe er sich verändern, wie Knete, aber ihr Fuß fühlte sich nur an wie ein heißer, rauer Fuß. Sie berührte die Sommersprossen leicht. Nein, aus der Nähe waren sie völlig normal, keinerlei Bewegung.

Aber natürlich. Sie verwechselte ihre Sommersprossen mit Louis' Sommersprossen, den beiden auf seinem Arm, die die Deichsel des Großen Wagens bildeten. Das war sein Körper, nicht ihrer. Sie hatte ihn sich angeeignet. Lustig, das war ihr bisher nur mit Eva passiert: die Verwechslung des eigenen Körpers mit einem anderen. Natürlich war es bei Eva naheliegend – ihre Körper bestanden im Wesentlichen aus dem gleichen Stoff in verschiedenen Zusammensetzungen. Sie waren beide Frauen, die von derselben Frau abstammten. Der unheimliche Anblick von Evas Beinen, ihren eigenen so ähnlich, hatte Anja mehr als einmal aus dem eigenen Körper gerissen.

Während ihres Jahres in Connecticut hatten sie und Eva sich im Ferienlager einmal einen fürchterlichen Ausschlag von Brennnesseln zugezogen. Ihre Mutter hatte sie abgeholt, sie zurück zum Ferienhaus geschleppt und gezwungen, ein Haferbad zu nehmen. Sie waren schon zu alt gewesen, um noch miteinander zu baden, und Anja erinnerte sich, wie ihre Beine im Haferbrei aneinandergestoßen waren, die Beine ihrer Schwester bereits glattrasiert, Anjas noch überzogen von Kinderflaum. Es war ein abscheuliches Gefühl, so Bein an Bein im Haferflockenwasser.

Eine Viertelflasche Bordeaux später entschied sie, dass das Brennen auf ihrer Haut intensiv genug geworden war. Sie zog den Stöpsel, das Blut pulsierte in ihren Schläfen, sie stolperte nackt, mit hochrotem Gesicht und von grünlichem Schaum bedeckt in Lauras Zimmer. Dieses Mal war sie sich sicher, ihr Telefon klingeln gehört zu haben. Drei verpasste Anrufe: Papa, Howard, Louis. Sie nahm ihr Telefon mit zurück ins Bad, legte sich auf den Vorleger und wählte die oberste Nummer auf der Liste.

Das Telefon ihres Vaters klingelte ewig. Sie wählte noch einmal. Algen verkrusteten auf ihrem Bauch zu einer bunten Topographie; sie entschied, sie nicht abzuwaschen, sondern einziehen zu lassen. Auf dem beigen Badvorleger breitete sich um sie herum ein grüner Fleck aus.

Unerwartet erklang seine Stimme. »Liebling! Wir sind kurz davor, an Bord zu gehen.« (Französisch.)

»Oh, wo denn?« (Deutsch.)

»Schiphol.«

»Wohin geht's?« (Deutsch.)

»Frankfurt.«

»Bis?« (Deutsch.)

»Sonntag. Dann endlich zurück nach Wien.« (Französisch.)

Wien war das Basislager. Während ihrer Jugend war die Stadt eigentlich Anjas ständiges Zuhause gewesen, aber sie hatte dort alles in allem nur sehr wenig Zeit verbracht, kurze Intermezzi zwischen den verschiedenen Stationen ihrer Eltern: Stets eine neue Schule im Herbst, ein neues Lager im Sommer. Der vertraute Frage-Refrain von einem internationalen Schulkind zum anderen: Berühmtheit, Diplomat, Öl? Double Dip, hatte Anjas Standardantwort gelautet. Beide Eltern.

Im letzten Winter hatte Anja Louis in die Wiener Wohnung mitgenommen. Die Wohnung stand zu diesem Zeitpunkt leer – wie Anja es geplant hatte. Glänzendes Parkett erstreckte sich über alle sieben Räume; nach Südosten ausgerichtete Fenster ließen Sonnenlicht in herrlichen Streifen über die weitläufigen Böden fallen; Stuck zierte wie Zuckerguss die drei Meter hohen Decken; der Boden des Badezimmers war aus Talavera-Fliesen, Delft-Kacheln rahmten die Küche. Louis war entzückt über den Orangenbaum im Salon, dessen Zweige sich so ehrgeizig in Richtung des Erkerfensters reckten.

Tatsächlich war Louis von allem begeistert. Wie ehrlich diese alte Wiener Grandezza war, verglichen mit Berlins neuem Geld! Wie figurativ die Gebäude! Wie beiläufig sich ihre Pracht zeigte! Sie war überrascht, dass die Stadt ihn so sehr ansprach, aber natürlich, rief sie sich in Erinnerung, all das war neu für ihn. Als sie neben ihm im Himmelbett aufwachte, versuchte sie sich das Haus vorzustellen, in dem er aufgewachsen war, dieses kleine, braune Quadrat eines Daches, das sie bei der Suche auf Google Maps ausfindig gemacht hatte. Teppich im ganzen Haus? Fernsehsessel? Ein Fernseher in der Küche? (Vorspulen und dieses Bild löschen: kein Fernseher.) Sie war in die Welt der Privatschulen hineingeboren worden – er war neben ihr in diesem riesigen antiken Bett gelandet, weil er es verdient hatte, er war so brillant, dass er es verdient hatte, geliebt zu werden. Louis hatte sich seine Erfolge selbst erarbeitet. Von sich selbst würde sie das nie sagen können.

Als sie sich weiter aus der Wohnung hinausgewagt hatten, musste Louis jedoch zugeben, dass die Architektur etwas übertrieben war. Säulen um Säulen um Balustraden. Von jeder Häuserecke grinsten Grimassen herab. Eine wasserspeiende Fratze nach der anderen. Er verspüre eine Art historischen Taumel, sagte er, als er am Geländer des erhöhten Eingangs zur Albertina lehnte, und versuchte, dem Anblick einen geometrischen Sinn zu verleihen: Intensiv verzierte Fassaden aus drei Epochen verliefen hier in seltsamen Winkeln aufeinander zu, wie Bahngleise, die sich nie treffen.

Unter ihnen, erklärte Anja, drangen die Vektoren der Geschichte auch bis in die Erde. Die Albertina hatte erst kürzlich eine ganz neue Ausstellungshalle im Unteruntergeschoss eröffnet, darunter befanden sich noch weitere Unterunteruntergeschosse, klimatisierte Lagerhallen. Eingeklemmt zwischen denkmalgeschützten historischen Gebäuden auf beiden Seiten, und nicht bereit, den Erwerb von Objekten einzustellen, hatte sich die Albertina entschieden, nach unten zu graben. Das Museum ein Raumschiff, eine Krypta. Anjas Familie war im Besitz eines riesigen Grundstücks dort unten – das erwähnte sie jedoch nicht.

»Komm uns besuchen«, sagte ihr Vater am anderen Ende. »Wir werden fast den ganzen Monat in Wien sein.«

»Ich hab tatsächlich ziemlich viel zu tun. Neuer Job. Und außerdem sollte ich nicht reisen, ich bin krank oder so. Ich hab überall Flecken.« Sie überprüfte ihren Fuß noch einmal, den mit den Sommersprossen. Unter dem grünen Film war noch immer der rote Ausschlag zu sehen.

»Was für Flecken?«

»Ein Ausschlag.«

»Was für ein Ausschlag?«

»Keine Ahnung. Ein roter.«

»Deine Kommune hat Läuse?«

»Ich weiß. Du hast es mir ja gesagt.«

»Ich habe es dir gesagt, aber wir alle müssen unsere eigenen Fehler machen. Als ich so alt war wie du, habe ich in einer landwirtschaftlichen Genossenschaft in Kopenhagen gelebt und meine eigenen Rüben und Rettiche gezüchtet.«

»Ich weiß, auch das hast du mir schon erzählt.«

»Damals habe ich Schuppenflechte bekommen, der ganze Stress des Zusammenlebens und die mangelnde Hygiene. Wie sieht dein Ausschlag aus?«

»Papa, das ist keine Schuppenflechte.«

»Psoriasis kann sich schnell ausbreiten und führt zu Gelenkentzündungen, wenn du es nicht rechtzeitig behandeln lässt.«

»Es ist keine Psoriasis.«

»Warum machst du nicht ein Foto mit deiner Handykamera und sendest mir ein Bild? Dann kann ich dir sagen, ob es nach Psoriasis aussieht.«

»Was würde das schon für einen Unterschied machen? Psoriasis ist nicht heilbar.«

»Heute vielleicht noch nicht, aber bald! Wenn du erst mal so alt bist wie ich, werden sie für all diese Dinge Heilmittel gefunden haben. Krebs, natürlich – Herzerkrankungen, eine Sache der Vergangenheit. Du und Eva, ihr werdet ewig leben.«

»Alle möchten gern glauben, dass ihre Kinder ewig leben.«

»Aber überleg doch mal, was sich allein in den letzten 50 Jahren getan hat, der wissenschaftliche Fortschritt ist enorm! Verglichen mit den Sechzigern – habe ich dir mal von meiner Mandeloperation bei vollem Bewusstsein erzählt?«

»Ja.«

»Siehst du, es gibt noch Hoffnung. Die Zukunft – warte mal kurz ...« sie hörte ein Murmeln, die Stimme ihrer Mutter im Hintergrund. »Entschuldige, Liebes«, sagte er, »wir müssen jetzt wirklich einsteigen.«

»Na gut, also dann.«

»Du klingst niedergeschlagen, Liebling. Brauchst du irgendwas?«

»Mir geht es gut, es ist nur ...« Es knirschte in der Leitung, als ihre Mutter das Telefon an sich nahm. »Nein«, sagte Anja, »ich muss nicht mit ...«

»Anja«, schrie ihre Mutter ins Telefon, dabei fummelte sie an dem Gerät herum und atmete schwer. Flughäfen bereiteten ihr in letzter Zeit Migräne; sie war besonders unangenehm, wenn sie sich in ihnen aufhielt, was häufig der Fall war. Sie schien zu glauben, dass sie dem Alterungsprozess entgegenwirken konnte, indem sie ihre Flugreisen bis zu dem Punkt beschleunigte, dass sie non-stop waren. Mach die endlose Bewegung zu einem Dauerzustand und, voilà, du bist stabil. Eine Ratte in Formaldehyd, erstarrt im Sprung.

»Ist es unser amerikanischer Freund? Ist er abgehauen?«

»Nicht ganz«, sagte Anja. »Aber du erinnerst dich an seine Mutter? Ich habe dir davon erzählt.«

»Gott, das hätte ich fast vergessen. Was für eine Tragödie – aber warte mal, dein – wir müssen wirklich los.«

»Okay. Wir reden später.«

»Warum! Was hat er getan?«

»Wer?«

»Dein ... Freund.«

Anja war versucht, sie zu zwingen, seinen Namen zu sagen, doch sie widerstand. *»Louis«*, erinnerte sie ihre Mutter. »Louis hat nichts getan. Er trauert, Mama.«

»Du kannst ihn nicht auf deinen Gefühlen herumtrampeln lassen, Anja. Übernimm die Kontrolle. Du brauchst ihn nicht.«

Ihre Mutter lebte in einer anderen Zeitrechnung. Sie folgte nur ihrem eigenen Plan und vergaß die Existenz von allen Leuten, die nicht direkt vor ihr standen. Doch wenn man in ihr Blickfeld geriet, biss sie sich gerne an einem fest, und wechselte sekundenschnell den Modus von abwesend zu übergriffig. Einen dritten Modus gab es nicht. Eva hatte längst gelernt, Telefonate mit ihrer Mutter zu meiden. Generell hatten sowohl sie als auch Anja gelernt, ihren Vater als Vermittler zu nutzen, aber Anja gab in Momenten der Schwäche immer noch nach, um sicherzugehen, dass ihre Mutter noch am Leben war.

»Wie kommst du eigentlich auf die Idee, dass alle mich nur ausnutzen wollen?«

Anja kannte die Antwort. Es lag daran, dass ihre Mutter in den Vereinigten Staaten geboren war, und so war sie mit der Bereitschaft auf die Welt gekommen, jeden jederzeit zu verklagen, juristisch oder emotional.

»Du bist zu gut für ihn – er kommt aus dem Mittleren Westen, um Himmels willen. Andere Mütter haben auch schöne Söhne. Du bist noch so jung. Ich muss jetzt gehen, wir sind bereits im Tunnel zum Flugzeug, wie heißt das, dieses Tunnel-Ding?«

»Gangway.«

»Nein, das ist es nicht. Wie auch immer, dein Vater wird dir ein Flugticket besorgen, damit du für ein paar Tage nach Wien kommen kannst. Du wirst dich besser fühlen, wenn du nach Hause kommst. Du kannst Doktor wie-heißt-er-noch-gleich sehen.«

Einen Moment lang war die Stimme ihres Vaters noch zu hören, aber sie verstand nicht, was er sagte. Dann wurde die Leitung unterbrochen.

Howard nahm sofort ab. »Endlich.«

Sie setzte sich auf, lehnte sich gegen die Wanne und zog den Badvorleger über ihre zitternden Beine. »Es ist erst drei Tage her, dass wir miteinander gesprochen haben«, sagte sie. »Was ist los?«

»Wo bist du?«

»Ich bin bei – warte, warum?«

»Alle anderen sind im Best Western.«

Sie lachte. »Wer sind alle anderen?«

»Alle vom Berg, die ganze Gruppe. Wir haben heute Morgen alle umgesiedelt, außer euch beide.«

»Komm schon, die Hälfte der Häuser steht seit Wochen leer.«

Er schlug seinen offiziellen Ton an. »Alle, die noch auf dem Berg gelebt haben, sind jetzt hier. Im Hotel.«

»Also seht ihr endlich ein, dass The Berg unbewohnbar ist.«

»Sie können das System nicht reparieren, wenn alle vor Ort sind. Das ist nur ein vorübergehender Urlaub für euch, während sie die letzten kleinen Probleme beheben.«

»Das heißt, sie haben sich auf ein Vorgehen geeinigt? Darüber, wie natürlich unsere Lebensweise sein sollte?«

»Alles in trockenen Tüchern.«

»Und?«

»Du wirst all den Luxus bekommen, den du verdienst.«

»Heizung und fließendes Wasser.«

»Für den Anfang.«

»Und was sagst du der Presse, warum ihr uns aus dem Biom entfernt habt, zu dem wir gehören sollen?«

»Gar nichts. Deshalb solltest du wahrscheinlich im Hotel sein.«

»Ui, Howard. Das muss aber eine ziemlich hässliche PR-Situation sein.« Sie sah nach, wie viel Wein noch in der Flasche neben ihr war. »Kann es sein, dass du ein wenig überfordert bist?«

»Vorsicht.« Er klang weniger kontrolliert als sonst und wehrte ihre Attacken nicht ab. »Du spülst Dir jetzt den Mund mit Seife aus und kommst hierher. Ich meine es ernst.«

Sie stand auf, um in den Spiegel zu blicken und die Bordeauxspur auf ihrer Zunge zu inspizieren. »Warte mal, du hast recht.« Sie rieb ihre Zunge mit einem Stück weißer Seife ab, das neben dem Waschbecken lag und nach Lavendel schmeckte, dann trank sie Wasser aus dem Hahn, gurgelte und hustete es ins Becken.

»Es ist das Best Western in Mitte«, sagte er. »Brauchst du die Adresse?«

»Beruhig dich mal für eine Sekunde. Ich muss erst nach Hause und ein paar Sachen holen, bevor ich irgendwas tun kann. Ich habe nicht genug Klamotten dabei.«

»Wir haben alles abgesperrt, du kannst nicht zurück. Wenn du einfach ans Telefon gegangen wärst …«

»Ich habe jetzt einen anderen Job, schon vergessen? Ich bin eine sehr beschäftigte Be-ra-ter-in.«

»Du bist auf der Arbeit?«

»Nein. Ich arbeite an mir selbst.«

Sie hörte, wie bei ihm in Hintergrund ein anderes Telefon klingelte. Howard legte seine Hand über das Mikro und sagte gedämpft etwas auf Deutsch. Ihr wurde bewusst, dass sie das Telefonat auf Englisch geführt hatten, was ihre Interaktionen manchmal antagonistischer machte. Abrupt kehrte Howard ans Telefon zurück. »Denk an die Verschwiegenheitsvereinbarung, die ihr unterschrieben habt«, sagte er laut. »Die Vereinbarung deckt genau dieses potenzielle Szenario ab. Du darfst wirklich mit niemandem darüber reden.«

»Wirklich, genau dieses Szenario? Exakt dieses spezifische Szenario?«

»Sie deckt alle potenziellen Szenarien ab, von denen eines nun zu einem konkreten geworden ist. So funktionieren Verträge. Sie tragen verschiedenen Universen Rechnung, und dieses ist nun mal das Universum, in dem wir uns befinden.«

Er klang manisch. Wie auf Drogen. Ihre Mutter hingegen hatte sediert geklungen. Vielleicht war es an der Zeit, dass Anja den

Menschen um sie herum auf Augenhöhe begegnete: vollgedröhnt mit Medikamenten.

»Es ist unmöglich, eine Verschwiegenheitsvereinbarung zu schreiben, die jede mögliche Realität abdeckt«, sagte sie.

Sie konnte sich vorstellen, wie Howards Blutdruck stieg, seine Venen sich weiteten, das Klicken in seinem Gehirn, das ihn wissen ließ, dass er seinen Fokus wieder auf sie richten sollte. »Was ist los mit dir?«

»Ich habe einen Ausschlag. Nachmittags blüht er immer auf.«

Sie griff nach einem Korb, in dem sich die verschiedenen Mittel und Medikamente befanden, die sie aus Lauras und Dams Schränken zusammengesucht hatte. Vitamin B12 Kapseln zur sublingualen Einnahme, kolloidales Silber-Nasenspray, Baldrianwurzel-Extrakt, schnell lösliche Mineralsalze, homöopathische Notfalltropfen und ein Nasenspülkännchen aus blaugrüner Keramik mit eingraviertem Om-Symbol. Sie fand die Galmeisalbe und spritzte einen dünnen rosa Wurm auf ihren Oberschenkel, dann rieb sie den Ellbogen des Armes, der das Telefon hielt, in die Schmiere.

»Tut mir leid, das zu hören. Ich könnte einen Arzt für Dich finden, der dich im Hotel trifft?«

»Ist das Best Western wirklich das Beste, was du in dieser Situation zu bieten hast?«

»Es hat vier Sterne.«

»Ich muss diese Algen abspülen, die brennen jetzt wieder richtig. Ich melde mich bei dir.«

»Wo ist Louis? Ist er bei dir?

»Ich melde mich.«

Nachdem sie die Algen abgewaschen und die Flecken inspiziert hatte, die sich zu schwachen rosa Konturen abgeflacht hatten, aber immer noch juckten, zog sie Dams Kimono wieder an und legte sich in sein Bett. Sie starrte einen Moment lang ihr Handy an, dann wählte sie Louis' Nummer.

Er klang aufgekratzt und laut, als er abnahm. Im Raum, in dem er sich befand, herrschte Lärm. In besorgtem Tonfall erkundigte er sich nach ihrem Ausschlag.

»Wird schon. Wahrscheinlich nur eine Art Allergie.«

»Ich fühle mich so viel besser, seit ich das Haus verlassen habe. Dir wird es sicherlich auch guttun.«

»Schön für dich.« Sie wusste, dass sie bitter klang. Sie wollte bitter klingen. Er sollte ihr anbieten, zu ihm zu kommen und dort zu übernachten. Er sollte fragen, ob sie ein Hotelzimmer nehmen oder eine neue Wohnung finden, ob sie einen Schritt nach vorn machen oder die Zeit zurückdrehen wollte.

»Was?« sagte er defensiv. »Bist du genervt, dass ich hierbleibe?«

»Nein. Aber wir könnten schon irgendwo zusammen unterkommen.«

»Das Ausziehsofa hier ist nicht groß genug für zwei.«

»Ich weiß, das hast du bereits erwähnt.«

»Hey, komm und schau es dir selbst an. Komm hier vorbei und schau dir das Sofa an, dann kannst du entscheiden, ob du mit mir zusammen darauf schlafen willst.«

»Wir könnten ins Best Western ziehen, mit den anderen.«

»Best Western?«

»Howard sagt, dass alle vom Berg dorthin umgesiedelt wurden. Sie wollen, dass wir auch sofort dorthin gehen.«

Er lachte. »Und etwas Besseres als das Best Western war nicht drin?«

»Das habe ich auch gesagt.«

»Klingt nach einer schrecklichen Idee. Warst du schon mal in einem Best Western? Dein Ausschlag würde wahrscheinlich noch schlimmer werden.«

»Hat dich Howard heute nicht auch hundert Mal angerufen?«

»Ich gehe momentan nicht ans Telefon, es sei denn, du bist es. Wir sind hier die ganze Zeit beim Brainstorming. Hier geht's innovationsmäßig voll ab, Baby.«

Sie lachte, aber dann war sie sich plötzlich nicht mehr sicher, ob sie hätte lachen sollen. Vielleicht meinte er das ernst? Innovationsmäßig? Voll ab?

»Komm einfach vorbei und besuch mich«, sagte er. »Ich vermisse dich.«

Ein neonfarbener Angelhaken in der Dunkelheit, sie biss langsam an, und spürte, wie er ihr den Gaumen durchstach.

»We'll see us tomorrow«, sagte sie und machte absichtlich den weit verbreiteten deutschen Fehler im Englischen, weil er das irgendwann einmal lustig gefunden hatte.

Die Galmeisalbe linderte den Juckreiz nicht, und ihr Ellbogen kribbelte wie verrückt, war entzündet und verlangte danach, gekratzt zu werden. Nachdem sie aufgelegt hatte, begann sie mit ihren abgekauten Fingernägeln auf die Haut einzuhacken. Wieder einmal fragte sie sich, ob es an ihr lag, dass zwischen ihnen momentan alles so seltsam war, oder an ihm, oder aber ob ihre Beziehung nicht einfach ein eigenständiger Organismus war, der sich, völlig unabhängig von ihrer beider Absichten, immer wieder in einer Art und Weise veränderte, die sich jeder Kontrolle entzog.

12

Louis fotografierte gerade mit seinem Tablet den Ausblick vom Fenster seines Ateliers, als Anja eintrat. Er lächelte ihr über die Schulter zu. Draußen war es *sabbernd nass / grelle strahlen / erdbeere,* und das Licht fiel durch die Südwestfenster des Gebäudes herein, in dem Louis eine ganze Etage hatte, eingeklemmt zwischen West Afrika darunter und Digitaler Entwicklung darüber. Vor einigen Jahren war eine Fabrik für Sanitäranlagen aus dem 18. Jahrhundert abgerissen und bis hin zu den Armaturen exakt gleich wiederaufgebaut worden, wobei jedoch eine ganze Südfassade mit einer Front aus dreifach verstärktem Glas ersetzt worden war. Das war das Hauptquartier von Basquiatt.

Louis' Schreibtisch rollte von allein im Raum umher, immer dem Tageslicht folgend, Sonnengrüße ausführend, aber abgesehen von Louis befanden sich alle anderen Leute weiter hinten, im dunklen Ende des Raumes, der im Schatten lag. Fünf Gestalten lungerten um einen großen Monitor auf einem regulär feststehenden Tisch herum. Anja winkte, aber sie schienen es nicht zu bemerken, waren zu sehr vertieft in was auch immer sie auf dem Bildschirm sahen. Sie trat von hinten an Louis heran und legte ihre Wange auf seinen Rücken, schlang ihre Arme zwischen kratzigem Wollpullover und weichem Baumwollhemd um seine Brust und roch das vertraute Waschmittel, das sie zu Hause hatten und das eigentlich duftlos sein sollte.

»Ich will einen fetten Kuss«, sagte er, drehte sich um und schloss sie in seine Arme.

Sie setzten sich zusammen auf den weißen IKEA Leder-Zweisitzer in der sonnigsten Ecke. Anja versuchte eine möglichst selbstbewusst fläzende Haltung einzunehmen, wobei sie sich vorstellte, eine dieser Fitnessstudiofrauen zu sein, deren Körper ohne explizite Anweisung wussten, was sie zu tun hatten. Louis sagte, wie sehr er sich freute, sie zu sehen, sie erwiderte das gleiche, ihre Körper berührten sich, alles war ganz natürlich. Einfach so waren sie wieder zusammen. Wer hatte entschieden, dass es so sein würde? Niemand: Es war einfach so.

Aus dem Pulk am anderen Ende des Raumes hatte sich eine Person gelöst und schlich an der Wand entlang auf das Sofa zu, dabei sah sie aus, als würde sie sich heimlich über etwas freuen.

»Hey, Belinda«, rief Louis. Er und Belinda grinsten sich an, Belinda etwas benommen. Sie kicherte und kroch näher an die beiden heran. Anja wollte gerade die Hand ausstrecken, um sich vorzustellen, da sprang Belinda auf Anja zu und schlang die Arme um ihren Kopf. Sie gab Anja einen Kuss auf die Wange.

»Richtig fetter Kuss«, sagte Anja und wischte sich die Wange ab.

Belinda ließ sich auf das Sofa fallen und streckte sich über ihre Schöße hinweg aus. Sie riss einen Arm in die Höhe, bis er nur wenige Zentimeter von Louis' Gesicht entfernt war. Die Hand hielt einen USB Stick in Form einer rosafarbenen Schleife für den Kampf gegen Brustkrebs. »Was ist das?« fragte Louis.

»Die letzten Vektor-Dateien. Signed, sealed and delivered!« Sie war Amerikanerin, vielleicht Kanadierin.

»Dankeschön!« Louis pflückte den USB-Stick aus ihrer Hand und Belinda strahlte ihn von seinem Schoß aus an. »Belinda ist Grafikdesignerin«, sagte er zu Anja. »Sie berät uns bei dem Projekt, das ich dir zeigen möchte.«

Belinda richtete sich auf und rückte sich so zurecht, dass sie nun um Anja herum lag, wobei sie mit jener Art von unverschämter Intimität, die Anja mit Badewannen in Kellern von Clubs assoziierte, ihren Kopf an Anjas Schulter legte. Ihre Hand schlängelte sich auf Anjas Oberschenkel, und Anja schlug sie reflexartig weg. Belinda schien das nicht weiter zu stören. Sie rollte ihr Gesicht wieder Louis zu und sagte: »Wir haben beschlossen, euch die Mock-Ups umsonst zu geben. Ihr müsst uns nicht entschädigen. Wie oft dürfen wir schließlich einem höheren Ziel dienen?« Gelassen schloss sie die Augen und fügte hinzu: »Mit herzlichsten Grüßen.«

»Natürlich bezahlen wir dich, Belinda.« Louis lachte. »Wir könnten deinen Vertrag gar nicht aufheben, selbst wenn wir es wollten.«

Belinda wedelte mit dem Finger in der Luft. »Das ist nämlich immer das Problem«, lallte sie. »Die wollen nicht, dass du irgendwas umsonst weggibst.« Sie schreckte hoch und schien dann wieder abzudriften.

Anja schüttelte den Kopf. »Ich will das Gegenteil von dem, was sie genommen hat«, sagte sie.

Louis runzelte die Stirn. »Wirklich? Das ist deine erste Reaktion?«

»Wofür sind die Mock-Ups?«

»Naja, für sie, im Grunde genommen«, sagte er und sah Belinda an. »Hier« – er schwenkte den USB-Stick in der Luft – »ich zeig's dir.« Er ruckelte mit dem Knie und Belinda glitt sanft von ihren Schößen, kicherte, und schlich dann wieder ans andere Ende des Büros.

Sie standen zusammen an seinem Schreibtisch, während Louis die unhandliche Krebs-Schleife in den USB Anschluss seines Computers manövrierte. Das Plastikanhängsel des Sticks blockierte die anderen Eingänge, also musste er sein Netzkabel abziehen, um ihn reinstecken zu können. »Ich weiß echt nicht, warum wir hier immer noch USB-Sticks verwenden«, murmelte er. »Dieser Laden hinkt echt hinterher.«

Er lud eine Datei, die »Super_Ego_loslassen« hieß, auf seinen Desktop herunter, entpackte sie und öffnete eine 3D Darstellung. Er drehte die Darstellung, so dass sie alle Seiten des Objekts sehen konnte. Es war eine längliche, fliederfarbene Kapsel, mit einer Kerbe auf einer Seite, die ihrer Kontur folgte. Zwei konzentrische Ovale.

Sie kniff die Augen zusammen. »Eine Pille?«

»Designerdroge, im wahrsten Sinne des Wortes.« Er zeigte auf die Gruppe am anderen Ende des Raums, scheinbar ein ganzes

Geschwader an Designern. »Sie sieht aber nicht zu perfekt aus, oder? Sie haben versucht, sie weniger designt wirken zu lassen, nachdem sie sie designt hatten. Wir wollen nicht, dass sie zu kommerziell wirkt.« Dann fuhr er zusammen. »Oh Gott, das habe ich völlig vergessen. Hass mich bitte nicht. Kannst du eine Erklärung unterschreiben?«

»Eine Vertraulichkeitsvereinbarung?«

»Ich muss ...« Er deutete auf die am nächsten hängende Deckenkamera.

»Was soll's. Diese Dinger scheinen eh nicht mehr viel zu bedeuten.«

Louis reichte ihr sein Tablet und sie unterschrieb nachlässig mit einem Finger auf dem Bildschirm. Er küsste sie auf die Wange. »Jetzt kann ich es dir zeigen.« Er zog einen weiteren Ordner vom Laufwerk, der »ChariteX« benannt war, und öffnete eine Reihe von Dateien.

Es waren TIFFs von molekularen Strukturen, Peptidbindungen, Hirn Scans, die Augäpfel von Ratten und Affen, die unter Drogen standen. PDFs von Biologie-Aufsätzen. Eine Wissenschaftscollage. Er klickte durch Fotos, Animationen, Darstellungen. »Das ist unser Moodboard«, sagte er, »nur um dir eine Vorstellung zu vermitteln.«

Irritiert ließ sie die Bilder auf sich wirken. »Die Kurzfassung würde mir erst mal reichen.«

»Geht klar.« Sie hielten inne, um zu Belinda hinüberzublicken, die auf dem Boden kniete, und, mit ausgestreckten Armen, in einer Annäherung an die Pose des Kindes, irgendetwas brabbelte. Louis sah aus, als wollte er ihr etwas zurufen, schüttelte dann aber doch den Kopf und wandte sich wieder Anja zu.

»Stell dir Folgendes vor«, sagte Louis, fuhr sich mit der Zunge über die Lippen und wechselte in die Gegenwartsform, wie er es immer tat, wenn es Zeit für die Märchenstunde war. »Es sind die 80er Jahre. Wir befinden uns in Rio de Janeiro.« Als er sah, wie Anja die Augenbrauen hob, lachte er – das Lachen war der eigentliche

Pitch, dachte sie. Dieses Lachen konnte dich so erweichen, dass du allem zustimmtest. »Wie ich schon sagte, wir sind in Rio, okay? Da ist also dieser Typ, der eine Frittenbude an der Copacabana betreibt. Er verkauft die Pommes für ein paar Kröten und verdient seinen Lebensunterhalt, genau wie alle anderen. Er ist normal. Okay. Aber dann passiert etwas. Eines Tages fällt ihm etwas auf den Kopf, ich weiß nicht, ein Volleyball oder so, und plötzlich verändert er sich. Er macht immer weiter Pommes, aber er fängt an, sie an jeden zu verschenken, der fragt. Er nimmt kein Geld mehr. Er will einfach nur sein ganzes Essen verschenken. Und er ist eigentlich ziemlich arm, aber er kann einfach nicht anders. Es macht ihn einfach so glücklich, die Gesichter der Leute zu sehen, wenn er ihnen an seinem Stand kostenlos Pommes gibt. Dann merkt er, dass er auch andere Dinge verschenken kann, und bald beginnt er, all seinen Besitz und sein Geld wegzugeben. Seine Familie und Freunde versuchen, ihn aufzuhalten, aber er kann nicht aufhören. Es ist, als wäre er high von seiner eigenen Großzügigkeit. Etwas ist mit den Belohnungszentren seines Gehirns passiert und Großzügigkeit bereitet ihm wahnsinniges Vergnügen. Die Leute nutzen ihn aus und bald häuft er massenhaft Schulden an. Niemand weiß, was nun mit ihm geschehen soll – bis einige Forscher aus LA davon hören, sofort hinunterfliegen und ihn in ein MRT-Gerät stecken. Als sie sein Gehirn sehen, entdecken sie, dass dort eine Stelle beschädigt ist, die winzig kleine Risiko- und Belohnungsregion. Es ist, als ob seine Belohnungszentren neu verdrahtet wurden und er jetzt die Genugtuung, die er früher empfand, als er Geld verdiente, als er Dinge bekam, nur noch empfindet, wenn er Dinge verschenkt.«

Anja holte tief Luft. »Ich glaube, ich kann mir vorstellen, worauf du hinauswillst.« Sie betrachtete die riesige lilafarbene Kapsel auf dem Bildschirm. »Die Pille verwandelt dich in den Pommestyp.«

»Ja, oder so ähnlich.«

»Indem sie dein Hirn beschädigt.«

Wieder das Lachen. »Offensichtlich wollen wir noch keine dauerhaften Veränderungen in der Gehirnchemie herbeiführen. Die Verbindung ist so konzipiert, dass sie dein System in maximal acht Stunden durchläuft.«

»Also fühlst du dich acht Stunden lang künstlich high, wenn du Sachen verschenkst?«

»Nein, das hat nichts mit Künstlichkeit zu tun. Es wird einfach eine Barriere entfernt. Das ist das Wichtigste an der Pommes-Geschichte. Großzügigkeit ist bereits im Gehirn angelegt und wartet nur darauf, freigeschaltet zu werden. Es bedarf nur einer winzigen Veränderung, damit sich Geben besser anfühlt als Nehmen.«

»Aber Nehmen fühlt sich gut an, weil wir einen Selbsterhaltungstrieb haben. Es gibt einen Grund, warum wir uns so entwickelt haben.«

»Ja, und sieh nur, wohin uns das geführt hat.« Er machte eine kreisförmige Bewegung mit der Hand, die auf den gesamten zugrunde gehenden Planeten verwies. »Survial of the Richest. Endloser egoistischer Konsum, Klimawandel. Wenn wir so weitermachen, ist das die Endstation. Natürlich müssen wir uns in eine neue Richtung entwickeln, wenn noch eine weitere Generation überleben soll. Wir werden eine echte körperliche Veränderung durchlaufen müssen. Der Kapitalismus – er sitzt im Hirn.« Er wies auf eine Gegend nahe der Schädelfront, von der er vermutete, dass dort der Kapitalismus verankert war. »Aber das lässt sich ändern.«

»Also nimmst du die Pille und sie schaltet deinen ... Kapitalismus ab?« Ohne es zu wollen, musste sie lachen.

Die Ernsthaftigkeit in seinem Gesicht las sich wie ein Autokorrekturfehler, der versehentlich eine Doppeldeutigkeit erzeugt hatte.

»Auf lange Sicht, ja. Hoffentlich.« Er nickte. »Aber während die Pille wirkt, fühlt man sich einfach erst mal fantastisch, wenn man was Großzügiges tut, besonders was finanziell Großzügiges. Mit der Zeit wirst du dann vielleicht anfangen, diese Dinge miteinander in

Verbindung zu bringen: nett zu sein und dich gut zu fühlen. Gehirntraining. Wie eine dieser Achtsamkeits-Apps, nur eben effektiv. Die Auswirkungen dieser kleinen Neuverdrahtung ... im Laufe der Zeit erkennst du vielleicht, dass es eine andere Art zu leben und zu tauschen gibt.«

Sie dachte an den jungen Eric neulich in der Bar und an seine idiotische Behauptung, die Sozialkapital-App schaffe eine neue, gemeinschaftsbasierte Wirtschaft jenseits vom harten Kapital. Eine andere Art zu leben und zu tauschen.

»Und wer soll diese Pille nehmen?«, fragte sie. »Wer wird freiwillig den kapitalistischen Teil seines Gehirns abschalten?«

»Alle. Wir machen das doch ständig.« Seine Augen leuchteten. »Denk mal drüber nach. Alle, die wir kennen, nehmen jedes Wochenende Drogen, um auf irgendeine Art und Weise genau das zu tun. Wir nehmen Drogen, um die Belohnungszentren in unseren Gehirnen zu verändern. Um andere Menschen zu berühren, mit anderen Menschen zusammen zu sein, Erfahrungen auszutauschen, deshalb nimmst du Drogen. Beschwerst du dich nicht immer, wie viel Geld du ausgibst, während du high bist?«

Sie trat von einem Fuß auf den anderen. Sie hatte sich tatsächlich oft darüber beschwert, wenn sie sich verkatert im Bett herumgewälzt und nachgerechnet hatte, wie viel Geld draufgegangen war. »Das ist also wie MDMA, oder sowas.«

»Nee. Nee, nee. Es ist äußerst selektiv. Das Ding konzentriert sich auf die ökonomischen Bereiche deines Gehirns. Die spendierfreudigen Teile. Wir haben den wichtigsten Punkt für das Geld gefunden, befindet sich im Hippocampus oder so, hier findet das kleine Spiel von Risiko und Belohnung, Gewinn und Verlust statt, ein Druckpunkt für finanzielles Risiko im Soundso-Kortex. Wenn du diesen Punkt aktivierst – beziehungsweise, naja, deaktivierst – werden Leute vorübergehend großzügig, insbesondere mit ihrem Geld. Bäm.«

Anja war still, ordnete ihre Gedanken. Was sollte es bringen, den Leuten im Club die Portemonnaies zu lockern? Worin bestand der Sinn?

Als sie durch den Raum blickte, erinnerte sie sich daran, in welchem Gebäude sie sich befanden. Für wen Louis arbeitete. Der Dateiname. »Oh Gott. Versuchst du, die Leute beim Feiern dazu zu bewegen, für wohltätige Zwecke zu spenden?«

Er war auf diese Frage vorbereitet, geradezu aufgeregt sagte er: »Nein! Es geht um Menschen, nicht um Anliegen. Es ist konkret, nicht abstrakt.«

»Wie bitte?«

»Das ist der wichtigste Aspekt. Die Großzügigkeit funktioniert nicht auf einer abstrakten Ebene, das geschieht von Mensch zu Mensch.«

»Ich versteh's nicht. Warum sollte man im Baron großzügig sein?«

»Denk mal drüber nach«, sagte er wieder. Genau das tat sie ja, sie dachte darüber nach. »Du verlässt um sechs Uhr morgens den Club. Wen siehst du? Wer ist um diese Uhrzeit noch auf den Straßen?«

»Jogger?«

»Obdachlose. Leute, die wirklich auf unsere Großzügigkeit angewiesen sind.«

Sie stand kurz davor, zu begreifen, aber noch sah sie nicht völlig klar. »Wenn du high bist, gibst du ihnen bereitwillig all dein Kleingeld …«

»Und irgendwann stellst du die Verbindung her zwischen der Wohltätigkeit von Mensch zu Mensch und Güte. Irgendwann. Wenn du anfängst, Großzügigkeit mit Genuss in Verbindung zu bringen, wirst du von ganz allein entscheiden, dass dir die Welt am Herzen liegt. Lokal anfangen, global handeln.«

»Und die Zielgruppe sind unsere Freunde«, sie schüttelte den Kopf.

»Schau sie dir doch an, die Leute, die wir kennen. Die Kunstwelt, was auch immer man darunter verstehen will. Denk doch mal darüber nach, wie hermetisch wir sind, wie apolitisch. Wir verbringen all unsere Zeit auf Partys, versuchen auf irgendwelche Gästelisten zu kommen, sind völlig egoistisch. Geld verdienen und es für uns selbst ausgeben. Stell dir mal vor, was geschehen würde, wenn wir uns nach außen wenden und aufhören würden, auf den Rest der Welt zu scheißen.«

»Aber die meisten Leute, die wir kennen, verdienen nicht viel Geld.«

»Die meisten von ihnen haben weitaus mehr Geld, als sie zugeben.« Sie senkte den Blick, errötete. Er streckte die Hand aus und drückte ihre Schulter.

»Ist schon in Ordnung, das wurde uns so beigebracht. Bloß nicht prahlen. Nicht drüber reden. Tatsächlich hat die kulturelle Klasse aber eine Menge Geld zur Verfügung, das kann ich mit vielen Daten belegen. Wir müssen nur die Kultur verändern. Das Problem ist, dass wir alle glauben, wir würden genug tun, nur weil wir kreativ sind oder was auch immer. Wir glauben, wenn wir für uns selbst existieren – wir haben schon drüber gesprochen, erinnerst du dich, Babe? Alle halten sich für Rebellen, aber genau genommen sind sie einfach nur scheiß egoistisch.«

Sie erinnerte sich an ihren letzten Spaziergang den Berg hinauf, seine wütende Verteidigung der Höflichkeit.

»Ich denke immer noch, dass wir oben anfangen sollten«, sagte sie. »Also, da wo die strukturellen Probleme liegen, bei den Unternehmen und so. Nicht bei uns, bei den Leuten, die wir kennen.«

»Nein, es muss mit uns anfangen. Bottom-up. Früher haben Künstler der Welt gezeigt, was Moral bedeutete. Heute ist jeder ein Berater. Die Leute unten sind genauso korrupt wie die Leute ganz oben. Wir haben uns alle verkauft. Wenn der einzige Weg, ein wenig Mitgefühl und politisches Verantwortungsbewusstsein zurückzuerlangen, ein chemischer ist, dann soll es so sein. Wir müssen mit gutem Beispiel vorangehen. Wir sind die letzte Hoffnung.«

Sie sah zu Belinda hinüber, die auf dem Boden herumrollte, und dann aus dem Fenster, auf die Dächer und Fenster, die vom Regen nass waren und im Sonnenlicht glänzten. »Aber das Geben wird nicht echt sein«, sagte sie leise. »Es geht darum, sich gut zu fühlen, nicht darum, das Richtige zu tun.«

»So funktionieren Menschen. Man muss ihnen Anreize bieten. Moralisches Engagement ist auf einer bestimmten Ebene immer egoistisch.«

Sie kaute auf einer Haarsträhne herum, bemerkte es, und zog sie aus dem Mund. »Das glaube ich nicht. Geld zu verschenken, weil es sich gut anfühlt, ist nicht dasselbe wie echte Güte.«

»Ich weiß, Babe. Aber welchen Unterschied macht es für diejenigen, die das Geld kriegen?«

Belindas Stimme wehte zu ihnen herüber. Sie hatte ihre Schuhe ausgezogen und tanzte allein nahe dem Fenster, dabei sang sie in voller Lautstärke. *This is the perfect time ... a worthy climb* ... irgendein Lied aus dem Radio, das Anja schon einmal in einem Taxi gehört hatte. *Good is here and bad is done ... we're running running running straigt into the sun ...*

Anjas Aufmerksamkeit sprang wieder an. »Und wie kommt es, dass Basquiatt dich das machen lässt?«

»Bisher glauben sie, es sei nur ein PR-Projekt. Spekulatives Design.« Er lachte, aufrichtig amüsiert. »Die sind so gewöhnt an Berater, die sich abstrakte Provokationen ausdenken, die zu nichts führen, dass sie nie in Betracht gezogen haben, ich könnte tatsächlich versuchen, was Echtes zu tun.«

»Irgendwann wirst du es ihnen sagen müssen.«

»Selbstverständlich. Die wahre Kunst wird meiner Meinung nach darin bestehen, ihnen meine Idee zu verkaufen. Diese Woche kommt jemand, der mir dabei helfen soll.« Er raufte sich die Haare. »Ich brauche Berater, um mein eigenes Consulting zu verkaufen – das ist die Welt, in der wir leben.«

»Was passiert, wenn sie deine Idee nicht wollen?«

»Ich bin mir fast sicher, dass sie anbeißen werden. Basquiatt will schon seit Jahren die kreative Klasse dazu bringen, sich um humanitären Scheiß zu kümmern, aber die Leute, die die Gelder verteilen, haben es nicht geschafft, ihren Fokus von Afrika wegzulenken.«

»Ist Afrika nicht ihr Daseinsgrund?« Tatsächlich hatte sie gelernt, Philanthropie kritisch zu sehen, hatte das koloniale Erbe des Konzepts verstanden, hatte erfahren, wie es als Form der Geldwäsche benutzt wurde – in ihren Unterhaltungen mit Louis.

»Natürlich. Aber sie liegen falsch. Warum nehmen wir also nicht ihre Ressourcen und bauen unser eignes Wohltätigkeitssystem auf, peer-to-peer. Wir müssen damit beginnen, den Leuten in unserem unmittelbaren Umfeld zu helfen. Vielleicht ist der Wohltätigkeitssektor korrupt, vielleicht ist politischer Aktivismus tot, aber das heißt nicht, dass wir null Verantwortung haben. Es ist an der Zeit, etwas Besseres zu erfinden.«

»Mit dem Geld von Basquiatt ...«

»Es sei denn, es findet sich jemand anderes, der dafür zahlen will.« Er lächelte sie eigenartig an und sie war sich nicht sicher, ob er eine Andeutung machen wollte. Sie ignorierte es.

»In dieser ganzen Zeit, in der ich nun hier bin«, sagte er, »habe ich immer in abstrakten Kategorien über die Menschheit nachgedacht, während der Obdachlose unten vorm Eingang verhungert. Hast du die Zahlen gesehen? Die Obdachlosigkeit in Berlin hat sich in den letzten zehn Jahren verdreifacht. Dieser Job ist sinnlos für mich, wenn ich weiterhin nur zur Dekoration da bin, die Rolle des Künstlers spiele, den Geldgebern als Fetisch diene, damit sie das abstrakte Gefühl haben, mit ihrer Investition in mich irgendwas Gutes zu tun. Ich habe endlich verstanden, dass ich dieses Projekt durchziehen muss, wenn ich irgendwann wirklich etwas – verwirklichen will. Etwas wirklich Gutes.«

Die Membran zwischen wirklich und virtuell. Dem Vorher und Nachher.

Sie trat einen Schritt zurück und musterte ihn. »Wann hast du beschlossen, das durchzuziehen?«

»Ich weiß nicht. Irgendwann in den letzten Wochen.«

Ihr Mund verzog sich zu einem Kräuseln, ihre Augen verengten sich, die Koordinaten ihres Gesichts waren verzerrt. Mitleid füllte die Zwischenräume.

»Nein, nein.« Er schüttelte den Kopf und seufzte. »Komm schon. Es geht nicht um sie.«

Anjas Mund löste sich. Das Schweigen dauerte an. Sie war wieder dabei, ihn zu pathologisieren. Howards Therapiegerede war ihr zu Kopf gestiegen.

»Warum muss es immer um etwas anderes gehen, wenn man Gutes tun will?«, insistierte er. »Wenn du denkst, dass es bei allem in Wirklichkeit immer um etwas anderes geht, wirst du nie etwas unternehmen.«

Anja hob die Hand und streckte sie nach ihm aus, ratlos, was sie anderes tun sollte als Körperkontakt herzustellen. Er fragte sie: »Einen Versuch ist es doch wert, meinst du nicht?«

Sie ignorierte die Stimmen in ihrem Kopf, die Dinge sagten wie Auf Keinen Fucking Fall, Für Wen Hältst Du Dich Eigentlich, etc., und sah den Menschen an, der vor ihr stand, der gleiche geliebte Mensch, der er immer gewesen war, der um ihre Zustimmung bat, auch wenn er sie nicht brauchte, der sie mit einbezog und ihr vertraute. Das war sicherlich eine liebevolle Geste, die ihr im gleichen Maße guttun wie ihm helfen sollte. »Natürlich«, sagte sie. »Alles, was du dir ausdenkst, ist einen Versuch wert.« Er legt einen Arm um sie und drückte sie an sich. Sie schloss die Augen für einen Moment, öffnete sie dann wieder und streckte ihren Rücken durch. »Also«, fragte sie. »Wie geht es los? Wirst du sie an Ärzte verteilen?«

»Wir verticken sie in Clubs. Oder, genauer gesagt, wir versorgen die Dealer damit, die nicht sagen werden, woher sie das Zeug haben.«

Es gab keinen Grund, die Schwachstellen seines Plans hervorzuheben. »Wer kriegt die Kohle?«

»Wir, abzüglich eines Anteils für die Dealer. Stell dir nur mal vor, wie viel Eigenkapital Basquiatt damit machen wird. Klassisches Win-win: Wir machen die Klasse der Egoisten süchtig danach, die Bedürftigen zu unterstützen, und wir machen Basquiatt zum Hauptlieferanten ihres moralischen Highs.«

»Und ihr experimentiert schon?« Sie drehte sich zu Belinda um, die in einer undefinierbaren Pose verschlungen auf dem Sofa lag.

Er folgte ihrem Blick. »Sie hat sich freiwillig gemeldet. Wahrscheinlich hätte ich sie nicht so viel nehmen lassen sollen.«

Anja nickte. Sie würde all das später verarbeiten müssen, in Ruhe.

»Und wie nennt ihr dieses Ding?«

»Ich dachte, da kannst du vielleicht helfen.«

»Ich?«

»Komm schon, du bist so gut in diesen Dingen. Du könntest wirklich Beraterin sein.« Sie erinnerte ihn nicht, dass dieser Konjunktiv mittlerweile zum Indikativ geworden war. »Wir haben bisher noch keinen Szene-Namen. Wir haben nur die interne Bezeichnung ...«

»ChariteX. Habe ich gesehen.«

»Ja. Vielleicht können wir irgendeine Abkürzung ...«

»Ex? Das gibt es bestimmt schon.«

»Guter Punkt.«

»Lass uns noch mal die Entwürfe ansehen.«

Sie beugten sich zusammen über den Monitor, Louis legte eine Hand auf Anjas Nacken und scrollte mit der anderen durch eine lange PowerPoint-Präsentation mit Design-Inspirationen. Nirgendwo ein Hinweis auf die chemische Umsetzung. Das Wesentliche, erklärte er ihr, wurde in einem Labor in Düsseldorf erledigt. »Keine Zeit, erst noch einen Doktor zu machen, der Scheiß hier eilt.«

»Vielleicht solltest du dich mehr nach der Form richten als nach dem Inhalt«, sagte sie. »Wie die Pille. Nur dass das auch schon vergeben ist.«

»Verstehe. Transparent wirken, ohne zu transparent zu sein.«

Er scrollte weiter. Sonnenauf- und -untergänge, die als Inspiration für die pastellene Farbpalette gedient hatten, der helle Lavendelton, eine sanfte und ermutigende Schattierung. Symbole, die die Einkerbung auf der Oberfläche der Pille beeinflusst hatten – altertümliche Gravierungen in Stein, konzentrische Kreise. Feenringe, Fliegenpilze, Kornkreise.

»Kreise«, sagte sie. »Die Form ist wichtig. Irgendwas, das ein bisschen mehr wie Judd ...«

»Die Pille ist aber kein Kreis.«

»Ein Kreis ist ein Oval, aber ein Oval ist kein Kreis?«

»Genau, so wie Spaghetti Nudeln sind.«

»Dann nimm die Gattung, nicht die Art.«

»Oval?«

Sie dachte darüber nach. »Oval.«

Louis hob die Hand wie ein Schiedsrichter beim Fußball. »Oval«, wiederholte er ein drittes Mal.

»Das ist gut.«

»Das ist schön.« Er nickte. »Das ist perfekt.«

Er richtete sich gerade auf, von der Entdeckung ergriffen. Auch sie richtete sich auf. Ihre Wange juckte, der Ausschlag blühte wieder. Sie kratzte sich. Der Stolz, den sie im ersten Moment darüber verspürt hatte, ihn zufriedenzustellen, war schal. Cleverness war billig. »Gern geschehen«, sagte sie. »Die magische Pille hat einen Namen.«

»Du hältst mich für verrückt«, sagte er. Er sah tatsächlich etwas verrückt aus. »Ich weiß, wahrscheinlich klingt es so, als wäre mein Ego außer Kontrolle.« Er versetzte ihrer kratzenden Hand einen Klaps, wie er es auch tat, wenn sie an den Nägeln kaute. »Aber sobald ich ein paar ... Ovals genommen habe, wird sich auch mein Ego beruhigen. Selbstzufriedenheit zum Fenster raus. Problem gelöst.«

Ihre Hand kehrte an ihre Wange zurück und kratzte nun heftig.

»Sobald du ein paar genommen hast? Wie viele hast du denn bisher probiert?«

»Noch keine. Ich wollte warten, bis der Prototyp fertig ist. Ich will sie unter realistischen Bedingungen zum ersten Mal probieren.«

»Wann?«

»Bald. In ein paar Wochen. Mit dir.«

»Mit mir allein?«

»Auf einer Party. Aber wir werden die einzigen sein, die sie nehmen. Vielleicht wird das den Hype anstacheln, wenn uns die Leute so sehen. Die Nachfrage ankurbeln.«

Anjas Augen brannten. Der Ausschlag, ob echt oder eingebildet, breitete sich heiß über ihrem Gesicht aus. »Ich weiß nicht.«

»Warum nicht? Du kannst mein Versuchskaninchen sein.« Er streckte seine Hand aus, um die Finger über ihre unebene Wange gleiten zu lassen, und runzelte die Stirn. »Ein Kaninchen mit leichtem Käfig-Ausschlag. Vielleicht nicht die beste Kontrollgruppe. Schauen wir doch mal, ob wir dir nicht eine Salbe besorgen können.«

ZWEITER TEIL

… Biologen geben dem Zelltod moralische Vorzeichen. So soll es einen angemessenen und einen unangemessenen Tod für Zellen geben – bei einem guten Tod, einem ordentlichen Tod, zerstört sich die Zelle selbst; bei einem unordentlichen Tod schwillt sie an, läuft aus, explodiert …

Elizabeth A. Povinelli

13

Das Fitnessstudio hatte sich nie zuvor so sehr nach dem angefühlt, was es war: Eine Körperfabrik. Crosstrainer, Stepper und Fitnessfahrräder waren in nicht-kartesischer Anordnung auf einem kleinen Abschnitt frisch ausgelegten Holzlaminats zusammengeschoben worden. Der größere Teil des Raums befand sich noch im Bau, hier lag der Betonfußboden frei. Angesichts des Mangels an Steckdosen standen die meisten Maschinen ohne Stromanschluss in der Mitte des Raumes verstreut, die Kabel lagen in nutzlosen Schlaufen um sie herum. Die Leute umkreisten die Maschinen auf der Suche nach einer, die funktionierte, und wichen den pumpenden Armen und Beinen der anderen aus, die verbissen nach Fitness strebten.

Anja fand eine Rudermaschine, die eingesteckt war, aber auf dem kleinen Bildschirm stand nur PRESS CTRL+ALT+DELETE. Das Frontend des Betriebssystems des Fitnessstudios war aufgebrochen und offenbarte einen fehlerhaften Code.

Die Enthüllung des Fußbodens als willkürliche Konstruktion war irritierend. Bislang hatte sie sich die Anlage als natürliche Landschaft vorgestellt. Das Fitnessstudio hatte es ihr immer ermöglicht, sich von ihrem Verhältnis zum dimensionalen Raum loszusagen – eine Art, sich zu bewegen, ohne sich irgendwohin zu bewegen –, aber wahllos gruppiert, wie sie nun waren, behaupteten sich die Geräte als dimensionale Objekte mit Tangenten und Koordinaten, wobei sie neue und seltsame Beziehungen untereinander und zu den Körpern, die sie berührten, herstellten. Sie waren nicht länger Maschinen zum Vergessen. Sie waren Gabelstapler, die lebendige Ware bewegten.

Unter dem Fitnessstudio befand sich ein Baumarkt, ein gewaltiges, vier Stockwerke umfassendes Depot. Alles, von feinkörnigem Schleifpapier bis hin zu Swarovski-verkrusteten Klobürsten. Vergoldete Bilderrahmen und Neonleuchten, Sägeböcke und Stapel von Linoleum. Anja fragte sich, ob der neue Fußboden im Fitness-Studio aus dem Laden nach oben gebracht, Stück für Stück in den Lastenaufzug verladen, und im Schutz der Nacht verlegt worden war. Wie treffend, dass das Fitnessstudio während der Renovierung geöffnet blieb. *Wir nehmen uns keinen Tag frei von unserer Selbstoptimierung – du etwa?* Anstatt zu warten, bis eine Maschine frei wurde, gab sie die Instandhaltungsmaßnahmen an ihrem Körper für heute auf, setzte sich in das kleine Café und bestellte einen Grünkohl-Smoothie. Sie entdeckte zwei Elektriker in blauen Overalls, die in ihrer Nähe hockten und an einer Steckdose herumfummelten. Sie sahen aus, als würden sie hart arbeiten. Einen guten Job machen.

Die Arbeiter, die Fin-Start angeheuert hatte, waren von Anfang an grundsätzlich nicht zu erreichen gewesen, und als sie selbst jemanden beauftragen wollte, war niemand bereit, den Berg hinaufzukommen. Die Beschaffenheit von The Berg schien unvereinbar zu sein mit jeglicher Form von Dienstleistung und Bürokratie. Da gab es die Versicherungsgesellschaften, die verschiedenen Lieferfirmen, die sich weigerten, zu liefern, das Bürgeramt, das nicht wusste, wie es die Adresse registrieren sollte, und natürlich die Bank, die sich immer noch der papierlosen Kommunikation verweigerte. Um ihre Kreditkarte zu aktivieren, hatte sie zunächst eine Reihe von Passwörtern empfangen müssen, versteckt hinter einem Magnetstreifen in einem Umschlag. Der Umschlag durfte ausschließlich an ihre Wohnanschrift zugestellt werden, also konnte er nicht zugestellt werden, also keine Kreditkarte.

Horrorgeschichten aus dem Bereich Kundenservice waren so universell, dass es müßig war, sie wiederzugeben: Sobald du anfingst, eine zu erzählen, wurden die Augen der Leute glasig. Alle waren mit dem Wesentlichen vertraut, und niemand interessierte sich wirklich für die Details. Dem Drang nachzugeben, eine Kundenservicegeschichte zu erzählen, kam dem Eingeständnis einer Niederlage gleich. Ist dir das wirklich so wichtig? Hast du uns nichts Interessanteres mitzuteilen? Du bist also wirklich erwachsen geworden, Erziehungsberechtigter deines eigenen Lebens, und nun sind deine Verstrickungen mit der Infrastruktur des Alltags so bedeutsam, dass du sie unbedingt mit uns teilen musst?

Am besten war es, die Kundenservicegeschichten für den Partner aufzuheben, wenn es einen gab. Das war Teil der zwischen Anja und Louis ausgehandelten Arbeitsteilung: Sie kümmerte sich um bürokratische Angelegenheiten, dafür musste er sich ihr Gejammer darüber anhören. »Irgendwann trete ich in den Streik«, verkündete sie und winkte mit ihrem Telefon, ehe sie die Nummer einer weiteren Kunden-Hotline wählte. »Du kannst mich nicht zwingen, die ganze mühsame Arbeit zu übernehmen, nur weil du kein Deutsch sprichst.« Aber sie wussten beide, wohin es führte, wenn Louis sich um diese Angelegenheiten kümmerte.

Alles in allem war die Arbeit gerecht verteilt. Louis wusch die Wäsche. Louis spülte ab. Louis initiierte Sex. Und Louis bot ihr ein Publikum für ihre Geschichten in puncto Logistik.

Sie war, das wusste sie, die Art von Person, die Sachen regelte, und mit dieser Identität ging eine gewisse Trägheit einher. Louis — und alle anderen auch – lobten ihr »natürliches« Geschick im Umgang mit dem bürokratischen Wahnsinn, der sie umgab. Sie war ein klein wenig stolz darauf. Wenn sie mit den Händen über die Ordner mit all dem gelochten und sortierten Papier im Haus fuhr, verspürte sie mitunter eine animalische Genugtuung.

Aber die Erwartungen an ihre Kompetenz waren auch erdrückend. Wenn man ehrlich war, hatte sie nicht mehr oder weniger »Geschick« im Umgang mit der überwältigenden Menge an Problemen, sie war nur sorgfältiger. Hier fühlte sie sich sicher, sie konnte eine Kontrolle ausüben, die sie über die meisten anderen Bereiche ihres Lebens nicht hatte. Indem ihr »Geschick« zu ihrer vermeintlichen Natur erklärt wurde, stellten die anderen sicher, dass sie diejenige war, die sich kümmern musste. Je mehr sich alle auf sie verließen, desto schwieriger wurde es für sie, ihr Handeln nicht natürlich erscheinen zu lassen.

Gewöhnlich wühlte es sie auf, über Kundenservice nachzudenken, nun aber, da sie mit ihrem grünen Smoothie und Blick auf den Fitnessraum im Café des Fitnessstudios saß und die Horde der an ihre Geräte angeschlossenen Sportler beobachtete, blieb sie erstaunlich cool. Und sie blieb weiterhin cool, als sie ihre Sachen aus der Umkleide holen wollte und feststellte, dass ihre Schlüsselkarte nicht mehr funktionierte, woraufhin sie zwanzig Minuten auf einen aufgepumpten Muskelprotz warten musste, der ihren Schrank mit dem Hauptschlüssel öffnete. Sie blieb auch cool, als der Typ sie beschuldigte, irgendwie den Mechanismus der Tür beschädigt zu haben. Cool, auch angesichts des Aufzugs voller Bodybuilder, die sie anglotzten, als sie sich zwischen sie zwängte, um ins Erdgeschoss zu fahren. Cool, auch als sie zwei komplette Ampelschaltungen benötigte, um die Kreuzung zu überqueren und in die U-Bahn-Station zu gelangen. Auch, als ihre Bahn zwölf Minuten Verspätung hatte. Auch, als sie darüber nachdachte, wie Louis, die Person, die sie in ihrem Leben bisher am heftigsten geliebt hatte, sich gerade häutete und ein unbekanntes Wesen zu werden schien. Sie blieb völlig cool. Sie spielte acht Minuten lang Candy Crush. Dann kam ihre Bahn.

Der Wagen war voller weißer Menschen, außer einem älteren schwarzen Mann. Die Plätze links und rechts neben ihm waren leer, vielleicht weil es Klappsitze waren; die mochte niemand. Etwas kratzte an Anjas Hirn: Setz dich neben ihn. In Solidarität – gegen was? Eignete sie sich etwa schon wieder etwas an?

Und noch ein Kratzen: Die Stimme einer Frau, die gerade den Wagon betreten hatte. Sie umklammerte einen durchsichtigen Ordner, in dem eine alte Ausgabe eines monatlichen Straßenmagazins steckte, das Obdachlosen gegeben wurde, damit sie es den

Leuten in der U-Bahn verkaufen und sich dabei demütigen konnten. Das Magazin war der Beweis, dass sie obdachlos waren, nur ein Signifikant, eine Art Ausweis. Niemand kaufte es. Aus dem Mund der Frau ergoss sich ein Monolog, als wäre er im vorherigen U-Bahn-Wagon mitten im Satz abgerissen und würde nun einfach an der gleichen Stelle wieder einsetzen, wie ein nicht zu Ende angesehenes Video, das ungefragt wieder zu spielen beginnt, sobald der Laptop aufgeklappt wird. ... *kein Dach kein Job ... was zu essen ... ein bisschen Geld Kleingeld zwanzig Cent dreißig Cent ein Cent vielleicht ... nichts zu essen nichts entschuldigen Sie bitte die kurze Störung ...*

Sie störte wirklich, riss die Leute aus ihren privaten Gedanken, worauf diese mit mitleidigen, oder düsteren, oder trotzigen Mienen reagierten. Alle bis auf die beiden Mädchen, die hinter vorgehaltener Hand laut lästerten, frei von jeglicher Empathie oder Schuld, Wut oder Ekel, denn der soziale Druck unter Pubertierenden ist stärker als all diese Gefühle. ... *können Sie ein bisschen Kleingeld vielleicht* ... Die Litanei schien von einem unterirdischen, uralten Ort widerzuhallen, und wie die Frau durch den Wagon glitt, glich sie einem Schamanen, der einen Geist anruft, so glasig war ihr Ausdruck, so leblos ihre Gesten. Eine Stimme am anderen Ende der Hotline einer Versicherungsgesellschaft hatte mehr Klang, wirkte menschlicher, selbst in dem sich ewig wiederholenden *Was kann ich für Sie tun?* des Kundendienst-Mitarbeiters.

Die Frau stellte eine Störung dar, nicht weil sie aufdringlich gewesen wäre oder irgendwen belästigte, sondern weil sie so harmlos und gleichzeitig nicht zu ignorieren war. Sie fiel in die Akzeptanzlücke empathischer Reaktion. Louis würde vielleicht sagen, dass dieser Kampf nichts »Spezifisches« hatte, es gab keine »menschliche Geschichte« dahinter, die dich zum Handeln zwang. Wie würde Louis reagieren, wenn er sich jetzt hier mit ihr in der U-Bahn befände? Hatte er das Problem gelöst, wie man die Erbärmlichkeit dieser Art von Begegnungen durchbrechen konnte? War seine Lösung, Oval, nicht letztendlich nur eine andere Art, Kleingeld in einen Becher zu werfen? Die Droge änderte nichts an der binären Natur der Begegnung, bot keine neue Option außerhalb der festgelegten Wahlmöglichkeiten: Geben oder nicht geben. Oval verleitete dich lediglich dazu, mehr zu geben. Es löste nicht das Paradox auf, demzufolge es unmöglich war, das Leiden einer anderen Person zu ignorieren (das wäre unmenschlich), wobei sich diesem Leid hinzugeben ebenfalls unmöglich war (denn wie konntest du dann noch dein lächerliches, privilegiertes Leben weiterführen?). Also ließest du einfach etwas Kleingeld in den Becher fallen oder wandtest wie alle anderen den Blick ab, wenn sich die Quelle der Störung näherte.

... *Danke, danke für ihre Aufmerksamkeit* ... Der Mangel an Originalität im Auftritt der Frau setzte sich in ihren zögerlichen Bewegungen fort, ihrem gesenkten Kinn, dem zuckenden Gesichtsausdruck. Universelle körperliche Anzeichen von Marginalisierung, Schmerz, Armut? Oder erlernte Verhaltensweisen? Wie hatte die Frau die Litanei entdeckt, die sie nun von sich gab? Hatte sie die Worte Jahre zuvor unbewusst verinnerlicht, als sie noch ein komfortabel sitzender Fahrgast der U-Bahn gewesen war und zuhörte, wie jemand anderes sie sang? Hatte sie sich die Worte gemerkt, bis schließlich ein Unheil über sie hereingebrochen war und sie sich auf der anderen Seite der Akzeptanzlücke wiedergefunden hatte, nur um festzustellen, dass sie die gesamte Rede mit angeborener Leichtigkeit wiedergeben konnte? (Wieder ein Kratzen an Anjas Hirn: Sie selbst würde diese Worte nie aufsagen müssen; sie war durch ihren Reichtum immunisiert. Sie dachte an ihre Eltern.)

Da kein noch so großer Betrag an Kleingeld einen Unterschied machen würde und sie nicht Louis war und ihr nichts Kreativeres einfiel, beschloss Anja, heute nicht der Gesellschaft für vorhersehbare und offenkundige Missstände zu spenden. Kurz vor ihr wurde die Frau ohnehin langsamer und blieb nun sehr nah vor ihr stehen; ihr schwerfälliger Atem geriet nun in den Fokus, ihre schmutzigen Jeans, ihr säuerlicher Geruch; Anja verspürte Panik, starrte auf ihren Schoß hinab ... *Danke, vielen Dank schönen Tag* ... Anja wurde aus irgendeinem Grund gedankt, obwohl sie völlig in sich zusammengesunken war, sich ausgebrannt fühlte bei der Vorstellung, Louis könnte sie so sehen, ein Gedanke, der gleichzeitig aber auch ihren Entschluss, geizig zu sein, noch befeuerte. Die Frau zog weiter und als Anja aufblickte, sah sie, dass der Mann neben ihr gerade den Oberkörper zurückwölbte, um sein Portemonnaie wieder in die Gesäßtasche seiner Hose zu stecken. Er hatte ein Opfer erbracht. Die Muskeln der Leute, die um sie herumsaßen, schienen sich zu entspannen; für den Augenblick waren sie aus der Verantwortung entlassen. Er hatte sich darum gekümmert.

Anja senkte den Blick und sah, dass ein sehr kleiner Hund hinter der Frau herlief. Sie lächelte den Hund auf eine Art und Weise an, wie sie dessen Besitzerin nicht angelächelt hatte – und nie anlächeln würde. Hätte der Hund sie um etwas angebettelt, wie leicht hätte sie es ihm gegeben. Der Hund war weiß mit einem hellbraunen Fleck auf der Flanke und einem dunkelbraunen Fleck auf dem Kopf. Er stand nun mit seiner Besitzerin vor den Türen am anderen Ende des Wagons und wartete darauf, dass sie sich öffneten, woraufhin er sich gehorsam erheben und seiner Besitzerin hinaus auf den Bahnsteig folgen und so diesen scheinbar erniedrigenden Vorgang immer und immer wieder bis in alle Ewigkeit wiederholen würde. Nur, dass es vielleicht gar nicht erniedrigend war, vielleicht war das eine ungerechte Annahme. Der Hund jedenfalls fühlte sich nicht erniedrigt. Er war ebenso glücklich mit der obdachlosen Frau, wie er es im Garten des dänischen Paars auf dem Berg gewesen wäre. Der Hund liebte sein Frauchen, er hängte sich nun an den schlaffen Jeanslumpen, zu dem ihre Hose geworden war. Hielt Schritt mit ihren grauen Skechers.

Frau und Hund verließen den Zug, und am anderen Ende des Wagons kam ein weiteres Paar herein: ein obdachloser Mann und ein Pitbull mit Stachel-Halsband. Anja sah nach links, zu dem Mann neben ihr. Würde er wieder spenden? Würde sie? Was würde Louis tun? Die ewige Frage: Was würde Louis tun?

Einmal, als sie ihm übers Haar gefahren war, hatte Anja zu Louis gesagt: »Ich streichle dich wie einen Hund.« Und er hatte gesagt: »Nein, die Leute streicheln Hunde wie sie Menschen streicheln sollten.« Geliebter Louis, das Leck, durch das alles Leid dem Leben entwich. Er offenbarte etwas und heilte dann durch die Offenbarung. Er war das einzige Problem und er war die einzige Lösung. Er war die Pest und die Pocken, das Heilmittel und die Rettung.

14

Der Potsdamer Platz lag unter Sanddünen begraben. Rotglühende Hitzelampen hingen an spindeldürren Ketten von der Decke. Der prächtige Dorn, der von der Mitte der gewölbten Arkade senkrecht nach unten wies, wirkte bedrohlicher als sonst, kaum gebändigt durch die Babytrage aus Stahlkabeln, die ihn an der Decke hielt. In dem sandigen Chaos unterhalb des Dorns spielten und buddelten Kinder. Der Sand war ein buntes Durcheinander aus Ticketschnipseln, XXL-Plastiktrinkbechern und Hundescheiße.

Anja konnte sich an jede einzelne Jahreszeit erinnern, die unter dem Schutzdach inszeniert worden war, als hätten die Dekorateure die Öffentlichkeit daran erinnern wollen, in welcher Saison sie sich eigentlich gerade befand. Irgendwann hatte es Kunstschnee gegeben, mit einem weißen Miniaturberg, von dem Kinder sich runterrollen lassen konnten; einmal war von irgendwoher echtes Herbstlaub importiert worden. Sie hatte gelesen, dass ein nahegelegenes Luxuskaufhaus in den 1920ern ähnliche Spektakel veranstaltet und die verschiedenen Feiertage mit aufwendigen Schaufensterdekorationen bedacht hatte. Online gab es jede Menge Fotos, die zeigten, wie der Platz in Zeiten des guten alten Europa ausgesehen hatte, bevor er komplett in die Luft gesprengt und schließlich geteilt und später in einer Mischung aus Referenzen an die Vergangenheit und Zukunftsfantasien wieder aufgebaut worden war — die gleiche Geschichte wiederholte sich überall in der Stadt: Zerfall, Teilung, Wiedervereinigung, Hausbesetzung und dann, mit dem Verkauf an Fin-Start, kamen die Glasverkleidungen und Schilder, die erklärten, inwieweit das neue Design sich auf die ursprüngliche Architektur bezog oder an die Toten erinnerte, die eines der Desaster an diesem Ort gefordert hatte. Hin und wieder wurde etwas genau so wieder aufgebaut, wie es auf den alten Fotos zu sehen war – so auch das Stadtschloss, das die Regierung im Zentrum der Stadt hatte wieder errichten lassen — um den Hauch von Kaiserreich zu erhalten, den die Touristen angeblich erleben wollten. Doch die meisten Orte endeten so ähnlich wie diese Einkaufsarkaden am Potsdamer Platz, der seine historische Endstation in Form einer Ansammlung von Restaurantketten und Kinosälen gefunden hatte, dicht gedrängt unter den vom zentralen Dorn getragenen Baldachin aus Lichtern und Kabeln.

Louis liebte den Potsdamer Platz. Fast schon erwartete Anja, seinen blonden Kopf an einem der Tische vor den Restaurants zu entdecken – sein Hals, so hinreißend verletzlich, von der Kälte gerötet. Die Verletzlichkeit inszeniert, aber doch auch echt.

Sie zwang sich, nicht nach ihm Ausschau zu halten. Er würde nicht hier sein, er arbeitete, was auch immer das hieß. Er hatte ihr aus dem Atelier Nachrichten geschickt, in denen er begeistert ihren »Probelauf« plante, für irgendwann »sehr bald«. Er schien zu glauben, dass sie sich einig waren. Oder er versuchte bloß, direkt zum Nachtisch zu gelangen, ohne vorher sein Gemüse zu essen.

Anja kaufte Tickets und 3D-Brillen für Dam und Laura und die drei stiegen ins Parterre hinab, wo sich die zwölf Kinos befanden, tief in der Erde unter dem Dorn. Sie und Dam stellten sich beim Popcorn an, während Laura loszog, um gute Plätze zu sichern.

»Bist du wütend, weil ich dir nichts von unserer Wohnung erzählt habe?«, fragte Dam und wischte sich seine stets laufende Nase am Ärmel ab. »Sei nicht sauer.«

»Ich bin nicht sauer«, sagte Anja. Eingetrocknete Rotze verkrustete seinen Ärmel. »Du solltest eine Allergietablette nehmen.«

»Ich hab gewusst, dass du wütend sein würdest. Deshalb wollte ich es dir auch nicht sagen.« Er schniefte und zupfte am Rand seines Nasenlochs.

»Ich bin nicht wütend.«

»Ich will ja auch nicht, dass das alles passiert. Ich weigere mich noch, es zu glauben. Du weißt, dass ich mit solchen Realitäten nicht umgehen kann.«

Es war so typisch für ihn, sich selbst als jemanden zu definieren, der bestimmte Dinge tun konnte oder nicht tun konnte, tat oder nicht tat. Ich bin kein eifersüchtiger Mensch, sagte er beispielsweise, als ob das seine offensichtliche Eifersucht widerlegen würde. Oder er sagte: Ich trinke nachmittags keinen Kaffee, um zu erklären, warum der Kaffee, den er um drei Uhr nachmittags getrunken hatte, eine schlechte Idee gewesen war. Er wich ständig von seiner Liste selbstdefinierter Eigenschaften und Verhaltensweisen ab, aber keine noch so große Abweichung veranlasste ihn, die Liste zu ändern. Ich bin nicht diese Art von Person, daher können meine Handlungen nicht als solche interpretiert werden, ergo bin ich nicht diese Art von Person. Eine Tautologie der Persönlichkeit. All das ging Anja durch den Kopf, während sie neben ihm in der Schlange stand. In ihrer Jugend, bevor sie echte Freunde gehabt hatte, hatte sie sich vorgestellt, echte Freundschaft bedeutete, nicht ständig einen inneren Monolog über seine Freunde führen zu müssen – aber vielleicht war der innere Monolog einfach nur präziser geworden.

Sie hatten den Tresen erreicht und von ihnen wurde erwartet, dass sie nun angaben, was sie für zwanzig Euro kaufen wollten. Dam legte seinen Arm um sie. »Trunk deiner Wahl?« Er machte einen auf lieb Kind, drückte sich so gestochen aus wie sie es sonst tat.

»Was auch immer du mir kaufen magst.«

Er bestellte zwei große Biere und ein Riesenpopcorn, das er in ihre Richtung schob. »Du musst essen. An dir ist ja kaum noch was dran.«

Sie zuckte mit den Achseln. Ihre Magensäure stockte beim Anblick von Nahrung. Sie wusste, dass sie noch dürrer geworden war; es war ihr recht. So zeigte sie sich solidarisch mit der Trauer, die Louis eigentlich durchmachen sollte (obwohl sie nicht umhinkonnte, zu bemerken, dass er tatsächlich ein paar Kilo zugelegt hatte), und klagte ihn gleichzeitig für sein Verhalten an. *Ich fühle seinen Schmerz* plus *Seht doch nur, was er mir antut.*

Ihr kam in den Sinn, dass Laura sich geirrt haben könnte. Vielleicht war Trauer doch ansteckend.

Laura saß genau in der Mitte der zweiten Reihe des Kinosaals. »Willst du uns einen Schlaganfall bescheren?«, fragte Dam. Laura nickte, setzte ihre 3D-Brille auf und legte ihre Füße auf den Sitz vor sich.

»Hey D«, sagte Anja, als sie tief in den roten Samtsitzen versunken waren, »kannst du ein paar Nachrichten für mich schreiben?«

»Hier drinnen gibt's keinen Empfang.«

»Die werden automatisch gesendet, sobald wir gehen.«

»Verzeihst du mir dann?«

»Ja.« Sie reichte ihm ihr Telefon. Sie hasste es, auf winzigen Bildschirmen zu tippen. Ihre Finger waren nicht gut darin – eine angeborene Inkompatibilität mit dem Objekt. »Such erst mal nach Howard.« Wenn sie doch nur ihre gesamte Kommunikation so auslagern könnte.

»Wo ... Okay, hier ist er. Howard schreibt: WO BIST DU. Alles in Großbuchstaben. Ein bisschen aggressiv, oder?«

»Definitiv. Antworte in Großbuchstaben. Schreib: IM KINO. Großbuchstaben."

»Passiv-aggressiv. Das gefällt mir.« Er tippte schnell. »Gesendet.« Er erhob seine Stimme über den Surround-Sound, der gerade erst erklungen war, und warf einen Blick auf die Leinwand. »Die Trailer fangen an.«

»Such nach Louis. Er hat mir vorhin etwas geschickt.«

»Hier ist Louis: *Bleibt es bei Freitag? Mein ovales Herz schlägt für dich*. Herz Emoji.«

»Irgendwas Unverbindliches.«

»Delfin?«

»Gut.«

Er drückte überschwänglich auf Senden. »Was noch?« Er hob seine 3D-Brille von der Nase, um einen Blick auf das Geschehen auf der Leinwand zu werfen.

»Wer hat mir noch geschrieben?«

Er ließ die Brille wieder auf seine Nasenspitze hinabgleiten, so dass er über deren Rand blicken konnte »Eine Nachricht von Sara, eine von Michel und eine von deinem Vater.« Er öffnete die oberste. »Sara will wissen: *Wie gehts dir und lou? Lang nichts mehr von euch gehört, alles okay?*« Dam runzelte die Stirn. »Warum schickt dir diese Frau überhaupt Nachrichten? Ist sie eine Freundin von dir?«

»Nicht wirklich. Sie bekommt auch einen Delfin.«

»Okay.« Er blickte auf die Leinwand, dann wieder nach unten. »Michel möchte wissen, ob du dich Montagmorgen mit ihm treffen willst, bevor ihr euch in die – Zitat: *Höhle des Löwen begebt,* Zitatende.«

»Klar. Ja, schick ihm Daumen hoch oder so.«

»Viele Emojis heute.«

»Was schreibt mein Vater?«

»Irgendwas über einen *Docteur.*«

»Sag einfach, dass ich ihn später anrufe.«

»Auf Französisch?«

»Egal.«

»Okay.« Er tippte die Nachricht schneller als sie es jemals gekonnt hätte. »Ist das alles?«

»Fürs Erste. Danke.«

»Gib deiner Sekretärin einen Kuss auf die Wange.«

Das tat sie und lehnte sich dann in ihrem Sessel aus rotem Kunstsamt zurück. Statt Dams Blick zu folgen und ihre Aufmerksamkeit, wie es logisch gewesen wäre, auf die Leinwand zu richten, starrte sie sein Profil an, wandte dann ihren Kopf und betrachtete Laura. Die beiden glichen einander aus dieser Perspektive so sehr, dass sie sich wie ein Buch zwischen zwei Stützen fühlte. Hier war sie sicher, zwischen ihren sich ähnelnden Gesichtern – oder war es zumindest bislang gewesen. Wohin nun? Die beiden würden immer einander haben; ohne Louis würde sie keine Person mehr haben, die automatisch für sie da war.

In Gedanken suchte sie nach einem Knotenpunkt. Die einzige Person, die ihr einfiel, war ihre Schwester, was Sinn ergeben hätte, bloß war Eva ein fürchterliches Miststück. Geld hatte sie ruiniert – das mitzuerleben, hatte Anja ins genaue Gegenteil kippen lassen: Sie hasste ihren Reichtum und wollte ihn verbergen. Während Eva sich der Verschwendung hingab, wuchs Anjas Schuldkomplex immer stärker an, bis sie schließlich in jenen Jahren, in denen sie ihren Master gemacht und dann im Gartenhaus gelebt hatte, in eine totale Lähmung verfallen war. In dieser Zeit hatte sie sich in der Scham über ihre Privilegien gesuhlt und war besessen von der Idee gewesen, ihre eigene Nahrung anzubauen, Recycling zu betreiben, zu leihen und zu tauschen. Ein nachhaltiges Leben war damals ihr fadenscheiniger Vertuschungsversuch. Rückblickend war dies eine peinliche Überkompensation, aber die Grundprämisse galt immer noch: Ererbter Reichtum war per se ungerecht, und wenn sie nicht in der Lage war, etwas Gutes damit anzustellen, dann sollte sie besser die Klappe halten und all das Geld niemals ausgeben, wenn sie nicht wie Eva werden wollte. Eva, die sich nie binden würde, an nichts und niemanden. Eva, die man vielleicht gar nicht lieben konnte. Laut Internet befand sich Eva gerade in Australien und lernte surfen.

Laura nutzte die Busfahrt nach Hause, um sich über den Film aufzuregen. Sie wollte wissen, warum sich irgendjemand bereit erklären sollte, in einem Hollywood-Film mit komplett weißer Besetzung die Rolle der sexy-doofen Quotenfrau zu spielen.

»Du willst doch nur so gut aussehen wie die«, sagte Dam, sich auf besagte Schauspielerin beziehend.

»Nein, will ich nicht. Will ich wirklich nicht. Das wäre so eine Last.« Sie standen im Ziehharmonikateil des Gelenkbusses, und als der Bus um eine Kurve bog, gerieten sie ins Wanken.

»Du siehst toll aus«, sagte Anja. Sie war mit Laura in der Sauna und auf der FKK-Seite des Sees gewesen. Nackt hatte Laura eine schöne Figur, aber ihr gesamter Stil schien darauf abzuzielen, sich zu entsexualisieren, ihren Körper vielleicht so zu verstecken, wie Anja ihr Konto. Ihr krauses Haar war grob in Form eines Dreiecks um ihren Kopf geschnitten. Manchmal bleichte sie es, dann färbte sie es wieder; weiter ging sie nicht, um ihr natürliches Aussehen zu verändern. Anja dämmerte, dass Laura seit mindestens einem Jahr mit niemandem, weder Mann noch Frau, etwas gehabt hatte.

Laura verdrehte die Augen. »Mein Bruder ist hübscher als ich.« Dam klimperte mit den Wimpern und sagte etwas auf Spanisch zu ihr, das Anja nicht verstand. Laura wandte sich scharf zu Anja. »Empfindest *du* es denn nicht als Last?«

»Ich?«

»Komm schon. Du weißt, dass du *hot* bist.«

»Hör auf.«

»Nein«, sagte Dam, »das lässt sich nicht bestreiten. Außerdem bekommst du zurzeit Extrapunkte für Magersucht. Und du hast Geld. Super Gesamtpaket.«

»Du fühlst dich nicht als Objekt, nur weil du du bist?«, fragte Laura.

»Doch natürlich, wie alle Frauen.«

»Ist es für dich nicht schlimmer?«

Anja suchte Halt, als der Bus eine weitere Kurve nahm. »Woher soll ich das wissen? Ich bin ich.«

»Mach dir keine Sorgen«, sagte Dam freundlich. »Wir lieben es, eine heiße Freundin zu haben.«

»Gib schon zu, dass es dir gefällt«, sagte Laura.

»Dünn, weiß und hetero zu sein? Ja, das ist ganz toll.«

»Gut. Solange du es zugibst. Dann darfst du auch Probleme haben.«

»Erzähl uns von deinen Problemen«, sagte Dam.

»Ja, erzähl schon. Wir haben keine Ahnung, was in letzter Zeit bei dir so los ist.«

Anja seufzte. Der milde Angriff war also nur ein Vorspiel gewesen, damit sie jetzt ihre Sorge zum Ausdruck bringen konnte. »Ich kann euch nichts erzählen«, sagte sie. »Ich habe zu viele Vertraulichkeitsvereinbarungen unterschrieben.«

»Worum ging es in Louis' SMS?«, fragte Dam. »Irgendwas am Freitag?«

»Er will einfach nur, dass wir zusammen ausgehen. Irgendeine Party.«

»Es geht euch also gut?«

Anja zuckte mit den Achseln. Sie würde den beiden nicht die ganze Geschichte erzählen. Es war nicht der richtige Zeitpunkt, um Oval zu erwähnen. Laura würde sich nur darüber lustig machen. Dam würde es ausprobieren wollen. Aber vor allem wollte sie sich selbst nicht die Worte laut aussprechen hören. *Er will die Menschen unter Drogen setzen, um sie gütiger zu machen. Er glaubt, damit das ultimative Kunstwerk zu schaffen.* Aus ihrem Mund würde es einfach nicht so gut klingen. Und es bestand immer noch die Chance, dass die ganze Geschichte sich von allein erledigen würde. Vielleicht würde sie es nie erwähnen müssen, und irgendwann wäre es nur noch ein Insider-Witz, der am Horizont verblasste.

trockene sahara / scheherazadehimmel / 35°

Sie schlief nicht gut auf dem Sofa. Das Wohnzimmer hatte keine Vorhänge, die Fenster gingen zur Straße, und es war immer hell und laut. Montagmorgen war sie schon drei Stunden wach, ehe sie das Haus verlassen musste, und nervös. So wie sich ihr Kiefer anfühlte, hatte sie bestimmt im Schlaf mit den Zähnen geknirscht. Geschwitzt hatte sie auch; sie konnte sich riechen. Lang ausgestreckt, die Decke zusammengeknüllt zu ihren Füßen, erinnerte sie sich daran, dass Hans, ihr erster Freund, ihr im Traum einen Besuch abgestattet hatte. An Hans hatte sie schon lang nicht mehr gedacht. Die Erinnerung an ihn verlangte nicht viel Aufmerksamkeit. Als sie ihn kennengelernt hatte, war er so eifrig und bescheiden gewesen mit seinem im Werden begriffenen Teenager-Körper, der so hart und weich zugleich gewesen war. Zwei Jahre lang waren sie zusammen gewesen, die meiste Zeit davon auf Distanz, da sie von ihren Eltern durch die Weltgeschichte gekarrt wurde, bis er schließlich Wien verlassen hatte, um in Oxford Wirtschaft zu studieren, und der Kontakt zwischen ihnen abbrach. Sie sah ihn alle paar Monate online, wenn der Algorithmus ihres Feeds beschloss, ihn ihr anzuzeigen, und nahm zur Kenntnis, dass er nun mit jemandem verbandelt war, der ebenso nichtssagend war wie er. Strandurlaube, eine Vier-Zimmer-Wohnung in Notting Hill. Baby? Sie wusste es nicht mehr.

Seine Traumpräsenz hatte etwas Liebevolles gehabt, nicht unbedingt sexuell, nur körperlich beruhigend. Eine Umarmung: Hier bist du sicher. Sie verspürte einen leichten Kitzel, weil sie von jemandem geträumt hatte, der nicht Louis war, doch dann wurde ihr Gesicht heiß, als sie sich vorstellte, wie auch Louis von jemand anderem träumte, wie er manchmal andere Frauen ansah, wie er sie selbst Prinz gegenüber beschreiben würde ... Das konnte endlos so weitergehen, also sprang sie vom Sofa auf, stürzte quer durch den Raum zum Schrank, in dem Dam seinen kleinen Zirkus an Flaschen aufbewahrte, und tastete darin nach etwas, das ihre Gedanken desinfizieren würde. Bis sie um neun Uhr das Haus verlassen musste, würde sie wieder nüchtern sein.

Michel wartete vor dem Gebäude von RANDI im Schatten des einzigen Baums des gesamten Häuserblocks auf sie. Sie waren beide angespannt, was sie verlegen werden ließ. Michel schien sich auch in sein eigenes Hirn zurückgezogen zu haben, er wirkte, als würde er nachdenken, irgendetwas in Gedanken durchgehen.

Anja hielt den Ordner mit den unsinnigen Informationen, den sie beide erhalten hatten, in die Luft.

»Hab meinen vergessen«, sagte er.

»Großartig. Jetzt wirke ich übereifrig.«

Anstatt wie üblich mit dem Aufzug in die unterirdischen Ebenen der Labors hinunterzufahren, fuhren sie hinauf in den vierten Stock. Eine Praktikantin führte sie durch den Flur. Unterwegs bemerkte Anja in einer Ecke des Empfangsraums einen hohen, dünnen Sockel mit einer Glasvitrine darauf, in der sich ein winziger Kopf befand. So einen hatte sie schon lange nicht mehr gesehen.

Die Praktikantin führte sie in einen Konferenzraum, in dem zwei Laufband-Schreibtische an eine Wand geschoben standen, ihnen gegenüber hing ein gigantischer Bildschirm.

»Keine Sorge, ihr müsst während eurer Präsentation nicht joggen«, sagte die Praktikantin und deutete mit einem Lächeln auf die Laufbänder. »Ich hole euch ein paar Stühle.«

Sie verließ den Raum und Anja sah Michel mit hochgezogenen Augenbrauen an. »Unsere Präsentation?«, flüsterte sie lautlos. Die Praktikantin kehrte mit zwei braunen Metallklappstühlen zurück, die in ihren Armen aneinander schepperten, und reichte jedem von ihnen einen.

Als die Frau sich abwandte, um den Raum zu verlassen, berührte Anja sie leicht am Arm. »Was meintest du mit den Laufbändern?«

Die Praktikantin lachte. »Oh, ihr müsst sie wirklich nicht benutzen. Niemand tut das. Sie stehen schon ewig da rum.«

»Aber du hast gesagt, dass wir sie *während unserer Präsentation* nicht benutzen müssen. Wir dachten, wir würden heute eine Präsentation bekommen, nicht eine halten.«

Die Praktikantin runzelte die Stirn, zog ihr Handy aus einer Gesäßtasche und drehte es dann um, um Anja den Eintrag für das Meeting zu zeigen: *neue berater x2 innovations präs.* »Ich habe einfach mal angenommen, dass ihr diejenigen seid, die die *präs* halten«, sagte sie. »Hab mich wohl geirrt.« Sie musterte sie, ohne einen Hehl aus ihrer Geringschätzung zu machen. »Ihr seid neu?«

»Nicht wirklich, wir sind schon seit ein paar Jahren bei RANDI.«

»Oh?«

Michel nickte und Anja deutete in Richtung Keller. »Biologisch abbaubar. Dann Knorpel.«

»Ah.« Sie nickte langsam. »Verstehe. Ihr seid das.« Als sie ging, sagte sie über ihre Schulter: »Willkommen hier oben.«

Sie stellten ihre Klappstühle in die leere Mitte des Raumes, so dass sie unbeholfen in einem 45-Grad-Winkel zueinander standen, wie an einem unsichtbaren Tisch. Bevor er sich setzte, zog Michel seine braune Wildlederjacke aus. Darunter trug er einen grauen Rollkragenpullover, wahrscheinlich Kaschmir. Eng geschnittene, Dark-wash-Jeans. Saubere schwarze Adidas. Er kleidete sich wie Männer in anderen Städten – echten Städten – Männer, die jeden Tag mit dem Auto zur Arbeit fuhren, Männer, die sich auf dem Markt für Heirat und Fortpflanzung befanden. Er kleidete sich wie ein Erwachsener. Zeitlos, oder so. Sie stellte sich vor, wie sie da neben ihm saß. Sie passten überhaupt nicht zusammen.

»Die sollten hier ein paar andere Möbel reinstellen, wenn sie die Laufbänder nicht mehr benutzen", sagte Michel, lehnte sich im leeren Raum nach vorne, stützte die Ellbogen auf die Knie.

Fünfzehn Minuten lang ließ man sie allein, lang genug, um Anja nervös zu machen. Sie überlegte, ob sie aufstehen sollte, um noch einmal nach der Praktikantin zu suchen, als schließlich zwei weiße Typen hereingeschlendert kamen. Beide trugen unterschiedliche gewaschene, tiefsitzende Jeans mit darunter hervorragenden weißen Calvin-Klein-Bündchen, Blazer, Marken-T-Shirts und eine Art weiterentwickelter High-Tops. Einer trug eine Kette mit Gebetsperlen ums Handgelenk. Der andere hatte ein Tattoo mit einem Löwen, der aus dem Ausschnitt seines Shirts hervorlugte.

Sie erschauderte: Mitte. Deutsche, die ungeschickt danach strebten, wie Amerikaner auszusehen. Deutsche, die mit absurder Präzision die kulturellen Marker, die sie sich aneignen wollten, auswählten und nachahmten, ohne zu verstehen, dass einige dieser Signifikanten politisch aufgeladen und daher für eine beliebige Aneignung und Neukombination ungeeignet waren. Und Eva fragte immer, warum Anja sich so sehr bemühte, amerikanisch zu wirken. Weil dir nämlich genau das passierte, wenn du das Ziel verfehltest.

(Andererseits, erinnerte sie sich, taten Amerikaner unweigerlich genau das Gleiche, wenn sie nach Berlin kamen. Innerhalb weniger Wochen schmückten sie sich wahllos mit allem, was ihnen an kulturellen Ornamenten zusagte – blaue Bauarbeiter-Overalls, Pelze aus der Sowjetzeit, ostdeutsche Reste von Paisley-Polyester bis hin zu gefälschten Levi's. Sogar Louis hörte türkischen Rap.)

Michel grinste Gebetskette und Löwen-Tattoo an, offensichtlich dachte er etwas Ähnliches. Sie trugen braune Klappstühle unter ihren Armen, die sie feierlich in einem Winkel aufbauten, der das Viereck in der Mitte des Raums vervollständigte, bevor sie sich vorstellten.

»Daniel, sehr erfreut«, sagte der mit dem Tattoo und lächelte geübt. Er beugte sich vor, um ihre Hand zu schütteln, und sie war beeindruckt von der Perfektion des kleinen, braunen Schnurrbarts über seinen Labello-gepflegten Lippen, die sich nun öffneten, eine Reihe strahlender Zähne entblößten, die so in Szene gesetzt und in gemeinsamer Sache vereint wirkten wie die Figuren eines Krippenspiels. Anja zog Louis' leicht schiefe und spitze Schneidezähne vor, aber sie wusste ein religiöses Gebiss wie dieses durchaus zu schätzen. Was sie gar nicht zu schätzen wusste, waren die vier vergoldeten Zähne in Daniels unterer Zahnreihe.

Wie es schien, saßen sie Auge in Auge mit Fin-Starts mittlerem Management.

»So!«, verkündete Daniel, nachdem er seinen Kollegen vorgestellt hatte – sie hatte den Namen des anderen nicht mitbekommen, weil sie kurz gebannt von Daniels Mundregion gewesen war – »Srillt tu häff ju on bort.« Er schlug sich mit den Händen auf die Oberschenkel, um Begeisterung zu signalisieren, und Michel konnte ein bellendes Lachen nicht unterdrücken, was er zu überspielen versuchte, indem er sich ebenfalls auf die Oberschenkel schlug.

»We are also thrilled«, sagte Michel, und zwang sich zu lächeln. Anja sah ihn wütend an, in ihren Achseln kitzelte der Schweiß. Sie richtete sich in ihrem Stuhl auf, der leise knarrte.

»Deutsch?«, fragte sie. Mit Daniel und seinem bayerischen Akzent würde Michel auf keinen Fall länger als fünf Minuten durchhalten.

Daniel schüttelte mechanisch den Kopf und zeigte in Richtung Decke.

»Monitoring ist *in English.*« Anja nickte. Warum sollte es hier oben anders sein als unten in den Laboren. Die Sprachpolizei war wahrscheinlich umso strenger, je höher man kam.

Michel lächelte noch breiter. »No problem«.

»Gut! So. Kommen wir zum Geschäft. Wir freuen uns auf euren Beitrag. In diesem Quartal hat die Innovationskraft in allen Bereichen nachgelassen und wir brauchen dringend frische Perspektiven.«

»Ja, vielen Dank für diese Gelegenheit«, sagte Anja. Sie hatte sich vorgenommen, nicht zu streiten, ehe sie nicht die Chance gehabt hatte, sich im Labor umzusehen und etwas über ihre Kündigung herauszufinden. Sie hatte wirklich keine andere Option – Howard hatte sein halbes Versprechen, ihr einen anderen Job im Labor zu besorgen, nicht wahr gemacht – und sie wollte nicht arbeitslos sein. Sie hätte die letzte Woche dazu nutzen können, nach Jobs in anderen Laboren zu suchen, aber sie hatte sie damit zugebracht, sich in ihrem Leid zu suhlen, zu trinken und Reality-TV zu schauen. Hier war sie also nun, eine Beraterin, die konsultiert wurde. Es war offensichtlich, dass von ihr und Michel erwartet wurde, dass sie etwas sagten, ihre Anwesenheit flüchtig rechtfertigten, auch wenn sie nie um diese nicht zu rechtfertigenden Jobs gebeten hatten.

»Werdet ihr einen Bildschirm benötigen?« Daniel nickte in Richtung des riesigen LCD-Screens am anderen Ende des Raumes.

»Was Michel eigentlich meinte«, sagte Anja lächelnd, »ist, dass wir nichts Formelles für heute vorbereitet haben. Denn wir … wir glauben nicht – wir glauben nicht an die formale Herangehensweise mit quantitativen Messungen, wenn es um ... Innovation geht. Uns liegt nichts an Special Effects oder an sogenannten quantitativen Vorrichtungen. Wir halten es nicht für zielführend, Zahlen auf menschliche Dynamiken anzuwenden ...«

»Oder überhaupt auf quantitative Art zu helfen«, sagte Michel.

Anja räusperte sich. »Er meint, uns geht es um *Qualität,* nicht Quantität. Zwischenmenschliche Interaktionen stehen im Zentrum unserer ... unserer Philosophie des Innovationsmanagements. Also sieht unsere Arbeitsmethode so aus, dass wir uns erst einmal einen ... Gesamteindruck verschaffen müssen, um zu sehen, wie die Leute arbeiten, und was sie benötigen ...« Sie suchte nach irgendwelchen Basquiatt-Standardphrasen, die sie Louis beim Abendessen hatte nachäffen hören. »Wir entwickeln Lösungsstrategien für antizipierte Probleme in der Zukunft, nicht für solche, die bereits existieren. Wir müssen Problemstellungen ausfindig machen und vorhersehen, bevor sie in Erscheinung treten.« Michel grunzte. »Genau das bedeutet für uns nämlich Innovation, die Antizipation zukünftiger ... Dinge. Zukunftierung, Verzukunftigungen, die noch nicht eingetreten sind.«

Sie beobachtete Daniels Gesichtsausdruck sorgfältig. Louis hatte eine Theorie über die Bedeutung des ersten Eindrucks, von der sie nicht ganz sicher war, ob sie ihr zustimmte, die sie aber leicht abergläubisch werden ließ. Er sagte, der erste Eindruck könne nie umgeschrieben oder überspielt werden, ganz gleich wie viele Jahre verstrichen. Du warst immer dieses erste Bild, ein unauslöschlicher Fleck im Unterbewusstsein der anderen Person. Vertrauen oder nicht vertrauen.

Daniel sah sie mit zusammengekniffenen Augen an. »Genau«, sagte er nach einem langen Moment. »Innovation ist eine *Zeitmaschine.«*

Anja öffnete den Mund und wollte weiteren Managementtalk von sich geben, aber bevor sie noch ein Wort sagen konnte, hob

Daniel den Finger in die Luft und starrte sie geradewegs an. »In diesem Sinne, welchen Bereich wollt ihr zuerst inspizieren?«

Sie antwortete, ohne Michel anzusehen. »Das Untergeschoss. Wahrer Fortschritt fängt immer von unten an, bottom-up.«

O, der Himmel weint! *SCHAUER MIT AUSSICHT AUF VOLLBAD*

Sie roch ihn, bevor sie ihn sah, traute dem ersten Sinneseindruck jedoch nicht, bis er vom zweiten bestätigt wurde. Sie drehte sich auf ihrem Stuhl herum, um sich seiner Anwesenheit zu vergewissern. Howard gehörte nicht ins Labor. Er kam nie ins Untergeschoss. Und doch war er da, ihre Augen bestätigten es, er stand im Türrahmen, sein Gesicht wie versteinert im Neonlicht.

»Ich dachte, du wärest aus dem Labor in die Freiheit entlassen worden«, sagte er. Er lächelte nicht. »Und doch bist du hier.«

Sie hatte gerade auf ihrem Telefon gescrollt, um ein Bild von Daniel mit den goldenen Zähnen zu finden. Michel saß am Tisch neben ihr und gab vor, irgendetwas zu recherchieren. Ihrer beider Gesichter waren rot vor Lachen – während der letzten Tage hatten sie immer wieder Lachanfälle bekommen, wie Schulkinder in der letzten Reihe. Sie mussten einander nur ansehen und ein Wort aus dem Meeting – *Innovation, Zeitmaschine* – wiederholen und schon war es aus.

Anja bemühte sich um einen seriösen Gesichtsausdruck. »Howard, kennst du Michel?« Howard nickte, Michel erwiderte sein Nicken.

»Oh ja«, sagte Howard, »ich bin bei den jährlichen Mitarbeitergesprächen dabei.« Einen Moment lang herrschte angespannte Stille.

»Na dann, willkommen in unserer Wunderwerkstatt«, sagte Michel etwas dümmlich.

Howard setzte ein freundliches Gesicht auf. »Welche Art von Wunder schafft ihr denn?«

»Wir nehmen mal die Situation in den unteren Etagen unter die Lupe«, sagte Anja. »Wir sehen uns die Performance des Personals genauer an, den Workflow-Komfort, du weißt schon. Was auch immer in unserem Vertrag steht, wir machen es.«

»Wahrer Fortschritt heißt immer bottoms-up, das gilt auch für unsere süßen Hintern«, sagte Michel, um zu sehen, ob Anja lachen würde.

»Verstehe«, sagte Howard. »Und wo ist das ganze Humankapital, das ihr angeblich unter die Lupe nehmen wollt?«

»Hier irgendwo. Oder in der Mittagspause?«, sagte Michel. »Es ist schwer, alles auf dem Schirm zu haben, wenn man so neu ist auf dieser Seite des Geschäfts. Ein paar Praktikanten wären echt hilfreich.«

»Dafür müsstet ihr wahrscheinlich einen Antrag ausfüllen. Erklären, was ihr hier tut, und wofür ihr die braucht. Was ist denn dein Monatsziel, Michel?« Howards Blick war auf Anja fixiert, die auf ihr Handy guckte.

Michel hielt sein Tablet in die Höhe und zeigte das Ergebnis seiner Bildsuche für UGGs. »Isometrische Analyse der Auswirkungen der unteren Extremitäten auf die Produktivität. Das ist mein Projekt für diesen Monat.«

Anja blickte auf. »Er versucht einen Grund zu finden, offenes Schuhwerk wieder in den Laboren zuzulassen.«

Michel nickte feierlich. »Soweit sind die Zahlen auf meiner Seite.«

»Klingt, als würdest du deine Zeit hervorragend nutzen«, sagte Howard. »Bitte entschuldige die Störung.« Er neigte den Kopf leicht zur Seite und gab Anja ein Zeichen, ihm zu folgen.

Im Flur reichte er ihr eine braune Papiertüte. »Ich dachte mir, vielleicht hast du Hunger«, sagte er. Sie warf einen Blick in die Tüte. Sushi. »Das war eigentlich als Friedensangebot gemeint. Aber vielleicht wirkt das auch zu väterlich.«

»Nein – das ist sehr nett von dir. Danke.«

»Du musst essen.« Sein Blick glitt über ihre Bauchgegend. Fühlte sich eigentlich irgendwer nicht berufen, ihren Gewichtsverlust zu kommentieren? War es so, schwanger zu sein, fragten dich die Leute dann auch ständig nach deinem Körper, streckten die Hand aus, um deinen Bauch zu berühren, seine Ausmaße zu beurteilen? »Um mal beim Väterlichen zu bleiben, du musst definitiv nicht mit diesem Burschen zusammenarbeiten.« Er zuckte mit dem Kopf in Michels Richtung. »Lass uns dafür sorgen, dass du dein eigenes Team bekommst, okay?«

Sie schüttelte den Kopf. »Nein, danke. Ich bin hier schon richtig.«

»Er wirkt ziemlich unreif.«

»Er ist in Ordnung. Aber kennst du die Jungs, die da oben arbeiten, im Mittelbau? Daniel und den anderen Typ?«

Er lachte. »Weißt du nun endlich zu schätzen, warum ich immer als Vermittler auftrete? Jetzt siehst du mal, wie es da drinnen aussieht.«

»Du hast recht. Du bist das kleinere Übel.« Er stimmte ihr mit einem Schulterzucken zu. »Bist du gekommen, um mich wieder mit dem Best Western zu nerven?«

»Nein, heute mal nicht. So lange es dir gut geht und du sicher bist und einen Platz zum Schlafen hast. Du hast viel zu tun, Louis hat viel zu tun, euch beiden geht es gut. Ich habe überreagiert.«

Das Eingeständnis, dass er Louis kontaktiert hatte. Jetzt war der Augenblick, um ihn geradeheraus nach der E-Mail zu fragen, die sie auf Louis' Tablet gesehen hatte. *Feedback*. Jetzt war der Augenblick. Sie öffnete ihren Mund und schloss ihn wieder, wie ein Fisch am Rande des Aquariums. Doch jede diesbezügliche Frage käme dem Eingeständnis gleich, dass sie noch nicht alles wusste. Howard glauben zu lassen, dass sie wusste, worüber er und Louis sich austauschten, war ihr wichtiger, als es wirklich zu wissen.

»Übrigens«, sagte er, bevor er ging, »du kannst deinem Kumpel sagen, dass die Schuhstudie schon gemacht wurde. O'Reilly, vor fünf Jahren, oder so. Eindeutig gegen offene Schuhe. Könnt ihr nachlesen.«

15

Erhobenen Hauptes, das Kinn gereckt, das cremefarbene Chiffonkleid bis übers Knie geöffnet, der hübsche Unterschenkel entblößt und der Fuß sanft auf dem Heuballen ruhend, gestikulierte Schneewittchen in Richtung der 99 Glaszylinder, die an Ketten von der Decke der brutalistischen Kirche hingen. In jedem der durchsichtigen Zylinder brannte eine kleine blaue Flamme. Anja dachte an den Potsdamer Platz.

Schneewittchen öffnete den Mund: »Diese handgefertigten, 3D-gedruckten Un-Ikonen repräsentieren die Seelen der 99 O'Reilly Botschafter, die rund um die Erde leben.«

Seine Stimme hallte in der verdunkelten Höhle der Fossil gewordenen Architektur wider. Bis vor nicht allzu langer Zeit hatte die Kirche eine herkömmliche Galerie beherbergt, die in wechselnden Ausstellungen verkäufliche Objekte präsentierte. In einem Monat konnten die Objekte aus Stoff und Farbe gemacht sein, im nächsten waren es Steine oder Bildschirme oder blinkende Lichter. Manchmal stammten alle Objekte von einer Person, dann wieder handelte es sich um ein Wirrwarr an Beiträgen verschiedener Kunstschaffender zu einem gemeinsamen Thema. Die jeweilige Auswahl der Objekte wurde stets in einer Pressemitteilung erläutert, die ausgedruckt auf einem A4-Blatt am Empfang auslag, wie eine Speisekarte am Eingang zu einem Buffet. Neben der Pressemitteilung lag immer ein weiteres Blatt mit biografischen Angaben zu dem oder den Kunstschaffenden, deren Arbeit gezeigt wurde, so dass die Gäste schätzen konnten, wie alt oder berühmt sie waren und wie viel die angebotenen Objekte wohl kosteten.

Dinge wurden verkauft, aber es bestand Einvernehmen darüber, dass die Käufer sich mit dem Erwerb des Objektes vor allem in die Marke des Künstlers einkauften. Das Objekt stand für etwas: einen Anteil am Gesamtwert des Lebens der Kunstschaffenden. Es war ein Pfand in der Spekulation um den Wert jenes Lebens. Im Laufe der Zeit schienen die Objekte selbst immer nebensächlicher für diese Spekulation zu werden. Sponsoren erkannten, dass Kunstschaffende lediglich als Produzenten von Objekten zu benutzen, eine Verschwendung von Ressourcen war. Der wahre Wert der Kunstschaffenden bestand in ihrer Nähe zur Avantgarde, sprich der Zukunft, sprich der Nische für die nächste Markterweiterung. Die Lobby eines Unternehmens mochte voller Kunstobjekte stehen, doch um den Finger wirklich am Puls der Zeit zu haben, musste das Management die Kunstschaffenden selbst ins Gebäude holen.

Die meisten Kunstschaffenden, die Anja kennengelernt hatte, verdienten ihren Lebensunterhalt mit der Arbeit für Unternehmen – und das schon lange bevor kommerzielle Galerien sich in Veranstaltungsorte für Produkteinführungen und Release-Partys und Initial Coin Offerings verwandelt hatten. Es war nicht so, dass bei diesen Events gar keine Objekte mehr auftauchten; manchmal dienten sie zur Dekoration des Launches, oder stellten sogar selbst den Launch dar. Doch standen diese Objekte nicht zum Verkauf. Sie waren von vornherein Eigentum des Unternehmens oder der Anleger, die in den Künstler investiert hatten. Die Geldgeber, die die Anstellung der Kunstschaffenden finanzierten, waren logischerweise die Eigentümer von allem, was in dieser Zeit produziert wurde. Eine solche Anstellung bedeutete für die meisten Kunstschaffenden ein beständigeres Auskommen als der Verkauf von Objekten es jemals getan hatte.

Wenn es eine formale Einrichtung gab, die eine Kontinuität zwischen den alten und neuen Systemen (die sich, wie Anja fand, gar nicht so stark voneinander unterschieden) erkennen ließ, war es die Pressemitteilung. Die Pressemitteilung war allgegenwärtig;

nach wie vor benötigten die Leute eine Erklärung für das, was da vor sich ging. Der Text, der Schneewittchens gegenwärtige Aktion erläuterte, steckte zusammengefaltet in Anjas Handtasche.

Schneewittchens Stimme wurde durch ein winziges, hautfarbenes Mikrofon verstärkt, das Anja an seiner Wange kleben sah. Die Farbe des Mikrofons war einige Schattierungen heller als Schneewittchens Haut. Laut der Pressemitteilung sollte dies eine Kritik an den rassifizierten Standards der Schönheitsindustrie insgesamt ausdrücken. Schneewittchens selbsterklärte Rolle als O'Reilly-Berater – oder Botschafter, wie sie es nannten – bestand darin, diese Standards zu stürzen, indem er für *Diversität* sorgte.

»Befreit von der brüchigen Schale ihrer leiblichen Körper«, fuhr er in singendem Tonfall fort, »können ihre Seelen endlich die Eitelkeit jener Kosmetikindustrie überwinden, die sie von innen heraus ändern wollen.«

Anja stellte sich auf die Zehenspitzen, um im Publikum nach Michel Ausschau zu halten, mit dem sie hier verabredet war. Sie hatte ihn gedrängt zu kommen, und ihn schließlich mit der Aussicht, dass der Abend die perfekte Gelegenheit für seine Feldforschung in Sachen Fußbekleidung bieten würde, überzeugt – all die hohen Tiere von O'Reilly würden da sein und ganz sicher irgendeine Art Schuh tragen. Sie hatte den verzweifelten Wunsch verspürt, zu Andys Performance zu kommen, wahrscheinlich, um sich selbst und der Welt zu beweisen, dass sie auch ohne Louis überall hingehen konnte – ganz allein allerdings konnte sie das auf keinen Fall.

Ein leises Summen erklang im Raum. Beschwörend erhob sich dazu Andys Stimme.

»Das Butangas, das die Flammen antreibt, entspricht dem Anteil an den weltweiten fossilen Brennstoffen, die jeder von uns während seines Aufenthalts auf diesem sterbenden Planeten verbraucht! Die Flammen werden am Ende des Abends erlöschen, aber O'Reillys Engagement für Nachhaltigkeit lebt weiter ...« Irgendwo im Raum ertönte ein Gong. Andy holte tief Luft. »In meinen letzten Stunden als Teil dieser fortschrittlichen Familie, die im Verlauf der vergangenen vier Jahre meine scharfe Kritik an ihren Praktiken angenommen hat — was zum jüngsten Ausbau ihres nachhaltigen Marktes weltweit, aber insbesondere in Südostasien, geführt hat — habe ich beschlossen, nicht die Produkte, sondern die wahre Seele dieser Firma zu ehren, die menschlichen Seelen nämlich, in deren Macht es steht, durch eine Verbraucherrevolution den Lauf der Geschichte zu verändern ...«

Sie entdeckte Prinz am anderen Ende des Raums. Prinz sprach lautlos Andys Worte mit. Kurz wurde ihr übel, ihr Blick huschte durch den Raum – doch natürlich war Louis nicht mit ihm hier. Er war im Labor. Das hatte er ihr gesagt. Den ganzen Tag über hatte er ihr Nachrichten mit kurzen Updates geschickt, und versucht, ihren gemeinsamen Probelauf zu planen. Sie hatte Begeisterung vorgetäuscht und ihn gleichzeitig vertröstet. Sie sagte sich, dass sie seine Anwesenheit spüren würde, wenn er plötzlich auftauchen sollte. Sie kratzte sich an der Wange.

Wieder erklang der Gong und auf einem Bildschirm hinter Andy erschien ein loderndes Feuer. Rote Worte in Comic Sans begannen langsam über die Flammen zu gleiten. Gleichzeitig flüsterte Schneewittchen die Worte, nur einmal blickte er über die Schulter, um sicherzugehen, dass er im richtigen Tempo war.

das Wasser meiner
Rasse
rinnt samtig weich absorbierend mit O'Reilly
unfehlbar
pro-aging
Bamboo Follikel
wer wird
das Erdreich besitzen
Smoked Purple
[*Gongschlag*]

wenn dein Haar strahlt,
bist du
heiß

Nach einer letzten Folge von Gongschlägen erloschen die Flammen und auf dem Bildschirm begann es zu schneien. Im Vordergrund tauchten drei Produkte auf: Flasche, Pumpflasche, Tube. Die Bilder waren etwa drei Meter hoch und ließen Andy davor zwergenhaft klein wirken. Die Produkte hatten aufeinander abgestimmte blassgelbe Verschlusskappen. Auf den Labels war Andys Gesicht zu sehen: In diesen Ausmaßen war es vierfach so groß wie sein echtes Gesicht. Die Schrift auf den Produkten war Koreanisch.

Andy hob in einem eleganten Bogen seine Hand und verkündete den Namen der Produktlinie: *SNOW YELLOW*.

Applaus. Ein Blubbern im Publikum, eine Woge, dann Gedränge nach vorn. Ein älterer O'Reilly-Geschäftsführer trat vom Rand auf Andy zu, um seine Hand zu schütteln und einige Worte zu sagen. Der Lärm im Raum verebbte zu einem schwirrenden Geflüster, während er sprach. Bei den Förmlichkeiten hörte niemand zu.

»Ha!«, laut, direkt an Anjas Ohr: »Ha!«

Sie drehte sich um. »Da bist du ja.«

»Ich war die ganze Zeit hier. Leider«, sagte Michel. Er sprach etwas zu laut, deutlich hörbar für alle um sie herum. »Was soll dieser Scheiß? Ich verstehe nicht, ob das alles ein Riesenwitz sein soll.«

Sie nahm ihn beim Ellbogen und navigierte ihn wie mit einem Ruder in eine Ecke des Raums.

»Natürlich ist das ein Witz«, sagte sie im Schutz der kühlen Steinwände des ehemaligen Heiligtums. Der schwarze Stein war glatt, feucht. »Oder glaubst du ‚Schneegelbchen' ist ein Versehen?«

»Keiner lacht.«

»Es soll auch nicht ...« Sie seufzte. »Für uns ist das lustig, aber für O'Reilly soll es nicht lustig sein. Der Witz geht auf ihre Kosten.«

»Glaubst du wirklich, die kapieren das nicht?«

»Natürlich kapieren die's, aber sie tun so, als würden sie ihn nicht verstehen, was ein noch viel größerer Witz ist. Und Andy tut so, als wüsste er nicht, dass sie nur so tun. Und das wiederum macht daraus einen noch größeren Witz. Und so geht das weiter und weiter in einer endlosen Schleife.«

»Du glaubst, alle wissen, dass das lächerlich ist, aber keiner lässt sich in die Karten schauen?«

»Auf diese Weise können sich beide Seiten überlegen fühlen." Sie zuckte mit den Schultern. »So funktioniert Consulting. Beide Seiten denken, die anderen sind die Dummen.«

Er hielt inne, als versuche er, diese Aussage auf ihre eigene gegenwärtige Situation zu übertragen, dann, als er Entsprechungen gefunden hatte, nickte er. »Aber dieser spezielle Witz ist auch noch rassistisch«, sagte er. »Oder nicht?«

»Pst!«, sagte sie und musterte die Gesichter um sie herum. Die Rede im vorderen Teil des Raums näherte sich ihrem Ende. Sobald das Spektakel vorüber war, würde sich das Publikum in kleinen Gruppen zusammenfinden, um zu kichern und in einer Art und Weise die Performance zu kritisieren, von der sie glaubten, sie sei präzise, die aber tatsächlich völlig überflüssig war (»die Zylinder sahen gut aus, aber der Bildschirm war zu groß«, »bisschen übertrieben, oder?«).

Das war Geschwätz, keine Kritik. Prinz zum Beispiel, dessen strahlendes Gesicht sie zwischen den wippenden Köpfen hindurch erblickte, weidete sich an dieser Art Geschwätz wie eine Larve am Futter – er schlang es in sich hinein, um seine eigene Subjektposition daran zu stärken, dabei verarbeitete sein Metabolismus Widerspruch zu Selbstgerechtigkeit. Wie oft hatte sie Louis und Prinz zugehört, wenn die beiden über eine Performance wie diese diskutierten: Louis formulierte einen Kritikpunkt nach dem anderen (ihm wurde die Kritik nachgesehen, weil er sie wie Geschwätz klingen lassen konnte, und nicht andersherum) und Prinz überzog alles mit Aussagen wie »man muss Situationen *stärker problematisieren,* um sie zu lösen«, oder »man muss sich den Problemen *stellen,* nicht ihnen aus dem Weg gehen«, oder »man muss *provozieren,* um zu befreien«. In größeren Gruppen jedoch konnte Louis völlig mühelos die Seiten wechseln – dann verteidigte er Prinz, indem er die schwachen Argumente, die Prinz nur angedeutet hatte, auf überzeugende Art artikulierte.

Darin bestand Louis' besonderes Talent, er konnte auf beiden Seiten zugleich sein. Wenn er hier wäre, würde er etwas in ihr Ohr flüstern, eine kritische Anmerkung, nicht unähnlich dem, was Michel gesagt hatte, beim anschließenden Abendessen allerdings würde er die Performance in Schutz nehmen, verteidigen. Er nahm keine der Seiten ernst genug, um sie wirklich zu verfechten, die ultimative Kritik bestand darin, dass er ihre Argumente gleichermaßen schlüssig erscheinen lassen konnte. Politisch stand in dieser Art Auseinandersetzung nichts auf dem Spiel, genau das war sein Punkt.

Sie schüttelte den Kopf, um die Gedanken an Louis loszuwerden, wie ein Weihnachtsbaum seine toten Nadeln. »Natürlich ist das rassistisch«, sagte sie leise zu Michel. »Aber es ist als Kritik am Rassismus gemeint, ergo ist es nicht wirklich rassistisch. So oder so ähnlich lautet die Idee dahinter.«

»Wenn das alles bloß provokanter Scherz sein soll, werden sie diese widerwärtigen Produkte also gar nicht verkaufen.«

»Doch, natürlich verkaufen sie die Produkte. Aber nicht hier. Das ist nur der Launch für das Konzept. Die Produkte kommen dann wahrscheinlich in etwa sechs Monaten in die Geschäfte, in Korea, nehme ich an. Andys Job bestand nur darin, das Konzept zu entwickeln.«

Michel stöhnte. »Ich kann nicht glauben, dass du mich hierhergeschleppt hast.«

Die Leute sagten so etwas ständig, aber Michel war der einzige, den sie kannte, der sich nicht trotzdem dauernd zu diesen Veranstaltungen quälte. Es war für ihn in Ordnung, nicht Teil der lebenden, sich windenden Masse zu sein; er benötigte nicht die Nähe zum Status quo, um sich seiner selbst zu vergewissern.

»Warum mischst du dich nicht unters Volk und machst eine Studie über das Schuhwerk«, schlug sie vor, da sie fühlte, wie seine negative Energie in den Raum ausstrahlte.

»Ich weiß nicht, ob ich überhaupt nah genug an die O'Reilly-Leute rankomme. Brechend voll hier.«

Die Menschenmenge hatte erneut zu klatschen begonnen. Eine riesige Amöbe mit Tausenden von wabbelnden Zellkernen. Anja hatte sich oft gefragt, wer der wahre Kern der Szene war, die wirklich zentrale Person im Inneren der Masse, die sie am Laufen hielt und mit der Lebensenergie versorgte, die sie benötigte, um immer weiter zu feiern, zu lästern, Sex mit sich selbst zu haben, und bis in alle Ewigkeit Drogen zu nehmen.

Wer war die Person, ohne die diese Menschenmasse einfach nicht funktionieren würde? Wo lag der Schwerpunkt, und wo die äußere Grenze, die Membran?

Der Mittelpunkt war flüchtig, es war beinahe unmöglich, ihn zu bestimmen, aber Anja war sich bislang sicher gewesen, dass er existierte. Die soziale Ordnung funktionierte nach einer internen Logik, deren Mechanismen so vorhersehbar waren, dass es einen einzelnen Akteur geben musste, der ihr Verhalten kontrollierte.

Oder vielleicht, dachte sie jetzt, während sie das Gedränge beobachtete, war das hier eigentlich ein sich selbst regulierender Organismus mit verteilter, nicht zentralisierter Intelligenz, dessen Logik sich nicht auf einen seiner einzelnen Teile reduzieren ließ. Ein dehnbares, redundantes Netzwerk aus Blicken, Textnachrichten, Schweißtropfen, GIFs, Witzen, Nicht-Witzen, Zahlungen, Krankheiten, Abneigungen, Anziehungen. Aus der Ferne wirkte es, als bewegten sich alle gemeinsam, auch wenn sie als Individuen den Glauben aufrechterhielten, ihr Verhalten sei autonom. Freier Wille.

Diese Nacht würde ganz organisch demselben Muster folgen wie jede andere Nacht:

Performance vorbei. Freunde des Performers drängeln nach vorn, um gesehen zu werden. Freunde finden sich neben dem Performer ein, bereit, Glückwünsche für ihn entgegenzunehmen, drehen sie sich um – Nähe zum Ruhm wird fälschlicherweise mit Ruhm gleichgesetzt. Wenn der erste Gast fürs Abendessen ernannt wurde (Gast Null), arrangieren sich die anderen um Gast Null herum, auch wenn nicht klar ist, ob Gast Null befähigt ist, die Einladung auf andere zu übertragen – wie beim Ruhm wird fälschlicherweise angenommen, Einladungen seien ansteckend.

Während nach und nach Einladungen an die Auserkorenen verliehen werden, tummelt sich die Masse weiterhin, bis ein lautloser Ruf die Eingeladenen erreicht wie ein elektrischer Impuls, den nur sie verspüren: *Die Autos zum Abendessen fahren jetzt! Verabschiedet euch!*

Die Eingeladenen lösen sich höflich und/oder herablassend von ihren jämmerlichen Begleitungen, erwähnen nebenbei »ein Abendessen«, von dem alle wissen, dass es *das* Abendessen ist, verabreden sich für später, Küsschen, Küsschen, dann stehlen sie sich davon. Der Veranstaltung ist damit der Lebenssaft entzogen, selbst die Veranstalter sind womöglich verschwunden; nur die Praktikanten sind noch da und kümmern sich um die sich verflüchtigende Menschenmenge. Ohne Abendessen sind die Aufstiegsambitionen zeitweilig gedämpft – bis später wieder alle in irgendeiner Bar oder im Club zusammenkommen, besoffen, mit verschmiertem Make-Up, und die Gastgeber und Gäste des Dinners sich erneut mit jenen mischen, die nicht eingeladen waren. Und so trennen sich die übrig gebliebenen Leute einstweilen in ihre Bezugsgruppen auf, in ihre Freundesallianzen, um ihre eigene Fütterung zu planen – denn Nahrung wird früher oder später notwendig sein, wenn die Late-Night-Runde an Opportunismus mitgenommen werden soll. Einige Freundesmodule werden versuchen, sich mit anderen zu synchronisieren, für die Dauer eines Abends werden Allianzen erweitert (»wir drei und ihr vier«), was es wiederum erforderlich macht, andere auszuschließen (»im Auto ist nicht genug Platz, sorry«), so entstehen provisorische Hierarchien, wo die grundlegende Struktur verschwunden ist. Die Amöbe behält stets ihre Form bei.

»Wo gehen alle hin?«, sagte Michel. Das Aussieben hatte begonnen.

»Nach vorn. Um Andy zu gratulieren. Dann irgendwann zum Abendessen.«

»Wer ist Andy?«

»Schneewittchen – Gelbchen.«

»Du kennst den Typen?«

Der übliche Stolz, den Performer persönlich zu kennen, setzte nicht ein. Die Verbindung war ursprünglich nicht ihre – Louis war mit Andy befreundet – und in Michels Gegenwart, der immun war gegen die Ängste des sozialen Lebens, erschien es ihr armselig, diese Nähe zu behaupten.

Sie deutete auf jemanden, von dem sie glaubte, dass er in der Presseabteilung von O'Reilly arbeitete. »Das ist deine Chance. Blick auf den Boden. Aber hau nicht ohne mich ab.«

Er schwang sich ins Gewühl und sie blieb allein zurück, ohne Anhang, exponiert. Es dauerte nicht länger als dreißig Sekunden, ehe Sara auftauchte und sich an ihre Seite hängte. Sascha war nicht wie üblich bei ihr, allerdings funktionierte Sara auch allein sehr gut, immerhin war sie das dominante Gen und nicht das rezessive. Wer wusste schon, wie es den beiden gelang, gemeinsam den Irrglauben aufrecht zu erhalten, dass sie einander gleichstanden? (Bedurften funktionierende Beziehungen wirklich des Anscheins von Gleichheit?)

Sie küssten einander die Wangen und Sara drückte Anjas Schulter, eine Geste, die, gepaart mit dem empathischen Blick in ihre Augen, Vertrautheit vermitteln sollte. Sara wusste, was mit Anja los war, sagte die Hand auf ihrer Schulter. Sara wusste, wie quälend es war, von Männern abgelehnt zu werden, und sie kannte Anjas Traurigkeit besser als Anja selbst. In der Geste lag Solidarität – aber auch Herablassung. Dein Schmerz, mein Schmerz, Allerweltsschmerz.

Dennoch fühlte sich die gespielte Nähe in diesem Moment echt an, und Anja verspürte unwillkürlich eine gewisse Wärme.

»Mit Mahatma läuft's jetzt viel besser.« Sara warf einen bedeutungsvollen Blick in den Raum, um zu signalisieren, dass Mahatma auch anwesend war, dass sie sogar *als Paar* gekommen waren. »Ich glaube, wir sind jetzt zusammen.«

Anja fragte sich, wie vielen Leuten Sara dieses »Geheimnis« heute Abend noch anvertrauen und damit mühelos eine Nähe zu ihnen herstellen würde. Ihr kam der Gedanke, dass diese gespielte Nähe deshalb so gut funktionierte, weil sie dich erkennen ließ, wie groß dein Bedürfnis nach echter Nähe war.

»Es ist noch nicht offiziell«, sagte Sara. »Wir verbringen nur wieder Zeit miteinander.« Sie sah wieder zur anderen Seite des Raums hinüber. Blickkontakt war eine seltene Ware an diesem Ort. Anja folgte Saras Blick, entdeckte Mahatma, der neben Sascha stand, die also doch da war. Sascha und Mahatma steckten die Köpfe zusammen, kicherten und reichten sich gegenseitig eine Flasche Bier und eine Zigarette hin und her. Demonstrativer konnte man nicht flirten.

Anja versuchte Sara zu bemitleiden, deren ganze Welt aus unsicheren Allianzen bestand. Dann erinnerte sie sich an all die kleinen Kränkungen, die Sara ihr über die Jahre zugefügt hatte. Sara würde die Schmerzen, die ihr ihre sogenannten Freunde zufügten, immer nach unten weitergeben. Durch wiederholte Unterwerfung wird das Opfer zum Aggressor.

»Alles hat sich nach der Nacht im Baron letzte Woche geändert«, sagte Sara, anscheinend völlig unbeeindruckt von dem Flirt zwischen ihrer besten Freundin und dem Typen, den sie zu ihrem Freund erkoren hatte.

»Ach?«

»Hat Lou dir das nicht erzählt?«, Sara tat überrascht.

Anjas Gesicht wurde warm, die chemische Reaktion ihres Körpers auf die Vorstellung von Louis, der Dinge tat, von denen sie nichts wusste – Louis, der ihr etwas nicht erzählte – Louis, *Lou.* Sie zwang sich zu einem dummen Lächeln. Sie wünschte sich, der Schatten des sozialen Selbstvertrauens würde sich über ihr Gesicht legen und sie beschützen, aber er blieb aus. Sie fühlte sich viel zu wund, viel zu verletzlich.

»Das ist seltsam«, sagte Sara und schüttelte den Kopf. »Ich hab ihn zwar gebeten, noch niemandem von Mahatma und mir zu erzählen, aber ich bin davon ausgegangen, dass er es *dir* erzählen würde.« Sie wartete auf eine Reaktion von Anja, die sie ihr vorenthielt. »Ist zwischen euch alles in Ordnung?« fragte sie, wobei sie offensichtlich die Antwort schon kannte. Darum war es doch bei der Hand auf der Schulter gegangen, oder nicht? Warum tat sie nur so, als wisse sie nicht schon längst Bescheid?

»Äh«, sagte Anja, unsicher, wie sie Offenheit vortäuschen sollte, ohne dabei irgendwelche echten Informationen zu übermitteln. »Nein, ich meine, er wohnt momentan im Atelier, von daher.«

Sara war das reinste Mitgefühl. »Ich weiß, dass er es in letzter Zeit schwer hatte, das war offensichtlich. Aber ich hoffe sehr, dass ihr das wieder hinbekommt. Ihr seid das perfekte Paar. Wenn es irgendwas gibt, das ich tun kann.«

»Danke«, flüsterte Anja.

»Er braucht jetzt unsere Unterstützung. Du kannst ihm für das, was er durchmacht, nicht die Schuld geben. Und es gibt einfach Dinge, die sind wichtiger als *wir,* weißt du?«

Oh, die Schuld. Anja versiegelte ihre Lippen zu einem dünnen Strich.

»Er hat uns aber erzählt, dass du die Idee für den Namen Oval hattest«, sagte Sara. »Das ist so cool.«

Anja wurde unruhig. Die Hitze strömte von ihrem Gesicht in ihren Körper. Sie presste die Arme an den Oberkörper, aus Sorge vor Schweißflecken. Langsam ließ sie diese Information sacken. Er hatte es also schon unter die Leute gebracht. Da war wirklich inakzeptabel – so unverantwortlich. Und dann auch noch ohne sie. »Ihr habt es probiert«, sagte sie.

»Na klar. Aber aus irgendeinem Grund will Lou es selbst noch nicht nehmen.«

Nachdem sie ihn mehr als eine Woche lang vertröstet hatte – Delfine, Affen, Daumen hoch – wartete er immer noch. Das war etwas wert. Das entschädigte für diese Phase bizarrer Entfremdung. Sie schluckte. »Wie war's?«

»Unglaublich. Der totale Game-Changer.« Sie hielt die Handflächen in die Luft, die Finger weit voneinander gespreizt, als erwartete sie, dass Anja einschlage.

»Und das war, als Mahatma und du …?«

Sara nickte und ließ die Hände sinken.

Natürlich, dachte Anja. So viele Beziehungen funktionierten ohnehin schon wie Transaktionen. Oval würde lediglich dafür sorgen, dass diese Transaktionen großzügiger wurden. Es würde sich ganz wie Liebe anfühlen – wenigsten für ein paar Stunden.

»Es ist, als würden wir einander endlich verstehen«, sagte Sara. »Ich meine, er ist und bleibt ein Kerl«, fügte sie hinzu und blickte wieder über Anjas Schulter. »Die kommen und gehen wie sie wollen. Und du bist in der Rolle gefangen, auf sie zu warten …« Anja nickte, unangenehm berührt. »Aber wenn sie dann wiederkommen, kannst du sie auch nicht wegschicken, weil du schon so viel Zeit damit verschwendet hast, auf sie zu warten.«

Anja sah sich um und fragte sich, ob irgendwer nah genug stand, um ihnen zuzuhören. Grüppchen sammelten sich, andere waren im Begriff, zu gehen, was zur Folge hatte, dass sie eine bessere Sicht auf die andere Seite des Raumes hatten. Sie hielt nach Prinz Ausschau – oder jemand anderen, den sie kannte und an den sie sich hängen konnte. Sie war überrascht, als Michel plötzlich wieder an ihrer Seite auftauchte.

»Hey«, sagte er. »Kein Glück mit den Schuhen. Die tragen alle Moon Boots.«

»Das ist Michel«, sagte Anja zu Sara. Michel und Sara küssten einander auf die Wange.

»Wir sprachen gerade über die Performance«, wechselte Sara das Thema, als wäre zwischen ihr und Anja nichts vorgefallen. »Wie fandest *du* sie?«, fragte sie Michel lächelnd.

»Du meinst die rassistische Scheiße, die wir gerade gesehen haben?«

Sara hob die Augenbrauen, um zu signalisieren, dass er zu weit ging. Kritik nur im dafür vorgesehenen Rahmen, bitte. »Rassistisch? Inwieweit?«

»Snow Yellow?«

»Ich bin mir ziemlich sicher, das soll Rassismus aufzeigen, nicht ihn *reproduzieren.*«

»Und worin genau besteht der Unterschied?«

»Äh, das ist eine Art Auseinandersetzung mit ... ich weiß nicht, Vorstellungen von Authentizität in der westlichen Welt. Wie gestische Spuren, die – vielleicht – einen Feedback-Loop zu verschiedenen Netz-Ökologien von Schönheit bieten sollen und so, andere Interaktionen, die als Datenfluss begriffen werden?«

Michel sah sie ungläubig an und lachte. »Wer hat das deiner Sprache angetan? Das ist ja grausam.«

»Wie bitte?«

»Du klingst, als hättest du den Pressetext auswendig gelernt und würdest so tun, als kämen die Worte spontan aus deinem Mund.«

»Äh.«

»Oder kombinierst du nur wahllos Phrasen aus den Tausenden von Pressetexten, die du gelesen hast?«

Anstelle von Michel sah Sara Anja mit zusammengekniffenen Augen an. Anja hatte dieses ungehobelte Tier angeschleppt.

Michel insistierte. »Ernsthaft, woher nimmst du all den Kram?«

Normalerweise wäre Anja sichtlich von Michel abgerückt, aber stattdessen ertappte sie sich dabei, wie sie lachen musste. Michel stimmte ein, und ein Lachanfall, wie er die beiden in letzter Zeit häufiger im Labor ergriffen hatte, überkam sie auch jetzt. Anja sah Sara an und zuckte hilflos mit den Schultern.

»Ich lasse euch beide mal allein«, sagte Sara. »Ich muss jetzt eh zu diesem Abendessen.«

Sara machte die Art von plötzlichem Abgang, über die Laura sich immer beschwerte: Leute demonstrierten ihre Überlegenheit, indem sie völlig willkürlich beschlossen, wann ein Gespräch zu Ende war. »In dem Moment, in dem du versuchst, dich wirklich mit ihnen zu unterhalten, laufen sie davon«, sagte Laura immer. »Für diese Leute besteht der ganze Sinn vom Ausgehen darin, möglichst viele Abgänge hinzulegen.«

»Ich kann dich nirgendwohin mitnehmen«, sagte Anja zu Michel, als sie draußen standen und immer noch lachten. »Du pinkelst einfach auf den Teppich.«

»Ich will nirgendwohin mitgenommen werden. Diese Leute sind Gremlins. Ich kann einfach nicht fassen, dass du Zeit mit denen verbringst.«

Sie senkte den Blick und hörte auf zu lachen. »Das sind eher Louis' Freunde als meine.«

»Verstehe.« Er trat an den Bordstein, um ein Taxi heranzuwinken. Die Straße war voller Leute und Autos, so dass es schwer war, eines anzuhalten. »Wo steckt dieser Louis eigentlich?«

Michel hatte Louis nie kennengelernt. Er hatte niemanden von ihren Leuten kennengelernt. Heute Abend hatten sie zum ersten Mal etwas gemeinsam unternommen, was nichts mit der Arbeit zu tun hatte.

»Ich weiß nicht, wo er ist.« Sie hatte keine Ahnung, wie sie das alles erklären sollte und würde es auch nicht versuchen. »Gerade ist alles etwas amphibisch zwischen uns."

Sie hatte Michel nie etwas über ihre Beziehung anvertraut, aber es dämmerte ihr, dass er nicht gerade unaufmerksam war. Er hatte gesehen, dass sie ständig auf ihr Telefon blickte, hatte gehört, wie sie sich über ihre derzeitige Schlafsituation auf dem Sofa von Freunden beschwerte, hatte die Reste der Muffins gegessen, an denen sie nur betrübt herumgezupft hatte. Sie konnte davon ausgehen, dass er in der Lage war, eins und eins zusammenzuzählen. Nicht zuletzt musste er bemerkt haben, wie viel Zeit sie mit ihm verbrachte, und wie wenig mit Louis.

Er öffnete die Tür und schob sie ins Taxi. »Wir fahren erst einmal zu dir.« Sie nannten dem Taxifahrer Lauras und Dams Adresse.

»Du bist also zur Hälfte im Wasser und zur Hälfte an Land«, sagte er, als sie sich angeschnallt hatten.

»So etwas in der Art.«

»Wenn das Wasser voll von Events und Leuten wie heute Abend ist, würde ich fürs Protokoll gerne anmerken, dass du meiner Meinung nach etwas Besseres haben könntest.«

Sie faltete die Hände in ihrem Schoß. »Warum hast du so schlechte Laune?«

»Ich habe einen Typen von O'Reilly gefragt, was es mit seinen Moon Boots auf sich hat und er hat mir gesagt, das seien die einzigen Schuhe, von denen bewiesen ist, dass sie sowohl die Produktivität als auch die Authentizität am Arbeitsplatz steigern. Verdammte Moon Boots.«

»Authentizität?«

»Authentizität! Moon Boots!« Er schlug vor Wut mit der Stirn gegen die Fensterscheibe. »Das geht mir alles so am Arsch vorbei! Ich betreibe Pseudo-Feldstudien bei einer rassistischen Marketingveranstaltung. Ich sehne mich nach meinem Laborkittel und meinem unsozialen Alltag.«

»Ich auch. Ich sehne mich nach Empirismus.«

»Ich sehne mich nach Knorpelgewebe.« Er lehnte sich nach vorn, um zu sehen, in welche Straße sie abbogen, und als er sich wieder zurücklehnte, sagte er: »In Ordnung. Ich bin überzeugt.«

»Von Moon Boots?«

»Nein. Von dem, was du gesagt hast.«

»Was habe ich denn gesagt?«

»Lass uns das Experiment machen.«

Sie brauchte einen Augenblick, um zu verstehen, worauf er anspielte, weil sie sich die Idee schon längst aus dem Kopf geschlagen hatte. »Ernsthaft?«

»Ja, scheiß drauf. Wer Unterdrückern auf halbem Weg entgegenkommt, steht schon auf ihrer Seite.«

»Was heißt das?«

»Es heißt, dass ich eh kein Berater sein will. Ist mir egal, wenn sie uns feuern.«

16

»Wenn du wirklich beliebt sein willst, musst du einfach nur die ganze Zeit auf Partys rumhängen.«

Daran erinnerte Laura Anja immer dann, wenn Anja sich wegen ihrer sozialen Unzulänglichkeiten unsicher fühlte. »Wenn man zu jeder Party geht«, sagte sie, »wird man zu jeder Party eingeladen. Alles, was sie wollen, ist ein Beweis für deine Hingabe.«

Anja wusste, dass das stimmte, aber sie konnte nicht umhin, ihr anhaltendes Gefühl sozialer Entfremdung auf ihre eigene Unzulänglichkeit zurückzuführen. Sie wusste, was man auf einer Vernissage oder in einem Club nicht tun sollte – sie erkannte es, wenn sie es bei anderen sah, Michel zum Beispiel – aber sie hatte keine Ahnung, was sie tatsächlich tun sollte. Die Latte für akzeptable Gesprächsthemen lag so niedrig, dass es sich gar nicht erst lohnte, zu springen. In Menschenmengen war sie immer nervös. Ihr innerer Monolog wurde nie langsamer. Sie war erschöpft, wurde mitunter sogar krank, wenn sie mehrere Nächte in Folge feiern ging. Die langen Nächte verlangten nach einer besonderen Art von Durchhaltevermögen, das sie nicht hatte.

»Es reicht nicht, einfach auf Partys zu gehen«, widersprach sie Laura, »du musst auch wissen, was du tun sollst, wenn du da bist.«

»Zum Ausgehen bedarf es keiner besonderen Fähigkeit. Wirklich jeder kann in der Gegend rumstehen und Drogen nehmen.«

»Mir wird schlecht, wenn ich zu viele Drogen nehme.«

»Warum nimmst du sie dann überhaupt?«

»Niemand kann nüchtern zehn Stunden durchtanzen.«

»Dann geh doch einfach nach zwei Stunden nach Hause.«

»Dann bist du aber die, die immer früh nach Hause geht.«

Mitunter tat Laura sie mit einem Achselzucken ab, murmelte etwas von »Luxusproblemen«, und dann sprach Anja nicht weiter davon. Häufiger zeigte sich Laura jedoch nachsichtig. Anja verstand, dass diese Unterhaltungen etwas Erbärmliches haben konnten, ermüdend waren, aber sie wusste auch, dass sie einander widersprachen, um sich über etwas, was sie beide störte, klar zu werden. Die Frage, die all dem zugrunde lag, lautete: Warum stürzen wir uns freiwillig in gesellschaftliche Niederlagen, die uns von Leuten zugefügt werden, die wir nicht respektieren? Warum spielen wir bei einem Spiel mit, dessen Regeln so idiotisch sind?

Vor allem Anja musste sich diese Frage beantworten, doch im Verlauf der Zeit war ihr klar geworden, dass sie, auf eine andere Art, auch für Laura relevant war. Warum würde Laura sich sonst auf diese Diskussionen einlassen?

Laura war es ebenfalls wichtig, was die Leute dachten. Es war ihr so wichtig, dass sie alle hasste. Alle zu hassen funktionierte für sie – es überspielte ihre Angst. Sie lebte ihren Hass online aus, wo mehrere Tausend Follower ihre Tiraden genießen konnten. Diese Art von Beziehung zur Welt sagte ihr zu. »Du bist so am Puls der Zeit«, sagte Dam immer, wenn er mit Blick über ihre Schulter ihren Feed las und ihre Posts in sarkastischem Tonfall wiedergab.

In die Welt realer Körper begab sich Laura meistens im sicheren Dunstkreis von schwulen Männern. Sie hatte Dams Nachtleben infiltriert und schließlich gekapert, um es zu ihrem eigenen zu machen. Der Bonus bestand darin, dass schwule Typen einen Großteil des Publikums von Reality-TV-Sendungen ausmachten, womit sie eine unerschöpfliche Quelle an Inhalten hatte, über die sie mit ihnen sprechen konnte – das milderte den Stress, sich Gesprächsthemen ausdenken und nach Gemeinsamkeiten suchen zu müssen, der Anja so quälte.

»Gib einfach Tratsch weiter«, sagte Laura. »Niemand denkt sich auf Partys irgendwas Neues aus, die plappern doch auch nur alles nach.«

Und dennoch waren sie beide unzufrieden. (Louis, so schien es, war in der Lage, überall anzudocken. Das war die größte Eifersucht in ihrer Beziehung: Dass Louis Erfüllung in einer sozialen Welt fand, die ihr so öde erschien. Diese Welt verlieh ihm Energie, er brauchte sie.)

»Reine Zeitverschwendung«, sagte Laura übers Feiern. »Du hast bessere Dinge zu tun.«

Hab ich das?, dachte Anja. Ist Feiern »unter meinem Niveau«? Verschafft mir meine Arbeit Erfüllung? Verspüre ich noch Überreste des Glaubens daran, dass Arbeit an sich gut ist?

Leute, die ihre gesamte Zeit dort draußen verbrachten – Leute wie Prinz – konnten schon längst nicht mehr zwischen produktiver und unproduktiver Zeit unterscheiden. Feiern zu gehen war eine Form der Produktion geworden: Sie produzierten Beziehungen – Beziehungen als Objekte. Und Objekte als Gelegenheiten. Inhalte waren zweitrangig.

Um sich dem Sog der Gelegenheiten zu entziehen, hatte sie ihren Beruf wie einen Mantel der Legitimität getragen: Ein Richtiger Job. *Wissenschaftlerin, echt? Wow, das klingt heftig.* Sie hatte Montagmorgen auf der Arbeit zu sein. Das war ihre einzige Rechtfertigung dafür, dass sie kein Leben führte, das von Late-Night-Einladungen bestimmt war; nur so konnte sie sich selbst – und Louis – beweisen, dass sie kein soziales Wesen war, weil sie wichtigere Dinge zu tun hatte, und nicht etwa, weil sie unfähig dazu gewesen wäre. Und nun? Die Ausrede des richtigen Jobs war weggefallen. Sie war exponiert.

Als Anja völlig erschöpft von Schneewittchens Performance nach Hause kam, wartete Laura am Küchentisch auf sie. Sie scrollte durch ihre Feeds und war bereit für Anjas Zusammenfassung.

Anja setzte sich zu Lauras Füßen auf den Boden. Sie lehnte sich gegen ihre Beine.

»Schlechter Abend?«, fragte Laura und drückte ihre Schienbeine gegen Anjas Schläfen.

»Jedenfalls nicht super.«

»Wer ist schuld?«

»Frauen. Und Männer.«

Laura lachte und dann seufzte Anja und öffnete das Ventil, das sie bis dahin geschlossen gehalten hatte. Sie hatte es kaum eine Woche ausgehalten, ohne überzulaufen. Es war sinnlos, länger dichtzuhalten. Anscheinend war Oval bereits in der Welt. Laura würde es ohnehin bald erfahren.

Doch anstatt mit Oval zu beginnen, ertappte sie sich dabei, wie sie mit Sara anfing. Sie konnte die Dinge scheinbar nur aufgrund von Saras Einmischung erklären – das war das einzige, was Sinn ergab. Keinen Sinn ergab, dass Louis sich aufgrund eines Regenbogens aus Idealismus von ihr entfremdete – jemandem musste die Schuld an der Entfremdung gegeben werden, und Sara hatte sich angeboten.

Anja dachte nicht wirklich, dass zwischen Louis und Sara etwas lief. Das war sehr unwahrscheinlich. Sara hatte nur versucht, Eifersucht auf der sozialen Ebene zu entfachen, nicht auf der sexuellen. Trotzdem bemerkte Anja, dass sie die Unterhaltung beschrieb, als hätte eine echte Untreue stattgefunden.

»Gott sei Dank«, sagte Laura, als sie fertig war. »Du hast deine Sprache wiedergefunden.«

»Was?«

»Seit Tagen kriegst du den Mund nicht auf. Wir haben kein einziges wahres Wort von dir gehört.«

»Was ist ein ›wahres‹ Wort?«

»Wir zählen darauf, dass du die Wahrheit sagst. Du bist unser Kompass, du zeigst immer nach Norden. In letzter Zeit trifft das allerdings nicht mehr so richtig zu.«

Laura sprach im Plural, was bedeutete, dass sie mit Dam darüber gesprochen hatte. »Du willst sagen, dass ich normalerweise bedürftiger bin«, sagte Anja.

»Das ist ein sehr nüchterner, schonungsloser Blick auf die Dinge. Siehst du, du kannst einfach nicht anders, als ehrlich zu sein.«

Wenn die Wahrheit ihr Territorium war, was sie bis zu diesem Moment nicht vermutet hatte, dann hatte Laura recht damit, dass sie dieses in letzter Zeit gemieden hatte.

»Ich will euch nicht die Wahrheit sagen, weil ich nicht will, dass ihr mich irgendwann satthabt«, gestand Anja. »Ich beschwere mich ja nur die ganze Zeit.«

»Alles auf der Welt ist fürchterlich. Du kannst uns nicht schockieren, indem du es aussprichst. Und wir werden dich nicht rausschmeißen, nur weil du deprimiert bist.«

»Ich bin nicht deprimiert!«

»Ich gebe dir nicht die Schuld daran. Die Depressionen sind mittlerweile strukturell.«

»Du hältst alles für strukturell.«

»Es ist alles strukturell. Sogar oder besonders diese Sache mit Sara. Ihr beide folgt perfekt dem Skript.«

»Welchem Skript?«

»Dem Skript. Du weißt schon. Ich habe das in jeder Staffel von *Der Bachelor* gesehen.«

»Sprich weiter.«

Laura klatschte laut in die Hände. »Super. Also.« Sie klatschte erneut. »Ein heterosexuelles Paar hat Beziehungsprobleme, die öffentlich sichtbar werden. Enge Freundin des Paars bearbeitet beide Seiten, absorbiert die Beschwerden, und zeigt Anteilnahme. Während sie mit der Freundin Gesichtsmasken macht, Filme guckt und ihr Taschentücher reicht, benimmt sie sich gleichzeitig auch wie das coole Mädchen und geht mit dem Noch-Freund feiern. Im Grunde genommen hält sie der Freundin das Händchen und gibt dem Freund gleichzeitig das Gefühl, dass er seine Beziehung gar nicht braucht. Sie versucht nicht direkt, etwas mit ihm anzufangen, aber sie behandelt ihn definitiv, als wäre er Single. Der Freundin geht es also weiterhin mies, während der Typ Spaß hat. Ohne sich dessen bewusst zu sein, überzeugt davon, dass er sich nur ein wenig von den Schwierigkeiten in seiner Beziehung ablenkt, lässt der Typ sich weiter von seiner Freundin wegziehen, die nun langweilig und melodramatisch erscheint.«

»Das ist so, so trostlos«, sagte Anja.

»Ich weiß. Männer bewältigen ihren Liebeskummer, indem sie Frauen zerstören. Frauen bewältigen Liebeskummer, indem sie einander zerstören. Fall darauf nicht rein.«

Anja schüttelte den Kopf und rieb sich an Lauras Beinen.

»Es stimmt«, sagte Laura. »Wir glauben alle, jede kämpfe völlig privat für sich, und hätte nichts mit den haargenau gleichen Kämpfen zu tun, die überall in der westlichen Hemisphäre von Menschen mit Internetzugang geführt werden. Sara glaubt, sie lebe in einer einzigartigen Wirklichkeit – dabei durchlebt sie gerade nur Staffel drei von *Der Bachelor*.«

»Staffel drei?«

»Die Leute sehen nicht, wie berechenbar sie sind.«

Anja fuhr herum, um Laura anzusehen, lehnte sich zurück auf ihre Hände und starrte zu ihr hinauf. »Und wo stehe ich gemäß deiner strukturellen Analyse?«

»Ich würde sagen, deine Version der Geschichte ist ein bisschen komplizierter«, sagte Laura, ohne eine Sekunde nachdenken zu müssen, »weil bei dir dieser Todesfall im Zentrum von allem steht. Deswegen kann Sara ihre Einmischung auch so aussehen lassen, als würde sie sich um Louis kümmern. Offensichtlich versucht sie, dich eifersüchtig zu machen, indem sie sich Louis gegenüber mütterlich verhält, und das Wissen, das sie auf diese Art gewinnt, als Waffe einsetzt. Die Eifersucht soll einen Keil zwischen dich und Louis treiben. Je eifersüchtiger du dich verhältst, desto mehr wirst du Louis vergraulen, und so setzt sich der Kreislauf ewig fort.«

»Sie ist ihm also vielleicht gar nicht so nah, aber sie versucht mich mit der Vorstellung zu ködern, sie wäre es?«

»Der älteste Trick aller Zeiten. Säe Misstrauen und schau zu, was daraus erwächst.«

Anja runzelte die Stirn. Sie hörte eine Klingel aus einem anderen Stockwerk im Haus. »Aber nur weil ich das Drehbuch kenne, heißt das noch lange nicht, dass ich es ändern kann. Das deprimiert mich nur umso mehr, weil alles so vorhersehbar ist und ich nichts weiter bin als ein Pfand in diesem Spiel.«

»Stimmt. Strukturelle Analysen sind keine Hexerei.«

Anja seufzte und kam auf den Boden der Tatsachen zurück. Es war ihre Rolle, die Wahrheit zu sagen. »Die Wahrheit ist«, sagte sie, »Sara ist nicht das wirkliche Problem. Sie ist eine Art Ablenkungsmanöver.«

»Was – es gibt noch mehr Frauen?«

»Nein. Nicht noch mehr Frauen. Es ist viel schlimmer.« Laura schaute verwirrt. »Er betrügt mich außerdem mit, also – ich weiß nicht wie ich das sagen soll. Idealismus.«

Laura war einige Augenblicke lang still. »Ich bin ganz Ohr. Sprich weiter.«

Anja erzählte von Anfang an. Sie begann mit dem Pommes-Verkäufer an der Copacabana. Sie beschrieb die Pille, Belinda, die Namensgebung. Sie versuchte zu erklären, wie diese neue Manie Louis' Demut zersetzt hatte. Wie er glaubte, seine eigene Erfindung würde sein Ego auslöschen. Wie Abstraktion Wirklichkeit geworden, Ironie Ernsthaftigkeit gewichen war. Es war nicht der Mangel an Ironie, der sie störte, versuchte sie zu erklären, es war die Sentimentalität, die damit einherging.

Laura war glücklicherweise entsetzt, als sie ihr alles erzählt hatte. Und beeindruckt. »Dieses Drehbuch ist außer Rand und Band«, sagte sie, wild dreinblickend. »Scheiß aufs Skript! Das ist viel aufregender als irgendein häusliches Drama!«

Das versetzte Anja einen Stich. Wie kleinlich war es von ihr gewesen, sich mit irgendetwas anderem aufzuhalten, und wenn auch nur für einen Moment. Sie hatte sich von Querelen mit unbedeutenden Leuten ablenken lassen. Sie musste lernen, diese Dinge zu trennen, sich und ihre Gefühle in ein Verhältnis zu Dingen wie Tod, sozialem Umbruch, der Umwelt zu setzen.

»Das ist, als würde er die Moral privatisieren wollen«, sagte Laura, schrie es beinahe, als sie aus ihrem Stuhl hochfuhr. Sie schob den Stuhl mit ihrem Fuß zurück und begann, um den Tisch zu tigern. »Er hat es komplett aufgegeben, strukturelle Probleme lösen zu wollen. Er will die Leute einzeln in Ordnung bringen, jeden für sich.« Sie lachte leicht manisch.

Anja nickte. »Oder vielleicht ist es eher so, dass er vom Strukturellen zum Infrastrukturellen übergegangen ist. Das ist wie Fluorid ins Trinkwasser kippen.«

»Wie soll er das jemals von einem Ethik-Komitee genehmigt bekommen?«

»Ich hab keine Ahnung. Das scheint ihm aber auch egal zu sein.«

Laura schüttelte den Kopf und kehrte zu ihrem Stuhl zurück. Statt sich hinzusetzen, hob sie einen Fuß und stellte ihn auf den Stuhl. »Ich komme nicht darüber hinweg, wie größenwahnsinnig das ist.«

»Ich weiß.«

»Und wie neoliberal! Es ist nur eine Beschleunigung dessen, was ohnehin schon passiert. Du verlagerst die Verantwortung für die Bewältigung menschlicher Probleme von den Regierungen auf Unternehmen, dann lässt du die Unternehmen die Verantwortung an Individuen weitergeben, an deren Scham sie appellieren.«

»Basquiatt ist eine NGO, kein Unternehmen.«

Laura hob ein Kissen vom Sofa auf und drückte es gegen ihre Brust.

»Hast du es noch nicht gehört? Fin-Start hat letzte Woche Basquiatt gekauft.«

»Was?«

»Du musst wirklich mal anfangen, die Nachrichten zu lesen, Mamita. Non-Profit ist jetzt offiziell eine Tochtergesellschaft von Profit, so wie es schon immer war. Die Scham wird erfolgreich die Nahrungskette hinabgereicht. Und sie landet bei uns, den kleinen Konsumenten, den kaputten Kids. Sie reichen die Scham schön zu uns durch. Und jetzt geben sie uns Medizin, damit wir unser letztes Bargeld ausspucken.«

»Ich meine, irgendwo muss man ja anfangen?« Anja wünschte sich, Laura wäre dabei gewesen, als Louis ihr alles erzählt hatte. Laura hätte auf eine Art argumentieren können, wie Anja es nie vermocht hätte.

»Verstehst du denn nicht?«, fragte Laura. »Diese Droge verändert nichts – sie ermöglicht uns nur, unsere Scham zu absorbieren, ohne die Realität neu denken zu müssen. Das ist eine schnelle Lösung. Die Droge wird den Leuten das Gefühl geben, dass sie etwas Gutes tun, und somit von den wirklichen Problemen ablenken ...«

»Ich nehme mal an, er glaubt, dass das schließlich zu anderen Formen der Großzügigkeit führt ... über das Bargeld hinaus ...«

»Sorry, aber nein. Er hilft nur dabei, dass sich alles noch schneller in die Richtung bewegt, in die es ohnehin schon geht«, sagte Laura.

Anja versank einen Moment lang in ihren Gedanken, und ordnete die Ereignisse in ihrem Kopf. Sie erinnerte sich daran, wie sie einmal etwas Niedliches zu Louis gesagt hatte: Dass die U-Bahnen großen Raupen ähnelten. Sie sah ihn vor sich, in Hochauflösung, er hatte gelächelt, als hielte er sie für kindisch und schätze zugleich ihre Kindlichkeit; sie konnte sich deutlicher an diesen Ausdruck erinnern als an das meiste andere. »Es gab da einen Bruch«, sagte sie und sah zu Laura hinüber.

»Einen Bruch?«

»Einen Bruch zwischen damals und jetzt. Es gibt jetzt zwei Louis', den alten und den neuen.«

Der alte Louis war moralisch überlegen gewesen, nicht, weil er selbstgerecht war, sondern weil er objektiv am besten Bescheid wusste. Er wusste, wie die Dinge wirklich waren. Er wusste, wie er wirklich war und wie sie wirklich war. Er konnte erklären, warum er recht hatte, und sie hatte immer irgendwann eingesehen, dass er recht hatte. Er hatte so oft recht gehabt, dass sie nicht in Frage stellen musste, ob seine Version der Wirklichkeit die richtige war. Bis jetzt.

»Ich sage dir das nur ungern«, sagte Laura und schüttelte den Kopf, »aber ich glaube, die beiden Louis' sind ein und derselbe.«

Anja runzelte die Stirn. »Nein, er ist anders. Der alte Louis ist da noch irgendwo. Vielleicht muss er wirklich Oval nehmen, es selbst ausprobieren, um zu seinem alten Ich zurückzufinden ...«

Laura stand wieder auf. »Du meinst, er hat es noch gar nicht genommen?« Ihr Akzent trat stärker zutage, wenn sie sich so aufregte wie jetzt. Anja hatte sich so sehr daran gewöhnt, wie Laura und Dam sprachen, dass sie außer in Momenten wie diesen den besonderen Rhythmus kaum bemerkte.

»Noch nicht«, sagte sie, und zuckte mit den Schultern. »Er sagt, er wartet, bis wir es gemeinsam nehmen können. Ich habe ihn bislang vertröstet.«

»Ist das dein Ernst? Du *musst* es ausprobieren.«

Anja schüttelte den Kopf.

»Du musst! Wie sollst du sonst irgendwas erfahren? Du musst es probieren und mir dann davon berichten.«

»Ich kann nicht.«

»Natürlich kannst du. Du musst. Schreib ihm jetzt gleich eine SMS.«

17

Freitag bis Montag war ein einziger ovaler Exzess. Ihre Pupillen waren Ovale, ihre Nieren streckten sich zu Ovalen, das Kleingeld in ihren Hosentaschen schmolz zu Ovalen und gab sich von alleine aus, Serotoninmoleküle verwandelten sich in riesige, überschäumende Ovale, ovales Sperma schoss aus ovalen Hoden durch den Vaginalkanal auf Ovarialovale zu. Anja taufte Louis »den Spender« und gemeinsam gaben sie binnen 48 Stunden mindestens tausend Euro aus. Am meisten überraschte Anja, dass ihr Wissen um die künstliche Natur ihres Instinktes, während dieser Stunden zu spenden, zu geben und zu lieben, den Drang, diese Dinge zu tun, keineswegs dämpfte. Das Wissen, dass ihre Gefühle chemisch durch Oval herbeigeführt waren, beeinträchtigte nicht deren Gültigkeit, sondern verlieh Anja eine gewisse Selbstgerechtigkeit, auch nach ihnen zu handeln, ein Gefühl der völlig gerechtfertigten Befreiung.

Es wurde kein Fleisch gegessen, kein Taxi genommen. Keine Zigaretten wurden geraucht. (»Denk an die Umwelt«, flüsterten sie einander ohne jeglichen Sarkasmus zu. Jede weiche, ovale Silbe war sexuell aufgeladen; die Verantwortung war erregend.) Alkohol wurde nur sparsam konsumiert, aber Freunden wurde Runde um Runde Drinks bezahlt. *Was hast du genommen? Wo kann ich auch was bekommen? Wie heißt das?* Louis zwinkerte ihnen auf eine Art und Weise zu, die man nur ihm nachsah (wer zwinkert schon?), und Anja zuckte mit den Schultern und kicherte. Sie schliefen kaum – wer waren sie, dass sie die kostbare Zeit, in der sie so viel tun konnten, verschwenden würden?

Die meiste Hilfe wurde abstrakt geleistet, während langer, tröpfelnder Unterhaltungen, in denen sie Pläne schmiedeten, eine öffentliche Bibliothek in einem ungenutzten Gebäude in Friedenau zu eröffnen, wo sie Lesezirkel abhalten und einen Gemeinschaftsgarten anlegen würden, in dem sie dann Landwirtschaftsworkshops abhalten könnten. Außerdem wollten sie ein Hundeheim eröffnen, ein Stipendienprogramm für Kunstschaffende einrichten und alle Studierenden einladen, sich zu bewerben ...

Es gab auch einige konkrete Aktionen, an die sich die beiden, als die Wirkung der Droge nachließ, nur vage erinnern konnten, aber laut Anjas Kreditkartenabrechnung waren im KaDeWe sechs künstliche Pelzmäntel gekauft worden und Louis sagte, er sei sich ziemlich sicher, dass sie die Mäntel einem wahrscheinlich obdachlosen Mann mit vielen Piercings im Gesicht und mit einem Collie mit Brillanten-Halsband im U-Bahnhof gegeben hatte.

Samstagabend im Baron, einen verwässerten Gin und Tonic in der Hand, fällte Anja eine große Entscheidung: Sie würde das Haus, in dem sich Lauras und Dams Wohnung befand, kaufen. Sie würde ihre Freunde vor den Projektentwicklern von Fin-Start retten, indem sie Fin-Start vor Gericht brachte, eine Medienkampagne über die Ungerechtigkeit lostrat, die das Unternehmen an der urbanen Landschaft und seinen bedürftigen ökonomischen Flüchtlingen verübte, und mit diesem Skandal würde sie die Zuständigen zwingen, das Haus zu schützen. Ihre Freunde würden nicht ihr Zuhause verlassen müssen, und auch nicht die Stadt. Anja würde eine Karriere als Fürsprecherin der Armen beginnen. Wie schwer konnte das schon sein? Sie hatte all dieses Geld herumliegen, in verschiedenen Anlageformen – die meisten davon grün und sauber und ethisch, aber dennoch – und nun war sie erwachsen genug, um zu erkennen, was gut und richtig war. Endlich hatte sie ihre Berufung gefunden, und als sie sich um vier Uhr morgens im Hof hinter dem Club zu dekonstruierter Klassikmusik langsam mit Louis im Kreis drehte, flüsterte sie ihm, dessen Hand in der Gesäßtasche seiner Hose steckte, das Wort *Offenbarung* ins Ohr.

Und auch sie selbst waren überaus großzügig zueinander. Es war, als hätte in den letzten Wochen keine Distanz den Raum zwischen ihnen ausgehöhlt, als befänden sie sich wieder ganz am Anfang, vor zwei Jahren, stünden am Swimmingpool, und nickten in einem mikrokosmischen Moment von ironiefreiem gegenseitigem Verständnis mit den Köpfen, nur dass Ironie als Kategorie gar nicht mehr existierte. Die Zeit fiel in sich zusammen und Anja vergab ihm, vergaß, dass ihm zu vergeben bedeutete, dass er etwas getan haben musste, für das sie ihm vergeben konnte, sie fand ihr Bauchgefühl wieder, und dankte ihm überschwänglich, dass er so hart dafür gearbeitet hatte, diese Erfahrung möglich zu machen, diese runde Form, diese Symmetrie. Sie lächelte gelassen, als er am zweiten Abend darum bat, eine Stunde alleine draußen mit dem Mond verbringen zu dürfen. Weder störte sie ihn, noch hetzte sie ihn in seiner Sentimentalität. Es gab keinen Grund, nach Abnormitäten zu suchen.

Doch Sonntagabend war es Zeit, runterzukommen, im Interesse der Wissenschaft. Louis bestand darauf, dass sie moralisch dazu verpflichtet waren, das Nachlassen der Droge in einem hermetischen Umfeld zu erleben und die Auswirkungen genau zu beobachten, also stolperten sie gegen zweiundzwanzig Uhr in sein Studio – die Praktikanten und Designer waren schon lange weg – und machten es sich mit Starbuck's Kaffees und einigen Litern Leitungswasser in Flaschen, die sie aus den Mülltonnen auf der Straße gezogen hatten, auf dem Sofa bequem.

Kaum eine Stunde war verstrichen, als Anja zum ersten Mal in die hässliche Fratze der Schuld blickte.

Das Schuldgefühl war erlesen und vielseitig. Die Wände ihres Refugiums begannen zu bröckeln. Ohne ihre Bildung und ihr Bankkonto fühlte sie sich verloren, ohne die Abwehrmechanismen von Serotonin und Melatonin, Oxytocin, Domamin oder Endorphin in ihrem System, die ihre Privilegien tätschelten und Anja wissen ließen, was gut und richtig war. Louis blieb nachdenklich, philosophisch, nonchalant, während Anja eine tiefe Verzweiflung überfiel.

Zuerst kamen ihr schleichend die Erinnerungen daran, wie sie mit (zu) Fremden im öffentlichen Nahverkehr geplappert hatte, wie sie einem verknitterten Mann mit Gehstock, der vielleicht um Geld gebeten hatte, vielleicht aber auch nicht, einen Schein zugeworfen hatte, wie sie Arme und Gesichter von Freunden und Nichtfreunden gestreichelt hatte. Dann waren da die vereinzelten Schuldwogen, mehr als vierundachtzig Stunden am Stück auf Drogen gewesen zu sein – Zeit verschwendet zu haben, Leben verschwendet zu haben, Hirnzellen. Und schließlich das bodenlose Schuldgefühl, als ihr bewusst wurde, wie einfach sie sich vom Wasser einer unreinen Quelle hatte betören lassen, von einem künstlichen Brunnen, während ihre eigenen Gefühle sich ihr als genau die rudimentäre Chemie offenbarten, die sie nun mal waren.

Louis lag mit geschlossenen Augen auf dem Sofa und atmete ruhig. »Ich frage mich, ob es, philosophisch gesehen, als unmoralisch betrachtet werden könnte, Leute Oval ausprobieren zu lassen, ohne ihnen zu erklären, was es ist.« Der Gedanke schien ihn weniger zu stören, als zu faszinieren. »Wir wollen ja nicht, dass das Ganze wie ein Trick aussieht. Es soll freiwillig sein.«

»Die werden das von ganz allein herausfinden, oder?«

»Wahrscheinlich. Glaubst du, du hättest es herausgefunden?«

»Keine Ahnung.«

»Dann wiederum ist es vielleicht klüger, es die Leute erst ausprobieren zu lassen, ohne dass sie irgendetwas darüber wissen. So dass sie den Vibe mitbekommen und feststellen, wie viel Spaß das macht, anstatt mit vorgefertigter Meinung da reinzugehen. Konkrete Erwartungen sind das Schlimmste, was dir passieren kann vor einer neuen Erfahrung.«

Als sie einander kennengelernt hatten, hatte Louis oft über Erwartungen gesprochen. Erwartungen waren der Tod jeder Beziehung. Erwartungen verhinderten, dass die andere Person sich veränderte, weiterentwickelte. Erwartungen konnten nur zu Enttäuschungen führen. Erwartungen ruinierten den Zauber, schlossen die Möglichkeit der Improvisation aus.

»Da läuten die Alarmglocken«, hatte Laura gesagt, als Anja ihr von seiner Phobie erzählt hatte. Lauras Meinung nach thematisierten Männer Erwartungen, um die Grundlage fürs Fremdgehen zu legen. Das fiel in die gleiche Kategorie wie »Meine Freiheit ist mir wichtig.« Männer schmissen die Erwartung an Monogamie in einen Topf mit all den anderen »Annahmen« darüber, wie Paarbeziehungen auszusehen hatten – schließlich gingen sie fremd und verwiesen darauf, dass Exklusivität nur eine weitere unbegründete Erwartung sei. »Er wird sagen, ihr hättet nie *vereinbart,* dass eure Beziehung monogam ist«, sagte Laura. »Er wird sagen, du hättest unfaire und unbegründete Erwartungen gehabt.«

Als Anja Louis später Lauras Gedanken darlegte, als wären es ihre eigenen, antwortete er, dass für ihn Erwartungen Dinge waren, die nicht unter ihre »Beziehungsvereinbarungen« fielen. Unsere Vereinbarung beinhaltet Exklusivität, hatte er gesagt, Monogamie heißt für uns nicht, dass wir uns irgendwelchen ausgedachten Idealen anpassen, das ist etwas, worauf wir uns geeinigt haben, weil es für uns funktioniert. Monogamie ist der Fall, in dem unsere private Beziehungssituation zufälligerweise mit gesellschaftlichen Strukturen konform geht – wir haben es uns so *ausgesucht.* Ich kann einfach nicht fassen, dass du gedacht hast, das stünde noch zur Disposition. Wir wohnen zusammen, um Himmels willen.

(Für Anja war die Frage der Erwartungen immer eher eine metaphysische gewesen. Du freutest dich auf etwas, du stelltest dir vor, wie es sein würde, und dann trat es ein, oder eben nicht – das Vorspiel machte mindestens die Hälfte der Sache selbst aus, und nachdem es passiert war, übernahm die Erinnerung die gesamte Angelegenheit. Die Sache an sich existierte also kaum.)

Diese Gedanken schob Anja beiseite und sagte zu Louis: »Wenn ich nicht gewusst hätte, was ich da nehme, würde ich mich jetzt nicht so beschissen damit fühlen.«

»Ich weiß, was du meinst. Ich fühle mich auch verantwortlich. Es ist eine Sache, ein paar Leute, die du kennst, auf Drinks einzuladen, aber etwas völlig anderes, dich mit irgendwelchen Unbekannten auf der Straße einzulassen.«

Anja verspürte Erleichterung. Er verstand. Sie hatten gegeben, was sie geben wollten, nicht worum irgendjemand gebeten hatte. Zu ihrem eigenen Vergnügen hatten sie Leuten, von denen sie glaubten, dass sie es gebrauchen könnten, ihre Almosen aufgedrängt.

»Der einzige Weg, wie wir den ganzen White-Savior-Aspekt an der Sache umlenken können, besteht darin, die Erfahrung zu teilen, ihre beiden Seiten. Die Leute müssen vorbereitet werden, Dinge anzunehmen«, sagte er. »Geben ist einfach, nehmen ist viel schwerer.«

»Ich glaube nicht, dass nehmen so schwer ist, wenn es um etwas geht, das du brauchst«, sagte Anja langsam.

»Darum müssen wir all diese Hemmnisse für die Kommunikation entfernen.« Er ließ es so klingen, als würde er ihr wieder zustimmen, wobei er sie entweder völlig missverstand oder ihr widersprach. »Den Empfangenden muss alles Misstrauen gegenüber den Gebenden genommen werden. Sagen wir mal, du würdest jemandem erst Oval geben, und *dann* eine Jacke?«

Anja schob Louis' Kopf von ihrem Schoß und glitt auf den Boden hinab, wo sie gegen das Sofa gelehnt sitzen blieb, und die Sehnen an ihren Schienenbeinen massierte, die aus unerfindlichen Gründen schmerzten.

»Ich verstehe einfach nicht, was deiner Meinung nach geschehen wird, wenn das alles vorbei ist, Babe. Du kannst nicht die ganze Zeit auf Oval sein, es fühlt sich zu sehr nach anderen Drogen an. Irgendwann kommt immer der Montagmorgen und einige von uns werden zur Arbeit gehen müssen.« Sie stellte sich den alten Mann im

Smoking vor, der an Wochentagen immer frühmorgens in der U-Bahn war und eine aus sechs Tönen bestehende Melodie auf seiner Mundharmonika spielte. Seine breiten Schultern und die zarten Konturen seines Gesichts unter der faltigen Haut. Würde.

»Das gehört natürlich auch dazu.« Er klang jetzt ungeduldig. »Der Punkt besteht doch genau darin, die Barrieren zu durchbrechen, damit alle sehen, dass andere Arten gesellschaftlicher Vereinbarungen möglich sind. Die fehlgeleiteten Auswirkungen der Political Correctness auflösen. Auch wenn es zunächst nur an Wochenenden passiert, im Lauf der Zeit kannst du dein Verhalten ändern. Wenn du dich zu einer emotionalen Reaktion konditionierst, sollte sie sich irgendwann auch ohne Droge einstellen.«

»Eine pharmakologische Utopie«, stieß sie aus, ohne es zu wollen. Sie spürte, wie sie im Begriff war, vom Kurs abzukommen. Sie musste auf der intellektuellen Ebene bleiben, nicht auf die persönliche abgleiten. Doch sie konnte nicht anders.

Louis schwieg. Atmen, atmen, atmen. Er veränderte hinter ihr seine Position auf dem weißen Leder, womöglich setzte er sich halb auf. »Es ist ein Anfang. Hast du eine bessere Idee, wie wir die Dinge ändern können?«

»Oh ... Mist.« Sie beugte sich nach vorn, griff nach ihrer Tasche und wühlte darin nach ihrem Telefon, das nur noch vier Prozent Akkuladung hatte. »Habe ich irgendjemanden angerufen am Wochenende?« Sie scrollte durch ihre Nachrichten und fand einen Gruppenchat mit Dam und Laura, der auf den ersten Blick nicht so gut aussah. Ausgehende Anrufe: fünf, alle an eine unbekannte Nummer. Sie atmete tief durch und drückte Wahlwiederholung.

»Hallo, vielen Dank für Ihren Anruf bei GSG Real Estate, ein Unternehmen der Fin-Start-Gruppe«, sagte eine Stimme. »Ich bin Beate, Ihr geschlechtsneutraler automatischer Assistent, und ich freue mich, Ihnen helfen zu dürfen. Bitte wählen Sie eine der folgenden Optionen.« Anja schaltete das Telefon aus und stand auf.

»Ich sollte gehen. Ich bin völlig fix und fertig.« Sie betrachtet Louis einen Moment lang, sein weiches Haar fiel ihm in die Stirn, er hatte die Augen geschlossen, auf seinen Lidern zeichneten sich grüne Adern ab. Diese unfassbar zarten Lider, die die Augen bedeckten, durch die sich ihm die Welt darbot – nicht die Welt, wie sie war, sondern die Welt, wie sie sein könnte.

Sie stellte sich vor, ihre Daumen auf die Wölbungen seiner Augäpfel zu legen, leicht zuzudrücken, um zu spüren, wie sie nachgaben. Um ihre Form zu verändern. Sie könnte es tun, wenn sie wollte. Augen waren wie geschälte Trauben, das hatte sie als Kind einmal gehört und sich gegruselt. Sie platzten nicht, sie wurden zu Brei. Sie stellte fest, dass ihr Gesicht heiß war und ihre Hände zitterten, während er reglos dalag, unerreichbar.

»Weißt du, in letzter Zeit bist du nicht mehr derselbe gewesen«, sagte sie. Ihre Stimme schwankte, ihr Hals zog sich zusammen, als wollte er die Worte zurückhalten, doch sie kamen heraus.

»Derselbe?«, seine Augen blieben geschlossen.

»Ja, du bist nicht mehr derselbe.«

»Seit wann?« Die Augen sprangen auf.

»Willst du mich zwingen, es zu sagen?« Er schaute teilnahmslos zu ihr auf. »In Ordnung. Du bist nicht mehr derselbe, seit Pat gestorben ist.«

Wie beglückend sich das anfühlte, es war verrückt. Dies war der fatale Schritt, sie sah es an seinem Gesicht, die zusammengekniffenen Augen, mit denen er sie anblickte. Sie spürte es in ihren Bauchmuskeln, die sich verkrampften und sie vollkommen in diese andere Realität hinüberzogen, die sie jetzt als ihre Realität erkannte. *Seit Pat gestorben ist.* Mit diesen Worten hatte sie das Fenster geschlossen, nie würde sie sich in ihr gemeinsames Haus zurückschleichen können. Plötzlich wusste sie, dass sie die ganze Zeit schon geplant hatte, das zu sagen – es war nur eine Frage der Zeit gewesen, bis sie es nicht mehr zurückhalten konnte. Sie hatte sich der ganzen

Oval-Erfahrung mit ihm unterzogen, nur um sich selbst an diesen Punkt zu bringen, an die Sollbruchstelle.

»Alles ist anders«, sagte sie, die aufgestauten Worte schleuderten sich mit Speicheltröpfchen aus ihr heraus. Hässliche Worte aus ihrem geifernden, unkontrollierbaren Mund. »Du bist ein Anderer geworden und willst es nicht zugeben.«

Er blickte ruhig zu ihr hinauf, Verachtung lag auf seinem Gesicht. »Natürlich habe ich mich verändert«, sagte er, als hätte sie gerade das Dümmste gesagt, was er sich vorstellen konnte. »Meine verdammte Mutter ist gestorben. Was hast du erwartet?«

Ihre Stimme klang so gequetscht, dass Anja sie kaum wiedererkannte, ihre Lippen waren feucht, aber die Zunge ausgetrocknet. Entfernt erinnerte sie sich, dass sie gerade von Drogen runterkam. In ihrem Körper und in ihrem Gehirn gingen chemische Dinge vor sich, ihre Gedanken waren nicht hundert Prozent pur. Was auch immer ein purer Gedanke sein mochte. »Ich komme nicht mehr klar«, sagte sie, näselnd, gequält. »Du gibst mir das Gefühl, verrückt zu sein.«

Er blickte sie besorgt an. »Weißt du, wenn ich mir so ansehe, wie du runterkommst, denke ich, wir sollten die chemische Zusammensetzung definitiv noch etwas aufpeppen.«

18

Worte waren körperliche Reflexe: Ihr Körper hatte sie ihr angetan. Sie hatten ihr in den Bauch geboxt und sich auf Louis' Gesicht gespien. Dann, kaum hatte sie sein Atelier verlassen, waren ihr die Worte völlig abhandengekommen.

Fin-Start würde ihr nie das Haus verkaufen, in dem sich Lauras und Dams Wohnung befand; bei Tageslicht betrachtet wurde ihr das schmerzhaft klar. Sie konnte so viel Geld dafür lockermachen wie sie wollte, es würde nicht geschehen. Es war lächerlich.

Dennoch hatte sie das Gefühl, die Sache durchziehen zu müssen, wenigstens zu fragen. Wenigstens herauszufinden, wie viel es kosten würde. Das schuldete sie sich. Und Laura und Dam. Der Erinnerung an sich selbst auf O.

Howard würde es wissen. Sie bat, bei ihm vorbeikommen zu dürfen, ohne groß darüber nachzudenken, was sie ihm sagen würde. Das Sprechen würde sie weiterhin ihren Worten überlassen. Es war besser, nur Beifahrerin zu sein. Zu glauben, dass sie die Kontrolle hätte, war von Anfang an das Problem gewesen.

Zurück in seiner schmalen Küche verbrachte sie zehn Minuten damit, Howard zu versichern, dass sie die Vertraulichkeitsvereinbarungen nicht gebrochen hatte. Er triezte sie nur halbherzig deswegen. Der Form halber. Er hatte keine Beweise dafür, dass sie den Vertrag tatsächlich gebrochen hatte (obwohl natürlich genau das der Fall war), und die Beweislast lag bei ihm. Das war das Absurde an Vertraulichkeitsvereinbarungen und der Grund, warum sie überall wild wucherten: Solange dir nicht wirklich jemand an den Kragen wollte, waren sie äußerst fadenscheinig. Um eine Vertraulichkeitsvereinbarung nicht zu brechen, reichte es in den meisten Fällen aus, darauf zu beharren, dass du, nein, nichts preisgegeben hattest. Voilà: Du hattest es nicht getan.

Howard gab auf, zufriedengestellt oder gelangweilt von ihren Beteuerungen, und musterte sie, während er seinen Tee umrührte. »Das Shirt hast du schon das letzte Mal angehabt, als ich dich gesehen habe.«

»Ich habe gerade nicht so richtig Zugang zu meinen Klamotten.«

»Allen, die ins Best Western gezogen sind, haben wir ein Budget für das Nötigste gegeben. Du könntest dich ausstatten, wenn du einfach zum Rest des Stammes ziehen würdest.«

»Gefalle ich dir so nicht?« Sie strich das Shirt über ihrem Bauch glatt, der beinahe konkav war. Straff und seiner selbst sicher. Der Reiz des eingeschränkten Körpers.

»Doch, natürlich. Hungerhaken steht dir.«

Die Feindseligkeit zwischen ihnen war stärker als jemals zuvor, und sie hatte etwas Sexuelles. Anja war angewidert von sich selbst, beinahe so sehr, dass sie sich zu ihm hingezogen fühlte, und er spürte das. Es war schwer vorstellbar, den Raum zwischen ihnen zu schließen, aber was verhinderte jetzt noch, dass es geschah? Die Entweihung einer Erinnerung? Aber welcher Erinnerung – vom Sex mit Louis auf O konnte sie lediglich einige freigestellte Bilder abrufen – Hand auf dem Oberschenkel, die runde Öffnung eines Mundes – kaum Grund für nostalgische Gefühle, kaum besser als die Aussicht auf unbefriedigenden Sex mit jemand anderem.

Sie wusste, dass Louis ihr nur noch mehr fehlen würde, wenn sie mit Howard schlief. Der Mangel war so groß, dass sie ihn schon gar nicht mehr sehen konnte, sie spürte nur, wie er um sie herum anschwoll.

Der Mangel enthielt Tausende anderer Bilder, die sie nun umschwärmten, während sie Howard gegenübersaß. Phantome: Sie und Louis von oben gesehen, in verschiedenen Stellungen, auf der Suche nach einer unmöglichen Symmetrie. Die Beine, die sowohl seine als auch ihre waren; das Muttermal auf ihrem Bauch, das der Abdruck des Muttermals auf seinem Bauch war. Ihr Körper eine Vertiefung, seiner eine Ausnahme von der Regel. An ihn zu glauben hatte bedeutet, an die Existenz des Nichtbanalen zu glauben. Es gab keinen Grund mehr, weiter danach zu streben.

Sie sah zu Howard auf. Die Bilder, die sie von ihnen beiden heraufbeschwören konnte, waren von Schamgefühlen entstellt.

Howard nahm einen erneuten Anlauf. »Wie läuft Louis' Projekt?« Sie horchte auf. »Ich habe gehört, der offizielle Name stammt von dir.«

Sie erstarrte und nahm die Hände von der Tischkante. »Wer hat das noch *nicht* gehört? Ich dachte, das sei noch geheim.«

Er zuckte mit den Schultern. »Ich berate Basquiatt, weißt du. Louis wollte meine Meinung zu ein paar Marketing Strategien hören.«

»Du hast geholfen?«

»Er spinnt, wenn er meint, das ohne professionelle Hilfe durchdrücken zu können. Berater wie er werden immer Berater wie mich brauchen.«

»Was hast du davon?«

»Nur das Wohl der Menschheit.« Wenn er das in einer E-Mail geschrieben hätte, hätte er ein Smiley dahinter gesetzt. »Und es war eigentlich auch ein Gefallen für dich. Ich dachte mir, vielleicht weißt du die Geste zu schätzen, aber vielleicht habe ich die Situation falsch eingeschätzt. Wieder einmal.«

Ihr wurde klar, dass Louis und sie sich am Wochenende nicht über die praktischen Dinge unterhalten hatten. Sie wusste nur, was er ihr erzählt hatte, während sie am Kanal saßen und darauf warteten, dass die Wirkung einsetzte. Sie hatte ihn gefragt, wie seine Pläne bei Basquiatt aufgenommen worden waren und er hatte grinsend geantwortet, dass keines seiner anderen Projekte so schnell abgenickt worden sei. Kein Wort darüber, dass er das Howard zu verdanken hatte.

Wieder überkam sie das Gefühl, dass sich um sie herum Dinge bewegten, die sie nicht sehen konnte, nur gelegentlich materialisierten sich Überbleibsel des Stroms und rückten in ihr Blickfeld. Sie konnte lediglich anhand der Geschwindigkeit und des Winkels, in dem sie sich näherten, versuchen zu erraten, woher die Bruchstücke kamen.

Howard ließ ihr ein weiteres Bruchstück zukommen. »Ich habe gerade gehört, dass Du beim Beta Test auch dabei warst. Ich habe meine Probe noch nicht genommen – irgendwelche Tipps?«

Es geschah, Oval hatte die Erdumlaufbahn erreicht und setzte zur Landung an.

»Klar«, sagte sie. »Nimm's nicht.«

Er lachte. »Bist du schon süchtig?«

»Nicht wirklich. Ich glaube, die Beta Version braucht noch ein bisschen ‚Pep', wie Louis es nennt. Er fand meine Reaktionen beim Runterkommen nicht so toll. Und ich auch nicht.«

»Oh?«

»Das ist alles fake, Howard. Nichts davon ist echt. Nichts wird bleiben.«

»Es muss nicht echt sein, um einen Unterschied zu machen.« Er legte den Kopf schief und musterte sie.

»Nein – Oval löst keine Probleme. Es macht dich nur blind für die Strukturen hinter den Problemen. Das ist nur ein leeres Ego High – der White-Savior-Komplex in Pillenform.«

Er lachte gezwungen, als er feststellte, dass sie nicht in der Stimmung war, die Lage zu entspannen. An ihren Worten war nichts Entgegenkommendes; sie sagte, was sie meinte. Und nicht auf verspielt kämpferische Art – vielleicht war sie nun bereit für den richtigen Kampf.

»Das klingt, als wärest du vor allem sauer auf Louis.«

»Würdest du bitte meinen politischen Widerspruch nicht auf einen Beziehungsstreit reduzieren?«

»Ich meine ja nur, du solltest etwas nachsichtiger sein mit ihm. Es ist ja noch nicht fertig.«

»Nachsichtig? Seit wann bist du auf seiner Seite?«

Während sie das sagte, wusste sie bereits, dass sie sich damit disqualifizierte. So war es nun mal: Jungs durften glauben, dass ihr Privatleben sich von ihren politischen Überzeugungen trennen ließ – *Ich habe mich mit feministischer Theorie beschäftigt, also ist es nebensächlich, dass die Karriere meiner Freundin weniger wichtig ist als meine eigene; das hat nichts mit Geschlecht zu tun* – und doch hielten sie es nie für möglich, dass deine Überzeugungen auf irgendetwas anderem beruhten als auf deinen Gefühlen. Ihr würden nie Ideen über die Welt zugestanden werden, die sich nicht auf irgendeine weibliche Unsicherheit zurückführen ließen. *Du hast nur eine schlechte Besprechung von meinem Buch geschrieben, weil ich nicht mit dir schlafen wollte. Du hast ihn gewählt, weil du ihn sexy findest.*

In einer Welt, in der ihre strukturelle Kritik als persönliche Unsicherheit dargestellt wurde, würde ihr niemand glauben, dass sie aus politischen Gründen gegen O war; sie würden nur denken, dass sie Ärger mit ihrem Freund hatte.

Howard lehnte sich ihr entgegen. »Seit wann seid ihr denn auf unterschiedlichen Seiten?«

Sie schüttelte den Kopf. »Er ist derjenige, der Seiten erfunden hat«, sagte sie.

Sie verließ Howards Wohnung, ohne ihm die Frage gestellt zu haben, derentwegen sie gekommen war.

weißer nebel auf katzenpfoten/höchsttemp. 40°

Ihre Muskeln waren unterversorgt, und nicht willens, in die Pedale zu treten, also ließ sie das Fahrrad an einer Laterne vor Howards Wohnung angekettet stehen. Ziemlich unwahrscheinlich, dass es morgen noch da sein würde.

Sie hatte eine Weile nicht mehr die Öffentlichen genommen und als sie in der Bahn war, realisierte sie, dass sie vergessen hatte, ein Ticket zu kaufen. Normalerweise hätte sie das paranoid gemacht, aber sie merkte, dass es ihr leichtfiel, die Sorge herunterzuschlucken. Jedes alltägliche Unbehagen verblasste angesichts langwierigen Herzschmerzes. Es war, wie sich den Zeh zu stoßen, wenn du dich schon vor Bauchkrämpfen krümmst.

Sie steckte sich die Kopfhörer in die Ohren und scrollte auf der Suche nach einem Podcast, den sie noch nicht gehört hatte. Sie sollte sich wirklich die Nachrichten anhören, doch wozu? Sie würde nie so viel wissen wie Laura. Es brachte nichts, Interesse vorzutäuschen. Ihr Finger landete auf einer Folge von RANDIs Wissenschaftsreihe. »Neue Beobachtungen zu den Verhaltensweisen von genetisch veränderten Insekten.« Das war auch eine Art Nachricht.

Eine angenehme Stimme beschrieb die farblosen Flügel eines gezüchteten Käfers, der immun gegen die Krankheiten war, die Feldfrüchte befielen. Die Modifizierung seines Immunsystems hatte auch einige unerwartete phänotypische Veränderungen zur Folge, wie den Verlust der bunten Musterung der Flügel, die zuvor Paarungspartner angezogen hatte. Ohne die prunkvolle Färbung der Flügel hatte der Käfer ein neues Paarungsritual erfunden, das auf Zirpen beruhte.

Sie ließ ihren Blick unscharf werden und ihre Gedanken abdriften. Pathologisierte sie Louis auf die gleiche Art, wie Howard und zahllose andere Männer sie pathologisierten? Innerlich hatte sie Louis' Wunsch, die Welt zu verändern, auf einen verzweifelten Ausdruck seiner Trauer reduziert. Doch vielleicht war sein Wunsch auch echt. Vielleicht gab es gar keinen Zusammenhang. Vielleicht fiel das alles nur zufällig in die Zeit nach dem Tod seiner Mutter. Wer war sie, dass sie über seine Motive urteilen sollte? Gab es so etwas wie reine Motive überhaupt? Und war es wichtig, warum jemand etwas tat? Das Motiv einer Handlung ließ sich an ihren Auswirkungen in der Welt nicht unbedingt ablesen. Das ging auch gar nicht –

keine Person konnte so viel Kontrolle ausüben. Reaktionen, Kollisionen. War nicht jede wichtige technologische Entwicklung in der Geschichte für Zwecke verwendet worden, die über die Absichten des Erfinders hinausgingen?

Sie wusste, wie das lief. Intellektuelle, die, tief vergraben im wissenschaftlichen Betrieb, Moleküle gegeneinander schleuderten, bis diese endlich Energie freisetzten – und diese molekulare Reaktion wird später dazu missbraucht, Millionen von Menschen zu töten. Ein militärisches Einsatzkommando erfindet ein tragbares Gerät zur Blutinfusion auf dem Schlachtfeld – und es wird zum Lebensretter in zivilen Krankenhäusern auf der ganzen Welt. Käfer werden modifiziert, damit sie keine Krankheiten mehr übertragen – und siehe da, jetzt haben sie eine neue Flügelfarbe. Jetzt paaren sie sich auf andere Weise.

Oval, sagte sie sich, war nur eine unter vielen neuen Technologien, und noch dazu eine, die von einem Künstler in einer NGO erfunden worden war – von allen möglichen Kontexten nicht unbedingt der schlimmste. Ob der Künstler sich bewusst war, warum er tat, was er tat, war eine überflüssige Frage. Die Pille war nur ein Samenkorn; der Wandel würde völlig autonom aus diesem Ursprung hervorgehen.

Es war um die Mittagszeit und der Wagon hatte sich schnell gefüllt, es gab nur noch Stehplätze. Ihr Rücken wurde gegen die Vorderseite eines anderen Passagiers gedrückt. Die Person atmete schwer und sie spürte, wie seine Brust sich hob und wieder senkte. Die Bahn schlingerte und der Mann wurde zu nah an sie herangedrängt, sein Körper berührte ihren auf voller Länge. Sie spürte, wie sich ihre Tasche an ihrer Seite bewegte, das sichere Gefühl, dass jemand darin herumwühlte, doch als sie nachsah, war dort keine Hand.

Beim nächsten Halt zwängte sich ein Mann, dessen Nase voller Metallringe war – drei, vier Piercings in einem Nasenloch – in den Wagon. Zwei türkische Männer in Jogginganzügen murmelten etwas in seine Richtung. Anja scrollte wie betäubt auf ihrem Telefon, das sie nahe vor ihr Gesicht hielt, den Arm eng am Körper, und konzentrierte sich auf die Stimme in ihren Kopfhörern. Der Mann hatte zu schreien begonnen; sie wandte den Blick ab. Aber es fühlte sich an, als würden die Worte sich an jemanden richten. Sie sah auf. Ihr kam der Gedanke, dass er sie anschrie – das Mädchen, das sich nur mit ihrem Telefon beschäftigt – und er stand sehr nahe, nur eine ältere Frau, die sich an der Stange in der Mitte des Wagons festhielt, war zwischen ihnen. Anja konnte sich nicht bewegen, sie war immer noch zwischen dem schwer atmenden Mann und anderen Passagieren eingeklemmt.

Ja, die Worte galten ihr. Der Mann klagte sie an, und nur sie, in verwirrten, aber doch verständlichen Worten. *Alle interessieren sich nur noch für ihr Telefon,* das war die Kernaussage. Aber dann sagte er auch noch etwas über einen Pelzmantel. Sie zwang sich, ihn anzusehen. Ja, er trug einen teuer aussehenden Mantel aus Kaninchenfell. »Weißt du nicht mehr?«, insistierte er. *Du musst dich doch an mich erinnern.* Irgendetwas war am Wochenende zwischen ihnen vorgefallen, aber sie konnte sich nicht entsinnen, was. Waren sie nun so etwas wie Bekannte? Was wollte er noch von ihr?

Der männliche Käfer hat gelernt, so schnell mit den Flügeln zu schlagen, dass ein hoher Ton entsteht, den nur das andere Geschlecht hören kann. Der Mann forderte sie heraus, auf ihn zu reagieren und in ihrer Brust brach Panik aus. Sie spürte, wie alle Augen im Wagon in ihre Richtung zuckten.

Auf O hätte sie den wütenden Mann angelächelt, ihr Telefon weggesteckt, ein Gespräch mit ihm begonnen, ihm alles gegeben, was sie hatte. Sie versuchte, die zwischenmenschliche Verbundenheit heraufzubeschwören und das Glücksgefühl, von dem sie annahm, dass sie es am Wochenende empfunden hatte – aber die Illusion hielt nicht stand, wenn sie nüchtern in der U-Bahn mit dem alltäglichen Horror konfrontiert wurde. Sollte sie überhaupt mit diesem schimpfenden Mann am Wochenende gesprochen und mehr als materielle Güter mit ihm ausgetauscht haben. Der von O induzierte Drang, Geld auszugeben, würde sich auf andere Bereiche ausdehnen müssen: das Verlangen, Zeit zu schenken, Aufmerksamkeit zu schenken. Vielleicht waren diese Bereiche auf eine Art und Weise miteinander verbunden, die sie sich nicht eingestehen wollte.

Die Stimme des Mannes war nun heiser vom Schreien; er schlug sich gegen die Stirn. Hier hatte sie nun also die Wahl, konnte beweisen, dass es nicht notwendig war, O zu schlucken, um sich wie ein mitfühlendes menschliches Wesen zu verhalten. Sie konnte es versuchen, aber die bloße Vorstellung ließ sie erstarren. Sich mit einem Verrückten auseinanderzusetzen, nur um ihm Respekt zu zollen, würde keineswegs seinen Schmerz lindern. Sie fühlte seinen Schmerz – alle in diesem U-Bahn-Wagon verspürten die eine oder andere Art von Schmerz – aber es gab nichts, was sie daran ändern konnte. Sie war schüchtern, so unglaublich schüchtern. Und sie hatte Angst davor, das Falsche zu tun, vom Richtigen ganz zu schweigen.

Anja gab klein bei und sah sich ihren Feed an. Sie hatte das Icon auf ihrem Telefon tagelang vermieden, ihr Daumen hatte immer wieder darüber geschwebt, als wäre es ein Pickel, der ausgedrückt werden musste. Als sie schließlich darauf klickte, fand sie schnell, wonach sie suchte. Sie ging auf Saras Profil und dort war es: der dritte Post von oben. In dem eingezäunten, zertrampelten Gärtchen hinterm Baron, im Sonnenaufgang. Louis lehnte sich auf Prinz, um das Gewicht von Sara auf seinen Schultern tragen zu können. Saras Oberschenkel um seinen Hals. Saras Hand in der Luft, ekstatisch. Saschas Gesicht auf der anderen Seite, auf gleicher Höhe wie Louis', die Moleküle ihrer Wangen berührten sich. Die vier, in perfekter Formation. Vereint durch O. Kein Filter.

Laura kam in Unterwäsche ins Wohnzimmer gerannt.

»Ich habe gerade so etwas verdammt Schräges gesehen.«

Anja ließ ihr Telefon neben sich auf den Boden fallen, Schluss mit dem Stalken. »Da unten?« fragte sie und deutete auf Lauras Schritt.

Laura verdrehte die Augen. »Draußen. Ich habe eine Zigarette am Fenster geraucht –«

»Ich dachte, du hättest aufgehört.«

»Hab ich auch. Wie gesagt, ich hab aus dem Fenster geguckt und da war diese Frau, die vorbeigejoggt ist, mit Kopfhörern auf. Sie hatte eines dieser Armbänder, in das du dein Telefon stecken kannst.«

»Diese Dinger, die aussehen wie Manschetten zum Blutdruckmessen?«

»Ja. Vielleicht können die das auch. Die Frau joggt also und kommt an diesem Obdachlosen vorbei, der auf einem Stapel alter Kartons liegt und schläft. Als sie ihn sieht, hält sie plötzlich an und legt den Rückwärtsgang ein – sie dreht sich nicht um, sie joggt *rückwärts* zu ihm zurück – und dann stößt sie ihn mit ihrem Fuß an und er dreht sich völlig verwirrt zu ihr um und sie reißt ihr iPhone aus der Halterung, beugt sich zu ihm runter, und gibt es ihm.«

Anja wurde bang ums Herz. »Das ist alles?«

»Nein – dann hat sie sich noch mal vorgebeugt und ihm einen Kuss gegeben. Er hat ausgesehen, als würde er versuchen, mit ihr zu reden, aber dann ist sie einfach weitergejoggt. Sie hatte immer noch ihren Kopfhörer in der Hand, was irgendwie schräg war. Ich nehme mal an, sie hat gedacht, die braucht er nicht ...«

»Wie sah sie aus?«

»Keine Ahnung. Blond.«

»Sah sie aus, als wäre sie feiern gewesen?«

»Nein, sie sah aus wie eine Joggerin. Was meinst du – oh, mein Gott, du glaubst doch nicht ...« Anja sah sie unverwandt an. »Um Himmels willen.«

Laura ließ sich aufs Sofa sinken und Anja zog die Beine an, um Platz für sie zu machen, dabei zerknüllte sie die Decke um sich herum. Gefühlt war sie schon seit Stunden wach.

»Wo ist Dam?«, fragte Anja. »Er hat in den letzten Tagen keine Wetternachrichten geschickt. Ich habe ihn seit Ewigkeiten nicht gesehen.«

Laura seufzte. »Er ist in Barcelona. Guckt sich Wohnungen an.«

»Scheiße.« Anja rieb sich die Augen, die sich anfühlten, als ließen sie sich nicht mehr schließen. Die Trauer aus zweiter Hand, in der sie marinierte, ließ sie langsam zu einem glänzenden, glatten Gemüse werden. Wenigstens war ihr Ausschlag heute nicht so schlimm. »Ich kann einfach nicht fassen, dass ihr das mit dem Umzug ernst meint.«

»Sieht so aus. Ich wüsste nicht, wie ich in dieser Sache den Rückwärtsgang einlegen soll. Weißt du«, Laura deutete in Richtung ihres Zimmers, »das Rückwärtsjoggen ist wirklich das, was mich an dieser ganzen Interaktion irritiert. Als hätte sich ein Schalter in ihrem Kopf umgelegt und dann – iiiiiiieeeeehhh …« Sie ahmte das Quietschen eines LKWs nach, der rückwärts fährt, und bewegte die Arme auf und ab, als würde sie ihn in eine Parklücke einweisen. »Sie hat einfach zurückgesetzt, als sie ihn gesehen hat.«

»Als ich am Wochenende drauf war, hatte ich eine bescheuerte Idee«, sagte Anja. Sie hatte nicht vorgehabt, davon zu erzählen, aber nun erschien es ihr so albern, und was konnte es auch schon schaden? »Ich war mir sicher, dass ich die Lösung habe.«

»Die Lösung für was?«

»Dass ihr wegziehen wollt.«

Laura schlang die Arme um ihre langen, braunen Beine. Sie hatte seit langem keinen Teil ihres Köpers mehr rasiert und die schwarzen Haare sprossen gesund vor sich hin. Genau genommen sah Laura insgesamt gesund, lebendig und gut aus. Anja spürte die Wärme des Körpers ihrer Freundin durch die Decke und sah sie liebevoll an. Liebevoll, und sich mit ihr vergleichend. Sie fragte sich, ob sie jemals den Körper einer anderen Frau einfach nur würde bewundern können, oder ob sie sich immer genötigt sehen würde, sich zu vergleichen, Zentimeter für Zentimeter.

»Ich hatte diese Idee«, sagte Anja und lachte heiser, »dass ich versuchen könnte, Fin-Start euer Haus abzukaufen. Scheinbar habe ich sogar deren Immobilien-Unterabteilung angerufen, während ich high war. Gott sei Dank habe ich niemanden erreicht.«

»Verdammt«, sagte Laura nach einer Weile. »Aber würdest du – ich meine, wäre das irgendwie möglich?«

»Natürlich nicht. Das ergibt keinen Sinn. Fin-Start will den ganzen Block besitzen. Warum sollten sie irgendeiner dahergelaufenen Privatperson das letzte Stück verkaufen?«

»Das stimmt wohl. Aber könntest du dir das leisten? Wie viel würde so ein ganzes Mietshaus kosten?«

»Keine Ahnung. Howard hat mich ausgelacht, als ich ihn gefragt habe«, log Anja. Es machte keinen Unterschied, dass sie ihn nicht gefragt hatte, sagte sie sich. Es war unmöglich.

Laura lehnte ihren Kopf gegen die Wand und hob ihn dann an, ließ ihn zurückfallen, hob ihn wieder, ließ ihn wieder zurückfallen. So schlug sie ihren Kopf sanft gegen die papierdünne Zimmerwand, die mit Raufasertapete überzogen worden war, wie die Wände so vieler Wohnungen irgendwann vor dem Ende der Mauer, angeblich zur Wärmedämmung. Das war in der gleichen Zeit geschehen, als sie Altbauten wie diesen zerstückelt und aus großen Wohnungen Wohneinheiten für Kleinfamilien gemacht und dabei lange, schmale Flure geschaffen hatten, tunnelartige Küchen und Badezimmer, die nicht größer waren als ein Schrank. Das Zimmer, in dem sie sich nun befanden, war vielleicht einmal ein Drittel eines großen Salons gewesen, mit einem Dienstmädchenzimmer im Stockwerk darüber. Jetzt war es eine seltsam geformte, extragroße Wohnküche. Nachdem sie lang genug in Berlin gelebt hatten, gewöhnten sich jedoch alle an die zerhackten Strukturen, gewannen sie sogar lieb. Es war befreiend, wenn die Dinge nicht ihrem Entwurf entsprachen; es gab dir das Gefühl, dass du mit ihnen machen konntest, was du wolltest. Eine Zeitlang. Mittlerweile erschien es nur noch beengend.

»Aussichtslose Sache«, sagte Anja, und stellte sich das gläserne Loft vor, das hier entstehen würde.

»Wie reich bist du eigentlich wirklich?«, fragte Laura, plötzlich. »Könntest du dir ein ganzes Haus leisten?«

Anja verschränkte die Arme vor der Brust. »Ich weiß es nicht.« Sie wusste nicht, wie viel Mietshäuser kosteten, aber sie wusste, dass auf ihrem Investment-Konto so viel Geld lag wie auf Evas und Eva hatte in den 35 Jahren ihres Lebens keinen einzigen Tag gearbeitet. »Wahrscheinlich schon«, gab sie zu. Ihr Herz schlug unangenehm schnell. Es war das erste Mal, dass Laura und sie offen über Geld sprachen. Das Risiko, wie ein armes, kleines reiches Mädchen zu klingen, war immer zu hoch gewesen.

Laura legte den Kopf schief und fragte: »Was müsste passieren, damit du einen Teil deines Geldes ausgibst? Willst du nie etwas Großes kaufen?«

Anja wusste nicht, was sie sagen sollte. Louis und sie hatten sich ein- oder zweimal ausgemalt, wie sie das Geld dazu nutzten, ihr eignes kleines Dorf irgendwo zu bauen, tausendmal besser als The Berg — ein Ort, an dem all ihre Freunde leben konnten. Eine echte Kommune, eine echte Gemeinschaft. Sie hätten eines der zerfallenden Sanatorien aus Backstein an der polnischen Grenze übernehmen oder einen Architekten anheuern und auf einem Berg in der Schweiz neu beginnen können. Aber sie hatten beide gewusst, dass sie es nie wagen würde. Das erste Mal, dass sie wirklich in Versuchung gewesen war – wie unter Zwang, furchtlos – alles auf den Tisch zu legen, war unter dem Einfluss von O gewesen.

»Ich könnte nie entscheiden, was das wichtigste Anliegen wäre.«

Laura zuckte mit den Schultern. »Anliegen sind Louis' Ding. Du siehst ja, was dabei herauskommt.«

»Aber ich kann auch nicht rechtfertigen, das Geld für mich selbst auszugeben.«

Laura betrachtete ihre Fingernägel, dann sah sie Anja an. Sie legte einen Arm um Anjas Knie, das sie aufgestellt hatte. »Du wirst schon wissen, was du tust«, sagte sie. »Wenn die Zeit dafür gekommen ist.«

Anja nickte, dankbar, aber unsicher, ob das stimmte. Sie wusste, dass sie nach Berlin gezogen war, um sich dieser Frage nie stellen zu müssen, aber nun stellte sie sich ihr doch. Die Stadt würde bald zu teuer sein, als dass sie wie ein Eichhörnchen auf ihren Rücklagen hocken bleiben konnte. Vielleicht war es auch für sie an der Zeit, das sinkende Schiff zu verlassen. Anders als Eva, die den Lebensstil ihrer Eltern mit ständigen Ortswechseln kopiert hatte, hatte Anja sich der Schaffung eines ständigen und stabilen Zuhauses verschrieben, um all den Jahren, in denen sie immer wieder verpflanzt worden war, etwas entgegenzusetzen. Die meisten Kinder aus den internationalen Schulen wurden ebenso flatterhaft wie ihre Eltern, Anja aber nicht. Vielleicht war Berlin die falsche Wahl gewesen, aber sie hatte sie getroffen. Es war ihre Wahl.

19

Der gute alte/neue Louis antwortete nicht auf ihre Nachricht. Sie hatte einen Pakt mit sich selbst geschlossen, ihm nicht zu schreiben und diesen dann sofort gebrochen. Die Nachricht, die sie schließlich abschickte, klang ungezwungen, hoffte sie. In ihr stand, dass es Anja leidtue und dass sie hoffte, sie würden bald reden.

Die richtigen Nachrichten, die, von denen sie wusste, dass sie sie nicht abschicken sollte, verfasste sie im Schlaf. Sie wachte auf und war sich nicht sicher, ob sie sie abgeschickt hatte. Oft träumte sie, er habe zurückgeschrieben. Doch von ihm kam nichts. Vierundzwanzig Stunden, sechsunddreißig Stunden, achtundvierzig Stunden ... Er hat meine Nachricht noch nicht gesehen, sagte sie sich – da steht noch nicht das doppelte Häkchen, das anzeigt, dass er sie geöffnet hat. Aber sein Telefon zeigte, genau wie ihres, die eintreffenden Nachrichten als Vorschau an, ganz gleich, ob er sie öffnete oder nicht. Vielleicht war sein Telefon ausgeschaltet. Vielleicht war sein Telefon aber auch an ...

Ihr Telefon bot keine weiteren Hinweise. Saras Feed war verstummt und auf den Feeds von anderen Leuten tauchte Louis nicht auf. Er hatte kein eigenes Profil. Eine mutige oder eine elitäre Entscheidung, je nachdem, wie man es betrachtete. Sie aktualisierte Saras Profil noch einmal.

Wenn man das Gefühl hat, zu stagnieren, soll man einen Spaziergang machen. Sie wickelte sich in Dams Kimono und verließ das Haus. Sie wollte Richtung Kanal gehen und sich ein Eis holen. So waren die Sonntage früher gewesen, in den alten Berlin-Tagen, in denen sich die Zeit vor ihr ausgebreitet hatte wie ein endloser Flugplatz. Eis, Drogen, neue Leute, Improvisation — und dann all diese Dinge noch einmal von neuem, mit Louis. Letzten Sonntag um diese Zeit war sie das letzte Mal mit ihm zusammen gewesen, in der Ecke seines Studios, unter den Fehlzündungen ihrer Neuronen. Wie hatte sie nur tun können, was sie getan hatte?

In ihrer Tasche bimmelte ihr Telefon und kurz verdrehte es ihr den Magen, doch es war nur Dam, der aus Barcelona zurück war. *BRRRATE 1 SPIEGELEI AUF MEINER STIRN RENN BERLIN IST 1 INFERNO HAUT AB SOLANGE IHR KÖNNT*. Eine Massennachricht, nicht einmal an sie gerichtet. Sie suchte auf ihrem Telefon nach einem Podcast, der ihre Gedanken überschreiben würde.

Dam hatte recht: Die Sonne war brutal. Ihre Achseln wurden feucht und sie spürte, wie die Schweißperlen einen Schnurrbart über ihrer Oberlippe bildeten. Sie stellte sich vor, wie die Hautzellen auf ihren Wangenknochen in kürzester Zeit eine Vorstufe zum Krebs annahmen, wie in der Animation einer Werbung für Sonnencreme. Sonnenblocker verwenden — noch eine Sache, die man tun sollte. Der Sandweg entlang des Kanals war beinahe menschenleer, nur einige Pärchen schwitzten auf dem Grünstreifen zwischen Weg und Wasser. Von irgendwoher wehte der Geruch von Gras herüber. Eine Gruppe versiffter Schwäne steuerte nahe des steilen Kanalufers durchs Wasser, ihre glänzenden Augen auf die Wasseroberfläche gerichtet, auf der Suche nach Sandwichresten. Einer tauchte unter und kam mit einer leeren Tüte Paprikachips wieder hoch.

Die Stimme in ihren Ohren erklärte, eine kurze Zeitlang habe es so gewirkt, als würde das Ozonloch schrumpfen — doch nach einer zweiten Überprüfung hatten sich die Meteorologen entschuldigt: Nee, wird doch immer dünner da oben. Sie blickte zum Himmel. Es breitet sich immer weiter aus, wie ein Muttermund, der sich öffnete.

Ein Mann kam ihr auf dem Weg alarmierend nahe. Sie steckte ihr Telefon ein, das sie unbewusst schon wieder hervorgeholt hatte, um zu checken, ob sie neue Nachrichten hatte, und schwenkte, ihn im Auge behaltend, leicht zur Seite. Es war bedrohlich, wenn sich einer einem näherte, während sich beide gradewegs auf ein Ziel zubewegten, zwei Vektoren in Bewegung. Eine der beiden Partei musste stationär bleiben, um eine bedrohlich wirkende Abwicklung zu vermeiden: Entweder du saßt auf einer Bank oder an einem Tisch und jemand trat zu dir heran, oder du kamst an jemandem vorbei, der auf der Straße kniete und ließest etwas Kleingeld in seinen Becher fallen. Aber nicht beide in Bewegung, aufeinander zu, mit der Möglichkeit einer Konfrontation.

Er hielt etwas in seiner Faust. Sie betrat das Gras, um ihm aus dem Weg zu gehen. Er folgte ihr. Sie näherte sich nun einem weiteren Paar, das auf der Kante des Kanalufers saß, und sich über etwas beugte, das aussah wie eine Schachtel mit Sushi. Einer rührte Wasabi in Soyasauce, der andere arrangierte Ingwer auf einer California Roll. Der Mann, der ihr gefolgt war, stieg die kleine Böschung hinab auf die beiden zu und hielt voller Vorfreude Essstäbchen in die Höhe. Sie schüttelte den Kopf über ihre Unterstellungen, ihre Paranoia.

Die Stadt zog sich andere Kleider an oder trug zumindest einen neuen Schal. Es war gut, etwas durch die Gegend zu laufen, und das mitzubekommen. Der Kanal war der richtige Ort, um die soziale Temperatur der Stadt zu testen: Ground Zero des öffentlichen Lebens.

Der Sommer, in dem sie Dam und Laura kennengelernt hatte, war voller Kanaltage gewesen. Ganze Wochenenden lang spielten sie auf dem Platz am Kanalufer Boccia zwischen alten Männern, die nie ein Spiel zu Ende zu bringen schienen, so beschäftigt waren sie damit, über Punkte zu feilschen. Die drei liefen am Wasser auf und ab und fanden immer ein neues Geländer, über das sie ihre Beine baumeln lassen konnten, trafen Leute, die sie kannten und mit denen sie herumstehen und quatschen konnten. Gruppen von Freunden versammelten sich um sie und lösten sich wieder auf, aber sie drei hielten zusammen, sie formten einen festen Kern. Laura hatte immer eine Tasche mit einer Decke, Wasser, Zigaretten. Nachmittags holte Dam Pizza und goss Chili Oil darüber, bevor er sie zu ihnen brachte, ein Stück fehlte immer schon. Laura mochte Thunfisch auf ihrer Pizza, was ekelhaft war, doch Anja lenkte ein, zu kulinarischen Abstrichen bereit, wenn es darum ging, diese beiden Leute zu ihren Leuten zu machen.

Als Praktikantin schien Anja die einzige zu sein, die unter der Woche irgendwo zu sein hatte. Das Gefühl der Enttäuschung am Ende eines langen Wochenendes war neu und überraschend für sie: Sie wollte, dass diese biergetränkten, sonnenverwöhnten Tage für immer andauerten. Sie wollte auf dem Gras liegen und rauchen und ihr Haar von der Sonne bleichen, die Gespräche vom Nachmittag in den Abend fließen lassen, dann in einem Club ihr Hirn ausbleichen bis zum nächsten Morgen und dann all das nochmal von vorne tun. Zum ersten Mal, seit sie ihren Fuß in ein Labor gesetzt hatte, war ihr etwas wichtiger als ihre Arbeit. Das war der letzte Sommer mit beständiger Hitze gewesen, bevor das Wetter begann, verrückt zu spielen und das Jahr in unterschiedliche Tage anstelle von Jahreszeiten einteilte.

»Hey!« Von der anderen Seite des Wassers rief sie jemand. Sie kniff die Augen zusammen. Es war ein Paar, das sie kannte, durch Prinz vielleicht. Die beiden Jungs waren schon so lange zusammen, dass sie einander ähnelten — oder vielleicht hatten sie sich immer schon geähnelt und das war der Grund, warum sie zusammengekommen waren. Der Linke winkte und rief ihren Namen. Sie rutschte die Böschung hinab, auf die Bank zu.

»Wie geht's?« rief sie. Sie waren umgeben von leeren Sixpacks.

»Wir killen ein paar Flaschen!«

»Warum?«

»Wir verschenken sie!« Er schien in Richtung der Sushi Esser zu deuten. Sein Partner reichte ihm eine Flasche, die er mit einem Feuerzeug öffnete und langsam in das trübe Wasser entleerte. Der Kanal bestand wahrscheinlich sowieso zu 60 Prozent aus Bier, dachte sie. Hinter ihnen zerrte die schwarze Katze, die sie überall mit hinnahmen, an ihrer Leine, mit der sie an einen Baum festgebunden war.

»Ihr leert die ... um sie diesen Jungs zu geben?« Sie zuckte mit dem Daumen nach rechts.

»Wir haben ein paar Stunden lang Leergut gesammelt, aber das wurde etwas anstrengend. Die Mülleimer sind eklig.«

»Dann wurde uns klar, dass wir einfach ein paar Sixpacks kaufen und die Flaschen verschenken können.«

Der erste hatte Schwierigkeiten, eine weitere Flasche mit seinem Feuerzeug zu öffnen. Anja wusste nicht, was sie sagen sollte. »Hätten die nicht lieber einfach das Geld?«

»Almosen sind erniedrigend«, sagte der andere, hob die Katze hoch und streichelte sie zwischen den Ohren.

»Bring einem Mann das Fischen bei!«, rief der, der die Flaschen öffnete.

Der andere nickte. »Du musst das Ökosystem der Stadt stärken, damit es am Leben bleibt.«

Schiffshalter putzen Haie. Magenhacker fressen die Fliegen vom Fell der Kühe. Er schien über Flaschensammeln als Teil einer Art Stadtsymbiose zu sprechen. Sie begann, rückwärts die Böschung wieder hinaufzusteigen.

»Ihr könntet ihnen einfach die vollen Flaschen geben«, sage sie, weniger laut.

»Wir schenken denen doch nicht einfach ne Kiste Bier«, sagte der mit der Katze und lachte.

Zurück auf dem Pfad stieß sie mit einem großen Mädchen zusammen, das auf klobigen Plateauschuhen daherstakste, mit einer Hand telefonierte und in der anderen eine Leine hielt. Die Leine war am Halsband eines Weimaraners befestigt, der gerade völlig unbefangen in den Sand geschissen hatte. Er erhob sich, scharrte, um seine Zufriedenheit mit dem Riesenhaufen zu signalisieren, etwas Schmutz darüber, dann gingen die beiden weiter und ließen den Scheißhaufen in der Mitte des Wegs zurück.

Anja sah ihnen hinterher, wie sie davonschlenderten und fragte sich, warum man in der Stadt einen Hund haben wollte. Sie hatte sich immer gegen die Idee ausgesprochen, aber Louis liebte Hunde so sehr, alle Arten von Hunden. Er hatte eine Art Radar, der ihm alles unter Kniehöhe ins Bewusstsein rief. Wenn er in der U-Bahn nach ihrem Arm griff, wusste sie, dass sie nach unten gucken musste. Hunde: die großen Gleichmacher. Der kleinste gemeinsame Nenner menschlichen Mitgefühls. Die Perversität, deinen Hund zu verwöhnen, während der Planet im Sterben lag. Faultiere sind beinahe ausgestorben, und wir züchten Bulldoggen, deren Brustkörbe zu klein für ihre Lungen sind. Eine Sklavenspezies, von uns selbst erschaffen. Louis konnte all das sagen, und im nächsten Moment glücklich in die Knie gehen, um einen Collie zu streicheln.

Am Fuß von The Berg sah alles ganz normal aus. Der Berg war nicht abgesperrt, aber die Wege, die an der Westseite, wo Anja und Michel standen, hinaufführten, waren verlassen. Die üblichen Flaschensammler und Vogelbeobachter und heimlichen Liebespaare schlichen nicht zwischen den Bäumen herum.

Sie liefen zum südöstlichen Pfad, der weniger frequentiert wurde und hinauf zur Lichtung führte, auf der ihr Haus stand, und kletterten einige Meter ins Unterholz hinein, das erstaunlich schnell über den Pfad gewachsen war.

Aus dem Nichts trat ein Riese vor sie.

»Nein«, sagte er. Er war gigantisch, seine Arme angeschwollen auf eine Art, die nicht wirkte, als würde er ständig trainieren, sondern als hätte sein Körperfett sich einfach so verteilt, dass es die Form von Muskeln annahm. Er trug ein Nadelstreifenhemd, das Teil einer Karstadt Uniform gewesen sein mochte. Das Hemd zog sich in seinen Achseln zusammen und spannte über der Brust.

»Privatgelände«, grunzte er. »Nur für Anwohner.«

»Ich bin Anwohnerin«, sagte Anja, sie spürte wie Michel neben ihr nervös von einem Bein aufs andere trat.

Der Riese schüttelte den Kopf, voller Vorfreude auf das sichere Vergnügen, das ihr zu widersprechen ihm bereiten würde. »Alle Anwohner wurden erfasst.« Er verschränkte seine Arme und starrte an ihnen vorbei.

»Und doch stehen wir hier«, sagte Michel.

»Alle Anwohner wurden erfasst. Ich habe die Liste.«

»Sieht so aus, als würde ausgerechnet heute die Bürokratie nicht mit der Realität übereinstimmen«, sagte Michel und grub seine Schuhspitzen in den Matsch. »Vielleicht ist Merkur gerade rückläufig.«

Anja griff in ihre Tasche, um ihr Telefon mit der erforderlichen Aufenthaltsbefugnis darauf zu suchen, und die Hand des Mannes glitt sofort auf seine Hüfte.

»Wow«, sagte Michel und machte einen Schritt nach vorne. »Wir sind harmlos.«

»Ich will Ihnen nur meine Aufenthaltsbefugnis zeigen«, sagte Anja. »Ich habe sie auf meinem Telefon.«

»Hier wohnen momentan keine Anwohner.«

»Ich muss nur etwas holen«, Anja lächelte ihn zuckersüß an. »Vielleicht kennen Sie Howard?«, versuchte sie es.

Sie beobachtete genau seine Reaktion, um abzuwägen, ob er hoch genug auf der Leiter stand, um zu verstehen, wie und wann er sich dieser Art von Erpressung ergeben sollte — oder ob er immun gegen Namedropping war, weil er glaubte, dass Macht sich nach einfachen, klaren Regeln verhielt. In anderen Worten, wie deutsch war er? Laura kann sagen, was sie will, dachte Anja, Deutschland wird nie ganz ins nächste Jahrhundert kippen. Kulturelles Kapital, sogar echtes Kapital würde sich hier immer den Regeln fügen.

Der Riese zeigte keinerlei Reaktion. Sie seufzte, ging in Gedanken mögliche Taktiken durch. Namedropping: Nein. Flirten: Nein. Empörung, Ansprüche stellen, Wut …

Er nahm die Hand von der Hüfte und ihr Blick fiel darauf. Seine Finger waren von verblasstem Stacheldraht umschlungen. Sie sah zur anderen Hand. Die Beine einer Spinne erstreckten sich über das Handgelenk. Sie konnte nicht glauben, dass sie so lange gebraucht hatte. »Eigentlich kennst du mich auch«, sagte sie. »Mittwoch und Samstag sind deine Nächte im Baron.« Er sah sie wütend an. »Du lässt mich immer rein. Ich bin normalerweise mit Prinz und Louis unterwegs.«

Die Art, wie er sie musterte, war ihr nur allzu vertraut. Da waren die unvermeidlichen Sekunden, die er zögerte, ehe er die Hand ausstreckte, um die Schwingtür aufzudrücken, ihr eine warme, feuchte Wolke verrauchter Luft ins Gesicht wehte, und sie den Club betrat. Der Abgrund der Ablehnung. Die Macht war trivial, aber sie gehörte ganz und gar ihm.

Ohne Louis, das wusste sie, gab es keine Garantie, dass sie ins Baron kommen würde, geschweige denn auf The Berg. Da sie ohne die anderen war und keine wiedererkennbare Stammkundin, wäre es einfach, sie fortzuschicken. Beklemmung angesichts einer möglichen Zurückweisung hätte nun in ihr aufkommen sollen, aber sie entschied sich, zu bluffen.

»Ich war letzte Nacht erst im Baron«, log sie. »Ein bisschen verkatert heute.« Der Türsteher grunzte. Sie verdrehte ungeduldig die Augen.

Er blickte langsam von links nach rechts, die Arme immer noch vor der Brust verschränkt, und machte einige Schritte zur Seite. Sie sah ihm zu und wartete auf das schicksalhafte Nicken. Als es kam, tippte sie Michel an und machte sich auf den Weg den Berg hinauf. Als sie an ihm vorbeigingen, erwiderten sie das Nicken des Türstehers, darauf bedacht, nicht zu dankbar zu wirken. Du kamst beim nächsten Mal nicht rein, wenn du beim ersten Mal erleichtert warst, das hatte Sara ihr mal gesagt. Oder vielleicht doch? Es war reine Glückssache. Die Leute versuchten ständig, wiederholbare Strategien zu entwickeln, wie man in den Club kam, aber das Ganze würde nicht so gut funktionieren, wenn es da nicht ein gewisses Maß an Willkür gäbe. Es durfte keinen wirklich systematischen Prozess geben, das wusste jeder Diktator.

»Was zum Teufel?«, sagte Michel, als er annehmen konnte, dass sie außer Hörweite waren. »Ist das wirklich der Türsteher vom Baron?«

»Ich kann's kaum fassen, dass ich das nicht früher bemerkt habe.«

Sie schwenkten leicht nach Westen, um sich im Schutz der Bäume der Häuseransammlung von hinten zu nähern. Die Bäume hatten noch keine Gelegenheit gehabt, ihre Blätter zu verlieren, aber die Luft war extrem kalt und der Boden brüchig, an einigen Stellen sogar gefroren. *BLEIBT COOL*LEUTE* hatte die Nachricht heute Morgen gelautet. Moos war auf die Steine gepfropft worden — die wiederum auf die Erde gepfropft worden waren, die auf den Berg gepfropft, der auf den Flugplatz gepfropft, der in die Stadt gepfropft worden war — und in der Kälte hatte er sich zu einer braunen, entfernt an Schamhaar erinnernden Masse zusammengekräuselt. Ein Großteil der Sträucher sah aus, als wären sie schon im nächsten Leben ankommen. Mit so vielen Temperaturwechseln hatten sie nicht mithalten können.

»Warum ist es hier oben so viel kühler?«, fragte Michel, als sie ankamen. Er war leicht außer Atem. Es schien hier wirklich noch kälter zu sein. Sie stiegen schweigend über die kleine Terrasse hinter dem Haus, machten einen Bogen um die beiden Bambusliegen, auf denen Louis und sie so viele Sonntagvormittage verbracht hatten. Die grünen Sitzkissen waren von einer Art weißem Zuckerguss überzogen — Schimmel oder Staub. Louis vergaß immer, die Kissen ins Haus zu holen.

Die Tür war unverschlossen, aber sie klemmte; nachdem sich das Holz mit Feuchtigkeit vollgesogen hatte, war es getrocknet, ohne wieder zu schrumpfen. Michel bückte sich und stemmte sich mit seiner Schulter dagegen, bis sich die Tür mit einem trockenen Knarren einen Spaltweit öffnete.

Es empfing sie ein Geruch von Verfall, aber kein vollkommen unangenehmer. Seltsamerweise mischte sich eine Note von frischem Gras unter das Kompost-Bouquet — leicht süßlich. Michel nieste. »Hier riecht's nach Pot.« Er sah sich im Wohnzimmer um, ließ alles auf sich wirken. Er war verblüfft.

Sie kratzte sich am Bauch, was vielleicht ein Pawlow'scher Reflex auf den Ausschlag war, den sie nun mit der Wohnung assoziierte, und betrachtete den grünlich-braunen Flaum, der sich in Flecken auf dem Fußboden ausbreitete. Hier drinnen war es viel wärmer. Die Fenster schwitzten leicht. Eine beachtliche Menge Dreck und Blätter hatte sich in den Ecken angesammelt. War das — ja, durch den Boden beim Sofa spross Unkraut empor.

»War es so, als du gegangen bist?« Er ging auf die Knie und strick über den Betonverbundboden. Die oberste Schicht war zu Kekskrümeln zerfallen. »Hier zu leben muss ein bisschen wie Camping gewesen sein.«

»Nein — das Haus hat nicht wirklich gut funktioniert, aber so wie jetzt war es auch nicht.«

»Aber es war auch nicht toll.«

»Nach den ersten Monaten nicht mehr, nein.«

»Warum seid ihr überhaupt hierhergezogen?«

»Als wir es zum ersten Mal gesehen haben, war das Haus ...« Sie hielt inne und zuckte mit den Schultern.

Bei ihrer ersten Besichtigung hatte sie sich gleich für das Haus begeistert. Es war mit Mustermöbeln eingerichtet gewesen, einige Stücke hatten sie später gekauft, und die Zimmer hatten sich sauber und luftig angefühlt. Alles hatte so neu gerochen — das genaue Gegenteil von der Hütte im Schrebergarten. Es war unmöglich gewesen, nicht in Louis' Enthusiasmus für das Haus einzustimmen. Sie besaßen fast nichts, und so hatte er ihnen eine neue Matratze bestellt, Teller und Weingläser, einen gewebten Teppich, einen

Vorleger fürs Bad. All diese Dinge, in die du erst investiertest, wenn es dir »ernst« war mit einem Ort, einer Person. Sie hatten gemeinsam Kisten den Berg hochgeschleppt und über die Unannehmlichkeiten gelacht. Der Einzug hatte Spaß gemacht, war manchmal sogar lustig gewesen. Denk doch mal drüber nach, hatte Louis gesagt, in einer Stadt, in der alle ihre Quadratmeter zählen und sich vor ihren Nachbarn verstecken, haben wir ein riesiges Haus mitten im Wald für uns allein.

The Berg bewies, was sie schon immer geahnt hatten: Dass sie etwas Besonderes waren. Die Eigenheiten des Hauses kennenzulernen, war zunächst ein Spiel gewesen. Während der ersten ein, zwei Monate, als das Abfallsystem noch irgendwie kooperiert hatte und sie auch noch aufrichtig kooperierten, hatte es einige kleinere Frustrationen gegeben, aber keine wirklichen Sorgen. *Die Seilbahn wird demnächst installiert. Wir werden bald unsere eigene Postleitzahl erhalten. Das WLAN wird diese Woche angeschlossen*. Alles war möglich erschienen.

»Mama mia!« ertönte es aus dem anderen Zimmer. Sie fand Michel im Büro, er stand vor dem Regal, das mit beschrifteten, nach Jahren sortierten Aktenordnern beladen war.

»Da meint es aber jemand ernst«, sagte er. »Ihr habt echt viele Ordner. Was ist da drinnen?«

Sie fuhr mit dem Finger über die Ordner auf einem der Regelbretter, und als sie ihn wieder wegnahm, war er mit Staub bedeckt. »Blau ist für Steuern. Weiß für Versicherungen. Grau für den Papierkram, der mit Louis' Visa zu tun hat ...«

»Was ist Rot?«, er deutete auf das unterste Brett.

»Rot ist der Berg-Kram. Unser Vertrag, Gebrauchsanweisungen, Versicherungen ... all die Vertraulichkeitsvereinbarungen.«

»Ich sollte also nichts von ihrer Existenz wissen.«

Sie lächelte. »Richtig.«

»Ich habe noch niemanden gesehen, der so gut organisiert ist.«

»Liegt in der Familie.« Sie zögerte. »Obwohl, nein, das ist eine Lüge. Ich bin einfach so.«

»Ich habe diesen kleinen Handscanner, den du dir mal leihen könntest …«

»Echte Deutsche digitalisieren nicht.«

»Ich dachte, du wärst Österreicherin.« Er trat ans Regal und zog einen roten Ordner hervor.

»Wenn es um Ausdrucke geht, ist das dasselbe.« Sie betrachtete ihre Sammlung, die so kuratiert wirkte wie eine leere Dekoration in einem Laden für Bürobedarf. »Näher als mit diesen Ordnern werde ich dem Gefühl, ein Haustier zu haben, nie kommen. Selbst als ich in der Gartenlaube gewohnt habe, habe ich sie alle im Schlafzimmer gestapelt.«

»In einer Gartenlaube, wow.« Er versuchte, die Blätter zu trennen, die auf die Ringe des Ordners gefädelt waren, den er aus dem Regal gezogen hatte und nun geöffnet in den Händen hielt. »Ich sag dir das nur ungern, aber ich glaube, deine Ausdrucke haben sich erübrigt.« Er versuchte, mit zwei Händen die Seiten auseinander zu ziehen, aber der Klumpen hielt sich an sich selbst fest, eine spröde, wellige Platte Papier.

Sie musste lachen. »Vor einem Monat hätte mir das noch das Herz gebrochen.« Die Unterlagen erschienen ihr nun völlig beliebig, nichts weiter als Fossilien. Was auch immer sie ihr bedeutet haben mochten, sie hatte sich davon gelöst.

»Du musst irgendwo noch Sicherungskopien haben.«

»Das sind die Sicherungskopien. Der Vertrag über The Berg zum Beispiel hat eine Klausel, die besagt, dass wir aus Sicherheitsgründen keine digitalen Kopien unserer Verträge aufbewahren dürfen.«

»Du hast keine Möglichkeit, zu überprüfen, was in deinem Vertrag steht, wenn die Papierfassung davon verloren geht?«

»Schätze nicht.«

Er schloss den Ordner, setzte sich auf den Boden, dann schlug er die Beine über kreuz und zog seine Wildlederjacke aus, die er jeden Tag trug. Sie hatte sie liebgewonnen. Er legte die Jacke über den Ordner und sah zu ihr auf. Er wirkte, als habe er es sich bequem gemacht und wolle nun dort sitzenbleiben.

»Sollen wir anfangen?«, sagte sie.

Sie führte ihn in die Küche. »Lass uns den Kram hierhin stellen«, sagte sie und probierte einen Lichtschalter. Kein Klicken, kein Licht. Der Mechanismus war jetzt nur doch dekorativ. Niedlich, sogar.

»Es ist ziemlich hell hier drinnen«, sagte sie und deutete dabei in Richtung Fenster, »aber wir werden mehr Licht brauchen. Ich such mal ein paar Taschenlampen.«

In der Abstellkammer fand sie jede Menge. Große und kleine – sie hatten sich mit Taschenlampen eingedeckt, als klar wurde, dass der experimentelle Aspekt ihres Lebenswandels den nachhaltigen überwog.

In der Küche befestigten sie die größte Taschenlampe mit Klebeband so an einer umgedrehten Plastikschüssel, dass die Lampe direkt auf die Arbeitsfläche zeigte. Die einzelnen Teile lagen ausgebreitet auf der Kücheninsel; ein Stapel Petrischalen, jede davon mit einer dünnen Schicht Agar eingestrichen, eine kleine Werkzeugkiste, die verschiedene Pinzetten und Kellen enthielt, eine Schachtel mit durchsichtigen Folien, um Proben zu fixieren, einige Metallklammern und das Kronjuwel, der Aktivator, die *Soft Machine:* vierundsechzig Zellen sich selbst-replizierender, künstlich hergestellter Knorpelmasse, in der winzigsten Petrischale, in Eis gelagert in einer winzigen Kühlbox.

Sie tat einen Schritt zurück und begutachtete die kleine Sammlung. Derart ausgebreitet sah sie nicht nach viel aus, zu unspektakulär für ein bahnbrechendes wissenschaftliches Experiment. Mehr wie ein Versuch aus dem Biologieunterricht.

Michel holte den Schutzraum hervor und faltete ihn auseinander, eine Plexiglas-Kiste in der Größe einer Mikrowelle, die an einem Ende eine Schleusenvorrichtung besaß, durch die sie Dinge einführen konnten. Ein simuliertes Labor: eine mikrohermetische

Umgebung. Er reichte Anja eine leere Schale, die von innen mit Agar bestrichen war und die Schale mit der kostbaren Probe, beide noch mit Deckel. Anja nahm sie mit einer Zange entgegen und ließ sie nacheinander durch die Schleuse auf den Boden der Plexiglaskammer gleiten.

Sie schwiegen während des Vorgangs. Es war eine feierliche Angelegenheit. Eine zugleich verbotene und heilige Handlung.

»Gut, dass mein Akku geladen ist«, sagte Michel, als er seinen Laptop anschaltete, nachdem sie aufgebaut hatten. »Vielleicht habe ich intuitiv gewusst, dass es hier oben keinen Strom geben würde.«

»Wie lautet der Schlachtplan?«

»Im Grunde genommen müssen wir die Probe nur in der Kiste antauen lassen, bevor wir sie in das Agar geben. Den Rest kennst du — ich werde gleichzeitig die Simulation laufen lassen, so dass wir sichergehen können, dass alles nach Plan verläuft. Vergiss nicht, das wird alles wahrscheinlich superschnell vonstatten gehen, weil es so warm hier drinnen ist.« Er überprüfte erneut die Zimmertemperatur, indem er sein Telefon in die Höhe hielt, machte eine schnelle Berechnung, und stellte den Timer: zwölf Minuten, um halb aufzutauen. Er drückte auf Start.

»Kaum zu glauben, wie warm es hier drinnen ist«, sagte er und starrte die Uhr an. Gespräche übers Wetter.

»Muss all die Kompostierung sein. Es ist, als wären wir in einem riesigen Kombucha-Glas.«

Er sah zur Kiste auf und dann wieder auf die Uhr. »Und — warst du wirklich im Baron letzte Nacht?«

»Nein.«

»Wo ist dein ... wo ist Louis dieser Tage?«

»Das weiß ich nicht.«

»Okay«, sagte er.

»Ich bin immer noch halb im Wasser und halb draußen.«

»Wir sind alle mal Amphibien gewesen. Es ist nur ein Schritt in der Evolution.«

Sie schwiegen, eine volle, feuchte Stille. Sie wurde vom Piepsen des Timers durchschnitten.

Michel richtete sich auf, fuhr mit dem Finger über das Mousepad an seinem Laptop, um ihn aufzuwecken, Anja stellte sich neben die Kiste.

»Bereit?«, sagte er.

Sie schob eine lange Zange durch die Luftschleuse und griff damit nach einer kleinen Schlaufe am Rand der leeren Schale, an der sie zog, bis der Deckel sich löste. Das gleiche tat sie mit der Schale, in der sich die Probe befand, zog dann schnell die Zange heraus und führte ein anderes Instrument ein. Eine Gimlet-Kelle, ein langes Röhrchen, das am Ende flach war, wie einer dieser Smoothie-Plastikstrohhalme, der in einer Art Löffel mündete, an dem man sich immer die Zunge schnitt. Sie schöpfte die Stelle der Schale aus, die mit Filzstift markiert war, dort lagen die Zellen, die immer noch halb schlafend darauf warteten aufzuwachen und einander zu treffen. Sie fuhr unter die Zellen und schaufelte den ganzen Batzen heraus.

Dann kippte sie den Klumpen in die bereitstehende Schale, drückte ihn in die dicke Schicht Agar, und zog schnell die Kelle heraus. Sie nickte Michel zu, der eine Taste an seinem Laptop drückte, um die Simulation zu beginnen.

Sie war überrascht gewesen, als er ohne Protest zugestimmt hatte, das Experiment auf dem Berg durchzuführen. Die Idee war ihr irgendwann gekommen und war so groß in ihrem Kopf geworden, dass sie alle anderen Möglichkeiten verdrängt hatte. Er sei immer schon neugierig auf The Berg gewesen, sagte er. Ein Platz so gut wie jeder andere. Sie machte ihn nicht darauf aufmerksam, wie unhygienisch es dort war.

Am Freitag hatte Michel verkündet, dass alles bereit war. Er hatte die notwendige Wetware und Hardware besorgt. Nachdem er sich mit einigen Orthopädie-Experten in Paris beraten hatte, die Oberbekleidung aus lebendigem Gewebe herstellten, hatte er einen internen Antrag für Geräte und Knorpelzellen gestellt, *für neue Fortschritte in der Schaffung einzigartiger, sich selbst erhaltender Fußbekleidung aus dehnbarem, reagierendem Gewebe, essenziell für die Produktivität der gehfähigen Labor-Arbeitskräfte*. Er hatte den Antrag unter seinem Namen gestellt, nur ein Buchstabe war verdreht. Der Antrag wurde am nächsten Morgen genehmigt.

Das ganze Material aus dem Labor zu schmuggeln, würde ein Problem darstellen, hatte Anja geglaubt, doch Michel war überzeugt gewesen, dass sie einfach damit hinausspazieren konnten. »Ich habe unten auf dem Antrag angegeben, dass wir Feldversuche durchführen müssen. Mach dir keine Sorgen. Unser Deckmantel ist sicher. Wir müssen nur selbstbewusst auftreten.«

»Welcher Deckmantel?«

»Für mich, die Sache mit den Schuhen. Für dich, dass du verärgert bist.«

Sie saßen zusammen an der Kücheninsel und blickten zwischen der Computersimulation, die sich wie geplant langsam vollzog, und den Zellen in der Kiste, die mit bloßem Auge betrachtet immer noch völlig regungslos aussahen, hin und her. Anja musste die Simulation kaum ansehen, um zu wissen, was gerade geschah. Bevor es sich selbst konstruierte, musste das Dach sein eigenes Trägersystem bauen. Zwei kleine Säulen stiegen aus der Schale auf, schrieben sich in den leeren Raum ein, und machten die Leere zu Etwas. Sie füllten sich selbst aus und wuchsen zu verlässlichen Pfosten heran, dünn und etwas spröde — nur dazu da, um später abgeschnitten zu werden, wenn diejenigen, die unter dem Dach lebten, etwas anderes bauten, das es tragen sollte. Theoretisch zumindest.

»Gut, dass ich schon vor Ewigkeiten alles auf einen USB-Stick gepackt habe, nicht wahr?«

»Was?«

»Wie, glaubst du, bin ich an die Datensets für die Simulation gelangt?«

»Präventiv? Bevor wir gefeuert wurden?«

»Du weißt nie, wann du eine Sicherungskopie brauchen wirst.« Er lächelte.

»Beeindruckend.«

Die Augen auf den Bildschirm gerichtet, griff er in seine Hosentasche und holte ein kleines Fläschchen hervor. »Auf meinem Raubzug habe ich auch etwas Klettenwurzelöl mitgehen lassen.«

»Was ist das?«

»Hexerei.«

»Oh?«

»Nein — Wissenschaft.« Er lächelte. »Das ist ein natürliches Antihistamin, mit dem sie in der Gesundheitsabteilung rumexperimentiert haben.« Er fuhr mit einem Finger über seinen Wangenknochen und sah dabei ihren an. »Ich hab bemerkt, dass dein Ausschlag zurückkommt.«

Sie nahm die kleine Flasche, öffnete sie und roch daran, leicht beschämt. »Danke.« Sie tröpfelte sich etwas von der Flüssigkeit auf den Finger und verrieb es auf ihrer Wange. Es roch nach nichts und fühlte sich auch nach nichts an. »Meine Freundin meint allerdings, der Ausschlag sei psychosomatisch.«

»Dadurch ist er nicht weniger real.«

»Das stimmt wohl.«

»Die Macht des Unterbewussten.«

»Aber wenn mein Unterbewusstsein mir das antut, sollte doch mein Bewusstsein in der Lage sein, es zu überschreiben.«

»Körper haben keine Überschreibungsfunktion.«

»Ich weiß. In letzter Zeit fühlt es sich so an, als wären mein Körper und die Welt in einem Muster gefangen, das ich nicht verstehe.«

»Conditio humana.«

»Ich hab immer gedacht, den freien Willen gäb's wirklich.«

Er deutete auf die Kiste zwischen ihnen. »Du hast den Genotyp und den Phänotyp. Die Umwelt macht den Unterschied.«

»Was ist mit Selbstverwirklichung? Oder plastischer Chirurgie?«

»Manche Leute würden sagen, der Drang, dich selbst zu verändern, ist nur ein weiterer Aspekt deiner unveränderlichen Personalität, die von deinem beschissenen kulturellen Umfeld konditioniert wurde.«

Sie lachte. Er sah sie an und blickte wieder auf den Bildschirm zurück, von einem Bein auf das andere tretend. »Wir müssten da drinnen wirklich schon etwas sehen.« Die Säulen hätten mittlerweile vollständig sein sollen, ihre Spitzen sich in die kleinen Gerüste verzweigen, die das Dach hielten.

»Jetzt schon?«

»Ja, das sollte ungefähr zwanzigmal so schnell gehen.«

»Vielleicht sind die Zellen tot. Würde mich nicht wundern, wenn die Probe den Weg hierher nicht überstanden hätte.«

»Ja, ich weiß, die Bedingungen sind nicht ideal.«

Doch sie starrten weiterhin angespannt hin, und einundzwanzig Minuten nach der von Michel berechneten Zeit klopfte Anja gegen das Glas. »Da ist es.«

Zwei winzige Pilze aus durchsichtigem rosa Material waren zu sehen, erwachsen aus dem Nichts, jenseits aller Vernunft, in der Mitte einer Schale, genau da, wo sie sie gepflanzt hatte.

»Ha!« Michel riss die Arme in die Höhe. »Ha, ha!«

Ihr wurde klar, was sie an seinem Lachen störte. Es war insofern lautmalerisch, als dass es wirklich so klang, als würde er »Ha« sagen. Michel war immer Michel, eine wortwörtliche, fixierte Fassung seiner selbst. Louis hingegen war natürlich nie ganz Louis. Die Form, die nicht ganz zum Umriss passte. Das verrutschte Bild.

Entzückt verfolgten sie die Show.

Erst die sehnigen Säulen, dann direkt danach die Gerüste. Ein Strecken und Reduzieren. Dann der wahre Triumph: Die Überbrückung, wenn die beiden Seiten des Dachs sich in zwei Bögen über die Fläche zwischen den Säulen streckten und sich in der Mitte wie alte Freunde trafen. Während sich die Doppelwellenform verfestigte, dehnte sie sich in alle Richtungen aus, bis sie von oben ein perfekter runder Fleck war. Von vorne sah es aus wie eine Hochzeitslaube.

Anja wischte den Abdruck ihrer Nase vom Glas und drückte ihre Nase gleich wieder gegen die Oberfläche. Die Zeit verstrich in Form exquisiten Wachstums. Sie war so euphorisch, dass sie sich selbst völlig vergaß.

In nur etwas über einer Stunde war das echte Dach geboren und es entsprach genau seiner Blaupause aus der Simulation: Der Bildschirm und die Petrischale zeigten das gleiche Bild. Die Realität hatte sich den Berechnungen angenähert: Die Welt war auf die Abstraktion gestoßen. Anja fühlte sich in einen Augenblick buchstäblichen Friedens gezogen, wie in einen Frieden der Buchstäblichkeit. So fühlte es sich an, genau du selbst zu sein.

Dann erinnerte sie sich daran, wo sie waren, was sie taten, warum sie es taten. Sie sah zwischen Entwurf und Struktur hin und her und stieß einen gequälten Seufzer aus.

Michel lehnte sich zurück, offensichtlich ebenso niedergeschlagen wie sie selbst. »Ich weiß. Scheiße. Mir war bis eben nicht klar, wie sehr ich mir gewünscht habe, es würde etwas anderes machen.«

»Ich dachte … ich weiß nicht, was ich dachte. Aber ich habe gedacht …«

Er lehnte sich vor, um noch einmal in die Kiste zu spähen, dabei legte er die Stirn in tiefe Falten.

»Scheint so, als gäbe es keine Verschwörung.« Er zwang sich zu einem Ha. »Wir sind einfach nur Berater.«

»Machen nur unsere Bullshit-Jobs.«

Sie sahen einander an. Das alles war ihr unfassbar peinlich. Er lehnte sich über den Tisch.

In dem kurzen Moment, bevor sein Mund sich ihrem näherte, sich ihr entgegenbog wie eine Hälfte des Daches der anderen, empfand Anja bewusst drei Gefühle: Angst, Verzweiflung, Resignation. Als der Mund auf seinem Ziel landete, traf er ein bewegungsloses

Gegenstück. Sie konnte weder den Reflex aufbringen, zurückzuweichen, noch den Kuss erwidern.

Der Kuss endete ebenso abrupt, wie er begonnen hatte. Michel lehnte sich zurück und wendete den Blick ab. Er gab ein entmutigtes Schnauben von sich. Er schüttelte den Kopf und schnaubte dann erneut.

»Ich versteh's nicht«, sagte er. Das stimmte. Offensichtlich verstand er es nicht, verstand er gar nichts.

»Ich habe damit nicht gerechnet.«

»Komm schon.«

»Wirklich nicht.«

»Willst du sagen, ich hätte mir das nur eingebildet?«

Sie schüttelte den Kopf. Hatte sie es gewusst? Hatte *sie* sich Sachen eingebildet? Hatte sie sich eingebildet, sie könnte sich in Gegenwart eines Y-Chromosoms, das als heterosexueller Mann sozialisiert war, entspannen? Hatte sie sich eingebildet, ihre offensichtliche Inkompatibilität würde Michel davon abhalten, seine eigene Fantasie davon zu schaffen, was sie beide waren?

Er sah so beschämt aus wie sie sich fühlte. »Warum hast du mich dann hierhergebracht?«

»Um das Experiment zu machen.« Sie schüttelte den Kopf. »Ich dachte, wir wären Freunde.«

Er stand auf und begann, mit den Sachen auf dem Tisch herumzuhantieren, stapelte einige Petrischalen aufeinander und schob sie von einer Seite zur anderen. Seine Bewegungen hatten etwas Jämmerliches. Es kam ihr in den Sinn, dass er schmollte.

»Wir waren Freunde«, sagte er.

Der Kommentar versetzte ihr einen Stich, wirkte aber auch pathetisch. Sie bemerkte einen winzigen braunen Fleck am Kragen seines Rollkragenpullovers. »Es tut mir leid, aber ich kann das gerade nicht. Ich bin immer noch halb unter Wasser.«

Er nahm seine Jacke und schüttelte sie unnötigerweise aus.

»Hey«, sagte sie, und streckte eine Hand aus. »Es tut mir wirklich leid. Aber ich würde es nur aus Einsamkeit tun.«

Er zog die Jacke über einen Arm, dann über den anderen. Er zuckte mit den Schultern, um sie zu glätten. »Autsch«, sagte er.

»Ich weiß. Das meine ich ja. Ich will dich nicht wie ein Trostpflaster behandeln.«

Die Sachen auf dem Tisch hin und her zu schieben und zu stapeln, war nur Show gewesen. Am Ende machte er sich nicht die Mühe, die Instrumente einzupacken, stieß nur seinen Laptop in den Rucksack.

Bevor er ging, sagte er, ohne ihr dabei in die Augen zu sehen: »Du hast keine Ahnung, was gut für dich ist.«

20

Anja hatte mal gelesen, dass Delfine zum Luftholen auftauchen und Vögel weiterfliegen konnten, während sie noch halb schliefen. Die Evolution hatte einigen Arten die Fähigkeit verliehen, eine Hemisphäre ihres Hirns abzustellen. Einige Tiere, Enten etwa, hielten das Auge auf der wachen Seite des Kopfes offen, um nach Raubtieren Ausschau zu halten, oder um sich um den Nachwuchs zu kümmern. Hemisphärischer Schlaf war effizient, managerhaft: Aufgaben konnten an eine Seite delegiert werden, während die andere ruhte.

Menschen hatten diese Fähigkeit nie erlernt. Die Hemisphären waren voneinander zu abhängig, um sich zu spalten, die Sehnerven arbeiteten nicht gerne allein. Menschlicher Halbschlaf war völlig unbefriedigend, keine der beiden Hälften des Hirns konnte sich wirklich erholen – stattdessen dämmerte das Hirn unterhalb der Bewusstseinsoberfläche vor sich hin und konnte nicht ganz versinken.

Wieder zuhause auf dem Berg, wurde Anja unfreiwillig zum ersten an Land lebenden Säugetier, das diese Fähigkeit entwickelte. Das Auge, das sich ihrem Telefon am nächsten befand, war immer offen, selbst wenn es geschlossen war, und sie nutzte ihre noch aktiven Sprachzentren, um ganze Gespräche mit Leuten zu führen, die gar nicht anwesend waren.

Niemand rief an. Nachdem Michel gegangen war, wurde es still im Haus. Sie gewöhnte sich schnell an den Geruch und die Feuchtigkeit, aber die Stille drückte auf sie nieder, während sie auf dem Boden des Wohnzimmers lag und sich nicht darum scherte, welche

Pilze oder Geschöpfe über sie hinwegzogen. Sie verspürte tiefes Bedauern, ein neues Gefühl von Verlust, aber sie hatte keine Wahl gehabt – sie konnte es nicht tun. Er hatte einfach so das Gefühl von Sicherheit zwischen ihnen ruiniert, das Siegel gebrochen. Das Experiment war vorbei.

Halb schlafend zog sie die Knie an die Brust heran und wartete ab in der Hoffnung, dass sie bald völlig in den Winterschlaf fallen würde. Wenn sie nur ihr System ganz anhalten könnte, den Stoffwechsel – wie ein Bär, der vor der Winterstarre seine Verdauung einstellt.

Ihre Gedanken wandten sich Howard zu. Er war immer da, wartete. Sie konnte anrufen. Er würde wütend sein, dass sie hier hochgekommen war, aber sie konnte verzweifelt oder hilflos tun, und er würde kommen, wie er es immer tat. Sie zog es in Erwägung und verstaute den Gedanken. Sie schob ihr Telefon unter das Sofa und ließ einen Teil ihres Hirns ruhen, während der andere weitersurrte.

Als im Morgengrauen das rechte Auge die linke Hirnhälfte aus dem Schlaf riss, tastete sie instinktiv wieder nach ihrem Telefon, und geriet in Panik, als sie es nicht gleich finden konnte. Geriet erneut in Panik, als sie realisierte, wie niedrig ihr Akkustand war und wo sie sich befand – abgeschnitten, niemand außer Michel kannte ihren Aufenthaltsort. Ihr erster Gedanke war natürlich, den Berg zu verlassen, aber sie widersetzte sich dieser Möglichkeit. Das Haus füllte sich gerade mit goldenem Licht; sie konnte noch ein paar Stunden warten.

In der Küche über dem Waschbecken bemerkte sie eine Kletterpflanze, die durch die Wand drängte. An der Stelle, an der die Pflanze sie durchstieß, bröckelte die Mauer, aber sie gab noch nicht ganz nach. Anja ging nach draußen, um zu sehen, woher die Pflanze kam: Ein ganzes Nest dicker Ranken hatte sich wie eine Krake an der Ecke des Hauses festgesaugt. An ihren hellgrünen Sprösslingen fand Anja eine Ansammlung praller Früchte, kleinen gelben Pflaumen ähnlich.

Sie pflückte eine und drehte sie in ihrer Hand. Ihre Schale gab unter dem Druck leicht nach und federte zurück wie ein Collagen-Implantat. Ohne nachzudenken, biss sie hinein. Sauer, aber nicht schlecht.

Auf der hinteren Terrasse hatte das Wachstum ebenfalls Fahrt aufgenommen. Sprossen schoben sich zwischen den mosaikartigen Steinen hindurch, die in einer Ecke aufgebrochen waren, und ein Schwarm Mücken schwirrte über der schmutzigen Brühe, die sich in der Spalte gesammelt hatte. Sie begutachtete den Rand der Lichtung und fand eine schräge Mischung aus Wachstum und Verfall, als würde der Berg sich selbst verzehren und neue Dinge ausspeien.

Ihr ganzes Leben lang schon hatte sie Befriedigung in Konsumkreisläufen gefunden, das Vergnügen, volle Behälter nach Hause zu bringen und leere Dinge nach draußen zu schaffen. All diese normalen Eingänge und Ausgänge: Glühbirnen, Weinflaschen, Toilettenpapier. Bring sie rein, pack sie aus, stell sie an ihren Platz. Wenn sie leer sind, entferne ihre Hüllen, bring sie weg, steck sie in die richtigen Good-Bye-Container. Aber das Berghaus hatte alles geschluckt, hungrig, ein wütendes Kind, das alles aufaß und dann das meiste wieder erbrach.

Auf nostalgische Gefühle gefasst, ging sie ins Haus und hoch ins Schlafzimmer. Das Bett war natürlich nicht gemacht; Klamotten lagen auf dem Boden herum, ein Handtuch hing über der Tür zum Badezimmer. Nachdem sie das Klo inspiziert hatte, beschloss sie, dass es sicher war, zu pinkeln. Während sie es tat, untersuchte sie ihre Unterarme. Sie hatte sie mit der ganzen Flasche Klettenwurzelöl eingerieben, nachdem Michel gegangen war. Der Ausschlag war zu dem schwachen Abdruck eines Kontinents auf einer sonnenbefleckten Landkarte verblichen.

Sie legte sich aufs Bett und streckte ihre Gliedmaßen aus. Sie spürte, wie der Memory Foam unter ihr in dem ihm bekannten Muster nachgab. Es wäre so einfach, ein Nickerchen zu machen. Ihre Hand stieß gegen etwas unter dem Kissen: Louis' Tablet. Sie setzte sich auf, konnte kaum glauben, dass er es hier zurückgelassen hatte, nachdem er doch so daran gehangen hatte, als er aus den USA zurückgekehrt war. Hatte er es im Atelier nicht benutzt? Sie sah sich wieder aufmerksam im Zimmer um. Sie konnte sich nicht daran erinnern, wie es an dem Tag, als sie gegangen war, ausgesehen hatte. Aber seine Seite des Schranks war fast ganz leer. War er nach Hause gekommen, um seine Sachen zu holen, ohne es ihr zu sagen?

Zögerlich drückte sie den Knopf des Tablets und war überrascht zu sehen, dass es noch geladen war. Sie hielt es sich nah vors Gesicht, suchte nach einer Datenverbindung, die zwar niedrig war, aber funktional.

Ein kleiner roter Knopf schwebte über dem Inbox Icon. Darauf stand 36. Sie spürte das Gewicht der Maschine, so schwer, eine dicke Schwarte Fleisch. Es bestand kein Zweifel, dass Louis seine Trauer auf die Maschine ausgelagert hatte. Sie erinnerte sich daran, wie es sich angefühlt hatte, als er eines Tages, als sie zusammen in der U-Bahn gefahren waren, das Tablet gegen ihren Rücken gepresst hatte, um eine Unterlage zu haben, während er eine Nachricht schrieb. Sie konnte jeden Buchstaben, den er tippte, spüren, so deutlich artikuliert. Sie hatte es nicht bemerkt, als er das Tablet wegnahm und ihr direkt auf die Schulter tippte, um ihr zu sagen, dass sie an ihrer Haltestelle angekommen waren.

Einen Moment lang tat es ihr leid, dass er es jetzt nicht hatte. Sein Anhängsel, das seinen Verlust enthielt. Das Ding war ein Teil von ihm, womöglich alles, was er noch von Pat hatte.

Na ja. Sie öffnete die Inbox. Die sechsunddreißig ungelesenen Nachrichten starrten sie an wie glitzernde Kieselsteine. Ihre Pupillen weiteten sich, ihr Puls tat einen Sprung. Der Vertrauensbruch machte sie high.

Spontan hielt sie nach Saras Namen Ausschau, scheinbar immer noch auf der Suche nach der anderen Frau, der sie die Schuld an allem geben konnte. Sie wusste, dass der Schmerz sie, genau wie Louis, zum Klischee verdrehte: Mainstreaming der Gefühle. Gab es denn verdammt nochmal keine originelle Art, Liebeskummer zu haben?

Sei methodisch, sagte sie sich. Fang oben an. Lies erst die Nachrichten, die vor kurzem geöffnet wurden.

Die ersten E-Mails, die sie durchsah, waren organisatorisches Gequatsche. Louis schrieb brillante E-Mails – sie hatte ihm manchmal über die Schulter gesehen, wenn er Nachrichten verfasste, und sie hatte ihn gebeten, Nachrichten für sie zu formulieren, wenn die Angelegenheit heikel war. Die Kunst der E-Mail war eine englische Fähigkeit, oder vielleicht auch nur eine menschliche, die sie nie ganz erlernt hatte. Im Kern war es die Kunst, zu wissen, wie du um Dinge batest, ohne so zu klingen, als würdest du sie wirklich brauchen. Louis gelang es, entschieden zu wirken, ohne hart zu sein, und lustig zu sein, ohne unprofessionell zu wirken. In seinen eleganten Sätzen war er klar und ruhig; er zeigte nie mit dem Finger auf andere, nahm aber auch nicht die Schuld auf sich. Er ließ das richtige Maß an Humor und Vertrautheit durchschimmern, um die Empfänger seiner E-Mails daran zu erinnern, dass er, auch wenn er die Verantwortung hatte, ein Kreativer war, kein Rädchen im Getriebe.

Sie war überrascht, wie kurz angebunden er in einigen der E-Mails, die sie überflog, klang. Er warf einem Kollegen »hierarchisches Gebaren« in einem Meeting vor. Er bestand darauf, dass sich ein Rezeptionist drei Mal versicherte, dass eine »lebenswichtige« Lieferung pünktlich eintreffen würde. Die Ereignisse an sich waren nicht bemerkenswert, außer dass es um Dinge ging, von denen Anja nichts wusste, weil sie nicht mehr täglich mit Louis sprach. Banale Ausschläge auf dem täglichen Barometer, von denen sie beim Frühstücks–Smoothie hätte erfahren sollen, und die sie nun eigentlich nichts mehr angingen. Und dennoch hatten diese alltäglichen Ereignisse noch die Aura von Louis an sich: Dies waren keine normalen, nichtssagenden E-Mails, weil es seine waren.

Wie auf Stichwort tauchte Saras Name in einer Nachricht von vor zwei Tagen auf. Anja schauderte und zog sich die Bettdecke um die Schultern.

he lou
bleibt es bei @barowned heute Abend? Ich hab deine *Spezialliefierung* erhalten und werde einen Weg finden, sie zu verstecken, bevor wir rein gehen. kommt sonst noch jemand mit?
wollte dir auch noch sagen, dass mir das mit Anja leid tut. Du hast alles versucht, aber manche Dinge sollen einfach nicht sein … lass uns tanzen heute Abend, das bringt dich auf andere Gedanken, ja?? wenn ich irgendwas für dich tun kann, sag Bescheid
Ich bin da, wenn du reden willst etc.
Sende dir xoxox!!!

Angewidert blickte sie auf das Tablet. Wenigstens war klar, dass sie noch nichts miteinander gehabt hatten. Das sagte ihr der schmeichelnde Tonfall der E-Mail.

Sie hätte sich besser fühlen sollen, jetzt da sie wusste, dass Louis nicht mit Sara schlief, tat es aber nicht. Es gab keinen anderen konkreten Grund für Louis' Entfremdung, sie konnte nichts und niemandem die Schuld geben, außer der Vergänglichkeit – außer Louis selbst. Ihr wurde klar, dass der Grund für den Bruch – Idealismus? Trauer? Selbstgerechtigkeit? – für sie immer schwerer zu fassen war. Und es war immer schwerer festzustellen, wann genau er stattgefunden hatte. Genau wie Laura es gesagt hatte: Vielleicht gab es diesen Bruch auch gar nicht. Vielleicht war Louis' Entwicklung kontinuierlich verlaufen. Vielleicht hatte sich der Bruch in ihr vollzogen.

Der Rest war offensichtlich. Sara war eingeweiht, die neue Nummer Eins in Sachen O, da Anja als potenzielle Dealerin nicht mehr im Rennen war.

Louis hatte geantwortet.

> kann deinen großen auftritt kaum erwarten :) Ich werde früh da sein, gegen 11, um die Lage zu checken. Sag Bescheid, wenn du da bist, dann such ich dich. Schneewittchen tritt übrigens um vier auf.
> x L x

Wurde es schlimmer oder besser dadurch, dass er Anja in seiner Antwort nicht erwähnte? Schützte er ihre Privatsphäre oder verleugnete er Anja?

Ihr Blick glitt die Nachrichten in seiner Inbox hinab. Sie klickte durch einige E-Mails von Prinz ohne Betreff. Links und Witze, Links und Witze. Sie fand eine Nachricht, die sich Louis offensichtlich selbst geschickt hatte.

> Loos: »Die Obdachlosen brauchen Bedeutung in ihrem Dasein und sie brauchen Schönheit. Der einzige Weg, ihnen das zurückzugeben, besteht darin, aus dem Handwerk heraus eine authentische Kunst neu zu erfinden.«

Beinahe hätte sie gelacht. Die Rückkehr des im Stich gelassenen Namensvetters. Sie klickte weiter.

Wie ein böses blaues Auge starrte sie der Name HOWARD an.

> Hi Louis,
> hoffe, dir geht es gut, Glückwunsch zum Launch!
> Wie versprochen kommt hier ein sicherer Link zum Rohschnitt (gültig bis morgen) der ersten Folge. Lass mich wissen, was du davon hältst, wir liegen etwas hinter unserem

Zeitplan, leiten dein Feedback aber gerne weiter, während wir die finale Fassung fertig machen.

Ich kann dir echt nicht genug danken, dass du uns so aus der Patsche geholfen hast. Das macht einen großen Unterschied.

Cheers,

H.

Sie legte eine Hand aufs Brustbein, um einen leichten Schwindel zu unterdrücken.

Sie klickte auf den Link und gelangte zu einer long-scrolling Webseite. Diese zeigte ein sich wiederholendes Waldmuster als Hintergrund. Das Bild, das sich wiederholte, war leicht pixelig: ein komplexer Photoshop-Effekt, der es so aussehen ließ, als ob das System mit Problemen der visuellen Technologie kämpfte, die längst überholt waren.

In Times New Roman Italic stand am Kopf und Fuß der Seite: *Farn Gully, Folge 1.*

Ein eingebettetes Video tauchte im Wald auf.

Das Video wurde automatisch abgespielt. Sie stellte den Ton auf dem Tablet lauter.

Ein Timecode blitzte auf dem Bildschirm auf: 9:00.

Schlafzimmer, Vogelperspektive. Kommode, Bett mit gestreiftem Laken, ein Stapel Bücher in der Ecke. Eine Yoga-Matte, ausgerollt am Fuß des Bettes.

Sie setzte sich auf. Ihre Augen schossen durchs Zimmer. Kommode, Bett, Bücher. Ja, es waren die gleichen Elemente, die exakt gleichen, aber in etwas anderem Zustand. Die Yogamatte in dem Raum, in dem sie sich befand, lag umgeklappt in der Ecke. Der Stapel bestand aus weniger Büchern. Das Laken auf dem sie lag, war geblümt, nicht gestreift – ein anderes IKEA Muster. Eine Orchidee auf dem Fensterbrett, die in dem Zimmer auf dem Bildschirm noch am Leben war, war in dem realen Zimmer ausgesprochen tot.

Zwei Bilder, flach auf dem Bildschirm, und tief im Raum, wie eine Blaupause neben einer Fotografie. Was war was? Sie verdrehte ihre Perspektive, um sich der Ansicht auf dem Bildschirm anzupassen – da: die Kamera unter der Zimmerdecke. Ein kleines weißes, eiförmiges Gehäuse, mit einer winzigen Blende. Sie starrte in die blicklose Linse.

Neben dem Fenster stand ein Stuhl, den sie zur Wand unterhalb des Auges schleppte. Sie reichte hinauf, um die Kabel herauszureißen, aber natürlich war die Kamera bereits ausgeschaltet. Kein Strom, kein blinkendes Licht. Sie riss trotzdem die Kabel aus der Rückseite der Kamera.

Das Tablet spielte immer noch das Video ab und gab auf dem Bett Geräusche von sich.

Sie blickte auf den Bildschirm und sah ihren Kopf. Ihren Hinterkopf, dann die Vorderseite, ihr Gesicht. Sie hatte sich noch nie aus diesem Winkel gesehen – ihr Gesicht von oben, die Gesichtszüge perspektivisch verkürzt. Sie trug ein Handtuch um den Körper, der auch perspektivisch verkürzt war. Sie sah sich selbst, wie sie einen Fuß aufs Bett stellte und sich dann umdrehte, um über ihre Schulter ins Badezimmer zu schauen. Als sich Video-Anja umdrehte, tat es auch die echte Anja und erwartete eine Sekunde lang, dort jemanden zu sehen. Aber hinter der echten Badezimmertür befand sich niemand.

Video-Anja war nicht allein. Video-Louis gesellte sich zu ihr, in Unterhose. Er küsste sie und sagte etwas; seine Stimme war gedämpft. Winzige Untertitel tauchten am Fuß des Bildes auf. In den Blasen stand: *Ich weiß nicht, wie du dich heute fühlst, weil es nicht genug heißes Wasser gibt, um die Dusche unter Dampf zu setzen.* Video-Anja lachte und sagte, laut genug, dass keine Untertitel nötig waren: *Was glaubst du, wie ich mich nach einer kalten Dusche fühle?*

Sie hielt das Video an, stand einen Moment einfach nur da und teilte die Gegenstände im Zimmer in Dreiecke ein. Auf der letzten

Seite einer Zeitschrift: Sieh dir diese beiden Cartoons an – findest du die Unterschiede?

Der Bücherstapel im Zimmer des Videos war doppelt so hoch wie im echten Zimmer, und sie erkannte das Buch ganz oben auf dem Stapel an seinem gelben Cover, ein Koloss von einem Science-Fiction-Buch, das Louis gelesen hatte. Für irgendwas auf der Arbeit gelesen hatte. Irgendwas über Fallschirme. Das Fallschirm Projekt. Nicht lange, nachdem sie eingezogen waren. Das Videobild war schon beinahe ein Jahr abgelaufen. Seitdem war ihre Beziehung um ein Ereignis herum erstarrt und hatte sich dann aufgelöst – und nun war Anja zurück im Haus, der leeren Hülle ihrer Beziehung.

Als all die Videos von Enthauptungen durch Terroristen aufgetaucht waren, hatte sie sich nicht überwinden können, sie anzusehen, wollte aber auch nicht die einzige sein, die sie nicht gesehen hatte. Gefangen zwischen Grusel und Neugier, hatte sie Laura angerufen, die an Leiden im Fernsehen gewöhnt war, und sie gebeten, die Videos für sie anzusehen und ihr die Handlung simultan zu erzählen.

»Bettelndes Opfer«, berichtete Laura gefühllos. »Das Messer ist nicht sehr lang. Sieht aus wie ein Steakmesser. Kaum zu glauben, dass das den Job erledigen soll. Aber – oh – oh ja, verdammt, es erledigt den Job. Warte, ich kann das Messer nicht sehen, da ist so viel Blut. Der Kopf löst sich ...«

Als sie sich nun gezwungen sah, den Niedergang ihrer Beziehung per versteckter Kamera zu verfolgen, wählte Anja Lauras Nummer auf dem Tablet.

»Louis?«, fragte Laura argwöhnisch.

»Nein, ich bin's«, sagte Anja.

»Was? Wo bist du? Bist du bei ihm?«

»Nein, ich bin allein. Mir geht es gut.«

»Bist du ...«

»Hör mal, kannst du dir bitte etwas für mich ansehen? Frag nicht weiter. Ich schicke dir einen Link.«

Während sie darauf wartete, dass Laura ihren Computer fand und die Seite öffnete, warf Anja noch einen Blick in Louis' Inbox. Achtundzwanzig gelesene Nachrichten, runter von sechsunddreißig. Er musste gerade dabei sein, seine E-Mails zu checken. Reflexartig schloss sie das Fenster, als könnte er sie in seiner Inbox sehen.

»Okay«, sagte Laura. »Bin bereit.« Anja wartete. Sie hörte den Schatten ihrer eigenen Stimme, aus dem Video auf Lauras Laptop, durch Louis' Tablet.

»Was zum Teufel?«, sagte Laura nach einer ganzen Weile. »Ist das bei euch zuhause?«

»Ja. Du kannst ruhig vorspulen, wenn du willst. Die ersten vier Minuten habe ich mir schon angesehen.«

»Nein, ich will das von Anfang an sehen.«

Ohne es zu wollen, öffnete Anja wieder die Inbox. Einundzwanzig ungelesene Nachrichten. Sie scrollte über die Betreffzeilen der Nachrichten, die er zuletzt gelesen hatte.

»Okay ... hier bist du in der Küche«, sagte Laura, nachdem die Szene im Schlafzimmer vorbei war. »Du beschwerst dich. Über Michel. Du sagst, wie nervig er in letzter Zeit ist ... Louis sagt ... Michel ist ein netter Typ ... aber ein bisschen spießig.« Anja biss die Zähne aufeinander, massierte ihre Schläfen und stellte sich vor, wie Michel sich dieses Video ansah. »Okay«, sagte Laura, »du holst Gemüse raus ... du machst einen Smoothie. Okay. Dieser Teil ist ziemlich langweilig.«

»Mach weiter.«

»Du fragst Louis nach seiner verstopften Nase ... Du hast ihn gerade gefragt, ob er daran gedacht hat, Nasenspray aus der Apotheke zu holen ... nein, sieht so aus, als hätte er sein Nasenspray vergessen. Aber er wird es heute auch nicht holen, er hat keine Zeit. Er ist spät dran. Was für ein Drama!« Laura schnaubte. »Er muss jetzt zur Arbeit ... du gibst ihm den Müll, den er mitnehmen soll ... warte mal ... okay, ihr diskutiert, ob es okay ist, den Müll mit runter zu nehmen, statt ihn der Müllentsorgung hier oben zuzuführen ...

er nimmt den Müll mit. Er geht jetzt, mit dem Müll. Okay, Ende der Szene. Lange Pause … ich warte …« Sie schwieg, während die Handlung scheinbar unterbrochen war. »Okay. Neue Szene. Jetzt steht da neunzehn Uhr und wir … sind wieder in der Küche. Wie aufregend. Du versuchst, etwas in den Müllschlucker zu stecken … du schreist das Ding an. Wow, klare Worte! Okay … du holst Sachen aus dem Kühlschrank …«

Nachdem die zwanzigminütige Folge zu Ende war, stimmte Laura Anja zu, dass der einzige rote Faden Anjas und Louis' Inkompetenz hinsichtlich des Hauses war. Eine besonders peinliche Szene zeigte sie, wie sie sich am Fenster eine Zigarette teilten und über das Rauchverbot lachten.

»Die müssen das Material aus Monaten durchgesehen haben, um die schlechtesten Momente zu finden«, sagte Anja und rieb sich die Stirn. Die Szenen waren aus verschiedenen Tagen zusammengebaut worden, zwischen denen teilweise Wochen lagen.

»Wirkt, als würdet ihr beiden … einen super Job machen.«

Anja versuchte ihre Erinnerung mit den Aufnahmen in Einklang zu bringen. Vielleicht war es falsch gewesen, nicht die Regeln zu befolgen. Vielleicht hätten sie sich mehr Mühe geben können. Vielleicht traf sie ein Teil der Schuld. Aber hatte Howard nicht zugegeben, dass Missmanagement die Hauptursache war?

Sie schüttelte den Kopf und seufzte. Niemand würde sich für die Wahrheit aus dem Vorher interessieren. Einzig die Repräsentation würde nun noch von Bedeutung sein – wie die Geschehnisse in diesem sorgfältig editierten Heimvideo dargestellt waren.

»Woher hast du den Link?«, fragte Laura.

»Hab ich gefunden.« Selbst durchs Telefon konnte Laura urteilen.

»Okay, ich hab ihn in Louis' E-Mails gefunden. Ich habe sein Tablet.«

»Schön. Dann weiß er schon davon, nehme ich an.«

»Scheint so, als wäre ich die einzige, die nichts davon gewusst hat.«

»Du hast nicht gewusst, dass im ganzen Haus Kameras verteilt waren?«

»Natürlich ... für den Fall, dass irgendwas schiefgeht ...«

Sie hatte jeden Satz ihres Vertrags gelesen. Es war klar gewesen, dass das Video für die Nachwelt bestimmt war – eine Sackgasse, die sich in die Eingeweide eines nicht hackbaren Servers speiste. Vielleicht war das auch wahr gewesen, eine Zeitlang. Aber die Videos waren abrufbar, wie alle Bytes. Sie hätte es wissen müssen. Die Membran zwischen privat und öffentlich war so dünn. Sie legte auf.

Extrazimmer, Wohnzimmer, Büro. Alle Kameras waren definitiv aus, aber sie trennte die Kabel dennoch mit einem Nagelknipser durch. In der Küche war das schwieriger – sie musste auf die Anrichte klettern und hinter den Schrank greifen, um die Kabel zu finden.

Während sie dort oben stand, sah sie sich im Zimmer um und fragte sich, ob es ihr bloß so vorkam oder sich die Pflanzen seit gestern tatsächlich noch weiter ausgebreitet hatten. Die Ranken, die durch die Mauer ragten, erstreckten sich nun beinahe bis zum Waschbecken. Einige besonders rüstige Unkräuter drängten den Abfluss hinauf und auf die Spitzen der Ranken zu.

Das vergessene Experiment stand auf der Kücheninsel. Sie und Michel hatten sich nicht einmal die Mühe gemacht, den kleinen Wunderpilz, den sie gemeinsam hatten entstehen lassen, zu dokumentieren. Sie konnte genauso gut ein Foto machen, während er noch existierte.

Sie hielt inne. Spreizte ihre Finger auf dem Bildschirm. Vergrößern, verkleinern, vergrößern. Schau nochmal. Etwas war anders. Der Pilz. Größer, höher – nein, er war überhaupt nicht mehr wie ein Pilz, nicht mehr rund, an den Stellen, wo er es hätte sein sollen, sondern eckig. Licht glitzerte von seinem Dach, das zu einer flachen Oberfläche geworden war. Eine Halluzination, eine übergroße Erinnerung.

Sie legte das Tablet ab und trat näher an die Kiste heran. Das rosafarbene Ding in der Schale, das das auf zwei Säulen ruhende Dach gewesen war, war viel breiter geworden und in zwei Ebenen abgeflacht, etwas kleiner als der Umfang ihrer Hand mit gespreizten Fingern. Dort, wo es in der Mitte gefaltet gewesen war und in einem Bogen auf beiden Seiten eines Tals nach oben reichte, lief es nun spitz zu, als hätte sich die Falte genau umgedreht und wäre zu einem First geworden. Ja, in einer Linie in der Mitte des Daches hatte es sich erhoben und auf den beiden Seiten abgeflacht: nicht mehr das Dach eines Mundes, wie ein Gaumen, es war jetzt wie ein echtes, normales Dach, das Dach eines Hauses.

Als sie in die Hocke ging und von der Seite in die Kiste blickte, konnte sie sehen, dass sich unterhalb des Dachs eine weitere horizontale Ebene entspann, etwa auf der Hälfte zwischen Dach und Erde, und das Innere in zwei Teile teilte: zwei Stockwerke. Und diese Ebene wurde von zwei weiteren neu gesprossenen Säulen getragen, so dass nun ein Pfeiler auf jeder Seite der zweistufigen Struktur stand. Das Ganze hatte sich einige Zentimeter aus dem Agar erhoben und ruhte nun auf einem massiv aussehenden Fundament, das es selbst hergestellt hatte. Es war immer noch durchsichtig rosa, an den massiveren Stellen war die Farbe stärker sichtbar. Die Anfertigung eines Knorpelhauses. Anja runzelte die Stirn. *Aber du solltest doch nur ein Dach werden.*

Sie stand wieder auf und schloss die Augen. Irgendetwas kam ihr bekannt vor an dieser neuen Form, die sanft geneigten Flächen des Daches, die Tatsache, dass die Säulen an den Seiten der Flächen positioniert waren und nicht an den Ecken – das war kontraintuitiv, dein Lego-Haus würdest du so nicht anlegen. Sie lehnte sich wieder auf den Küchentresen, der sich klebrig unter ihren Armen anfühlte, und dachte darüber nach, was »kontraintuitiv« bedeutete. Intuition sollte ein natürliches, instinktives Gefühl oder Verlangen sein, aber so etwas wie Instinkt gab es nicht wirklich. Selbst das, was wie die tiefste Neigung erschien, war bis zu einem gewissen Grad durch die

Außenwelt bedingt. Der Genotyp bestimmt nicht den Phänotyp. Um die physischen Merkmale zu verstehen, muss man sich die Umwelt näher ansehen. Die Umwelt bestimmt, wie sich die Natur verhält.

Wenn es also so etwas wie reine Intuition nicht gab, was war dann das Gegenteil davon? Die bewusste Erkenntnis, dass nichts, was du für selbstverständlich hieltest, von vornherein wahr gewesen ist? Howard hatte ihr einmal gesagt, dass er glaube, sie verfüge über eine gute Intuition, was sie als Kompliment verstanden hatte, aber vielleicht hätte sie stattdessen lieber ihre Kontraintuition kultivieren sollen.

Sie blickte wieder auf das Dach in der Kiste, das nun eher ein Haus in einer Kiste war. Sie stellte sich Howard in der Küche vor, wie er ihr und Louis ihr neues Haus gezeigt hatte, Schränke öffnete und die Wasserhähne aufdrehte, irgendwas zwischen stolzem Elternteil und Immobilienmakler. »Das hier ist eine unserer Hauptstützen«, hatte er gesagt und mit der Hand gegen die Wand über dem Waschbecken geschlagen. »Der Balken ist hohl, so dass er auch als Sammelbehälter für Regenwasser genutzt werden kann.«

Vier Schächte an den vier Seiten des Hauses zur Wasserspeicherung und Belüftung. Natürlich hatte sie jede Menge Diagramme gesehen, wie das funktionierte. Sie wich von dem winzigen Haus in der Kiste zurück und fragte sich, ob das nur ein versehentlicher Fall von Biomimikry war – ob es das Haus nachahmen konnte, in dem sie sich befand. Aber ganz ehrlich, das konnte keine Improvisation sein; wenn es seine Umgebung kopierte, würde es Haut kopieren, nicht Knochen, und bisher bestand es nur aus pinkfarbenem Inneren. Es improvisierte nicht. Es wusste genau, was es tat.

Im Hinterkopf musste sie eine Abweichung von der Simulation für möglich gehalten haben – warum hätte sie Michel sonst vorgeschlagen, den Versuch zu rekonstruieren? Doch die Realität war zu viel. Wenn sie zugab, dass das kleine Haus ohne Warnung mutierte, würde sie spüren, wie die ganze Geschichte des Hauses – und ihres Lebens im Haus – rückwirkend mutierte. Das stellte eine Art Betrug dar. Keinen Betrug an der Oberfläche, sondern tief unten auf Zellebene. Eine Mutation, die eine Funktion war, kein Defekt.

Nimm den Gedanken zur Kenntnis. Erkenne ihn an. Lass ihn ziehen. Das hatte sie in einem Trauerforum gelesen. Wie lächerlich: Gedanken zogen nie von alleine weiter. Sie würde hart daran arbeiten müssen. Also zwang sie die Panik, Zentimeter für Zentimeter, aus dem Frontalhirn über die Klippe und hinab in die Tiefe. Sie musste vernünftige Maßnahmen ergreifen, wenn sie den Impuls, durchzudrehen, unterdrücken wollte.

Michel hatte recht gehabt: Die Unterlagen in den Ordnern waren nach Wochen der Feuchtigkeit und Hitze zu einer festen Masse zusammengeklumpt. Sie fand den richtigen roten Ordner mit dem Berg-Vertrag und versuchte, die erste Seite mit dem Fingernagel abzukratzen. Das Papier zerfiel unter ihrer Hand zu Flocken. Sie brauchte etwas, womit sie jede einzelne Seite aufhebeln konnte. Auf ihrer Suche in der Vorratskammer und im Badezimmerschrank fand sie Zahnseide.

Die Zahnseide machte die Sache nicht einfach, aber möglich. Sie vermutete, dass der fragliche Abschnitt sich im letzten Viertel des Papierblocks befand, und auf dem Boden beim Regal über den Ordner gebeugt, sägte sie mühsam mit dem gewachsten Faden zwischen den Blättern hindurch und löste so eins vom anderen. Es war eine langwierige Arbeit. Als sie die richtigen Blätter gefunden und voneinander getrennt hatte, waren sie voller Flecken, verzogen und zerrissen, so dass sie noch einmal zwanzig Minuten brauchte, um den betreffenden Absatz zu finden. Sie wusste, dass sie, alleine in der Hütte im Schrebergarten, das alles schon einmal gelesen und Abschnitte angestrichen hatte, die ihr wichtig erschienen waren oder sie verwirrt hatten.

Den Abschnitt zu Videoaufnahmen hatte sie nicht angestrichen, sie hatte ihn für irrelevant erachtet oder das Szenario für zu unwahrscheinlich gehalten, um ernsthaft darüber nachzudenken. Sie verfluchte die Anja aus dem Vorher.

Sie zwang sich, ihren Lesemodus dem Juristenjargon anzugleichen, indem sie jeden Satz laut und langsam vorlas, um seine Bedeutung zu erfassen.

§ 26 Dokumentation der Wohnverhältnisse
Der/die unterzeichnende/n Bewohner stimmt/ stimmen zu, dass zu jeder Zeit in allen 6 Räumen des Objekts, mit Ausnahme der Toilette, zu Zwecken der Qualitätskontrolle und Sicherheitsüberwachung ununterbrochene Bild- und Tonaufnahmen gemacht werden dürfen. Der aufgezeichnete Inhalt [recorded content, RC] wird kontinuierlich maschinell nach den neuesten Bildverarbeitungsalgorithmen (ICU.7.1, ab Vertragsschluss) überwacht, um auf größere Anomalien, z.B. Überschwemmungen, aufmerksam machen zu können. Auf besonderen Wunsch und mit Zustimmung aller Parteien können bestimmte Abschnitte des RC von den Interessenvertretern von The Berg Asset Establishment [BAE] und von mit der Aufgabe betreuten Personen des Managements von Fin-Start Corp [MFC] zur Qualitätssicherung überprüft werden, und/oder um im Falle einer größeren Anomalie ein mögliches Verschulden im Nachhinein zu klären, etc. Das MFC für die jeweilige Situation ist von BAE von Fall zu Fall gemäß den in § 22 aufgeführten Bestimmungen festzulegen.
(7) RC gilt als vertraulich (für den streng internen Gebrauch, wobei intern als BAE und MFC definiert wird), vorbehaltlich besonderer Umstände, wie zum Beispiel
(a) wenn als nützlich für die Gemeinschaft der anderen Anwohner von The Berg erachtet, oder für ähnliche Gemeinschaften in der Entwicklung (»ähnlich« wie in § 42 (4) definiert)
(b) wenn als von Interesse für die Allgemeinheit erachtet

Sie wischte über die Seite, die in diesem Abschnitt befleckt war, und brachte sie nahe an ihr Gesicht, um die Worte zu entziffern.

> Die Verbreitung von RC über die interne Kommunikation hinaus bedarf einer schriftlichen Genehmigung der Unterzeichnenden. Im Falle einer Bewohnung des Objekts durch mehrere Bewohner (mehrere Unterzeichnende) hängt jede Form der Freigabe von RC über die BAE-Beteiligten und MFC hinaus von der Zustimmung eines/r (1) unterzeichnenden Bewohners ab.

Sie ließ den Ordner fallen und ging in die Küche. Sie tastete in einer Schüssel nach einer Pflaume und fand eine schöne große, in die sie ihre Zähne versenken konnte. Sie warf einen Blick auf das Haus in der Kiste, dem in der Zwischenzeit Treppen gewachsen waren, ein Badezimmer, und eine Art Rand um das Dach herum, von dem sie annahm, dass er zu einer Regenrinne werden würde. Sie lutschte an dem Pflaumenkern. Das Haus wuchs ohne Unterlass. Das Haus brauchte keine Nahrung; es brauchte keine Beratung. Es brauchte niemanden.

21

Nichts weiter von Howard in Louis' Inbox, außer einiger nichtssagender E-Mails zwecks Terminabsprachen. Keine Spur. Was bedeutete, dass die Episode, was auch immer sie zu bedeuten hatte, hinter geschlossenen Türen ausgeheckt worden war, von Angesicht zu Angesicht. Von Howards Angesicht zu Louis' Angesicht. Louis war der eine (1) unterzeichnende Bewohner, der nötig war, um die Aufnahme im *Interesse der Allgemeinheit* zu veröffentlichen.

Es regnete zum ersten Mal seit Wochen, und lauwarme Sturzbäche fluteten den Berg. In der Küche und im Schlafzimmer tropfte es von der Decke. Anja ignorierte das klirrende Geräusch von Wassertropfen, die auf Möbel trafen, holte einen Eimer aus der Vorratskammer und eine große Schüssel aus der Küche und stellte sie auf die Terrasse, um Wasser aufzufangen. Die Regentropfen waren dick und gleichmäßig. Sie schloss die Augen und wischte sich über das Gesicht, bündelte ihr Haar, rieb ihre Finger über ihren Schädel; das Gewicht ihres Kopfes erinnerte sie daran, dass ihre gesamte Wirklichkeit darin geschaffen wurde, Änderungen vorbehalten. Sie zog ihr Shirt aus und wrang es aus. Dabei berührte sie mit den Unterarmen ihren Bauch und erschrak, wie glatt die Haut war, wo vor Kurzem noch der Ausschlag geblüht hatte.

Mehr oder weniger wieder trocken, zog sie einen Stuhl an die Kücheninsel heran, um nach dem Haus zu sehen; zu gern hätte sie die Computersimulation noch vor sich gehabt, um anhand dieser die physischen Entwicklungen vergleichen zu können. Doch es hätte keinen Unterschied gemacht. Die Simulation war so designt, dass sie sich nach der erwarteten physischen Fertigstellung abschaltete und somit der Zukunft ihre Erfüllung verwehrte. Sie starrte auf das hinab, was aus der Petrischale emporgestiegen war und bereits deren Terrain überschritten hatte: Unbestreitbar ein Haus in der Form jenes Hauses, in dem sie sich befand. Sie konnte ihren genauen Aufenthaltsort auf dem 3D Modell lokalisieren. Obergeschoss, Küche. Mit zusammengekniffenen Augen betrachtete sie den Punkt, an dem sie saß, und versuchte durch Willenskraft dort eine Replik ihrer selbst wachsen zu lassen. Stattdessen bemerkte sie eine kaum wahrnehmbare Bewegung in einem anderen Bereich, ein leichtes Rumoren im Badezimmer. Die Rohre.

Das echte Haus hingegen hatte keine Rohre mehr. Das Wasser, das aus dem Waschbecken im Obergeschoss drang, erinnerte an Schleim; der Wasserhahn in der Küche gab gar nichts mehr her. Gewisse tägliche Verrichtungen verlangten fließend Wasser. Natürlich, sagte sie sich, konnte sie einfach gehen. Doch warum? Was wartete dort unten schon auf sie?

Sie wog die Situation ab: Es gab nichts zu essen außer dem trockenen Müsli in der Vorratskammer – sie wagte nicht, den Kühlschrank zu öffnen und nachzusehen, was er enthielt – sowie die Pflaumen und einige Gurken. Letztere hatten sie durch das beschlagene Wohnzimmerfenster hindurch angestarrt: längliche, fingergroße grüne Kringel, die gegen das Glas stießen. Nur fünf waren groß genug für den Verzehr, aber sie waren knackig und süß. Als sie die Gurken im Nieselregen draußen pflückte, bemerkte sie, dass neue Ameisenhaufen den Hof sprenkelten. Eine metallisch glänzende Nacktschnecke kroch auf einen der Ameisenhaufen zu und hinterließ eine schleimige Spur auf den zerstörten Steinen. Sie winkte der Schnecke und überprüfte ihre Wassereimer, die voll genug waren.

Im Vorratsschrank war auch ein Notfall-Ladegerät, das sie noch für ein paar Stunden nutzen konnte. Sie stöpselte ihr Telefon ein und ließ es auf 20 Prozent laden, bevor sie es abtrennte, um den Strom noch nicht ganz aufzubrauchen. Als sie ihr Telefon anschaltete, war ihr äußerst bewusst, wie niedrig der Batteriestand auf dem Display war.

Sie scrollte durch ihre verpassten Anrufe und Nachrichten. Übersprang unzählige von Dam und Laura, die konnten wahrscheinlich warten. Eine Nachricht von Howard, der konnte definitiv warten.

Und Louis. Louis hatte sie endlich angerufen in diesem einzigen Moment weißen Rauschens, in dem sie nicht zu erreichen gewesen war.

Im Wohnzimmer wusch der Regen unter dem Türrahmen herein, sammelte sich an manchen Stellen in Pfützen und versickerte an anderen im bröckelnden Boden. Sie überlegte, es aufzuwischen, aber die Pflanzen, die im Haus sprossen, hatten sicher nichts gegen die Feuchtigkeit, und sie eigentlich auch nicht. Sie versenkte ihre nackten Füße in einer Pfütze und wackelte im warmen Regenwasser mit ihren Zehen. Sie richtete sich auf, atmete einige gierige Schlucke Luft ein, und rief ihn zurück. Nach fünf bleiernen Klingeltönen nahm er ab.

Der Vorhang öffnete sich: Wie geht's, gut. Wie geht's dir, gut. Konnten sich Amerikaner keine andere Art einfallen lassen, ein Gespräch zu eröffnen? Wie geht's dir wie geht's dir gut gut gut wie geht's dir gut gut bis in alle Ewigkeit. Du musstest dieses *gut* so nuancieren, um ihm überhaupt Bedeutung zu verleihen, dass es den Aufwand nicht wert war, das ganze herauszuzögern – lieber es so schnell wie möglich über die Bühne bringen. Wghtsdr. Gt.

»Was hast du in letzter Zeit so gemacht?«

Er räusperte sich. »Ein paar Produktversuche, wir werten die Ergebnisse von unserem Beta-Test von letzter Woche aus.

»Verstehe. Ihr nähert euch der Alpha-Version.«

»Jep. Das hoffe ich.«

»Sonst noch was?«

»Was meinst du.«

»Ich meine, hast du sonst noch was gemacht?«

»Was sollte ich gemacht haben?«

»Oh, irgendwas.«

»Was zum Beispiel?«

Sie schloss die Augen. Er würde es ihr nicht einfach machen. »Ich hab gehört, dass du Zeit mit Howard verbracht hast.«

Er räusperte sich erneut, sagte aber nichts. Sie stellte sich vor, wo er wohl stehen mochte, vielleicht an seinem dem Lauf der Sonne folgenden Schreibtisch, oder vor der Fensterfront mit Blick auf den Parkplatz, auf den sich die Rezeptionisten zurückzogen, um zu rauchen. Vielleicht sah er die Leute, die aus dem Yogastudio nebenan kamen, ihre aufgerollten Matten unterm Arm.

»Ich habe auch gehört, dass du eine Web-Serie über unser Leben abgesegnet hast, ohne mich zu fragen«, sagte sie.

»Oh. Wer hat dir das erzählt?«

»Darum geht es doch jetzt wirklich nicht, oder?«

»Nun. Ich hatte keine Wahl.« Er klang wie ein Teenager, der sich vor seinen Pflichten drücken will. Er war nicht einmal interessiert genug, um sich Entschuldigungen auszudenken.

Sie trat von einer Pfütze in die nächste. »Das wüsste ich gerne genauer.«

»Es ging nicht anders.«

Es fühlte sich an wie Zähne ziehen. »Und weiter?«

»Es hat sich rausgestellt, dass es doch nicht so einfach war, Basquiatts Zustimmung zu O zu erhalten, wie ich gedacht hatte«, sagte er. »Am Ende musste ich mich auf einen Tausch einlassen.«

Das Telefon immer noch ans Ohr gedrückt, ging sie zurück in die Küche, umkreiste die Glasvitrine, das kleine Haus starrte sie an wie ein winziger Kopf. Ihr Bauch grummelte. Sie nahm eine der Gurken, die sie auf dem Tisch angehäuft hatte, betrachtete sie und biss hinein. Ein Deal. Eine Hand wäscht die andere. Sie erinnerte sich: Jemand hatte ihr gesagt, dass Basquiatt nun Fin-Start gehörte, weil Fin-Start einfach alles gehörte. Was bedeutete, dass Howard alles gehörte. Alle Wege führten nach Oz.

»Howard hat also O für dich durchgeboxt, und im Gegenzug hast du unterschrieben«, sagte sie schließlich.

Im Hintergrund erklang eine fremde Stimme. Louis hielt inne, um zuzuhören, bedeckte das Telefon und bat die Person, einen Moment zu warten. »Manchmal muss man eben Opfer erbringen«, sagte er ins Telefon.

Sie dachte an Pat. Pat, die sich immer zwischen sie gedrängt hatte. Pat, die ihren eigenen Körper einem deplatzierten Pflichtgefühl geopfert hatte, der Verpflichtung zu einer größeren Sache.

»Opfer. Du meinst mich?«

»Es ging dabei nicht um dich.«

»Genau.« Sie erinnerte sich an den Gedanken, den sie zu Beginn ihrer Beziehung gehabt hatte: Louis war in der Lage, Pläne zu machen, aber keine Versprechungen. Rückblickend erkannte sie, was sie sich damals nicht hatte eingestehen können. Sie hätte wirklich auf irgendeine Art Versprechen bestehen sollen.

»Hey, es tut mir leid.« Die Entschuldigung war lasch, als hätte er vergessen, über Nacht den Deckel auf die Flasche zu drehen. »Aber wenn du mal darauf achten würdest, was um uns herum geschieht, würdest du einsehen, dass es all das wert ist. Das alles ist so viel größer als wir.«

»Sollte ich da nicht auch ein Wörtchen mitzureden haben?«

»Du kannst nicht immer alles kontrollieren. Mitunter nimmt die Geschichte einfach ihren Lauf.«

»Deine Geschichte. Deine Story. Nicht meine.«

»Das ist für mich genau so hart wie für dich. Auf dieser Webseite zu sein, ist für uns beide peinlich.«

»Wozu *uns* dann beide blamieren?«

»Darüber solltest du mit Howard sprechen.«

Sie atmete tief ein und aus und kaute die Gurke. *Erkenne den Gedanken an. Lass ihn ziehen.* »Was ist eigentlich dein verficktes Problem?« sagte sie. »Warum zum Teufel hast du mich nicht einfach gefragt?«

Im Gegensatz zu ihr erhob er nicht die Stimme, sondern sagte nur, als wäre die Beziehung zwischen Ursache und Wirkung völlig klar: »Genau *deswegen*. Hör dir doch mal selbst zu, mit dir kann man nicht normal reden. Du bist immer misstrauisch. Du gehst grundsätzlich davon aus, dass ich bei allem eine böse Absicht hege.«

»Was habe ich …?«

»Vielleicht hättest du Pat nicht ins Spiel bringen sollen.«

Anja war verblüfft. *Sie* hätte Pat nicht »ins Spiel« bringen sollen? Sie, Anja, war diejenige, die Pat da reingeholt hatte?

Sie erinnerte sich, wie sie an ihm nach Anzeichen einer Veränderung gesucht hatte, genau hier, in dieser Küche, Morgen für Morgen. Wie sie ihn immer wieder gefragt hatte, ob alles mit ihm in Ordnung sei. Wie sie sich solche Sorgen um ihn gemacht hatte, dass er am Ende *sie* getröstet hatte. Wie er begonnen hatte, sie zu meiden, nur damit er sich keine Sorgen um sie und ihre Sorgen um ihn machen musste. Wie wütend sie auf ihn gewesen war, auf ihrem letzten Spaziergang den Berg hinauf, als er mit seinen Gefühlen gekämpft hatte. Wie unglaublich wütend sie auf ihn gewesen war. Wie unfair sie gewesen war.

Ohne es zu wollen, sagte sie: »Mir tut es auch leid.«

»Ist schon in Ordnung.«

»Du hättest mich trotzdem einweihen müssen.«

»Ja, und du hättest mich mehr unterstützen müssen.« Sie wischte sich ihre laufende Nase ab. »Ich hätte Howard gar nicht miteinbeziehen müssen, wenn du selbst in O hättest investieren wollen.«

Sie zog laut die Nase hoch. »Was? Du wolltest, dass ich investiere?«

»Du hättest es gekonnt, wenn du es gewollt hättest. Das sagen alle. Sogar Howard fand's komisch, dass du's nicht mal angeboten hast.«

Er führte die Autorität einer dysfunktionalen gesellschaftlichen Szene ins Feld, der Masse, der Kultur im Allgemeinen, selbst die Autorität von Howard, um den privaten Vertrag ihrer Beziehung zu überschreiben. Die öffentliche Meinung regierte, das Urteil war gefällt, und sie war die Verräterin. Wieder erinnerte sie sich an ihren letzten gemeinsamen Spaziergang den Berg hinauf. Wie er alle gehasst, sich ihnen überlegen gefühlt hatte. Und doch war er jetzt bereit, deren Weisheit in Anspruch zu nehmen, wann immer es ihm in den Kram passte.

Sie spürte ihre Sprache wegsacken, die richtigen Worte waren nicht mehr zugänglich. Egal, was sie sagte, sie wusste, später würde sie erkennen, dass es das Falsche gewesen war. Sie legte auf.

Als es am frühen Abend zu regnen aufhörte, zog sie ein T-Shirt an, Shorts und Regenstiefel, und ging spazieren. Ihre Route den Berg hinauf war ziellos; sie ignorierte den Pfad und lief kreuz und quer durch den Matsch. Ein Dorn ratschte an ihrem Bein und sie bückte sich, um zu sehen, wo er herkam: eine Brombeerhecke voller Beeren. Eine der Beeren war an ihrem Bein zerquetscht und hatte einen lilafarbenen Streifen auf der Haut hinterlassen.

Da sie nicht auf den Boden zu ihren Füßen achtete, trat sie in ein Schlammloch, stolperte und landete plump auf ihrem Hintern. Das matschige Erdreich rutschte den Hang etwa einen Meter hinab, bis es an einen Felsvorsprung stieß und die Steine lockerte. Eine Miniaturlawine aus Schlamm und Geröll löste sich nur wenige Meter unterhalb ihrer Füße. Sie kroch den Hang hinauf, fort vom Geschehen, und setzte, nun besser auf ihre Schritte achtend, ihren Anstieg fort.

Sie gelangte an eine Stelle, wo das Grün sich lichtete, und ergatterte einen Blick auf die Stadt. Sie war überrascht, dass sie einen gleichmäßigen Beat vernahm. Die Art Musik, die man im Baron hörte, ein stammelndes, schrilles Blöken über einem herzergreifenden Bass, den sie ebenso in ihrer Brust spürte, wie sie ihn hörte. Der Bass war es, der sie so weit oben erreichte.

Sie fand einen großen, moosbewachsenen Stumpf und zog sich mit beiden Händen, alle Kraft ihrer Unterarme aufbietend, daran hinauf. Als sie auf dem Stumpf stand, der ein wenig rutschig war, erblickte sie auf dem Hermannplatz etwas, das wie ein riesiges Open-Air-Festival aussah. Eines dieser endlosen Festivals, ein Vorwand, am helllichten Tag zu saufen und sich noch vor Sonnenuntergang wegzuknallen. Es sah so aus, als stünde dort unten eine notdürftig zusammengezimmerte Bühne, umgeben von unzähligen Lichtfunken, die in der herannahenden Dämmerung aufblitzten – wahrscheinlich Handys, hochgehalten, um den lärmenden DJ zu filmen. So weit, wie die kleinen Lichter sich vom Zentrum des Geschehens ausdehnten, musste die Menschenmenge riesig sein. Seit der Demo, auf die Laura sie vor ein paar Jahren mitgenommen hatte, hatte sie nie wieder eine so große Ansammlung von Menschen auf dem Hermannplatz gesehen.

An Land geschahen Dinge, an denen sie nicht Teil hatte, von denen sie auch nichts wusste. Aber es waren nur neue Wiederholungen des ewig Gleichen. Du verpasstest immer irgendetwas und du verpasstest nie etwas. Die Masse des sozialen Lebens würde vorhersehbar herumwirbeln, und ihre eigene Existenz mit kleinlichen Dramen rechtfertigen. Karrieren stiegen und fielen, Freunde und Liebende kamen zusammen und trennten sich wieder. Alle klammerten sich an ihre individuellen Lebenserfahrungen, waren so investiert in ihre Existenz am Boden, dass sie sich nie von oben betrachteten.

Sara war irgendwo dort unten, immer noch gefangen in ihrem endlosen Kampf mit Mahatma, so verzweifelt auf der Suche nach Gott weiß was. Michel war irgendwo dort unten, grübelte, bemühte sich, sie zu vergessen. Irgendwann würde er eine vernünftige Frau finden, die sportliche Hosen und Rollkragenpullover trug und ein Auto besaß und bereit war, sich mit ihm fortzupflanzen. Laura und Dam waren auch dort unten – der plötzliche Gedanke, dass sie sich Sorgen um sie machen könnten, versetzte ihr einen Stich – aber sie hatten ihren eigenen Kram, um den sie sich kümmern mussten. Und sie würden ohnehin bald fortziehen. Lieber ihnen nicht lästig sein, nicht zur Last fallen, nicht noch mehr als sie es ohnehin schon getan hatte.

Howard war dort unten und wartete auf ihren Rückruf, damit er ihr irgendeine erbärmliche Erklärung liefern konnte. Sie beschloss, ihn nicht anzurufen. Sie brauchte seine Erklärungen nicht. In einem Tag, oder zwei, würde sowieso die unvermeidliche Presseerklärung auftauchen.

Sie bemerkte eine orangefarbene Explosion in dem Meer aus Menschen, das die Bühne umgab. Sie runzelte die Stirn und blinzelte in die Ferne. Es sah aus wie eine Stichflamme, aus der eine Rauchwolke aufstieg. Die Flamme beleuchtete kurz die Menschenmenge, die zurückwich und einen Kreis bildete, und sie konnte sehen, wie voll der Platz war – so viele Menschen, dicht aneinandergedrängt. Ein Schreien ging durch die Menge, und es war laut genug, dass es kurzzeitig die Musik übertönte, während die Menschen davonstoben. Sie starrte angespannt hinunter, ihre Füße rutschten auf dem Baumstumpf. Es war schwer zu erkennen, was los war, aber in weniger als fünf Minuten verschwand das Feuer. Die Musik wurde leiser, vielleicht als Reaktion auf den Notfall. Wenige Minuten später waren Sirenen zu hören.

Auf dem Weg zurück zum Haus wunderte sie sich, wie schräg die Szene gewesen war. Eine so dichte Menschenmenge. Wie eine Mahnwache in der Dämmerung. Und ein Feuer – seit wann zündeten die Leute während Open-Air-Konzerten Feuer an?

Bevor sie sich schlafen legte, überprüfte sie alle Geräte, ob sie ausgeschaltet waren, um noch das kleinste bisschen Batterieladung aufzusparen. Auch die Kamera im Wohnzimmer überprüfte sie noch einmal, wohlwissend, dass sie die Kabel durchtrennt hatte, doch sie brauchte die Rückversicherung.

Als sie sich auf dem Sofa ausstreckte, überkam sie überraschender Weise sofort der Schlaf, als würde sich der Rhythmus ihres Körpers von allein dem nicht länger durch Elektrizität verfälschten Tag-Nacht-Kreislauf anpassen. Sie träumte heftig.

Am nächsten Morgen musste sie nur ihren Feed aktualisieren, um sofort darauf zu stoßen. Die Pressemitteilung kam nicht in Form einer Ankündigung von Fin-Start, sondern als gesponserte Kritik auf der Titelseite des *Guardian*.

> Geleaktes Filmmaterial deckt die menschlichen Schwächen einer Gemeinde für nachhaltiges Leben auf
>
> Eine nicht autorisierte Website mit dem Namen *Farn Gully* hat Videomaterial aus dem Inneren eines Hauses in Berlins neuer Öko-Gemeinde für nachhaltiges Wohnen auf dem von Fin-Start Corporation errichteten »The Berg« durchsickern lassen. Die Aufnahmen legen nahe, dass die Bewohner der Gemeinde selbst für die endemischen Probleme der Siedlung, die erst kürzlich ans Licht gekommen sind, mitverantwortlich sein könnten.
> Während bisher vor der Öffentlichkeit geheimgehalten wurde, inwieweit das mehrere Millionen Euro teure Experiment des kohlenstoffneutralen Wohnens erfolgreich ist, verrät eine Pressemitteilung, die heute Morgen als Reaktion auf das Video von Fin-Start veröffentlicht wurde, dass alle Bewohner vor Kurzem umgesiedelt wurden, weil sie Schwierigkeiten mit den umfangreichen Anforderungen an eine rigorose Nachhaltigkeit hatten.
> »Dieses große Experiment«, so die Pressemitteilung, »ist ein Beleg für Fin-Starts Investition in eine nachhaltige Zukunft. Obwohl die anfänglichen Hoffnungen auf eine Koexistenz von Mensch und Natur höher waren, sind wir stolz darauf, dass wir durch unseren Ansatz der Unbegrenzten Forschung dieses wesentliche Wissen über die menschlichen Grenzen gewonnen haben. Mitunter ist der große Fortschritt nur durch kleine Schritte zurück zu erreichen.«

Die Quelle des Leaks ist noch unklar. Das Video besteht aus 20 Minuten gesammelten Filmmaterials über das Leben zweier Bewohner, eines jungen Paares, deren Namen nicht genannt werden. Das Video ist in seiner Banalität aufschlussreich. Von ernsthaften Auseinandersetzungen darüber, wie viel Mühe sie für das richtige Recycling aufwenden sollten, bis hin zur eklatanten Verspottung von Regeln wie dem Rauchverbot (Rauchen schädigt nachweislich das Gewebe der Architektur, die sich selbst regenerieren soll), schildert das Video den angeborenen menschlichen Widerstand gegen Mikro-Governance. Leider scheint es, dass genau diese Art der Selbstregulierung für das Leben auf The Berg erforderlich wäre.
The Berg, ein städtebaulicher Vorschlag von Fin-Start zur »Renaturierung« Berlins, gewann vor sieben Jahren die Ausschreibung für die umstrittene Entwicklung des Flugplatzes Tempelhof, der bis dahin größten unbebauten Fläche innerhalb einer europäischen Metropole. Während alle anderen Beiträge verschiedene Mischformen von privaten Immobilien und Einzelhandelsgeschäften vorsahen, plädierte Fin-Start dafür, die Grünfläche der Stadt stattdessen um einen »vertikalen Naturpark« zu erweitern, der im Laufe der Zeit von Menschen besiedelt werden sollte, die bereit sind, ein völlig abfallfreies Leben zu führen. Nach Jahren des vehementen Widerstands gegen jede Art von privater Bebauung des Flugplatzes einigten sich die Bürger der Stadt schließlich auf die weitere Vorgehensweise und stimmten für Fin-Starts Plan.
Aus der kürzlich veröffentlichten Pressemitteilung geht hervor, dass Fin-Start einen vorübergehenden Stopp des Berg-Projekts sowie anderer Vorzeige-Öko-Gemeinden in Erwägung zieht, von denen zwei derzeit in Kopenhagen und Mailand entwickelt werden.

Die letzten Zeilen der Pressemitteilung lauten: »Die größte Lektion aus diesem Abenteuer ist vielleicht, dass wir im Gegensatz zu unseren Vorfahren nicht mehr in der Lage sind, im Einklang mit der Natur zu leben. Als Verwalter der Zukunft unserer Kinder können wir den Planeten nicht mehr einfach den Menschen überlassen. Es darf nicht in der Verantwortung Einzelner stehen, die Last des Anthropozäns tragen zu müssen.«

Fin-Start ist bekannt als berüchtigter »Greenwasher« städtischer Gebiete wie Berlin – das Unternehmen lässt Gebäude renovieren, um Nachhaltigkeitsstandards zu erfüllen, und im Verlaufe dieses Prozesses werden die Mieter vertrieben. Fin-Start und andere haben hartnäckig argumentiert, dass dies ein notwendiges Übel sei, um den Klimawandel aufzuhalten oder zu verlangsamen, trotz der hohen Belastung für die Bewohner.

Die Enttäuschung über The Berg zwingt uns zu der Frage, ob alternative Methoden wirklich geeignet sind, die Nachhaltigkeit der Stadt im großen Rahmen zu steigern – oder ob das Tempelhofer Feld besser für eine herkömmliche kohlenstoffdioxidsparende (wenn auch nicht CO_2-neutrale) gewerbliche Wohnanlage genutzt werden könnte.

Da Fin-Start den Zuschlag für die Entwicklung von Tempelhof basierend auf diesem Plan erhalten hat, wäre es nicht verwunderlich, wenn die Stadt in naher Zukunft neue Konzepte für die Nutzung von The Berg genehmigt und Platz für Gewerbeimmobilien in einer Stadt schafft, in der die Nachfrage auf dem Immobilienmarkt enorm hoch ist. Die Verantwortung für das Scheitern von The Berg fällt letztlich auf viele Schultern. Im Großen hat die Stadtplanungskommission wohl während des Planungs- und Bauprozesses keine ausreichende Kontrolle ausgeübt. Im Kleinen hat man den Eindruck, dass Fin-Starts Überprüfungsverfahren für die Teilnehmer an diesem lang erwarteten Öko-Experiment möglicherweise nicht genau genug war. Aber während die beiden Teilnehmer, deren Leben in diesem geleakten Video enthüllt wurde, vielleicht besonders (und mitunter auf unfreiwillig komische Art) unfähig waren, die Grundregeln zu befolgen, hat man auch Verständnis für die Herausforderungen, mit denen sie konfrontiert sind, und fragt sich, ob man all das an ihrer Stelle besser gemeistert hätte.

Sie schaltete das Tablet aus. Das scheiß Ding hatte eh immer nur schlechte Nachrichten gebracht.

Die Sonne schien grell ins Wohnzimmer und es war zu warm, um im Haus weiterzuschlafen. Unmöglich zu sagen, welche Uhrzeit draußen war: Der Himmel hatte wieder einen lilafarbenen Schleier angenommen und alle Feuchtigkeit vom Tag zuvor war komplett verdunstet. Die Luft war wie in der Wüste und die Geräusche aus der Stadt gedämpft. Stille. Am Horizont war der Himmel orange, aber gleichmäßig, nicht wie das Glühen des Sonnenaufgangs. Es war unmöglich, im Dunst die Sonne auszumachen: Das Licht kam von überall und nirgends.

Sie sehnte sich nach einem Ventilator, als sie nach dem Minihaus sah, das in der Küche langsam vor sich hin garte. Keinerlei Bewegungen momentan; es befand sich sicher in seiner letzten Phase. Die Schächte, das Abfallsystem, alles: Rohre hatten sich sogar in das Fundament hinab verzweigt und führten zu einem Tank im Boden, der, wie sie wusste, dazu bestimmt war, den Abfall zu fermentieren und die so gewonnene Energie durch ein Netz aus Kabeln, die zu klein waren, als dass man sie an der Replik hätte erkennen können, nach oben zu führen. Der ganze Schaltkreislauf des Hauses war zuletzt entstanden, war als transluzide Fleischwerdung sichtbar geworden. Venen und Organe unter der Haut. Es war längst über den embryonalen und fötalen Zustand hinausgewachsen und zu einem gruseligen kleinen Hausbaby geworden, auf sich selbst gestellt, völlig überlebensfähig.

Ein heißer Wind schlängelte sich durch die Küche und sie drehte sich um, um zu sehen, wo er herkam. Die Fensterscheiben waren weit genug abgesunken, dass sie die Fensterrahmen mit sich von der Decke hätten reißen können. Sie hörte ein leises Knarren und fragte sich geistesabwesend, ob das Dach im Begriff war, einzustürzen.

Sie nahm eine Lupe mit ins Wohnzimmer hinüber, um sich die Ranken, die über Nacht unter dem Sofa durch den Boden gesprossen waren, näher anzusehen. Die Pflanzen wucherten so dicht in diesem Zimmer, dass die Blätter, wenn sie mit dem Kopf an der Wand lag und hinaufblickte, beinahe aussahen wie ein Feld, das sich in die Ferne erstreckte. Oder wie der Waldhintergrund auf der *Farn -Gully* -Seite.

Durch die Lupe sah sie, dass die Membran der Blätter vollkommen regelmäßig war. Grüne Oberflächen mit lila Rändern. Als Masse raschelten sie an der Wand, das orchestrierte, unendlich weiche Geräusch ließ sie angenehm erschaudern.

Draußen stellte sie fest, dass der Pflaumenstrauch nackt war; sie musste etwas essen. Der nächste Nachbar war nur dreißig Meter den Berg hinab. In den anderen Häusern war jetzt niemand mehr – da war sie sich sicher. Warum war sie wie eine Einsiedlerin all die Tage in ihrem eigenen Haus geblieben? Sie stand auf, zog sich ein T-Shirt und Gummistiefel über, kümmerte sich nicht um Hosen, und nahm einen Eimer mit für den Fall, dass sie irgendetwas fände, das es wert wäre, mitgenommen zu werden.

Schockiert musste sie feststellen, dass das andere Haus noch überwucherter war als ihr eigenes. Kein einziges Fenster war nicht zerbrochen worden von den aggressiven Kletterpflanzen, die die Fassade überzogen. Der Zerfall schien beschleunigt, der normalen Verwitterung Jahre voraus. Sie näherte sich dem Haus, in dem das dänische Paar mit seinem heimlichen Hund gelebt hatte, und trat zögernd durch den Türrahmen. Die Tür war beinahe aus ihren Angeln gerottet, hing dort wie ein gebrochener Arm.

Die Reste einer stolzen Zurschaustellung guten Geschmacks boten sich ihr dar: Zwei mollige Soriana-Klubsessel schmollten einander über einen Glastisch mit komplexem Stahlunterbau hinweg an. Die Glaskugel eines Kronleuchters war zu Boden gefallen, seltsamerweise ohne zu zerbrechen, die lange Goldkette, an der sie gehangen hatte, lag auf ihr. Ein gewaltiges Bücherregal prahlte mit teurem Wissen, das nun verschimmelte; ein Teakholzschrank voller Schallplatten lag in den letzten Zügen; aus einem handgeknüpften Teppich sprossen Pilze.

Kein Glück mit den Lichtschaltern. Doch die Vorratskammer war voller Gemüsekonserven, Sardinendosen, geräucherten Austern, Pastete, Mehl, Zucker. Vom Kühlschrank ging ein ranziger Geruch aus, um seine Ränder zog sich orangefarbener Schimmel. Unter dem Waschbecken befand sich ein geheimer Vorrat an Wasserflaschen. Sie lächelte. Sie und Louis waren nicht die einzigen gewesen, die geschummelt hatten. Sie öffnete ein Glas mit Zuckerplätzchen und aß drei davon, legte jedes einzelne ganz in den Mund und ließ es sich mit Speichel vollsaugen, ehe sie es kaute.

Die Treppen wirkten nicht grade stabil, also stieg sie die Stufen langsam hinauf, eine nach der anderen. Auf der obersten Stufe hielt sie inne und schnappte nach Luft. Eine große Schlange, dick wie ein Handgelenk, lag über der Stufe drapiert. Sie zog in Erwägung, einen scharfen Gegenstand aus der Küche zu holen, verabschiedete sich aber schnell von dem Gedanken. Sie wollte eine Schlange erstechen? Sie erinnerte sich an den Einführungskurs Biologie. Schlangen waren hauptsächlich nachtaktiv, nicht bei Tageslicht; ihr würde nichts geschehen.

Im Schlafzimmer, das einst tadellos sauber gewesen sein musste, nun aber von Staub und Schutt bedeckt war, ertappte sie sich dabei, wie die Melancholie des Simulakrums sie erfasste. Während um den Anschein von Einzigartigkeit zu erwecken der Grundriss eines jeden Hauses auf The Berg etwas unterschiedlich gestaltet worden war, waren die Schlafzimmer im Grunde genommen alle von gleicher Form und Größe. Sie drehte sich in dem Zimmer um und ließ ihre Finger über Oberflächen gleiten. Sie bewunderte die Platzierung des Betts, die Wandleuchten, den Teppich und fragte sich, warum Louis und sie nie andere Arrangements ausprobiert hatten.

Der Wasserhahn im Badezimmer funktionierte nicht, eine Ansammlung von Pilzen hatte die Dusche in Beschlag genommen. Die Tür zum Flur war durchsetzt von etwas, das wie Wurzeln aussah. Die Abstellkammer offenbarte die beste Beute: einen solarbetriebenen Ersatz-Generator. Sie kippte ihn auf seine Räder und schleppte ihn die Stufen hinab und dann über den unebenen Boden. Sie füllte den Eimer mit dem zusammengeklauten Essen und trug ihn, gemeinsam mit dem Generator, den Berg hinauf zu ihrem Haus. Sie stellte sich vor, wie sie den Generator auf der Terrasse aufstellen und ihn dort die Sonnenstrahlen aufsaugen lassen würde.

Als sie sich mit Generator und Eimer im Schlepptau dem Haus näherte, stutzte sie plötzlich. Sie kniete sich leise ins Gras und legte die Sachen neben sich ab, dann kroch sie, dicht über dem Boden, auf die Bäume zu.

Sie bemühte sich, leise zu atmen, und blickte hinter der schmalen Birke, neben der sie hockte, hervor. Howard ging an der ihr zugewandten Seite ums Haus herum.

Der eigentliche Schock bestand nicht darin, Howard zu sehen, sondern überhaupt ein menschliches Wesen. Sie hatte sich an die Stille gewöhnt. Das Geräusch von jemand anderem, der durchs Gras strich, war irritierend und übergriffig. Er hatte ihre Privatsphäre durchbrochen. Er gehörte ganz und gar nicht hierher.

Er rief ihren Namen. Sie kniff die Augen zusammen und versteckte sich so gut es ging hinter dem Baum.

Soweit sie wusste, war Howard seit jener Woche, in der sie und Louis sich das Haus angesehen hatten, bevor sie eingezogen waren, nicht mehr hier gewesen. An jenem Tag hatte es so gewirkt, als wäre mit der Übergabe des Hauses und, so mutmaßte sie, ihrer Person, alle peinliche Spannung zwischen Howard und Louis verflogen.

Er stakte im Gras hin und her. In den Händen hielt er eine Art Paket. Er scannte die Baumzeile mit seinem Blick, drehte vor der Terrasse um und kam geradewegs auf ihr Versteck zu. Sie war sich sicher, dass er sie sehen würde; sie verfluchte sich dafür, dass sie keine Hose angezogen hatte. Er würde sie halb nackt vorfinden, hinter einem Baum kauernd.

Doch als er nur noch wenige Meter entfernt war, drehte er ab und ging weiter an der Lichtung entlang, statt in ihre Richtung zu kommen. Er war entweder blind oder suchte nicht wirklich – erwartete wohl scheinbar gar nicht, sie zu sehen. Das Haus hinter ihm war so überwuchert, vielleicht bezweifelte er, dass sie wirklich dort war. Wahrscheinlich hatte er nur alle Eventualitäten ausschließen wollen. Oder er hatte sie – der Gedanke ließ ihr das Herz stocken – lokalisiert. Sie hatte Louis' E-Mails auf dem Tablet gelesen – womöglich hatte Howard das herausgefunden. Nein, entschied sie. Das einfachere Szenario war wahrscheinlicher. Der Türsteher musste es ihm gesagt haben.

Frustriert steuerte er aufs Haus zu. Sie hörte ihn fluchen, als er über die Türschwelle trat und gegen etwas stieß. Sie veränderte ihre Position ganz leicht, kam ein paar Bäume näher an das Haus heran, in der Hoffnung, dass sie ihn sehen konnte, wenn er herauskam, ohne sich ihm dabei direkt zu präsentieren. Nun würde er sicher Anzeichen finden, dass sie das Haus bewohnte. Die Pflaumenkerne, die in einer Reihe auf der Anrichte lagen. Die Eimer mit Regenwasser. Und – Wut überkam sie, als ihr das klar wurde – die Überreste des winzigen Hauses in der Kiste. Er hatte kein Recht, das Experiment zu sehen.

Sie war versucht, hinter ihm her ins Haus zu rennen, ihn zu stellen, ihn anzuschreien, mit ihm zu streiten und seine Hände von allem, was er da drinnen anfassen wollte, wegzuschlagen, aber ihr Körper widerstand. Sie gab der Tatsache, dass sie halbnackt war, die

Schuld an diesem Zögern, und dennoch wusste sie, selbst wenn sie einen Schneeanzug angehabt hätte, wäre sie nicht zu ihm gerannt.

Er trat aus dem Haus und setzte sich in Denker-Pose auf das grüne Kissen auf der Bambusliege hinterm Haus. Sie genoss den kurzen Moment des Voyeurismus: Howard ohne Publikum. Sein kahler Kopf glänzte im Sonnenlicht, was die Falten an seiner Stirn stärker hervortreten ließ. Sie erinnerte sich an ein Gespräch, das sie mal über Botox geführt hatten: Er hatte gesagt, dass er dagegen war. Aber das hatte er von vielem behauptet.

Nachdem er aufgegeben hatte und gegangen war, wartete sie lange zwischen den Bäumen, um sicherzustellen, dass er wirklich fort war, bevor sie aus ihrem Versteck kroch. Das Haus fühlte sich etwas beschmutzt an; es würde sie einige Zeit kosten, ihre Einsamkeit wieder bewohnbar zu machen.

In der Küche, nahe der Plexiglaskiste, fand sie neben einer braunen Papiertüte einen handgeschriebenen Zettel: *Nichts geschieht ohne Grund. Mach dir keine Sorgen, das wird sich alles wieder einrenken*. In der Tüte war eine Deluxe-Sushi-Combo. Sie stopfte die Plastikbox mit dem Sushi durch das dichte Gestrüpp den Schlund des Müllschluckers hinab.

Sie inspizierte die Kiste, in der sich das Experiment befand, um sicherzugehen, dass er nichts angefasst hatte. Es schien nicht so. Das Haus in der Kiste begann jedoch sichtlich zu zerfallen. Es ging in Extremzeit zugrunde, vor ihren Augen. Sie zog den Stuhl wieder heran, um zuzusehen.

Es geschah schnell. Den Zerfall zu verfolgen war wie eine Zeitrafferaufnahme anzusehen. Die Küchenwand sackte weg, der Eingang fiel in sich zusammen. Eine Art Puder besiedelte die Ecken des Gebäudes und etwas, das aussah wie ein feiner Pelz aus rosa Schimmel, erhob sich vom Rand der Petri-Schale. Vielleicht, dachte sie, hatte etwas von der Fäule in der Luft des echten Hauses den Weg in die Plexiglaskiste gefunden. Vielleicht drang das Umfeld in die Kiste ein. Sie hätte luftdicht sein sollen, aber es war immer möglich, dass besonders robuste Keime und Sporen sich hineinzwängten. Kontamination liebt das Vakuum.

Doch als sie sich das Ganze näher besah, wie sie es immer tat, wirkte es nicht wirklich so, als wäre der Zerfall das wahllose Ergebnis äußerer Einflüsse. Der Pelz war kein Schimmel – es war dieselbe rosafarbene Biomasse in Form von etwas, das an Schimmel erinnerte. Und es schimmelte an den gleichen Stellen, an denen auch das Haus schimmelte. Der schiefe Winkel der Treppe in der Kiste war der gleiche wie bei der echten Treppe. In beiden Häusern lösten sich die Fensterrahmen von den Wänden und hinterließen Spalten wie geöffnete Lippen. Genauso wie das fertiggestellte Haus in der Kiste die Form des echten Hauses auf seinem Zenit nachgeahmt hatte, spiegelte nun sein Zerfall den gegenwärtigen ruinösen Zustand des echten Hauses. Das war bisher so schwer zu erkennen gewesen, da im großen Haus die Farben realistisch variierten – braune Pilze, weißer und orangefarbener Schimmel –, das kleine Haus jedoch monochrom war.

Das ließ darauf schließen, dass die realistischen Farben im echten Haus ein Zusatz waren. Der Simulation war Lebensmittelfarbe hinzugefügt worden.

Sie ging um die Kücheninsel herum und bemerkte aus diesem Blickwinkel, dass das ganze Häuschen in sein Fundament versank. Sie rannte nach draußen, über die Terrasse, um sich die Lage des Hauses anzusehen. Und tatsächlich sank das wirkliche Haus – sie erinnerte sich daran, dass dies das wirkliche war – ebenfalls ab. Es musste schon zwischen zehn und fünfzehn Zentimeter unter Bodenhöhe liegen. Das Haus sackte und sank ab, als ob die heiße Luft des Tages es hinabdrückte und seine Nähte aufriss. Die Abwärtsbewegung war im Inneren des Hauses nicht wahrnehmbar, von außen aber eindeutig.

Sie setzte sich auf dieselbe Liege, auf der Howard gesessen hatte, und spürte die raue Flechte auf dem Kissen an ihren nackten Beinen kratzen.

Ein gelber Käfer krabbelte ihren linken Oberschenkel hinauf.

Sie nahm ihn zwischen zwei Finger, und anstatt zu versuchen, sich davonzuwinden, schien er herunterzufahren und sich in den Schlafmodus zu versetzen, sein Brustkorb klappte nach unten weg, und seine Beine bewegten sich langsam und in perfektem Einklang. Sie führte ihn näher an ihr Gesicht, und eine Sekunde lang dachte sie, sie könnte ihn stottern sehen, wie ein aufziehbares Spielzeug.

Es konnte nicht sein, dass diese gehörnte Kreatur auf Berliner Boden heimisch war. Es konnte nicht sein, dass diese Kreatur in der Natur heimisch war. Ihre Flügel klickerten und schnurrten mit dem gleichen kaum wahrnehmbaren Ton wie die Schublade mit all der Elektronik in ihrer leidgeprüften Küche. Sie erkannte das fraktale Grundmuster der symmetrischen, biegsam aussehenden, braunen Fühler, die an ihrem Kopf angebracht waren, das elegante, aber zu weiche Knorpelgewebe an den Gelenken ihrer Vorderbeine. Die Gelenke zwischen den Abschnitten waren eine vergrößerte Version, wie ein aufgeblasenes Diagramm der zellulären Struktur des künstlichen Knorpelgewebes, das sie so viele Stunden ihres Lebens auf ihrem Bildschirm beobachtet hatte. Der einzige Unterschied bestand in Größe und Farbe. Der Prototyp war auf immer und ewig blassrosa. Vielleicht bestand der Zweck des Monochromen genau darin, das gesamte Spektrum der Realität schwer erkennbar zu machen.

Es war das gleiche modifizierte, bastardisierte Knorpelgewebe, das, einmal zum Dach geworden, hätte innehalten sollen, aber weitergemacht hatte, bis es ein ganzes kleines Haus war, und das dann den Kurs umgekehrt hatte und seiner eigenen individuellen Zerfallsbahn gefolgt war. Das winzige Haus: Eine Miniaturversion eines riesigen Hauses, das während der ganzen Zeit, in der sie es bewohnt hatte, absichtlich nicht richtig funktioniert hatte. Ihr Leben auf dem Berg, realisierte sie, war nur eine Episode in einer langen Geschichte geplanter Alterung gewesen. Und dann verstand sie, dass das symbiotische System The Berg nicht gescheitert war. Es war gebaut worden, um zu scheitern.

22

Nachdem sie noch einige Male mit dem Wäschekorb im Haus der Dänen gewesen war, sortierte sie, was sie gefunden hatte. Sie war hinter ihrem Haus über einen Schatz aus blättrigem, spinatähnlichem Grün gestolpert, das essbar schmeckte. Vielleicht war es wirklich Spinat – sie meinte sich zu erinnern, dass einer ihrer Nachbarn dort unten gegärtnert hatte. Sie kochte die Blätter zusammen mit Gemüsekonserven in einer Schüssel auf Louis' Grill, einem großen, schwarzen UFO auf spindeldürren, silbernen Beinen. Sie aß direkt aus dem Topf und lauschte den Geräuschen um sie herum, einen weiteren Besucher erwartend, der durch den Wald heranglitt, einen Howard oder eine Schlange, so dick wie ihr Arm und so lang wie ihr Bein, doch die Dämmerung blieb still.

Vor Einbruch der Dunkelheit verbrachte sie einige Zeit mit den Pflanzen. Sie suchte das Exemplar, das am schnellsten wuchs, die Pflaumenrebe, und studierte ihre Blätter und Stiele mit der Lupe. Die Gelenke waren wunderschöne, perfekt symmetrische Formen. Doch diese Methode war lächerlich, wenn sie irgendetwas herausfinden wollte. Sie musste sich das näher ansehen. Sie fand einen Bleistift und zeichnete einen Plan für ein rudimentäres Mikroskop.

Am Morgen baute sie die Teile zusammen. Eine Linse aus Louis' alter Analogkamera, eine Linse von einer Videokamera, die sie im Arbeitszimmer der Nachbarn gefunden hatte, Aluminiumrohre, die aus der äußeren Wand ragten, wo einst die Entwässerungsanlage gewesen war. Mit einem gezackten Messer sägte sie das Rohr mühsam auf die richtige Größe. Sie biss Stücke von Klebeband und Zahnseide ab, und wickelte sie darum.

Sie arbeitete, bis ihre innere Uhr zum Mittagessen rief, dann aß sie die Reste des Eintopfs. Zum Nachtisch Beeren aus der Brombeerhecke, an der sie zuvor mit ihrem Bein hängengeblieben war. Sie waren vollkommen reif. Sie verbrachte den Nachmittag damit, das zusammengeschusterte Mikroskop zu justieren, bis sie das Bild scharfstellen konnte. Es war knifflig, funktionierte aber.

Der Tag verging wie im Flug, während sie sich in die empfindliche Vorrichtung vertiefte und Zeichnungen von dem, was sie sah, anfertigte. Die Umrisse der pflanzlichen Mikrokomponenten zu zeichnen, erinnerte sie an ihre besten Zeiten an der Uni. Sie empfand die gleiche Art überwältigender Erleichterung wie damals, als sie nach zwei qualvollen Semestern mit unbarmherzigen Feedbackrunden an der Kunsthochschule das erste Mal ein Labor betreten hatte. Sie hatte das Kunststudium überhaupt nur für eine gute Idee gehalten, weil sie eine gute Beobachtungsgabe besaß. Sie hatte abgebrochen, mit eingezogenem Schwanz, ohne irgendetwas Nützliches gelernt zu haben, außer der Erkenntnis, dass gut zu sehen dich noch lange nicht zur Künstlerin machte. In die Wissenschaft zu wechseln war einer von Evas seltenen guten Ratschlägen gewesen.

Die Vormittage verbrachte sie damit, Nahrung zu sammeln, die Nachmittage versunken ins Sehen und Zeichnen, an den Abenden stieg sie hinauf zu ihrem Aussichtsstumpf. Sie schleppte einen Schreibtisch den ganzen Weg vom Haus der Nachbarn hinauf zu ihrer Terrasse, wo sie ihn so hinstellte, dass er das meiste Licht abbekam. Der Generator, der voll aufgeladen war, stand unbenutzt neben ihr, wie ein unbeliebtes Gerät im Fitnessstudio. Er verlieh ihr das Gefühl von Sicherheit, aber sie wusste nicht, warum sie ihn benutzen sollte, außer, um sich weiterhin mit Louis' Inbox zu foltern. Und es gab Besseres als das zu tun, wie zum Beispiel Beeren zu Marmelade zu zerstoßen.

Sie drang noch einmal in den Garten des dänischen Paares vor und fand einige ihr bekannte Arten. Andere Pflanzen, wucherndes Unkraut und Sukkulenten mit tiefreichenden Wurzeln, die das

Erdreich durchbohrten, schienen auf dem Berg heimisch zu sein: Zu perfekt in ihrer Struktur, um durch die zufällige Mutation natürlicher Evolution entstanden zu sein. Und sie waren zu zielstrebig in ihrem Verhalten. Sie hatten eine Aufgabe. Diese bestand darin, den Berg zu verdauen. Indem Anja das Verhalten einer einzelnen Pflanze beobachtete, konnte sie den Kurs des programmierten Wachstums und Verfalls nachvollziehen. In Warp-Geschwindigkeit drangen Wurzeln einige Zentimeter in das Erdreich, durchbrachen und zerrissen die anderen, während sie sich ausbreiteten. Das Unkraut wuchs kniehoch, und verwelkte dann schnell zu Kompost, von dem ein so starker Ammoniakgeruch ausging, dass sie sich die Nase zuhalten musste. Der Kompost fraß sich durch alles, was sich unter ihm befand, zersetzte alle andere Vegetation und ließ die Erde gelb und brach zurück.

Zuerst, so vermutete sie, würden die Pflanzen das meiste andere Leben auf dem Berg dahinraffen und den Boden unfruchtbar machen. Das gleiche würden sie mit den Häusern tun, indem sie in die Bauten eindrangen und deren Zerfall beschleunigten. Das zweite Stadium war Schimmel; die Fäulnis schaffte ideale Voraussetzungen zur Ansiedlung von Pilzsporen, die dann sprießen und sich durch alles Übriggebliebene fressen würden. In einer Orgie der Apoptose würden sich dann die Pflanzen und Pilze selbst auslöschen, zusammen mit allem, was sie verzehrt hatten. Staub zu Staub. Die Häuser am unteren Ende der Siedlung befanden sich schon in weiter fortgeschrittenen Stadien des Prozesses. Eines war zu einem kaum wiedererkennbaren, klumpigen Miniaturberg geworden, überzogen von einem Wald brauner Pilze und weißen Flaums.

Der Garten der Nachbarn war kaum noch als solcher zu erkennen, die Pflanzen vermischten sich, an einigen Stellen erwürgten sie einander. Sie gewöhnte sich an, Unkraut zu jäten und Gräben zwischen den Beeten zu ziehen, um den Anschein von Ordnung zu schaffen. Die manipulierten Pflanzen wuchsen so schnell, dass es nur ein paar Tage dauerte, bis sie die Früchte – oder das Gemüse –

ihrer Arbeit sehen konnte. Eine reichliche Abendernte brachte ihr mehr Nahrung ein als sie überhaupt essen konnte, bevor diese verdarb; sie versuchte, einige der Gurken in Gläsern einzulegen, sie verrunzelten schnell zu Essiggurken.

Während sie eines Abends den Verschluss auf eines der Einmachgläser schraubte, traf sie wie der Blitz eine Erkenntnis: Sie hatte den ganzen Tag noch nicht an Louis gedacht. Ein ganzer Tag ohne das Grauen ihrer eigenen Gedanken, ohne die Schuld, ohne das ständige Wiederkäuen der Szenen. Die Erleichterung wurde durch die Trauer über ihr Vergessen aufgewogen. Wenn du schläfrig bist, willst du dich nicht weniger müde fühlen – du willst ins Bett. Wenn du eine Person verlierst, willst du die Person nicht vergessen, du willst sie zurück. Aber sie musste zugeben: Vergessen war am einfachsten. Das Leben war einfacher für Leute, die vergessen konnten.

Die Eigenarten des Waldes waren ihr so vertraut, dass ihr die täglichen Veränderungen auf ihren regelmäßigen Spaziergängen sofort auffielen. Erosion führte immer öfter zu Schlammlöchern und kleinen Geröllawinen. Immer wieder kehrte sie zu dem glitschigen Stumpf zurück. Er verschaffte ihr einen ausreichend guten Blick. Sie wollte aus dem gleichen Grund nicht auf den Gipfel des Berges klettern, der sie auch vom ersten Tag an davon abgehalten hatte, in ihr Schlafzimmer zurückzukehren. Sie hatte Angst vor den Erinnerungen, die dadurch wachgerufen, vor den Verlustgefühlen, die so nur verschärft würden. Sie schlief auf dem Sofa oder auf der Liege draußen.

Vom Baumstumpf aus sah sie zu, wie die Versammlungen auf dem Hermannplatz und an anderen Orten der Stadt sich fortsetzten, sogar mehr zu werden schienen. Endlose, unverwüstliche Partys, Tag und Nacht. Mensch gewordene FOMO. Doch sie horchte in sich hinein, suchte nach dem Verlangen, dabei zu sein, und fand nichts. Ihre Loslösung von dieser Welt fühlte sich mitunter absolut an. Sie war im Begriff, ein in sich geschlossener Organismus zu werden, nicht gewillt oder nicht in der Lage, in der Masse aufzugehen.

Nicht Licht weckte sie, sondern Rauch. Eine graue, ätzende Tönung der Luft. Das Haus, dachte sie – endlich ist es bereit, einzustürzen. Doch als sie von Raum zu Raum rannte, sah sie, dass sich nichts verändert hatte. Von außen wirkte es, als würde das Haus fürs Erste nicht tiefer absinken, das Dach sackte weiterhin in der Krümmung eines Lächelns ab, doch das Tragwerk hielt ohne größere Brüche. Eine Katastrophe ohne Katastrophe. Das Haus in der Kiste in der Küche hingegen war zu kaum mehr als einem dünnen Flachs zerfallen.

Ihr Unterleib verkrampfte sich, der Uterus machte sich Sorgen um das Ei, das sich bald absetzen würde. Sie stöhnte, sie hatte diese eigenständigen Bewegungen ihres Körpers ganz vergessen. Sie versuchte, den Zeitpunkt ihrer letzten Periode zu bestimmen, und fragte sich, wie viel Zeit seit ihrer Ankunft mit Michel hier auf dem Berg vergangen war.

Sie zog in Erwägung, dass der Rauch Teil ihres Traums gewesen war, doch bei Wind konnte sie ihn immer noch riechen. Sie füllte eine Flasche mit Wasser, das sie in ihren verteilten Behältern gesammelt hatte und ging nach draußen, den Hang hinauf. Die Tageszeit war nicht auszumachen. Es konnte früher Morgen oder auch später Nachmittag sein. Die Sonne war von einer dichten Wolkendecke verhangen, das unheilvolle Licht wurde zudem noch von den Bäumen, die zwischen ihr und dem Himmel standen, gestreut, was den Wald um sie herum in Flecken aufleuchten ließ.

Sie hatte den Boden noch nie so trocken erlebt, er zerbröselte regelrecht unter ihren Füßen, und nach jedem Schritt rollten kleinere Brocken Erde den Hang hinab. Die großen bambusartigen Stiele, die dort standen, wo einst der Pfad gewesen war, schienen plötzlich abgestorben zu sein. Unten waren sie braun, aber ihre Spitzen waren noch leicht grün: Die Energieversorgung war abgeschaltet worden, bevor sie sich völlig zersetzen konnten. Der Zerfall, den sie weiter unten am Hang beobachtet hatte, schritt schnell voran. Sie stimmte ihre Nase auf Luftveränderungen ein, und entschied, dass der Rauchgeruch nachließ, je höher sie hinaufstieg.

Sie kletterte auf den Aussichtsstumpf und legte eine Hand wie ein Visier über die Augen, mit der anderen rieb sie ihren Unterleib. Im Westen stieg schräg ein Kegel Rauch von der Landkarte auf. Südwind blies den Rauch momentan vom Berg weg, was den nachlassenden Geruch erklärte. Wenn man den Rauch nicht zu seinem Ursprung zurückverfolgte, dorthin, wo er am dichtesten war, hätte der zurückweichende Schleier fast eine normale Wolke sein können, die von ihrem Posten gesunken war. Doch die grauen Wölkchen bewegten sich in zu schnellen Stößen, als dass sie etwas anderes hätten sein können als Anzeichen von Feuer. Sie versuchte zu erkennen, wo der Rauch sich am dichtesten ballte, doch zu große Flächen der Stadt waren von dem finsteren Wirbeln verdunkelt, als dass sie hätte ausmachen können, wo er entsprang.

Die Dichte des Rauches dort unten, verglichen mit der Klarheit der Luft hier oben, wo sie stand, ließ den Berg höher erscheinen, als er war, und zog sie immer weiter hinauf über die unter ihr ausgebreitete Stadt, bis sie von Schwindel gepackt wurde. Ihre Entfremdung von der Stadt wurde durch die Stille auf dem Berg noch verstärkt. Sie bemühte sich, Sirenen zu vernehmen, Schreie, irgendetwas von dort unten, stattdessen nahm sie das Seufzen der Bäume und ihren eigenen Atem nur noch bewusster wahr.

Ihre Gedanken wandten sich automatisch ihren Eltern zu. Wenn dies eine wirkliche Katastrophe wäre, hätten sie davon gehört und sich erinnert, dass Anja existierte. Ihre Mutter hätte verzweifelt versucht, sie zu erreichen.

Ihre Beine führten sie wieder nach unten. Sie bog sich gegen den Winkel des Hangs, lehnte sich nach hinten, um ihr Gewicht auszugleichen. Als sie die schrumpfende Lichtung erreichte, überraschte sie das spektakuläre Chaos, das ihr Haus abgab; es gedieh, wuchs und starb gleichzeitig, in vorprogrammierter Pracht fraß es sich selbst auf. Sie war voller Respekt für den unbekannten Schöpfer jener Spezies, die diesen Anflug von Zivilisation hier in eine Ruine verwandelte.

Sie stand dort und betrachtete liebevoll das Haus, als sie durch das Unterholz nach oben stürmten. Die Stille zerriss. Äste brachen und Staub stieg aus den raschelnden Sträuchern auf.

Dam kam als erster an, außer Atem.

»Ist sie da oben?« rief Laura hinter ihm.

»Ich sehe sie!« sagte Dam.

»Ich bin hier«, sagte Anja.

Sie hatten ihren Aufenthaltsort von Michel erfahren, der, wie Laura betonte, verbittert und nicht sonderlich hilfreich gewesen war. Anja war verwirrt, als sie sie fragten, wie sie fast einen ganzen Monat überlebt hatte. Einen Monat? Sie hatte erst vor wenigen Tagen mit Louis gesprochen. Oder war es eine Woche? Zwei Wochen? Die Tage waren ineinander gestürzt, hatten sich um die Arbeiten des Hauses und des Hauses im Haus zusammengezogen.

»Du siehst gut aus«, sagte Laura und streckte die Hand aus, um Anjas langes, ungekämmtes Haar zu berühren. Anja sah an sich herab und erblickte zwei gebräunte, starke Beine. Laura und Dam wirkten vergleichsweise blass und ausgelaugt.

Ganz die Gastgeberin, fiel ihr die Hausbar über dem Waschbecken ein. Sie hatte nun die wohl längste Zeit ihres Erwachsenenlebens keinen Alkohol getrunken – vielleicht verhielt sich die Zeit deswegen so unvorhersehbar. Sie holte einige Flaschen herunter, fragte sich dabei, wo ihr Bedürfnis zu trinken geblieben war, und öffnete eine Flasche Roten, die irgendwer mal Louis zum Geburtstag geschenkt hatte.

»Süße, wie hast du hier nur überlebt?« sagte Dam, als sie zurückkehrte, und ließ eine ganze Gurke aus ihrem Vorrat in seinen Mund gleiten, ehe er zu kauen begann. »Du hast dich von Tiernahrung ernährt.« Der spanische Akzent lag schwer auf seinen Worten, ausgelöst durch seine Sorgen. Er wirkte angeschlagen.

Laura war auch nervös. Sie setzten sich zusammen auf den Wohnzimmerboden, reichten die Flasche herum, und Anja versuchte einen Anfang zu finden. Während sie nach Verbindungsstücken suchte, um die Geschehnisse zu einer schlüssigen Erzählung zu verketten, wurde ihr klar, dass eigentlich Dam und Laura diejenigen waren, die ihr etwas zu erzählen hatten.

»Hast du den Rauch gesehen?«, fragte Dam. Er hatte dunkle Ringe unter den Augen. Sie nickte und schnüffelte. Sie konnte den Rauch jetzt auch wieder im Haus riechen.

Er warf Laura einen Blick zu. Anja kam der Gedanke, dass sie ihr vielleicht nicht nur einen freundlichen Besuch abstatteten, sondern vor dem, was dort unten vor sich ging, geflohen waren.

Die Dinge hatten sich in ihrer Abwesenheit geändert, sprudelte es aus ihnen heraus. In der ganzen Stadt, eine spürbare Veränderung, die von überall und nirgends kam. Es wurde vermehrt gefeiert, den ganzen Tag und die ganze Nacht. Clubgänger schliefen auf den U-Bahngleisen; Obdachlose tauchten in den Clubs auf. Ungezügelte Großzügigkeit wurde an den Tag gelegt, die Comedowns, die folgten, waren umso feindseliger. Natürlich kannten sie den Grund. Aber der Effekt schien so unverhältnismäßig.

In Dams und Lauras Straße hatte zwei Wochen lang eine Open-Air-Party getobt. Anja realisierte, dass es sich um eine der Partys gehandelt haben musste, die sie von ihrem Aussichtspunkt beobachtet hatte. Hämmernde Musik, Grillen, Bier – alle waren willkommen, die Trennlinien zwischen den einzelnen Gruppen verwischten. Das Ganze fühlte sich an wie eine Demo, nur ohne gemeinsames Anliegen. Jeder und jede hatte einen Grund, dort zu sein, irgendeinen Grund, aber einmal angekommen, war niemand mehr nüchtern genug, um herausfinden zu können, um was es ging. Die Versammlungen steigerten sich zu Wohltätigkeitskarnevals, auf denen aber kein Geld gesammelt wurde. Vielmehr wurde Geld vernichtet.

Die Leute schmissen das Kleingeld sorglos über die Tresen. Spendierlaune auf Anschlag, Lustprinzip im Deckmantel der Rechtschaffenheit, jeglicher Exzess hatte seine Berechtigung. Wer in der Situation war, nichts geben zu können, aber dem Verlangen nicht widerstehen konnte, versank bald in Schulden. Was sich wie ein befreiender gesellschaftlicher Zerfall hätte anfühlen sollen, fühlte sich stattdessen einfach nur wie eine andere Art Regime an. Nichts wurde verbessert, alles nur beschleunigt. Als würde man auf einen komplizierten Knoten mit einem Hammer einschlagen, statt ihn zu entwirren. Dam legte die Stirn in die Hände, als er zu beschreiben versuchte, was er gesehen hatte.

Zunächst hatte die Großzügigkeit jegliche Feindseligkeit außer Kraft gesetzt; wer beschwert sich schon über solch ein Beisammensein, oder über Dinge, die einem geschenkt werden? Aber im Lauf der Zeit, als die Gesten immer übertriebener wurden – Laura versicherte Anja, dass Bier in den Kanal zu schütten oder Smartphones zu verschenken im Vergleich dazu verblasste – brachen Streitigkeiten aus, nicht nur zwischen denjenigen, die sich für die Gebenden hielten und jenen, die als Nehmende ausgemacht worden waren, sondern unter den Gebenden selbst. Eifersucht. Wettbewerb. Unstimmigkeiten über das beste Vorgehen. Strategien, um der beste Gebende zu werden. Strategien, um die Wohltätigkeit der anderen zu unterwandern. Strategien, um die Klasse der Nehmenden zu bewahren, damit die Klasse der Gebenden weiterhin geben konnte.

Das Merkwürdige war, dass der gegenseitige Austausch, im Sinne eines Handels mit gleichwertigen Objekten, nicht die Reaktion auslöste, die O versprochen hatte. Zu geben und gleichzeitig zu nehmen hob sich auf. Die Person, die mehr gab, fühlte sich besser.

Wenn die Freisetzung von Großzügigkeit durch chemische Belohnung Os vorrangige Funktion war, und wenn die Belohnung immer wieder durch diesen einseitigen Akt ausgelöst werden konnte, vielleicht sogar in einem kumulativen Prozess, folgte daraus, dass die Belohnung, das Gefühl, das High, die Grundlage für eine Abhängigkeit schuf – nicht der Akt an sich. Der Konsument würde alles tun, um zu spüren, dass Großzügigkeit erreicht worden war.

Natürlich entstanden schnell zirkuläre Systeme der Weitergabe: Ich gebe es dir, und du gibst es der nächsten Person, die es der nächsten gibt. Niemand in der Kette brauchte das Geschenk; es anzunehmen, war ein Gefallen. Der Sinn einer wohltätigen Spende bestand nicht darin, ein Bedürfnis auf Seiten der Nehmenden zu erfüllen, sondern ein Bedürfnis des Gebenden. Wenn Louis in irgendetwas erfolgreich gewesen war, dann darin, die Struktur der weltweiten Entwicklungshilfe im Kleinen zu reproduzieren.

Dann, erzählten sie ihr, war es zu einer Welle von Einbrüchen gekommen. Dam beschrieb alles von kleinen Taschendiebstählen bis hin zu regelrechten Plünderungen. Scheinbar mussten die Leute, wenn sie nichts mehr zu geben hatten, stehlen, um den Prozess am Laufen zu halten. *Kontraintuition,* dachte Anja wieder.

»Du kannst es dir vorstellen«, sagte Laura. »Du hast O probiert.«

Anja schüttelte den Kopf. »Das war anders.«

»Du hast es nur einmal probiert«, sagte Dam. »Stell dir vor, du würdest es wochenlang jeden Tag nehmen.«

Zu Anjas Überraschung sagten Dam und Laura, sie hätten der Verlockung, es auszuprobieren, während dieser ganzen Zeit widerstanden. Dam behauptete, noch nicht einmal in Versuchung geraten zu sein, nachdem er gesehen hatte, was Eric widerfahren war. Dam ging nicht ins Detail.

»All diese Großzügigkeit hat echt die dunkle Seite der Menschheit zum Vorschein gebracht«, sagte er leise.

»Ich kann einfach nicht fassen, wie schnell das gegangen ist«, sagte Laura.

Das Feuer war ausgerechnet in ihrem Haus ausgebrochen und hatte sich am frühen Morgen auf die ganze Straße ausgebreitet. Sie hatten sich ihre Laptops und Pässe geschnappt und waren sofort zum Berg gerannt.

Tränen zogen Streifen in Dams Make-up. Er schniefte. »Wir hätten eh gehen müssen.« Er fuhr sich mit dem Handgelenk über die Nase, eine vertraute Geste. Er machte das gleiche schuldbewusste und doch trotzige Gesicht, das er immer aufsetzte, wenn er wusste, dass er sich schlecht benommen hatte. Er sah gealtert aus, dachte Anja.

Laura warf ihm einen Blick zu. »Ist ja nicht so, als würden wir Geld von der Versicherung kassieren.«

»Es war ein Unfall«, sagte er. »Sei nicht sauer.«

Bei Einbruch der Dunkelheit wehte der Rauch nicht mehr herauf, sondern war zu einem allgemeinen, das Haus umwebenden Dunstschleier geworden. Sie blieben drinnen, aßen Pastete und Cracker aus dem Vorrat der Nachbarn.

Dam und Laura hatten auf ihren Telefonen gescrollt, bis auf einmal das Netz weg war. Nicht einmal SMS konnten mehr versendet werden. Dam hatte seine letzte Nachricht gerade noch rechtzeitig verschickt. *** EVAKUIEREN EVAKUIEREN KEINE ÜBUNG***

»Ich hab Bauchschmerzen von den Gurken«, beschwerte er sich und aktualisierte seinen Bildschirm, nicht wahrhaben wollend, dass er abgeschnitten war. Der Wein hatte einen halbrunden Fleck auf seiner Oberlippe hinterlassen. »Was sollen wir tun?« fragte er.

»In den Nachrichten hieß es, alle sollen Richtung Westen evakuieren«, sagte Laura. »Vielleicht sollten wir uns auch auf den Weg machen.«

»In den Nachrichten, die ich gelesen habe, hieß es Osten«, sagte Dam.

Die Nachrichten waren insgesamt nicht sonderlich hilfreich. Laut Lauras und Dams Bericht war vieles offensichtlich falsch. Eine Quelle besagte, das Feuer sei bei einer Auseinandersetzung in einem Dönerladen ausgebrochen. Eine andere, es sei von Demonstranten mutwillig gelegt worden – Demonstranten wofür oder wogegen? Wieder eine andere nannte Feuerwerkskörper als Auslöser. Während sie den beiden zugehört hatte, wie sie beim Scrollen Einzelheiten aus ihren Feeds vorgelesen hatten, war Anja bewusst geworden, wie dünn die Grenze zwischen Nachricht und Gerücht geworden war, sie existierte praktisch nicht mehr. Es hatte mit dem Wetter begonnen, und nun war alles auf Tratsch reduziert. Vielleicht war Dams Wetterdienst, wie er immer wieder behauptete, tatsächlich die Zukunft der Berichterstattung.

Anja tätschelte Dam den Rücken. »Momentan ist alles voller Rauch, wir gehen erstmal nirgendwo hin. Lass uns abwarten, bis der Rauch sich verzogen hat.«

»Sie hat recht«, sagte Laura. »Wir wissen ja nicht, ob sich das Feuer noch weiter ausbreitet.«

Er schmiss die Hände in die Luft. »Woher wissen wir, dass das Feuer nicht bis nach hier oben zieht? Dann säßen wir in der Falle.«

Anja schüttelte den Kopf. »Danach sieht es nicht aus.«

»Und wenn doch?«

»Dann warten wir auf dem Gipfel und hoffen, dass uns jemand findet. Das ist der am weitesten sichtbare Punkt der ganzen Stadt.«

»Ich wünschte, dieser Berg wäre noch ein Flughafen«, sagte er. »Dann könnten wir einfach abheben.«

Einen perfekten Moment lang nahm der Flughafen ihre Gedanken in Besitz. Ein Spaziergang in der Abenddämmerung auf dem Rollfeld. Eine Zigarette, ein Bier. Zu dunkel, um das Feld in seiner ganzen Ausdehnung zu sehen. Ein einsamer Skater, der gegen den Wind ankämpft. Eine kühle Note in der Luft, der Beginn einer neuen Jahreszeit, ein Abschnitt von Monaten verschiebt sich eindeutig zum nächsten. Und zwischen den Jahreszeiten das Gefühl des Wachsens, der Jugend.

Ohne die komplette Abfolge der Jahreszeiten war es der Stadt nicht möglich gewesen, zu wachsen. Ihr natürlicher Zyklus war ins Stottern geraten und schließlich verkümmert.

»Es fühlt sich an wie die Apokalypse«, sagte Anja.

»Es *ist* die Apokalypse«, sagte Dam.

»Es war immer schon die Apokalypse«, sagte Laura. »Ihr habt's bis jetzt nur nicht bemerkt.«

Noch immer hing der Rauch im Haus in der Luft, doch sie hatte mit dem Gesicht ins grasige Sofa gepresst geschlafen, und für den Augenblick war das einzige, was ihr auffiel, der starke, mittlerweile vertraute Geruch von gleichzeitigem Wachstum und Zerfall. Ihr eigener schweißnasser Körper war Teil des Bouquets.

Dam und Laura schliefen im Schlafzimmer. Nachdem sie nach ihnen gesehen hatte und aus Gewohnheit auch nach dem kleinen Haus in der Kiste in der Küche – eine unentzifferbare Masse verkrusteten Materials – zog sie ihre Stiefel über und hob Lauras Pullover vom Boden auf, um ihn sich um die Schultern zu binden.

Der verbleibende Rauch trieb ihr Tränen in die Augen. Sie ging langsam, blinzelte, und versuchte, sich die Augen nicht zu reiben. Der Wind hatte zugenommen, um sie herum wurde Staub in winzigen Tornados aufgewirbelt. Ihr Unterleib krampfte sich vor Schmerz zusammen. Eine rote Linie lief ihr Bein hinab, wölbte sich über ihrem Knie und versickerte im Saum ihrer Socke.

Der Traum der letzten Nacht brach plötzlich wieder über sie herein. Ein rotes Licht, das durch die Fenster ins Haus schien. Louis, der vor ihr stand, den Kopf zur Seite geneigt. Sie wusste, dass er es war, aber sie konnte seine Gesichtszüge nicht erkennen. Er sprach, aber sie verstand seine Worte nicht. Der Raum war unerträglich heiß und voller Nebel oder Rauch. Schweiß lief ihr in die Augen, verschleierte ihr die Sicht. Das Bild von ihm wurde einfach nicht deutlicher. Sie wollte so gern die Hand nach ihm ausstrecken, doch sie war wie erstarrt. Er musste von sich aus einen Schritt auf sie zugehen. Sie wartete und wartete. Versuchte zu sprechen, und konnte nicht. Schließlich trat er näher. Er streckte seine Hände aus, um die große, chaotische Kugel, die ihr Gesicht war, zu greifen. Aber ihr Gesicht hatte keine Umrisse – er konnte den Rand nicht finden. Sie wusste, dass er da war, sich vor ihr auftürmte, aber sie waren beide zu unscharf. Sein Gesicht näherte sich ihrem, bis sie sich hätten berühren sollen, aber dann glitt er durch sie hindurch, wie eine Wolke – als wären sie zwei Wolken. Dann hatte sie im Dunstschleier gespürt, wie sich auf ihren Lippen ein Mund öffnete und Zähne durchstießen. Der scharfe Biss war es, der sie geweckt hatte.

Die Wucht der Enttäuschung überkam sie erneut, als sie den Berg hinaufkletterte. Es würde keine letzte Konfrontation geben, keinen Abschluss. Die Vorstellung, dass man mit Beziehungen abschließen konnte, war ohnehin ein Mythos. Es gab nichts, womit man hätte abschließen können. Das Objekt der Liebe war nicht mehr es selbst. Eine Orange, die nicht nach Orange roch. Eine Pflaume, die nicht nach Pflaume schmeckte.

Die Bank stand noch genau da, wo die beiden sie am Gipfel des Hangs zurückgelassen hatten. Phantom-Louis saß da, die Arme über die Rückenlehne ausgebreitet, wartete er darauf, dass sie in seinen Negativraum eintrat und sich an ihn kuschelte. Sie schüttelte den Kopf. Die Nacht ihres letzten Spaziergangs nach hier oben war der Anfang vom Ende gewesen.

Es war verlockend, für einen Moment innezuhalten und die Reihenfolge der Geschehnisse noch einmal durchzugehen, sich die Momente vorzustellen, in denen sie hätte intervenieren und den Erdrutsch aufhalten können, aber sie bereute so vieles, dass sich eins nicht mehr vom anderen unterscheiden ließ. *Reu-er* hatte Eva das immer genannt. Langbeinige Vögel mit milchweißen Flügeln. »Keine Reu-er, Anja. Leb dein verdammtes Leben.«

Die Bank erwartete sie, stellte ihre Unveränderlichkeit zur Schau. Alles andere befand sich in Bewegung, aber diese dumme, schweigsame Bank veränderte sich nicht. Anja ging an ihr vorbei zum Rand des Berges, der nun, mehr denn je, eine Klippe war. Das Erdreich hatte sich auf dieser Seite gelöst und war abgestürzt, destabilisiert durch das Feuer, den Wind oder die Trockenheit, und aus der Erde unter ihr ragten Wurzeln wie Hände hervor. Darunter Leere.

Ein massiver Rauchschwall wogte Richtung Norden. In seinem Windschatten Asche. Der Kanal hatte das Feuer nicht aufgehalten, die Spree auch nicht. All diese Gebäude, erneuert, um den Umweltschutzanforderungen zu genügen, bis zum Platzen mit brennbarem biologischem Dämmmaterial gefüllt. Häuserblock um Häuserblock dem Erdboden gleich gemacht. Gebäude ausgeweidet, zu Skeletten reduziert, oder ineinander gestürzt. Weit im Norden war unter dem sich verschiebenden Rauch und den treibenden weißen Flecken die breite Arterie der Karl-Marx-Allee überraschend sauber und sichtbar. Mit beißenden Augen zog sie den ehemaligen Verlauf der Mauer durch die Stadt nach, folgte ihm, so weit sie konnte. Sie kannte die Umrisse der Straßen und Häuserblocks so gut, aber ohne Orientierungspunkte war es schwer, auf dieser verkohlten Fläche die Koordinaten zusammenzusetzen. Die einzige Orientierungshilfe für ihre Augen war der Fernsehturm: Er hatte das Feuer irgendwie überstanden und auch in der vollständigen Zerstörung der Stadt hielt er sich trotzig als ihr Wahrzeichen. Der prachtvolle Dom, das Tor, die Museumsinsel – alles weg, aber der verfickte Fernsehturm stand.

Sie wischte sich Rotze aus dem Gesicht, die sich in der Kuhle unter ihrer Nase mit Tränen vermischt hatte. Der Rauch trieb ihr die Tränen in Sturzbächen die Wangen hinab, ebenso wie der Schock. Sie legt die Arme um sich, griff nach ihren Schultern, und sagte sich, dass die meisten Leute sicher früh genug geflohen waren.

Sie hielt nach Dams und Lauras Haus Ausschau, wohlwissend, dass das blaue Gebäude nicht da sein würde. Es hatte tatsächlich im Epizentrum gestanden: Das machte das Ausmaß der Zerstörung dort klar. Als nächstes suchte sie nach Howards Haus, weiter nördlich. Nichts. All die Teakholzmöbel, die in der Feuersbrunst geborsten waren. Sie folgte den Straßenbahngleisen bis zu dem Punkt, an dem RANDI gestanden haben musste. Nichts. Sie zuckte zusammen. Aber das Labor war bestimmt sicher, eingefroren, luftdicht abgeschlossen, unter der Erde.

Zuletzt hielt sie nach dem Sitz von Basquiatt Ausschau. Ein monströser Haufen Schutt, mit zackigen Scherben aus Glas, die zwischen dem Geröll hervorragten und im Sonnenlicht glitzerten.

»Du hast mich fallen lassen, weil ich endlich gesehen habe, wer du bist«, sagte sie in Richtung des Ortes, wo die prachtvolle, optimierte Architektur gestanden hatte.

»Du hattest solche Angst, ich würde mich verändern, dass du dich selbst verändert hast«, entgegnete der Hügel aus Asche, Metall und Glas.

Obwohl das Feuer sich in alle Richtungen ausgebreitet hatte, war es The Berg nicht zu nah gekommen. Es hatte am Fuß des Berges Halt gemacht. Vielleicht war es das, was geschah, wenn man die Grünflächen einer Stadt auf einen einzelnen Berg konzentrierte, und den Rest trocken und spröde werden ließ. Als sie ihre Augen auf der Suche nach Grünflächen über die tote Stadt gleiten ließ, realisierte sie, dass es keine großen öffentlichen Parks mehr gegeben hatte, die hätten abbrennen können. Fin-Start hatte die Verlagerung der gesamten Natur der Stadt auf den Berg damit gerechtfertigt, dass die Erhebung in der Landschaft die gesamte Grünfläche vergrößerte und somit die Quoten der Planungskommission erfüllte, gleichzeitig war damit die Freigabe des restlichen Stadtgebiets zur Bebauung möglich geworden.

Aber Bäume brannten doch. Die Flammen hätten auf den Berg überspringen müssen. Vielleicht war diese manipulierte Natur einfach nicht brennbar. Sie war zu einer anderen, vorsätzlichen Transformation bestimmt.

Sie stellte sich die Aussicht von dort, wo sie jetzt stand, bei Nacht vor. Wo es einst vom Fuß des Berges ausgehend grün geleuchtet hatte, würde nun völlige Dunkelheit herrschen. Wo auf der einen Seite weiße Lichter gewesen waren und auf der anderen gelbe, völlige Dunkelheit. Dunkelheit – und ein Raum gänzlich frei von all diesen Bindungen.

Ihnen ging es natürlich gut. Louis, Michel, Howard. Es konnte gar nicht anders sein. Diese unbesiegbaren Männer. Ihnen würde es immer gutgehen. Ihnen ging es im Vorher gut und im Nachher ging es ihnen ebenfalls gut. Es gab keinen Grund, warum es ihnen im Nach-Nachher nicht ebenso gutgehen sollte.

Sie blickte hinab auf Fin-Starts tote Stadt verlorener Investitionen und lächelte. Weder im Vorher noch im Nachher hatte die Stadt ihr etwas geboten, was sie sich hätte zu Eigen machen können. Nichts hatte es zu kaufen gegeben, das Louis nicht viel besser hätte kaufen können. Nichts, was sie besitzen wollte, nichts, was man sie hätte besitzen lassen.

Bis jetzt. Nie war die Zeit besser gewesen, um zu kaufen.

Danksagung

Ich habe zu vielen Leuten zu danken. Mein Dank gilt meinen ersten Lesern und liebsten Schriftstellern, Theresia Enzensberger und Vincenzo Latronico. Jenna Sutela, Martti Kalliala, Tamen Perez, Alex Turgeon, Beny Wagner, Anna Saulwick, Jessica Bridger und Sophie Lovell und so vielen anderen dafür, dass sie mein Berlin sind und für einige Geschichten und Ideen, die in diesem Buch gelandet sind. William Kherbek, Josie Thaddeus-Johns, Jonathan Lyon und Vijay Khurana für Jahre großzügigen Feedbacks. Meinen Eltern für endlose Unterstützung. Vor allem jedoch Clemens Jahn, der die Liebe erfunden hat.

Ich bin Cynthia Cannell ungemein dankbar für ihr Verständnis und ihre Unterstützung, ebenso wie meiner brillanten Lektorin, Allie Wuest und Luka Igarashi und allen anderen bei Catapult/Soft Skull. Ich danke auch dem Banff Centre, Rupert, dem Helsinki International Artist Programme und der Rabbit Island Residence, hier fand ich den Raum und die Zeit, in der das Buch geboren und wiedergeboren wurde.

Schließlich bin ich Mila Architects zu Dank verpflichtet, für ihre Vision von The Berg.

secession